Der Engel von Nummer 33

Die Autorin

Polly Williams arbeitet in einem chaotischen Loft im Nordwesten von London. Dort ist es im Sommer brütend heiß, bitterkalt im Winter und niemals still, bis die drei Kinder nicht in der Schule sind.
Polly Williams liebt Cornwall, New York, Online Shopping, schweren Rotwein und modere Lyrik. Nicht unbedingt in dieser Reihenfolge.

Polly Williams

Der Engel von Nummer 33

Roman

Aus dem Englischen von Sabine Schilasky

Weltbild

Die englische Originalausgabe erschien 2011 unter dem Titel
The Angel at No. 33
bei Headline Review, an imprint of Headline Publishing Group, London.

Für Ben in Liebe

Besuchen Sie uns im Internet:
www.weltbild.de

Übersetzung: Sabine Schilasky
Projektleitung und Redaktion: usb bücherbüro, Friedberg/Bay.
Umschlaggestaltung: Zero Werbeagentur, München
Umschlagmotiv: FinePic®, München
Satz: Catherine Avak, München
Druck und Bindung: GGP Media GmbH, Pößneck
Printed in the EU
ISBN 978-3-86365-569-3

2016 2015 2014 2013
Die letzte Jahreszahl gibt die aktuelle Ausgabe an.

Danksagung

Ein großes Dankeschön an Imogen Taylor, Jane Morpeth, Caitlin Raynor, Jo Liddiard, Vicky Cowell und alle bei Headline, meine Agentin Lizzy Kremer, Katina Doyle, Andrea Chase, Julia Williams und, wie immer, an Ben, Oscar, Jago und Alice.

1

Da werde ich von einem Bus überfahren und trage meine schrecklichste Unterhose. Gelbe Baumwolle und von der Größe einer O2-Propellermaschine. Ich liege auf der Regent Street, und mein Rock ist mir bis zur Taille hochgerutscht wie bei einer dieser Komatrinkerinnen, die man in den Nachrichten sieht. Während sich eine kleine Menschenmenge um mich sammelt, entferne ich mich von diesem peinlich verdrehten Körper, schnell und zittrig, bis er nur noch ein Klumpen auf der Straße ist, umringt von blinkenden Lichtern. Leider könnte man die Unterhose noch vom Weltraum aus sehen.

Bin ich tot? Keine Ahnung. Ich *fühle* mich nicht tot. Oder vielleicht fühle ich mich auch bloß auf dieselbe Weise nicht tot, wie sich alte Leute nicht alt fühlen. Oder ich habe ein Phantom-Ich, ähnlich wie Amputierte Phantomglieder spüren. So oder so, es ist total komisch. Ich bin eine getaufte Ungläubige, die nie zur Kirche geht, ausgenommen zur Mitternachtsmesse an Weihnachten – ich habe eine Schwäche für Weihnachtslieder und Kerzen. Aber ich glaube nicht. Nicht an das. Ich glaube an ein bisschen Yoga (zumindest früher mal eine Zeit lang) und an die Heilkraft von kühlem Weißwein am Abend (bis heute). An den Himmel glaube ich nicht, auch nicht an Geister oder Engel.

Und dennoch.

Ich bin auf meiner eigenen Beerdigung. Seht doch nach oben! Ich bin hier, gleich bei den Deckenbalken, wo Tauben hinmachen und ein übler Holzwurm wütet, von dem der schwule Reverend nichts ahnt. (Colin. Garantiert heißt er Colin.) Ein mehrstimmiges Schlurfen nasser Schuhe auf kaltem trockenem Stein setzt ein. Es ist meine Facebook-Seite, zum

Leben erwacht. Die Köpfe gesenkt, die Stirnen gerunzelt, treten sie ernst durch die schweren Holzkirchentüren. Alle sehen mindestens zehn Jahre älter als auf ihren Profilfotos aus, sind aschfahl und tragen Anthrazit und Schwarz und Sonnenbrillen. Eine Armee von finsteren Modefreaks. Manche habe ich schon seit Jahren nicht mehr gesehen. Ich fasse nicht, dass mein Ex, Chris Adderson, die Dreistigkeit besitzt, hier aufzukreuzen, nachdem er mit Sara gevögelt hat – die ebenfalls hier ist. Was für eine Schamlosigkeit. Ich schaue zu, wie sie singen, weinen und, ja, gähnen. (Natürlich tippt Danny Brixham während der Predigt auf sein Blackberry ein.)

In der Menge entdecke ich meine Muswell-Hill-Leute: Freunde, Nachbarn, Schulmütter. Sie sind die Menschen, die meinen Alltag bevölkern, seit ich Freddie bekam und an den Stadtrand zog. Meine liebste Kaffeerunde der Welt. Ja, da ist Tash, richtig schick in Schwarz mit roten Schuhen. (Rote Schuhe bei einer Beerdigung? Nein, ich auch nicht.) Lydia schluchzt am lautesten von allen. Irgendjemand schluchzt immer lauter als alle anderen, und wer Lydia kennt, weiß, dass sie es sein muss. Und Suze, die gute alte Suze mit ihrer blonden Wuschelmähne, zupft an ihren Redenotizen und kann es gar nicht abwarten. Sie liebt es, vor Publikum zu reden, egal vor welchem. (Womit sie im Elternrat glatte Verschwendung ist; sie sollte lieber einen Kleinstaat regieren.) Und ich sehe, dass sie Unmengen Quatsch über meine Rolle im Schulkomitee geschrieben hat, jene freiwilligen Aktionen, zu denen sie mich immer wieder nötigte, indem sie mich am Schultor abfing und an mein schlechtes Gewissen appellierte: Kuchenverkauf, internationale Abende, Weihnachtsbasar, Girlandenbastelnachmittage, der 5-Kilometer-Lauf, den ich in einem rotgepunkteten Fünfzigerjahre-Ballkleid absolvierte, um Spenden für die bolivianische Partnerschule einzuwerben.

Auf derselben Seite, gleich vor ihnen, sitzt meine arme Familie. Mum wirkt am Boden zerstört, Dad fassungslos. Meine irre Tante Pat sieht aus, als würde sie das Drama eher genießen, wohl weil sie endlich Gelegenheit hat, dieses Monstrum von Hut aufzusetzen, das wie ein gigantischer Oreo-Keks aussieht. Und dann ist da meine kleine Schwester Mary. Keiner hätte ein wenig Privatsphäre dringender nötig als sie gerade. Arme Schwester. Direkt hinter ihr sitzt meine beste Freundin Jenny, die aussieht, als hätte sie Crystal Meth gefrühstückt und sich im Dunkeln geschminkt. Es gibt so vieles, das ich meiner lieben Jenny sagen möchte, nicht zuletzt, dass sie mir immerzu sagte, ich würde noch zu spät zu meiner eigenen Beerdigung kommen. (Stimmt nicht!)

Beerdigung. Das heißt, ich bin wirklich tot, oder? Ich nehme mal an, dass irgendwer meinen Puls gefühlt hat. Mist. Und wenn nicht? Was ist, wenn hier ein furchtbarer Irrtum vorliegt?

Ollies schönes Gesicht verrät, dass etwas Schreckliches passiert ist. Seine Augen sind geschwollen, rot und glanzlos, und ihn umgibt eine blaue Aura, kalt wie ein OP-Anzug. Wohingegen Freddie … Nein, das kann ich nicht. Mein süßer, wundervoller kleiner Freddie.

Wenn ich nur daran denke, dass einer von ihnen auch bloß eine Minute länger ohne mich leben muss, höre ich ein Pfeifgeräusch, ein scheußliches Schrillen, gleich einem stürmischen Wind, der über ein flaches Moor heult, und empfinde nichts als Dunkelheit.

Es gibt keine Worte.

Vor fünf Tagen war ich noch lebendig genug, um mich wahnsinnig darüber aufzuregen, wie Ollie die Teller in den Geschirrspüler geräumt hatte. Lebendig genug, mich über die sechs Pfund zu ärgern, die ich über Weihnachten zugelegt hatte, und mir fest vorzunehmen, mit der Dukan-Diät anzufangen. Lebendig genug, einen Vorsatz für das neue Jahr zu formulieren. Ich hatte angenommen, dass ich noch ein Jahr und danach noch eines habe, und nach dem noch ein Jahr und …

Okay, spulen wir zurück. Vergessen wir meine Beerdigung und sehen uns an, wie der Vorhang fiel.

Vor fünf Tagen

Es ist ein verregneter Dienstagabend, doch nach dem verkaterten Neujahrsanfang will ich dringend aus dem Haus und jemanden sehen, der nicht zu meiner unmittelbaren Familie gehört. Aber ich bin spät dran. Dauernd bin ich spät dran. Diesmal finde ich meinen einen Stiefel nicht, und das bremst mich ziemlich aus. Mein Mann ist keine Hilfe.

»Auf einer Skala von eins bis zehn, wie sehr liebst du mich?«, fragt Ollie, der unten auf der Treppe hockt, den Kopf auf seine Knie gestützt und mich mit seinen trägen schwarzen Augen beobachtet. Er hat die Augen eines jungen italienischen Liebhabers, obwohl er weder besonders jung noch Italiener ist. Er kommt aus Wigan, in der Nähe von Manchester.

»Neuneinhalb.«

»Als wir uns kennenlernten, war es noch elf.«

»Das war, bevor wir dasselbe Bad benutzten.« Ich hüpfe auf einem Stiefel durch den Flur. Daft Punk plärren aus den Lautsprechern. »Mach das leiser, Ol, ernsthaft jetzt. Wo zur Hölle ist mein anderer Stiefel?«

Ollie zuckt mit den Schultern und hebt Freddie auf seinen Schoß. »Wir haben Mittel und Wege, Mummy davon abzuhalten, dass sie in sexy Stiefeln ausgeht, stimmt's, Freddie?« Ollie und Freddie. Ihre Züge gleichen sich auffallend, nur in unterschiedlichen Farbnuancen. Als sie sich ansehen, grinsen beide auf diese Art, die sicher schon längst irgendwer patentiert hat.

»Ollie, ich habe Jenny ewig nicht gesehen!«

»Ja, seit mindestens vierundzwanzig Stunden.«

»Seit Weihnachten, genau genommen.«

»Schatz, heute ist der sechste Januar.«

Ich ignoriere ihn und fange an, Sachen aus dem Weidenkorb in der Diele zu rupfen: Handschuhe, Regenhüte, Gummistiefeleinlagen aus Fleece, Regenschirme, Reste von Weihnachtspapier, die meiner Neujahrsputzorgie entgangen sind. Pingpong, der unschmusigste Tigerkater in ganz Nordlondon, attackiert einen Handschuh, beißt hinein und schüttelt den Kopf wie wild. »Ein Stiefel kann doch nicht einfach verpuffen! Wie kann das *sein?*«

»Mummys Stiefel hat die Flucht ergriffen.« Ollie lacht und reibt seine Nase in Freddies blondem Wuschelhaar. »Er ist durch ein Portal in die Welt der verlorenen Sachen, die nie wiedergefunden werden.«

»Wie Dr. Who«, sagt Freddie mit einem ernsten Nicken.

»Wie meine Sonnenbrille. Hast du jemals diese klasse Snowboarding-Brille wiedergesehen, die ich von deiner Schwester zu Weihnachten gekriegt habe, Soph?«

Ich werfe ihm einen genervten Blick zu. Er verlegt dauernd irgendwas, weshalb ich ihn auch in Verdacht habe, maßgeblich am Verschwinden meines Stiefels beteiligt zu sein – und hüpfe ins Wohnzimmer. »Nein, habe ich nicht.«

»Was sollen wir heute Abend essen?«

Mich ärgert, dass er wie selbstverständlich davon ausgeht, alles, was mit Kühlschrank, Vorratsschrank und Supermarkt zusammenhängt, wäre meine Sache, obwohl es so ist. Also sage ich nichts und bücke mich, um unter unser graues Samtsofa zu gucken. Dies ist die Unterwelt, in der Legosteine und Wollmäuse gezüchtet werden.

»Soph? Ich bin am Verhungern. Was gibt's zum Abendbrot?«

»Die Linsen-Lammfleisch-Suppe von gestern Abend.«

»Ooch. Können wir nicht Fish and Chips essen?«, fragt Freddie. Ollie zwinkert ihm zu, und ich weiß, dass sie sich Fish and Chips holen, wahrscheinlich mit einer dieser arterienfeindlichen Würste und so einem eingelegten Ei, das aussieht wie ein unaussprechliches Körperteil in einem Einweckglas.

»AHA!« Gefunden. Ich schnappe mir einen Gleisabschnitt von der Hot-Wheels-Bahn und angle den Stiefel ein Stück heraus, bis ich dran ziehen kann. Mein Fuß stößt gegen etwas Hartes und Scharfkantiges. Ein Transformer. Als ich den Reißverschluss des Stiefels hochziehe, fühlt er sich eng an. Zu eng, so wie der Bund meiner Jeans, die auf wundersame Weise eingelaufen ist. Ich weiß, dass meine Beine mit Brandy-Sahne, Champagnertrüffeln und Früchtepasteten gestopft wurden wie ein Weihnachtsstrumpf. Mir ist klar, dass mich wochenlanger Verzicht und Frust erwarten, und das ist deprimierend. Ich hasse Diäten. Sie entsprechen schlicht nicht meinem Naturell, denn ich habe gerne mehr von allem: mehr Essen, mehr Sex, mehr Schlaf, mehr Schuhe und mehr Zeit. Warum habe ich immerzu zu wenig Zeit?

Mein Handy bimmelt.

Es ist eine SMS von Jenny. Sie ist in der neuen Tapas-Bar in der Beak Street, wo wir nur deshalb einen Tisch kriegen konnten, weil Londons In-Leute noch in den Cotswolds sind, wo sie Glühwein vor den knisternden Kaminen ihrer Wochenend-Cottages schlürfen. »Dem Kellner tue ich schon leid. Wo steckst du?«

»Unterwegs!«, tippe ich zurück und schlüpfe in meinen weiten schwarzen Kunstpelzmantel. Ich bilde mir ja ein, dass ich in dem Ding ein bisschen nuttigen Hollywood-Glamour verstrahle, auch wenn Ollie meint, das Teil ließe mich wie einen Klobrillenbart auf Beinen aussehen und ginge überhaupt nur, sofern ich darunter nackig bin. Freddie lehnt sich an Ollies Brust und mustert mich mit diesem Blick, den er jedes Mal bekommt, wenn ich mich fein mache – als wäre ich jemand anders und nicht bloß seine Mum.

»Du hast was fallen gelassen, Soph. Hinter dir«, sagt Ollie.

Ich beuge mich nach unten. Nichts. »Was?«

»Ich wollte nur sehen, wie du dich bückst.« Ollie grinst sein schmutziges Rockstargrinsen.

»Ollie!« Ich verdrehe die Augen, obwohl ich es genieße, dass er es nach all den Jahren noch klasse findet, meinen Hintern anzugucken. Ich hauche den beiden Küsschen zu wie ein Filmstar. Schließlich war ich früher vollkommen sicher, dass ich mal ein berühmter Filmstar werde. Das war, bevor ich mit fünfzehn aus dem Samstagsclub flog, weil ich mit meinem Schauspiellehrer geknutscht hatte. »Schön brav sein, Jungs.«

»Wann kommst du wieder, Schönheit?«

»Nicht so spät.« Ich trete aus dem wohlig warmen Haus Nummer 33 hinaus in die kalte Londoner Nacht, die so viele Möglichkeiten verspricht. »Ich liebe euch!«, rufe ich den beiden wie immer zu – und ich meine es immer ernst.

Spulen wir drei Stunden vor. Jenny und ich sind in der Tapas-Bar und haben die zweite Rotweinflasche so gut wie geleert. Inzwischen merke ich die Blase an meinem linken kleinen Zeh fast nicht mehr, die ich mir auf dem Hinweg in den verfluchten Stiefeln geholt habe. Kann man an den Zehen zunehmen? Der Abend beginnt, sich herrlich locker anzufühlen. Wahrscheinlich rede ich zu viel, weil ich über Weihnachten zu viel über alles Erdenkliche nachgegrübelt habe. Und nun kotze ich all meine Sorgen vor Jenny auf den Restauranttisch.

»Willst du die bittere Januarwahrheit hören?«, fragt Jenny, die sich offenbar weigert, mit mir zu leiden.

Ich linse durch meine Finger. »Wenn es sein muss.«

»Die meisten Leute würden für deine Probleme morden.« Zufrieden mit dieser Eröffnung lehnt Jenny sich auf ihrem Stuhl zurück, während der Kellner noch eine Flasche entkorkt und uns die lippenstiftverschmierten Gläser auffüllt. »Und«, fährt sie mit erhobenem Zeigefinger fort, »die meisten Frauen würden für einen Mann wie Ollie morden, wie du sehr wohl weißt, Soph.«

»Das würden sie sich noch mal überlegen, wenn sie erst versucht haben, länger als für die Dauer einer Mad-Men-DVD-Box mit ihm zusammenzuleben.«

Sie lacht und guckt mich liebevoll an. Ihre Augen sind rosagerändert, weil sie betrunken ist. Das sind wir beide. »Du bist unbarmherzig, Sophie Brady.«

»Nachtaktiv, komplett unpraktisch. Er ist weniger domestiziert als Freddie.«

Sie bedenkt mich mit einem strengen Blick.

»Ja, ja, offensichtlich will ich ihn gar nicht anders.«

»Und das Problem ist …?«

»Gar keines. Es ist bloß der mistige Alltagskram.« Ich trinke von meinem Wein, den ich mittlerweile nicht mehr richtig schmecke. Ja, so weit sind wir schon. »Nichts, was man *lösen* kann, Jenny. Es kann nun mal nicht alles gelöst werden. Das Leben ist kein Sudoku.«

»Hmmm«, macht sie. Sie glaubt, dass es eine globale Verschwörung gibt, die uns alle dazu bringt, zu viel nachzudenken, damit wir Zeitungen, Versicherungen und Wohlfühlprodukte kaufen »wie Babybel-Käse, das merkwürdigste Nahrungsmittel überhaupt«. Ihre Worte, nicht meine. Ich mag Babybel. Die Wachshülle hat denselben Rotton wie mein üblicher Lippenstift, und ungefähr den Gelbton des Käses nehmen meine Lippen schon mal ungeschminkt an.

»Wenn du seit dem zweiundzwanzigsten Lebensjahr mit jemandem zusammen bist … Ach, ich weiß nicht. Sicher ist es für ihn nicht anders. Er hatte ja nur zwei Freundinnen vor mir. Wir waren beide so JUNG! Und jetzt sind wir schon länger zusammen, als Blair an der Regierung war. Oder Thatcher.« Ich schwenke den Wein in meinem Glas. Und während ich das tue, denke ich, dass ich es wohl niemals leid werde zuzugucken, wie der Rotwein die Glaswände pink färbt. Kleine Freuden. »Die Wahrheit ist, und, bei Gott, das würde ich niemals zu Ollie sagen, also schwör mir bei deinem Leben, dass du es keinem verrätst, aber mir fehlt, wie es früher war. Du weißt schon, am Anfang. Es ist traurig zu wissen, dass ich diesen adrenalingeschwängerten Lustrausch nie mehr erleben werde. Dass, na ja«, ich imitiere einen schlimmen Cockney-Dialekt, »das mit mich und Ollie was Festes is, ne?«

»Was eigentlich ein viel schönerer Gedanke ist, als dir bewusst sein dürfte, Soph.« Jen guckte ein bisschen wehmütig.

Ich fühle mich mies, weil ich habe was sich jeder wünscht und nicht wahnsinnig dankbar bin. Jetzt sind wir beide ziemlich down, also sollte ich dafür sorgen, dass es wieder lustiger wird. »Aber was ist mit dem *Grrr?*«

»Dem was?«

Ich schnurre wieder. »Dem *Grrr,* du weißt schon! Dieses Gefühl.«

Jenny lacht. Ein Paar am Nebentisch, das nicht aussieht, als wäre bei ihm viel *Grrr* zu wollen, tut so, als würde es uns nicht belauschen. Jetzt krümmt die Frau einen Fuß um ihr Stuhlbein und runzelt die Stirn.

»Überbewertet.« Jennys Pupillen tanzen. Ich liebe es, wie ihre Pupillen tanzen können. Sie ist eine der wenigen Frauen, die betrunken hübscher aussehen, weil sie lockerer wird.

»Ich meine nur, dass ich gerne noch mal das *Grrr* fühlen möchte, ehe …« Ich knalle die Hände auf den Tisch, denn Jenny wirkt gelangweilt. »Entschuldige! Ich bin schon ruhig. Bestimmt mache ich nur so ein furchtbares Klischee wie eine Midlife-Crisis durch. Das ist öde, und es tut mir leid.«

»Du musst dich nicht entschuldigen«, erwidert Jenny lachend. »Sag mir einfach Bescheid, wenn's übel wird, denn unsere Midlife-Crisis hat noch nicht mal richtig angefangen, Soph.«

»Doch, ich glaube, bei mir ja. Es wurde jedenfalls schon richtig übel.«

»Wann?« Sie lacht.

»Bei Sainsbury's, heute Nachmittag.« Ich trinke noch einen Schluck Wein, um mich einzustimmen. »Du kennst doch diese Selbstbedienungskassen, die nie funktionieren, sodass man am Ende immer auf einen echten Menschen warten muss, der kommt und das verdammte Ding entriegelt, weil es spinnt, wenn man mit seiner eigenen Einkaufstasche da ist? ›Unerkannter Artikel im Packbereich!‹ Echt, ich hasse Supermärkte. Und, nein, ich habe keine Nektar-Karte. Nein, ich will auch keine Nektar-Karte!«

»Du bist ein Schnösel.«

»Glaub mir, an dem Tag, an dem ich mir eine Kundenkarte von einem Supermarkt geben lasse, ist es vorbei, Jenny.« Ich kippe noch mehr Wein herunter.

Jenny lehnt sich wieder zurück und betrachtet mich auf ihre prüfende Art. »Du bist zu jung für eine Midlife-Crisis, Soph. Dafür musst du *vierzig* sein, und du bist fünfunddreißig.« Jenny ist sehr genau. Ihr Verstand ist wie ein nach Farben sortierter begehbarer Kleiderschrank. Meiner ähnelt eher einer überfüllten Dessous-Schublade.

»Ich könnte mit siebzig sterben, womit ich jetzt die Mitte meines Lebens erreicht hätte.« (Posthume Anmerkung: kein seltsames Erschaudern bei diesem Satz.) Ich nehme einen Löffel von der Crème Caramel, deren süßer Geschmack wie ein Kuss ist.

»Frauen sterben nicht mehr mit siebzig. Wir sterben mit zweiundachtzig oder so.« Jenny durchbricht die Kruste ihres Schokodesserts mit dem Löffel, worauf süße Schokocreme ausläuft. Die sieht besser aus als meine Crème Caramel. »Die Kerle sterben zuerst.«

»Gut so. Ollie würde sowieso seine Gehhilfe mit dem Wäscheständer verwechseln und seine Unterhose da drauf drapieren.«

»Das ist fantastisch. Mal probieren?«

Ich lange über den Tisch und gehe mit meinem Löffel auf ihr Dessert los. (Kalorien, die jemand anderem gehören, zählen nicht.) Ja, ihres ist besser als meines. »Aber ist es nicht richtig tragisch, dass wir zu alt sein werden, um unsere Freiheit zu genießen, wenn wir sie endlich kriegen?«

»Nein! Ich freue mich schon aufs Alter.«

Ich versuche, mir uns alt vorzustellen, also wirklich alt. Das ist schwer. Wir sind immer schon jung. Ich kaufe bis heute gepunktete Strumpfhosen bei Topshop, und letztes Jahr habe ich mich in Glastonbury im Schlamm gewälzt – nackt.

»Ich will keine von diesen anstrengenden Frauen werden, die sich krampfhaft bemühen, ewig in den Dreißigern zu bleiben. Ich möchte unterschiedliche Beige-Töne anziehen und Beschwerdebriefe an den BBC schicken, weil in den Filmen zu viele Kraftausdrücke vorkommen. Sonst würde ich mich betrogen fühlen.«

»Wie kommt es, dass du jedes Mal das bessere Dessert bestellst, Jenny?«

»Ich entscheide mich für die Kalorienbombe. Eine ganz simple Taktik.« Sie wischt sich den Mund mit ihrer Serviette und reibt dabei den Rest ihres rosa Lippenstifts ab. Ohne Make-up sieht sie ungefähr wie zehn aus, wie ein beängstigend kluges Schulmädchen. Es liegt an ihrem hübschen weichen Kindergesicht, den großen blauen Augen und dem permanent nachdenklichen Ausdruck. Jenny ist meine einzige Freundin, die die Wochenendzeitung komplett durchliest, bevor sie in den Magazinbeilagen blättert. Sie verschlingt die großen, schweren Bücher, die man gelesen haben muss, anstelle der witzigen. Sie hat sogar *Wölfe* von Hilary Mantel bis zu Ende gelesen! Nebenbei kennt sie auch sämtliche Songtexte von Dolly Parton. »Ich habe vor, das ganze Jahr über mehr Nachspeisen zu essen«, ergänzt sie munter. »Mein Vorsatz fürs neue Jahr lautet, dass ich mich nicht fertigmache, weil ich über fünfundsechzig Kilo wiege. Ich habe nachgedacht und bin zu dem Schluss gekommen, dass ich lieber Nachtisch esse, als spargeldürr zu sein.«

»Ich auch, ich auch.« Ich lange noch einmal mit meinem Löffel hinüber.

»Fett, glücklich und hemmungslos.«

Schwungvoll erhebe ich mein Glas. »Mein guter Vorsatz war, im Januar nichts zu trinken.«

Jenny erhebt ihr Glas, und wir kichern.

»Fette Gesichter altern übrigens teuflisch gut«, sinniere ich.

»Wohl wahr.«

»Das Geniale ist, dass sich fette Menschen nicht zwischen ihrem Gesicht und ihrem Hintern entscheiden müssen. Sie sagen einfach, ich nehme beides, bitte! Wie im Restaurant.«

»Gutes Argument.« Jenny leckt ihren Löffel ab. »Und weißt du was, Soph? Wenn wir alt sind, also richtig alt, essen wir bei jeder Mahlzeit ein Dessert, denn wen kümmert's?«

»Bis dahin sind die Männer sowieso alle tot. Und die ganzen

Dürren sterben an Kohlehydratmangel.« Ich stütze mein Kinn auf und denke an die herrliche Völlerei, die mich erwartet. »Und ich sage dir, Jenny, wenn ich alt bin, trage ich eine von diesen durchsichtigen Regenhauben, damit meine Föhnfrisur nicht nass wird, und ich wippel auf orthopädischen Schuhen mit gefederten Sohlen durch die Gegend. Die fand ich immer schon klasse.«

»Wir können zusammen auf Kreuzfahrt gehen. Kreuzfahrten sind super, aber es muss eine von diesen richtig kitschigen sein, wo sich abends eine Sängerin in einem roten Paillettenkleid auf einem weißen Flügel rekelt und Shirley-Bassey-Songs singt.«

»Unbedingt! Unbedingt!« Wieder erhebe ich mein Glas, allerdings ein bisschen wacklig. »Wir fahren zu den Galapagos-Inseln. Ich wollte schon immer mal zu den Galapagos-Inseln.«

»Um Schildkröten und unheimliche Riesensteine anzugucken.«

»Das sind die Osterinseln, Nuss.«

»Okay, also auch zu den Osterinseln.«

»Und nach St. Barths. Da lasse ich meine Schamhaare verfilzen und bekiffe mich am Strand, denn, verdammt, wieso nicht?«

»Wollen wir auch nach Vegas? Da können wir unsere Rente verjubeln.«

»Oh ja!«

Einen Moment lang schweigen wir zufrieden, kratzen die Dessertreste von unseren Tellern und genießen es, in diesem Restaurant zu sitzen und den Nachwehen der Weihnachtsferien entkommen zu sein. Wir verschlingen das restliche Brot und gackern kindisch, als ein Kellner in Slapstick-Manier ein Tablett neben uns fallen lässt. Das Teelicht auf dem Tisch ist fast ausgebrannt, qualmt und zeigt nur noch eine bläuliche Winzflamme. Ich bin angenehm beschwipst und entscheide, jetzt das Thema anzusprechen. »Darf ich fragen, Jenny?«

Ein Blitzen geht durch ihre Augen. Sie will nicht, dass ich frage. »Die Antwort ist nein.«

Ich lehne mich halb auf den Tisch und wärme meine Hände

am sterbenden Teelicht. »Aber ich dachte, du wolltest das große Gespräch führen?«

»Das ist geschrumpft. Es wurde zu einem Gespräch darüber, wie man am besten ein Lammcarree zubereitet«, sagt sie kurz angebunden und guckt weg von mir.

»Ich schätze, ihr müsst irgendwann einen Hochzeitstermin festlegen«, sage ich vorsichtig. »Ich meine, du willst doch nicht warten, bis du in den Siebzigern bist und wie Vivienne Westwood aussiehst, wenn du zum Altar schreitest.«

Sie lacht nicht, wie ich gedacht hatte. Stattdessen rümpft sie die Nase. »Es ist völlig normal, ein Jahr lang verlobt zu sein.«

»Das war ein Scherz, Jenny.« Dies ist mein Stichwort, es ihr zu erzählen. Ich öffne den Mund und schließe ihn gleich wieder, ohne dass ein Ton herausgekommen ist. Ich kann Blödsinn reden, bis mir die Stimmbänder bluten, aber hierüber kann ich nicht sprechen. Beste Freundinnen, keine Geheimnisse? Sicher doch. Aber ich will nicht unser Abendessen ruinieren – oder Schlimmeres. Und sowieso bin ich betrunken. Ja, ja, zu betrunken. Also nehme ich mir vor, nächste Woche bei ihr vorbeizufahren, tagsüber, wenn Sam nicht da ist, und bei Kaffee und Passionsfrucht-Käsekuchen mit ihr zu reden. Sie liebt Käsekuchen. Käsekuchen wird helfen.

Sie beäugt mich misstrauisch. »Ich weiß, dass du ihn nicht magst, Soph.«

»Das ist nicht wahr.«

Schweigen. Uns beiden ist klar, dass die Unterhaltung ins Stocken geraten ist, als hätte sie eine Bremsschwelle erreicht. Wir sehen uns im Restaurant um und lächeln versonnen: Frauen, die zu viel getrunken haben und sich gut genug kennen, um das Thema zu vergessen, bevor wir uns gegenseitig mit unseren Handtaschen verkloppen. Einige der Gäste machen sich zum Aufbruch bereit, lassen sich die Rechnung bringen, gehen noch mal zum Klo. Gleichzeitig kommen die nächsten Gäste herein, rotwangig von einem Theaterbesuch oder einer Bar, übernehmen die freien Tische und bestellen Tapas.

Ein Kellner fragt uns, ob wir noch etwas wollen, was ein dezenter Rauswurf sein soll. Ich sehe auf meine Uhr. »Echt schon so spät? Mir kommt es vor, als wäre ich erst seit fünf Minunten hier. Ich sollte lieber nach Hause.«

Jenny wirkt enttäuscht. »Aber wir haben Sarahs Affäre noch gar nicht durchgehechelt.«

»Ich weiß, und Maxines neue Zähne auch nicht. Die feilen die echten Zähne auf Shane-McGowan-Stümpfe runter und verblenden sie dann. Ist das nicht total fies?«

»Ich habe gehört, dass diese Kronen dauernd abfallen.«

Ich lache durch die Nase. »Erinnerst du dich, wie mir meine Haar-Extension auf dem Primrose Hill abgeflogen und auf David Walliams Labradoodle gelandet ist?« Ich weiß auch nicht, wieso mir das jetzt wieder einfällt, aber ich sehe es lebhaft vor mir. Dieser fantastische Tag oben auf dem Primrose Hill, ganz London vor uns ausgebreitet; Freddie, damals noch ein Baby, sitzt auf der Picknickdecke und stopft sich Erdbeeren in den Mund. Das alles ist eine Ewigkeit her.

»Und der Hund bespringt dein Haarteil!«

Ich sehe die Zeit auf der großen Uhr der Frau am Nebentisch. Es ist wirklich spät.

Jenny ertappt mich. Sie weiß, was ich denke. »Ist es nicht schlechtes Karma, so viel Wein übrig zu lassen?« Sie malt mit einem Finger über das Flaschenetikett. »Und so guten Wein.«

»Aber es wäre ein bisschen studentenmäßig, zu fragen, ob wir die Flasche mitnehmen können, oder?«

»Wäre es, Soph. Ja.«

»Trotzdem eine Schande.«

»Wärst du rechtzeitig hier gewesen, hätten wir die Flasche jetzt leer.«

»Recht hast du. Was schlägst du vor?«

Jenny füllt unsere Gläser. »Alles andere wäre unhöflich.«

»Du übernimmst die Verantwortung, Jenny.« Ich hickse. »Und ich sage dir gleich, dass ich dir die Schuld gebe, wenn Ollie schimpft, weil ich sturzbesoffen nach Hause komme.«

Sie hält ihr Glas in die Höhe. »Gut, ich übernehme die volle Verantwortung. Dafür sind unverheiratete Freundinnen doch da, nicht? Die verheirateten bei ihren Männern vom Haken zu holen.«

Als wir schließlich das Restaurant verlassen, regnet es draußen. Es schüttet sogar so heftig, dass einen der Guss von der Seite erwischt. Dabei ist es eiskalt, sodass jederzeit Schneeregen droht. Die Straße glänzt nass und wimmelt von Leuten, die zu viel getrunken haben, keinen Regenschirm bei sich und dringend nach Hause wollen. Leuten wie uns, die verzweifelt ein Taxi erwischen wollen. Wir geben es auf, eines in der Beak Street zu finden, und gehen Richtung Regent Street, wo mehr Verkehr ist und die Chance mithin größer. Die Ledersohlen meiner Stiefel glitschen auf dem nassen Pflaster. Ein besetztes Taxi nach dem anderen braust vorbei. Manche knipsen ihre Lichter in dem Moment aus, in dem sie fast bei uns sind; andere werden uns von Nachtschwärmern weggeschnappt, die aus der Great Marlborough Street und vom Fouberts Place kommen. Sie kapern Taxis, die rechtmäßig unsere gewesen wären, weil wir schon seit Jahren warten. Ein eben gestohlenes Taxi schleudert uns einen Schwall Dreckwasser aus einer Pfütze über die Füße.

»Das ist Müll, Jenny. Nehmen wir uns eines von den komischen Taxis.«

»Die Mini-Cab-Fahrer sehen alle wie frisch vom Fahndungsfoto aus.«

»Um diese Zeit steige ich garantiert nicht in die U-Bahn.«

»Juhu!« Jenny packt meine Hand. »Oh, ihr Kleingläubigen. Guck mal, da ist eines, direkt hinter dem Bus.«

Wir beobachten, wie das warme, gelbe Licht in der nassen Dunkelheit näher kommt und langsam heller wird.

»Okay«, sage ich entschlossen und strecke einen Arm raus. »Aufgepasst. Das kriege ich, und wenn es mich umbringt.«

2

Der Sarg war weiß und mit einem vibrierenden Strauß Marshmallow-rosa Lilien geschmückt. Jenny kam er zu klein vor, erbärmlich dürftig. Sich vorzustellen, dass Sophies Leiche – die wunderschöne, witzige, legendäre Sophie – da drinnen lag, seit fünf Tagen tot und kalt wie Lehm, war ihr so gut wie unmöglich. Sie drückte Sams Hand fester und fühlte die steife Manschettenkante seines Hemds an ihrem Handgelenk.

Ein Schluchzen hallte durch die überfüllte Kirche. Jedes Mal, wenn das passierte, was ziemlich häufig war – alle vier oder fünf Atemzüge, wie sie gezählt hatte –, biss Jenny die Zähne zusammen, dass ihre Füllungen knarzten. Sie wusste nicht, wo sie hingucken sollte, deshalb richtete sie ihren Blick auf Ollie, der verloren in der ersten Kirchenbank stand. Seine Kleiderbügelschultern waren neuerdings leicht vorgebeugt, sein Gesicht selbst im fahlen Tageslicht überschattet. Es war, als wäre seine gesamte Kraft in seine linke Hand geflossen, mit der er Freddies hielt. Kein Wunder. Freddie wirkte so herzzerreißend winzig. Seine Kindergestalt wurde von den gigantischen Buntglasfenstern und der gähnenden Weite des Kirchenschiffs auf Liliputanerproportionen geschrumpft.

Ollie und Freddie, die beiden großen Lieben in Sophies Leben, waren flankiert von Ollies gut aussehender Mutter Vicki und, an Freddies anderer Hand, Sophs Mutter Sally. Sally war dünner denn je, nur noch Haut und Knochen in ihrem schwarzen Kostüm, und die einzelne schwarze Feder an ihrem Hut bebte. Mike, Sophs Dad, hatte einen Arm um ihre Schultern geschlungen – wobei er das eine Schulterpolster in einen unglücklichen Winkel schob – und seinen anderen um Sophies Schwester Mary. Das normalerweise hübsche Gesicht der armen Mary war vom Weinen aufgedunsen wie ein Pilz, und das Licht, das durch eine gelbe Fensterscheibe hereinfiel, verlieh ihrer Blässe einen merkwürdigen Farbton.

Zweifellos wünschten sie, dass sie, Jenny, vor den Bus gelaufen wäre anstatt ihrer wundervollen Tochter. Sie war keine Mutter, keine Ehefrau, war nie und würde nie so ein strahlender Stern wie Sophie. Und könnte Jenny es, sie würde ihren Platz einnehmen. Aber es war alles so schnell gegangen. Eine ausgestreckte Hand, ein Ausrutschen, dann das entsetzliche Knirschen von Metall und Knochen. Immer noch sah sie Sophie auf der Straße liegen. Das Bild hatte sich auf ewig in ihr Gedächtnis eingebrannt, ähnlich einer grellen Glühbirne, nachdem man die Augen geschlossen hat.

»Abgemacht.« Das hatte sie gesagt, und es verfolgte sie seither. Egoistisch hatte sie Sophie angespornt, mehr zu trinken. Dabei hätte ihr bewusst sein müssen, dass Sophie Mutter war und sie beide nicht mehr in den Zwanzigern. Sophie trug Verantwortung, wie die meisten Frauen in ihrem Alter. Jenny war der komische Vogel, wollte ihrer Freundin unbedingt so viel Zeit wie möglich abringen, konnte nicht loslassen. Hätte sie Sophie früher nach Hause gehen lassen, hätte es noch nicht geregnet, die Straße wäre nicht glatt gewesen, und dieser Bus wäre irgendwo sonst unterwegs gewesen, nicht in der Regent Street. Genau wie sie.

Wie vom Reverend gebeten – Colin, und Jenny musste daran denken, wie witzig Sophie es gefunden hätte, dass er Colin hieß – hielt sie ihr fotokopiertes Gesangsblatt in die Höhe. Oben war Sophies schönes Gesicht aufgedruckt, sodass das Blatt wie eine Pressemitteilung aussah. Das Papier zitterte, und die Farbe verschmierte unter ihren schwitzenden Fingern. Könnte sie singen? Sie war verblüfft, dass tatsächlich Töne aus ihrem Mund kamen, keine Schreie. »Jerusalem.« Soph und sie hatten dieses Lied im Laufe der Jahre oft bei Trauungen gesungen. Manche Ehen hatten überdauert, andere nicht. Und keine von ihnen war jemals so glücklich wie Ollies und Sophies.

Gewesen. O Gott! Das Gesangsblatt wackelte heftiger. Es war so, so falsch. Sie blickte hinauf zum Deckengewölbe. Tränen brannten in ihren Augen. Sophie, wo bist du? Bitte, hör auf, tot zu sein. Das ist weder toll noch witzig. Keiner lacht, verdammt!

Sie wollte am liebsten ins Bett kriechen, sich ein Kissen über den Kopf ziehen und sich wieder und wieder Sophies Bandansage auf dem Anrufbeantworter anhören – »Hier ist Soph, wagt ja nicht aufzulegen, ehe ihr eine Nachricht hinterlassen habt!« Vor allem wollte sie so tun, als wäre nichts von dem hier passiert.

»Geht es, Babe?«, flüsterte Sam, der von seinen Einsdreiundachtzig zu ihr hinuntersah.

Sie nickte. Ihr Mund war ausgedörrt, sodass sie zwar singen, aber nicht sprechen konnte. Was nichts Gutes für ihre Rede bedeutete. (Es sei denn, sie sang sie?) Der Trauergottesdienst ging weiter, zog sich quälend lange hin. Es war wie Sophies Trauung, dachte Jenny, nur umgekehrt.

O Gott, die Trauerreden! Sie war nicht mal annähernd bereit, brauchte noch mindestens sechs Monate länger, um sich vorzubereiten. Sophies Schwester Mary ging als Erste nach vorn. Ohne die geschwollenen Augen von ihren Notizen zu heben, versuchte sie sich an einigen Anekdoten von Sophie als Kind: Wie sie einmal ein Katzenbaby auf der Straße fand, das sie »Sock« nannte, und weil sie solche Angst hatte, dass ihr Vater ihr nicht erlaubte, es zu behalten, hatte sie es drei Tage lang in ihrer Wäschekommode versteckt und von Butterkeksen in Milch getunkt ernährt. Als schließlich jemand mitbekam, dass das Kätzchen da war, erklärte Sophie lang und breit, was für eine wunderbare Mutter sie dem Kleinen gewesen war. An dieser Stelle versagte Marys Stimme, und sie musste auf ihren Platz zurückgebracht werden.

Nicht sie jetzt. Noch nicht. Ihr blieben ein paar Minuten, sich zusammenzureißen. Komm schon, Jenny.

Eine andere Rednerin ging mit festen Schritten den Mittelgang hinunter. Jenny sah in das Programm. Suze. Suze Silver. Vage erinnerte sich Jenny, dass Sophie den Namen erwähnt hatte. Eine Schulmutter? Ja, sie musste wohl eine Schulmutter sein. Suze, mit langem »z«.

Suze hatte ein gerötetes Gesicht unter einem außergewöhnlichen Helm Kraushaar, das auf seine extrem unattraktive Art schon wieder merkwürdig faszinierend war. (Wie konnte sie in all ihrem Kummer auf Haare achten? Was stimmte denn nicht mit ihr?) Suze reckte ihr Kinn, sodass man das große Muttermal darunter sah, das an eine zerdrückte Rosine erinnerte, und begann zu sprechen. Ihre laute Stimme ließ alle respektvoll verstummen, als wäre sie eine evangelische Pastorin. Sie schwärmte von Sophies Engagement für die Schule und die Gemeinde, ihrem Kuchenbacken, der Organisation des Quizabends und davon, dass sie eine der elegantesten Mütter am Schultor gewesen war. Sie erzählte, wie die anderen Mütter scherzten, dass Sophie nie dasselbe Paar Schuhe zweimal trug. Dann, zehn Minuten später, endete die kraushaarige Rednerin. Colin sah erwartungsvoll zu Jenny und zog eine Braue hoch.

»Meinst du, du schaffst das?«, fragte Sam, der sichtlich Zweifel hegte.

Jenny machte sich auf den langen Weg zum Podium, wobei ihre harten Sohlen unangenehm klackerten. Ihre neue schwarze Hose, die sie sich überstürzt online für diesen Anlass bestellt hatte, schnitt beim Gehen in ihre Hüften. Sie war eine Nummer zu klein – Jenny hatte Größe vierzig, nicht achtunddreißig, und wem wollte sie hier was vormachen? Noch dazu war diese Hose von der gekünstelten Förmlichkeit eines Lokalpolitikeranzugs für die Wahlkampagne. Sie wünschte, sie hätte Sophie zu Ehren etwas Ausgefalleneres angezogen. Sophie wäre in Schwarz mit Leopardenprint gekommen, einem Vintage-Kostüm im Stil der Fünfziger, so etwas in der Richtung. Der Weg dauerte ewig, und bei jedem Schritt verschob sich der Hosenbund. Bis sie endlich am Rednerpult stand und zu den Leuten hinuntersah, hatte sich der Reißverschluss verdreht, und die Schrittnaht bohrte sich fies in ihr Fleisch. Arsch frisst Hose, super. Sophie hätte sich schlappgelacht.

Alle Augen waren auf Jenny gerichtet, und die Anspannung in der Kirche war deutlich zu spüren. Jenny konnte sie sogar hören: Tick, Tick, Tick. Wie ein Elektrozaun.

Notizen. Sie musste nur ihre Rede ablesen, und alles wäre gut. Aber die Schrift verschwamm ihr vor den Augen. Sie schluckte und konzentrierte sich. Die Worte, die sie geschrieben und morgens Sam laut vorgelesen hatte, während sie vor einem Porridge saß, das sie nicht herunterbekam, schienen plötzlich falsch, als handelten sie von jemand anderem, nicht Sophie. Hilflos blickte sie zu den vielen Reihen erwartungsvoller, geröteter, angespannter Mienen und rasch wieder nach unten. Schweiß rann ihr die Nase hinab und tropfte aufs Papier. Ich vermassel das. Ich werde es komplett und vollends vergurken.

Die Pause dehnte sich beklemmend qualvoll aus, als säße man bei einem Arzt und wartete, dass er einem Fäden aus einer Wunde zog. Sie blickte zu Sam, der verlegen dreinschaute. Dann sah sie zu Ollie, und seine traurigen schwarzen Augen wirkten erstaunlich sanft. Er war der eine Mensch, der sie hassen müsste, und tat es nicht.

»Ich habe mir diese Notizen gemacht«, begann sie. Ollie machte ihr Mut. Wenn er so tapfer sein konnte, konnte sie es auch. Das Mikrofon verstärkte ihre Stimme, die nicht wie sie klang – eher wie Margot Leadbetter. »Und sie handeln davon, was für ein wunderbarer Mensch Sophie …« Sie konnte nicht »war« sagen. Sie konnte es einfach nicht. »Aber das wisst ihr ja alle. Deshalb ist diese Kirche so gerappelt voll. Also werde ich nicht vorlesen, was ich geschrieben habe, und ich bitte alle, Nachsicht mit mir zu haben.« Sam biss sich jetzt auf die Faust, schüttelte den Kopf und guckte sie an, als hätte sie den Verstand verloren. »Ich war die Letzte, die Sophie lebend gesehen hat.« Alle hielten hörbar den Atem an. »Und das empfinde ich als ein riesiges Privileg. Wir hatten Spaß an dem Abend, an dem sie gestorben ist. Neben vielem anderem war Soph, meine älteste und beste Freundin, sagenhaft witzig. Sie konnte noch die finstersten Dinge mit Humor nehmen. Sogar hier würde sie noch etwas finden, worüber man lachen kann.« Ollie grinste überrascht, während die anderen sie mit steinernem Ausdruck betrachteten, als hätte sie etwas Furchtbares gesagt. »Und an dem Abend war sie lebendiger, als es die meisten von uns jemals sein werden. Sie war einer dieser Menschen, voller … Licht und Strahlen, der Mittelpunkt in jedem Raum. Und sie hatte die unverschämteste, lauteste Lache. Wir nannten sie früher ›die Hupe‹.« Hier geriet sie ins Stocken. Aus ihrem Mund kam ein unbeabsichtigtes Ploppen, als würde ihr das Herz wie Brausepulver auf der Zunge explodieren. Es war undenkbar, dass sie »die Hupe« nie wieder hören würde. »Wenn ich an Sophie denke, stelle ich sie mir tanzend vor. Sophie liebte es zu tanzen, und sie scherte sich einen Dr… darum, was irgendwer von ihr dachte. Solche Komplexe, wie wir sie haben, kannte sie gar nicht. Vielmehr liebte sie es, von anderen gesehen zu werden. Was mich auf das nächste Thema bringt, nämlich …« Hier legte sie eine Pause ein, weil sie unsicher war, was sie als Nächstes sagen sollte. »*Hüte!* Sophie liebte Hüte, besonders Vintage-Hüte mit Federn, und Kleider mit ausschwingenden Röcken, und Pailletten und Schuhe. Sie war die Hohepriesterin der Schuhe.« Ein kurzes Lachen ging durch die Kirche. Endlich entkrampften sich die Leute. »Sophie konnte alles anziehen, weil sie wunderschön war, vor allem aber, weil sie glücklich war. Sie machte das Glück elegant. Ihre Familie bescherte ihr dieses große Glück und diese Sicherheit, dass sie wunderbar war, wie sie war.« Ollie wischte sich mit seinem knittrigen schwarzen Sakkoärmel die Tränen ab. »Sie war wahnsinnig in Ollie verliebt. Und Freddie …« Freddie starrte auf den Fußboden, als wollte er dringend verschwinden. »Freddie machte sie zur stolzesten Mutter der Welt.« Ihre Stimme kippte. Sie schniefte und fing sich wieder. »Ich schätze, alles, was ich sagen will, ist, dass ich Sophie immer vermissen werde. Als Freundin und als Mensch ist sie absolut unersetzbar.« Sie sah hinunter auf ihre Notizen, und eine Welle von Selbstzweifeln überkam sie. Was zum Teufel dachte sie sich nur? Aufhören, aufhören! »Das ist alles, ähm, danke.«

Als sie ihren entsetzlich langen Weg zurück in ihre Kirchenbank antrat und sich die Blicke in ihre marineblaue Marks-and-Spencer-Bluse bohrten, knacksten die ersten Noten von Neil Youngs »Harvest Moon« aus den uralten Lautsprecherboxen. Reihenweise brachen die Leute in Tränen aus – die Freunde, Cousins, Ex-Freunde, Freddies Lehrer, Sophies Friseurin, ihre Putzhilfe, die Musikverlagsfreunde von Ollie, alle, die Sophie gekannt und geliebt hatten, denn wer sie kannte, musste sie ja lieben, was Jenny auch noch hätte sagen müssen. Sie fragte sich, ob die anderen den Song erkannten. Zu ihm hatten Sophie und Ollie den Tanz bei ihrer Hochzeit eröffnet. Jenny schluckte ihre Tränen herunter und reihte sich in den Strom der Trauernden ein, die hinter dem Sarg her auf den Friedhof gingen. Es herrschte gelbliches Licht, und dunkle Wolken brauten sich über dem Kirchturm zusammen. Die Luft roch nach Regen.

»Warum hast du deine Rede im letzten Moment geändert?«, fragte Sam.

»War sie doof?«

Sam zog sie an seinen dunkelblauen Anzug. Es war sein zweitbester. »Nein, deine Rede war …« Er zögerte. »Süß, wirklich süß, Jenny. Keine Sorge.«

Sie ballte die Fäuste in ihren Jackentaschen. Nichts täte sie lieber, als nach Hause zu fahren, sich ein gigantisches Glas Wein eingießen und Sophie anrufen. Das tat sie immer nach einem miesen Tag. Und dieser war der mieseste überhaupt. Sie drehte sich zu Sam und sah, wie er von Seb, dem bisexuellen Gärtner mit dem Goldzahn, den Sophie ihnen für ihre Blumenkästen empfohlen hatte, in die Menge gezogen wurde. Ohne Sam neben sich fühlte Jenny sich bloßgestellt, beobachtet, der letzte Mensch, der Sophie lebend gesehen hatte, der schlechte Einfluss. Sie wünschte, sie könnte sich wie die anderen Gäste davonschleichen, auf die Straßen Nordlondons und in ihr verändertes Leben zurückkehren. Sie blickte auf ihre Uhr. Nicht mehr lange. Die Beisetzung auf dem Highgate-Friedhof sollte nur im kleinen Familienkreis stattfinden, Gott sei Dank. Sie hätte nicht die Nerven dafür. Ihr Job war, mit Freddie zu Ollie nach Hause zu fahren und ihm Abendessen zu kochen. Und sie war heilfroh, dass sie eine Aufgabe hatte, sich nützlich machen durfte. Ja, sie musste Freddie suchen. Wo war er? Noch während sie sich zwischen den verwirrenden Hüten und Federgestecken umblickte, bemerkte sie eine Frau, die sich entschlossen ihren Weg zu ihr bahnte. »Jenny!«

Sie erstarrte. Es war die Frau, die von ihrem eigenen Haar gefressen wurde.

»Suze Silver«, stellte sie sich vor, streckte Jenny ihre behandschuhte Hand hin und zerquetschte ihr fast die Finger. »Ich habe ja so viel von dir gehört!«

»Ach ja?«, fragte sie erschrocken.

»Von Sophie«, erklärte Suze.

Jenny merkte, wie sie rot wurde. »Ja, natürlich.«

Suze kam näher und hauchte Jenny verschwörerisch ihren Keksatem aufs Gesicht. »Du warst aber mutig, so frei zu sprechen. Echt mutig.«

»Danke.« Sie lächelte und wusste nicht, was sie sagen sollte. Sophies Tod hatte eine klaffende Leere in jede Unterhaltung gerissen. Und dabei wollte jeder immer nur darüber reden.

Suze war unbeirrbar. »Du musst dich furchtbar fühlen … hier zu sein.« Sie legte eine Pause ein, damit Jenny sie mit den scheußlichen Einzelheiten füllen konnte. »Wo du doch den Unfall miterlebt hast und so«, ergänzte sie, als keine Details kamen.

Jenny wandte den Blick ab. Sie konnte Sophie noch auf dem Asphalt liegen sehen, den Knall und das Quietschen hören.

»Hör mal, tut mir leid, aber wenn du mal reden willst, jederzeit.«

»Danke.« Ich will nicht reden. Vor allem will ich nicht mit dir reden, dachte Jenny. Und ich mag deine lila Handschuhe nicht.

»Und falls es dir nichts ausmacht, melde ich mich mal.«

»Ja?« Vielleicht könnte sie einfach Suze' Haarberg hinaufklettern und über ihre Schultern hinweg fliehen.

»Ollie wird jede Hilfe brauchen, die er kriegen kann, meinst du nicht auch?«

»Ja, ja, wird er.« Sie lächelte und fühlte sich ein bisschen schlecht, weil sie vorher so verärgert gewesen war. Suze war gewiss eine nette, praktisch veranlagte Frau. Sie war Sophies Freundin. Also startete Jenny einen neuen Versuch und wühlte in ihrer Handtasche, bis sie eine abgegriffene Visitenkarte gefunden hatte. »Hier ist meine Nummer.«

Suze blickte auf die weiße Karte – »Jenny Vale, Redakteurin« – und griente triumphierend. »Super!«

Jenny gab vor, gehen zu müssen, und ließ Suze stehen.

Bevor sie weit gekommen war, berührte Ollie sacht ihren Arm. »Hi, Jenny«, sagte er so leise, dass man ihn kaum hörte.

»Es tut mir leid. Es tut mir so unsagbar leid, Ollie.« Die dunkelgraue Wolke umhüllte inzwischen die Kirchturmspitze. Auf einmal fing es zu regnen an, und spitze, eisige Tropfen pieksten in die wunde Haut um Jennys Augen.

Er blickte auf seine Uhr. »Wir gehen jetzt zum …« Eine halbe Ewigkeit zögerte er, wohl weil er das Wort »Grab« nicht über die Lippen brachte. Jenny nahm seine Hand, weil es sich richtig anfühlte, das zu tun. Doch sowie sie seine Finger in ihren hielt, wusste sie nicht mehr weiter. »… zum Grab.«

»Ich bringe Freddie nach Hause.«

Sie standen einen Moment da und fixierten den verwuschelten blonden Hinterkopf von Freddie. Keiner von ihnen rührte sich, denn sie wollten ihn nicht vom Sarg seiner Mutter wegziehen. Und Jenny hielt immer noch Ollies Hand. Sie sollte sie loslassen.

»Jenny, da ist etwas, das ich dich fragen muss.«

»Ja?« Sie hatte ein ungutes Gefühl, was das sein könnte, und ließ seine Hand los.

Dunkle Schatten lagen unter seinen Augen. Sicher konnte er nicht schlafen. »Hat Sophie über uns geredet, über sie und mich, unsere Ehe, an dem Abend, als sie gestorben ist?«

Das ungute Gefühl wurde schlimmer. Was konnte sie sagen? Wenn sie ihm die Wahrheit erzählte, könnte er Sophies Worte nach mehreren Gläsern Wein und in einer aufgewühlten Laune als ernsten Vorwurf gegen sich werten, den er nie wieder abschütteln konnte. Und Jenny hatte versprochen, es keinem zu sagen.

»Ich muss wissen, ob …«

Colin der Reverend unterbrach sie. »Ollie«, flüsterte er und legte eine beringte rosige Hand auf Ollies schwarzen Wollärmel. »Es ist Zeit.«

3

Ich bringe es nicht über mich, in den Sarg zu linsen. Ein schöner Anblick dürfte es wohl kaum sein, oder? Also lasse ich meine geliebte Familie stehen, als sie schokobraune Erde in das Loch schaufelt, schwebe an den Gräbern von George Eliot und Henry Moore vorbei, an den gotischen Gräberreihen, der Engelsstatue und durch die nassen, dunklen, efeuüberwucherten Bäume des Highgate-Friedhofs im Januar, der die Leere zwischen meinem Grab und meinem Zuhause mit kalter Luft füllt. Ich folge Jenny, die in ihrem kleinen Mini mit Freddie auf der Rückbank zurück zur Nummer dreiunddreißig fährt. Freddie guckt aus dem Fenster, stumm und verwundert. Ich folge ihnen durch die graue Haustür – *Stunden* meines kurzen Lebens vergeudete ich damit, genau dieses Wolkengrau aufzutreiben – und den erstaunlich aufgeräumten Flur. Meine Schwiegermutter war eindeutig sehr fleißig gewesen. Neben meinen alten Strickmokassins stehen ihre grauen Filzhausschuhe, die hier nicht herpassen. Ich treibe über den gestreiften Dielenboden in unsere Küche. Mit ihren Holzschränken, die uns beinahe in den Bankrott trieben, war sie stets mein Lieblingsraum. Da sind die rote Kitchen-Aid-Küchenmaschine, der extragroße Herd, der Dualit-Toaster: Dinge, die ich mit einer für Ollie stets unverständlichen Inbrunst geliebt habe. Aber natürlich hat Ollie sie trotzdem gekauft, weil er so ziemlich alles getan hat, um mich glücklich zu machen. Pingpong faucht, als ich an ihm vorbeischwebe, und schießt durch die Katzenklappe nach draußen. Wie nett! Du hast mir auch gefehlt.

Nach der klammen kalten Kirche ist der Geruch von Fischstäbchen, die Jenny brät, eine wahre Wohltat. (Jenny besitzt viele Talente, doch Kochen gehört nicht dazu. Sie könnte sich problemlos von Marmite-Toast, Schokolinsen und tiefgefrorenen Karottensticks ernähren.) Freddie isst alles auf, was mein Mutterherz erfreut. Es ist gut zu wissen, dass er seinen Appetit nicht verloren hat und der natürliche Sechsjährigeninstinkt, zu laufen, zu essen und zu wachsen, stärker ist als sein Kummer. Nach ein bisschen aufgewärmtem Reispudding mit einem halben Glas Honig obendrauf – Freddie erzählt ihr, ich hätte immer so viel obendrauf gegossen, dieser Schlingel – kuscheln sie beide sich auf das Samtsofa. Freddies Lider fallen langsam zu, als Jenny ihm *Tin und Struppi in Tibet* vorliest. Ihre Captain-Haddock-Stimme ist ein Einschlafgarant. Während er schläft, streichelt Jenny weinend seinen ungekämmten Lockenschopf. Ich bewege mich näher zu ihm. Auch wenn ich Jenny keine Angst machen will, hoffe ich doch, dass ich, wenn ich es nur fest genug will, irgendwie Wärme ausstrahle oder so, sie trösten und sie wissen lassen kann, dass ich hier bin.

Ollie und die Großmütter kommen nach Hause. Jenny setzt ihr besonders breites Lächeln auf, wie sie es immer tut, wenn keiner merken soll, dass sie geweint hat. Aber natürlich merkt es sowieso jeder. Sie ist unsicher, weiß nicht, wie sie sich verhalten soll. Einerseits will sie Freddie nicht enttäuschen, andererseits möchte sie sich nicht aufdrängen. Granny Vicki drückt Freddie an ihren Busen – der Themse-Flutwall unter den Oberweiten – und Jenny fährt wieder zu ihrer und Sams Wohnung in Camden.

Ich werde zu dem Staub im Schatten, der sich erst erhellt, als ein Knopfmond über den Schieferdächern aufgeht und Londons schlaflose Skyline in giftigem Orange erstrahlt. Da ich es nicht erwarten kann, wieder dorthin zu kommen, wo ich hingehöre, schwebe ich durch den Flur. Mich erschreckt das bebende Schnarchen meiner Schwiegermutter im Gästezimmer. Ihre Nebenhöhlenprobleme haben offenbar einen neuen Höhepunkt erreicht.

Es ist Mitternacht, und ich will auf meine Seite vom Bett, die näher am Bad, weil ich, seit ich Freddie bekommen habe, jede Nacht zum Klo muss. (Ja, ich habe die Beckenbodenübungen geschwänzt. Wer nicht?) Meine Betthälfte ist befremdlich leer. Das ist komisch, weil ich normalerweise vor Ollie zu Bett gehe, denn er hockt gerne mit einem Bier in der Hand bis spät in die Nacht vorm Fernseher. Aber jetzt ist ja nichts mehr normal, oder? Alles ist wie vorher, aber anders. Es ist wie eines dieser Bilder in Freddies Rätselbüchern, wo man herausfinden muss, was verkehrt ist: der Hund mit den fünf Beinen, die Frau, bei der eine Teekanne aus der Handtasche guckt.

Ollie liegt nicht regungslos wie ein Bär im Winterschlaf da, sondern dreht sich unruhig hin und her, sodass er die Laken zerwühlt – dieselben Laken, auf denen wir letzte Woche zusammen lagen. Er murmelt unverständliches Zeug vor sich hin, ehe er sich kerzengerade aufsetzt, das Licht einschaltet und in die Küche geht. Dort schenkt er sich einen großen Whisky ein, stürzt ihn herunter und trottet zu Freddies Zimmer, wo er unter die Piratendecke schlüpft. Freddie regt sich kurz, als Ollie ihn in seine Arme nimmt. Hier schläft mein Mann endlich ein. Ich bin ein Stück über ihnen, hebe und senke mich mit dem Luftstrom ihrer Atemzüge.

Binnen einer Millisekunde ist die Nacht vorüber. Es wird hell, Ollie pupst, Freddie streckt sich in seinem grünen Pyjama wie eine junger Pflanzenspross, und Vicki fängt an, in der Küche herumzuräumen. Besser gesagt: Sie fängt an, und das ist kein Witz, meinen Gewürzschrank umzusortieren.

Der Frau ist aber auch nichts heilig.

Stunden vermischen sich wie Spielkarten. Auf einmal ist es Montag. Ollie sieht nicht aus, als hätte er überhaupt geschlafen. Ihm fehlt der Elan, unter die Dusche zu gehen, und wenn ich ihm nahe komme, so nahe an seinen Leib schwebe, wie ich kann, riecht er nach muffigen Haaren, Haut und Schweiß. Er schwitzt viel, obwohl es kalt ist. So schwitzen sonst nur Leute, die einen Haufen Drogen in der Turnschuhsohle durch den Zoll in Dubai schmuggeln wollen. Er muss sich rasieren, doch auch das kümmert ihn nicht. Während er Freddie für die Schule fertig macht, versucht er, Vicki in den örtlichen Supermarkt zu schicken, nur rührt sie sich nicht vom Fleck. Stattdessen mischt sie sich in alles und jedes ein. Nein, murmelt Ollie. Schließlich kapiert sie den Wink mit dem Vorschlaghammer und geht Milch kaufen. Ollie wühlt in den Küchenschränken nach Freddies Brotdose. Sie ist auf dem Regal über der Spüle, wo sie immer ist, aber leider sucht er überall, bloß nicht dort. Fluchend gibt er es auf. Er steckt zwei Keks-Schokoriegel in eine alte Tesco-Tüte – zwei? – zusammen mit einem der kalten Fischstäbchen von gestern Abend, die er in Frischhaltefolie gewickelt hat – die Foliensache beeindruckt mich – und einem Marmite-Sandwich mit Brot, das mich überlebt hat. Er kämmt Freddie nicht das Haar, obgleich es in alle Richtungen absteht. Und ihm fällt nicht auf, dass Freddie unter seinem grauen Schulhemd sein Superman-Pyjamaoberteil trägt. Freddie will dieses Oberteil schon seit mindestens einem Jahr mal zur Schule anziehen.

Ollie, einer der verfressensten Männer auf dem Planeten, vergisst völlig, sich selbst etwas zu essen zu machen. Und, was ungleich dramatischer ist, er vergisst auch, den mürrischen Pingpong zu füttern. Er kann die Schultasche nicht finden, die an dem Haken in der Putzkammer hängt: demselben Haken, an dem sie seit zwei Jahren hängt.

Mir wird allmählich klar, wie viel ich gemacht habe, wie sehr ich unser Leben organisierte. Und ich mache mir Sorgen, dass Ollie nicht zurechtkommt. Denn es gibt den domestizierten Mann, und es gibt Ollie. Dieser Mann hat schon mal ein Jahr lang eine Zimmerpflanze gewässert, ehe ihm aufging, dass sie aus Plastik war. Dieser Mann hat erst letzte Woche die Waschtabs in den Trockner gesteckt. Ja, Ollie ist ein brillanter Musikproduzent. Sein Verstand kann eine unendliche Vielfalt von Noten, Akkorden und Pausen sortieren, ist jedoch außerstande, auch nur annähernd zu ermessen, wie viel Milch eine dreiköpfige Familie ungefähr pro Woche braucht. (Fünf Pints.)

Ollie und Freddie brechen endlich zur Schule auf, sich fest bei den Händen haltend. Wie gern würde ich meine Hände um ihre schlingen. Wie gerne würde ich Freddie mit den Fingern durchs Haar fahren und seinen heißen Jungennacken fühlen. Wie gerne würde ich Ollies Schultern nach hinten drücken, damit er seinen wundervollen Körper zur vollen Größe aufrichtet, statt in sich zusammenzusinken wie ein morscher Gartenstuhl. Normalerweise ist er so beruhigend stark: breitschultrig, muskulöse Brust, männlich und solide wie ein Eichenstamm. Jetzt fällt er mit jedem Tag mehr in sich zusammen. Seine Jeans rutscht an den Hüften. Sein Gesicht wirkt kantiger, unrasiert und wütend, und das Kinn ist strenger, weil er permanent die Zähne zusammenbeißt. Er erinnert mich daran, wie er in den Zwanzigern aussah, als er sich die Wochenenden im Studio um die Ohren schlug, zu viel Cola trank, statt zu schlafen, und gleichzeitig überdreht und schrecklich elend wurde. Das war bevor ihn sein »Engel aus Harpenden«, wie er mich damals nannte, rettete und ihn überredete, lieber Chablis zu trinken. Jetzt kann ich ihn nicht retten. Anscheinend kann ich ihnen nur zugucken, nicht auf sie aufpassen. Ich bin mehr eine Überwachungskamera als ein himmlisches Wesen.

Am Schultor steht eine ganze Traube von Müttern und strahlt jene verhaltene Aufgeregtheit von Frauen aus, die warten, dass die Türen zum Schlussverkauf aufgehen. Freddie und Ollie kommen die Straße entlang auf sie zu. Sofort verstummt das hektische Getuschel. Sie machen den beiden Platz, gehen zur Seite, schwingen Buggys aus dem Weg und tauschen fiebrige Blicke aus. Augen füllen sich mit Tränen.

Mein Ehemann, der Papst!

Ollie blendet sie alle aus und steuert entschlossen auf die heiter rote Tür zur Klasse 2B links vom Spielplatz zu. Der Klassenraum liegt am weitestens vom Schultor entfernt, weshalb sie den längsten öffentlichen Marsch absolvieren müssen. Das Gemurmel der Menge klingt wie fernes Donnergrollen über dem Meer. Die Mütter bereden untereinander, was die Etikette erlaubt und was nicht. Sie können sich nicht einigen, und manche von ihnen brechen aus der Schar aus und treten Freddie mit einem mitfühlenden Lächeln entgegen. Er guckt nach unten, denn er hasst es schon in guten Momenten, besondere Beachtung zu bekommen. Die Mütter kondolieren Ollie, der schuljungenhaft mit seiner Turnschuhspitze auf den gelben Linien des Spielplatzbelags schabt. Die Frauen widerstehen dem Impuls, Freddie in die Arme zu nehmen; immerhin ist er noch mein Sohn, das Kind einer anderen. Stattdessen grabschen sie nach Ollie, tätscheln ihm mütterlich den Arm oder die Hand oder, in Tash' Fall weniger mütterlich, den unteren Rücken, fast am Jeansbund. Sogar jene, die Tränen in den Augen haben und nichts zu sagen wagen, wollen Ollie anfassen, als müssten sie dringend herausfinden, wie sich ein trauernder Dad anfühlt. Vielleicht sitzen sie auch dem irrwitzigen Glauben auf, sie könnten solch einen Unglücksfall von sich abwenden, indem sie einen Betroffenen berühren. Wahrscheinlich haben wir alle schon mal darüber nachgedacht. Wenn man Kinder hat, grübelt man über die eigene Sterblichkeit nach. Die schaurigen Hypothesen des Was-wäre-Wenn. Ich habe das auch, beiläufig, selbstgewiss und in dem festen Glauben, dass solche Sachen Leuten wie uns nicht passieren.

Es klingelt. Ollies Unterlippe zuckt leicht, was kaum jemand bemerken dürfte außer mir, die seine Unterlippe genauso gut kennt wie meine eigene. Er kämpft mit den Tränen.

Wenn Ollie jetzt weint, ich schwöre, dann bietet ihm eine von denen die Brust an.

Mrs Simpson, Freddies Lehrerin, begrüßt die beiden an der Klassenzimmertür. Sie ist professionell und freundlich, macht kein Theater – wofür ihr Ollie und Freddie sichtlich dankbar sind. Sie nimmt Freddies Hand und bringt ihn in seinen alten Klassenraum, der hoffentlich wie immer ist, im Gegensatz zu allem anderen in seinem Leben. Die Tür schließt sich. Einen Moment lang steht Ollie da und starrt verständnislos auf die geschlossene Tür, als würde er in diesem Augenblick aufwachen und hätte keinen Schimmer, wer er ist. Dann festigen sich seine Züge wieder. Er holt tief Luft und geht zurück zum hohen Eisentor, den Blick starr auf den Boden gerichtet.

Das ist kein ausreichender Schutz, oh nein. Ohne Freddie, der ihn abschirmt, ist Ollie Freiwild. Einige der Frauen haben schon gewartet, dass er zurückkommt. Ich kenne ihre Migrationsmuster und weiß, dass sie um diese Zeit gewöhnlich schon zu Starbucks abgewandert sind. Jetzt hingegen lungern sie noch am Tor herum: Suze, Tash, Lydia, Liz. Die üblichen Verdächtigen.

»Können wir etwas, irgendwas für euch tun?«, fragt Suze. Ihre Riesenbrüste beben in dem tiefen Ausschnitt ihrer aufklaffenden blauen Bluse, womit sie die aufgestauten Gefühle der Gruppe recht bildhaft spiegeln.

Ollie schüttelt den Kopf und versucht zu lächeln. »Nein. Danke.« Er will weitergehen.

Lydia versperrt ihm den Weg mit einem ihrer Ugg-Boots. »Waschen?«

»Waschen?«, wiederholte Ollie verwundert.

»Sollen wir vielleicht eure Wäsche waschen, Ollie?« Lydia spricht extrem langsam, als würde sie sich mit einem Kind unterhalten. Dabei überragt Ollie ihre elfenhafte Gestalt bei weitem.

»Waschen«, sagt Ollie noch mal. Anscheinend hat er darüber bisher gar nicht nachgedacht. Nein, wohl nicht. »Meine Mutter …«

»Oder einkaufen?«, mischt sich Liz ein, deren einer Fuß mit dem Kickboard ihres Sohnes spielt.

»Ich … Ich …« Ollie ist kein redseliger Mann, normalerweise aber auch nicht um Worte verlegen. Sein leerer Blick ruht auf dem Kickboard.

»Freddie könnte mal bei uns übernachten«, schlägt Tash vor, die so nahe an ihn herangeht, dass er das Parfüm an ihrer weißen Kunstpelzstola riechen kann. (Unnötig, denn selbst ich kann es riechen, und ich bin bei den Regenrinnen der Schulaula.)

Eine zitronengelbe Sonne bricht durch die Wolken. Ollies Pupillen schrumpfen auf Bleistiftspitzengröße. In den letzten drei Wochen hat er viel Zeit allein im Dunkeln verbracht, wie ein Grubenarbeiter. Seine von Natur aus bronzefarbene Haut ist blass und scheckig. »Ich möchte Freddie lieber bei mir haben. Fürs Erste.«

»Klar, und alles so normal wie möglich. Schon klar, schon klar«, entschuldigt Tash sich hastig. »Aber wenn ich Freddie mal für dich von der Schule abholen soll, wenn du, ähm, wieder arbeiten gehst.« Sie wird rot, weil sie nicht sicher ist, ob sie etwas Falsches gesagt hat. »Nicht dass ich will, dass ...«

Mir tut Ollie leid. Wäre ich richtig dabei, hätte ich spätestens an dieser Stelle eingegriffen und ihn befreit. Ich, die Kontaktfreudige mit dem sonnigen Gemüt, das Gegenwicht zu seinen Heathcliff-Neigungen. »Danke. Das wäre klasse«, murmelt er. Er gab ihnen, was sie wollten und wartet, dass sie ihn freilassen.

Tash wirft einen unmissverständlich triumphierenden Blick in die Runde.

Ollie vergräbt die Hände in seinen Hosentaschen und unternimmt einen erneuten Versuch zu gehen.

Nicht so schnell, Freundchen! »Du *sagst* uns doch Bescheid, nicht?«, sagt Suze. Auf einmal steht sie vor ihm, ohne dass jemand mitgekriegt hat, wie sie dahin gekommen ist. Das ist Sozial-Kung-Fu. »Wenn du irgendwas brauchst, Ollie, egal was. Ruf einfach an. Du hast doch meine Nummer, nicht? Na, ich schreib sie dir für alle Fälle schnell auf. Oh, Scheibenkleister. Hat jemand einen Stift?«

Ollie grunzt, wie er immer grunzt, wenn er sich zu etwas verpflichtet fühlt. Er ist der freundlichste Mann der Welt, der beste, aber Verpflichtungen kann er nicht ausstehen. Ihm gefällt es, sich einzubilden, dass er egoistisch sein darf, wenn er will. Das ist so ein Adoleszenzding, mit dem sich viele Frauen von Musikproduzenten herumschlagen. Zumeist äußert sich sein Egoismus so – abgesehen davon, dass er sich an meiner Feuchtigkeitscreme bedient und sich weigert zu kochen –, dass er schlicht seine Kopfhörer aufsetzt und in seine Musik abtaucht. Das nervt zwar, qualifiziert ihn aber ganz sicher nicht für den Pantheon männlicher Egogötter. Früher habe ich mich oft deshalb beschwert, und jetzt wünsche ich, ich hätte es nicht. Zum einen wusste ich ja von seinen antisozialen, eigenbrötlerischen Neigungen, seit ich die ersten Male neben ihm im Bett aufwachte und er mit seinen dicken fetten Kopfhörern auf dem langen Haar neben mir saß; anfangs fand ich es sogar richtig sexy und stellte mir vor, ich wäre wie Paula im Bett mit Michael Hutchence. Zum anderen hätte ich kapieren müssen, dass dieser Fehler, so er denn einer ist, einfach zu Ollie gehört. Mir hätte längst aufgehen sollen, dass mich der Mann zu Tode langweilen würde, der dem entsprach, was ich angeblich in Ollie wollte: der domestizierte, komplett sozialisierte Muswell-Hill-Dreißiger-Dad hinter dem Kuchenstand. Warum habe ich ihm nicht viel öfter gesagt, dass ich ihn so liebe wie er ist?

Wie unsere Geheimnisse werden auch unsere unausgesprochenen Worte mit uns begraben.

4

Der Hammer.« Sam rollte sich von Jenny, was von einem fiesen Hautschmatzen untermalt wurde. »Das habe ich gebraucht.«

Jenny fiel in das leicht finstere Mikroklima ihrer Tempur-Matratze zurück. Sie fühlte sich nicht wie ein Hammer. Seit Sophie gestorben war – vor drei Wochen, drei Tagen und achtzehn Stunden – funktionierte der Sex nicht. Zumindest nicht für sie. Manchmal fragte sie sich, ob sie je wieder einen Orgasmus haben würde. Ein Teil von ihr hoffte es nicht. Sophie könnte es ja auch nicht mehr, also, warum sollte sie? Sie rasierte sich weder die Achseln noch die Bikinizone. Ja, sie verwandelte sich in die weltweit unattraktivste Frau. Und es war ihr völlig egal.

Sie wollte bloß, dass ihr Herz zu wummern aufhörte, das war alles. Das machte sie rasend. Sie hatte sich abgewöhnt, nach ein Uhr mittags Kaffee zu trinken, zwang sich, vor dem Schlafengehen bei Kerzenlicht zu baden – wobei sie auch schon einen Luffaschwamm in Brand gesteckt hatte –, aber ihr Herz sprang in ihrer Brust herum, als hätte es heimlich eine Großfamilienpackung Amphetamine eingeworfen und tanzte auf den Bassboxen eines Nachtclubs.

Sam entließ gähnend einen Schwall Morgenatem. Seine Mandeln leuchteten pink und gewölbt in seinem Rachen. Offenbar hatten die auch eine Meinung zu allem. Ja, sicher. Später würde er sich seine Zunge schrubben. Jenny kannte niemanden sonst, der seine Zunge täglich zweimal schrubbte. Sie beobachtete ihn, wie er mit seinem allgegenwärtigen iPhone hantierte. Mumford and Sons drang aus den versteckten Boxen in den Bettpfosten. Die Wohnung war voll von versteckten Lautsprecherboxen. Musik erklang ungeahnt aus Schränken, Wänden und Bädern gleich Poltergeistern und erschreckte sie. Es war eine Männerwohnung, das ideale Zuhause für Familien, die auf Fernbedienungen schworen, auf raumschiffmäßig glänzende Edelstahloberflächen und den Geruch von frisch gemahlenem Kaffee. Bisweilen kam es Jenny vor, als würde sie jeden Morgen in der Business Class aufwachen.

Er strich mit einem Finger über ihre Schulter. »Wollen wir runter zum Imbiss?«, fragte er und sah nicht mal auf, weil er mit seinem Handy beschäftigt war. Tipp, tipp, tipp. »Ich könnte ein paar ungesättigte Fette vertragen.«

»Nein, ich bin mit Freddie verabredet, schon vergessen?« Sie lächelte ihn so strahlend wie möglich an, versuchte, normal auszusehen. Dabei war nichts normal. Eine lebende Sophie wäre normal.

»Du musst für dich einen Weg finden, nach vorn zu sehen«, sagte Sam immerfort. Aber, verdammt, *wohin vorn?* Die letzten fünfzehn Jahre ihres Lebens waren Sophie und sie auf demselben Weg gewesen. Sophie hatte quasi auf dem Zug in die Zukunft neben ihr gesessen, vorzugsweise mit ihrer dicken apfelgrünen Handtasche auf dem Schoß, mit Einkaufstaschen zu ihren Füßen und Jenny so zugeneigt, dass sich ihre Schultern berührten und sie dauernd Sophies langes dunkles Haar inhalierte. Es schmeckte ausnahmslos nach teurem Honigshampoo. Sogar eine simple Zugfahrt mit Sophie war ein Erlebnis gewesen. Sie war eine dieser Frauen, die munter und laut vor sich hin plapperten und ohne etwas mitzubekommen in einem vollen Waggon über alles redeten. Sie tratschte, redete über Politik oder die Schuhe der Frau weiter hinten, die Schlagzeilen der doofen Zeitung und über Sex. Sophie liebte es, über Sex zu reden. (»Okay, Sex im Zelt. Boris Johnson oder David Cameron? Nein, nein, nein! Du musst dich für einen entscheiden, du *musst,* Jenny! Mein Gott, du wirst rot! Darüber hast du schon nachgedacht, stimmt's? Ich würde sagen, du bist eine Boris-Schnecke. Gib's zu. Nein, ich bin nicht still.«) Was würde sie jetzt für noch eine Fahrt vom Oxford Circus nach King's Cross mit Sophie geben. Einmal noch tratschen. Einmal noch plaudern. Es gab so vieles, was sie noch zu sagen hatten.

Sam blickte auf und beäugte sie mit einer Mischung aus Genervtsein und Sorge. »Alles klar, Babe?«

Sie schaltete wieder zurück auf das Schlafzimmer und die Gegenwart. »Prima!«

Sam fing an, seine morgendlichen Dehnübungen zu machen, die ihm Big Eric, sein Trainer, im letzten Monat für eine exorbitante Summe beigebracht hatte. Es waren komische und sehr schmerzhaft anmutende Verrenkungen, die unter anderem beinhalteten, dass Sam einen Arm über die Schulter nach hinten knickte. Das hatte einiges Ächzen zur Folge. »Ich bin heute Morgen steif wie eine Leiche«, stöhnte er angestrengt. »Dabei habe ich Big Eric noch gesagt, nicht mehr verfluchte Gewichte. Was für ein Sadist.«

Jenny wünschte, er hätte nicht Leiche gesagt, und beobachtete, wie sich seine Armmuskeln wölbten. Sie wurden auf jeden Fall massiger. Insgeheim zog Jenny sie ja vor, wie sie vorher waren, sehnig und stark. Und vor allem mochte sie an seinem hübschen Körper den Kopf am liebsten, das einzige, was er nicht im Fitness-Studio sonst wohin trimmen konnte. Sein Kopf war wie der von Bruce Willis, fast kahl rasiert, um die mächtig ausdünnenden Stellen zu verschleiern, symmetrisch und ein bisschen wie ein pelziges Haustier. Sie strich gerne mit der Hand drüber und fühlte die Wärme. Und ihr gefiel es, dass sein Schädel nahtlos in sein glattes, ungewöhnliches Gesicht überging, ohne Haarunterbrechung. Sams gutes Aussehen war wie auf dem Reißbrett entworfen, allerdings ein bisschen fuchsig. Sein Gesicht hätte ein Norman-Foster-Entwurf sein können.

Sie hatte ihn bei der kleinen Buchpräsentation in Marylbone damals sofort bemerkt. Er war gut gekleidet, selbstbewusst – rote Socken! – und entsprach so gar nicht dem klassischen Verlagsmenschen. Entsprechend war sie wenig überrascht, als sie erfuhr, dass er keiner war. Natürlich hatte sie gemerkt, dass seine blauen Augen ihr überallhin folgten. Ihre Schüchternheit hielt sie davon ab, seinen provozierenden Blick zu erwidern. Zu jener Zeit hatte sie keinen Schimmer gehabt, dass ebendiese Schüchternheit von ihm als arrogante Unnahbarkeit gedeutet wurde. Oder dass er es als Herausforderung betrachtete, sie rumzukriegen. (Sie hätte sofort Ja gesagt, hätte er nett gefragt.) Sam liebte Herausforderungen. Er mochte Frauen, die »ein bisschen schwierig und zäh sind, wie harter Toffee«, hatte er mal gesagt und es eingeschränkt mit: »Erst hinterher wurde mir klar, dass du eher wie Fudge bist.« Das brachte sie zum Lachen. Früher hatte er sie oft zum Lachen gebracht.

Sam ließ seinen Bizeps in Ruhe und sackte schwer aufs Bett zurück. Als er gähnte, knackte es in seinem Kiefer. »Ich bin nicht Robocop.«

»Du hast die ganze Woche bis spät abends gearbeitet.« Sie hatte es nett gemeint, aber es kam leider falsch raus und klang wie ein Vorwurf. Das passierte ihr dauernd, dass Worte falsch herauskamen.

Sam sah sie streng an. »Es ist gut, dass ich so viel zu tun habe. Bei dem derzeitigen Wirtschaftsklima sogar glänzend.«

»Weiß ich doch.« Gab sie Sam das Gefühl, seinen Job verteidigen zu müssen? Das wollte sie nicht. Er hatte mal davon geträumt, Anwalt für Menschenrechte zu werden, und endete als Scheidungsanwalt. So ging es den meisten Menschen im Leben, dass ihre Träume schrittweise runtergekocht wurden. Man musste pragmatisch sein. Jenny hatte davon geträumt, Gärtnerin zu sein, und sie war Redakteurin. Wie kam es dazu? Nun, die Miete kam, London kam, und ihre »Karriere« kam, während sie mit anderem beschäftigt war. Abende mit Freundinnen in Karaokebars zum Beispiel. Chris. Tim. Sam. Chelsea Flower Show. Ihre Strähnen. Ihre Haarwachstermine. Wie sie es vermied, jeden Sonntag zum Mittagessen nach Hause zu fahren. Dolly in der Wembley Arena. Die fordernde Fulltime-Berufung, Sophies beste Freundin zu sein. Ihre Liebe zu Büchern.

So war es gekommen, dass sie heute Punkt, Punkt, Komma und Strich einfügte und Absätze umstellte. Darin war sie gut, auch wenn es sich bisweilen anfühlte, als wäre Redigieren ihr Hobby und ihr eigentlicher Job der, ihren Drucker zum Laufen zu bringen. Zwar nahm sie jeden Auftrag an, doch ihr Fachgebiet und ihre große Leidenschaft waren die dicken Heim-und-Garten-Hochglanzbände, die nur wenige Leute kauften und noch weniger Leute lasen. Sie hatte von jeher eine Liebe zum Detail, zu dem Ameisenmarsch der Buchstaben auf einer Seite und dem aufregenden Moment, wenn sie ein neues Manuskript aus dem Polsterumschlag zog. Aber in jüngster Zeit unterliefen ihr peinliche Fehler. Erst letzte Woche hatte sie übersehen, dass ein Manuskript drei fünfte Kapitel hatte. Gäbe es so etwas wie eine Undanksagung an alle, die das Entstehen eines Buches maßgeblich erschwerten, hätte ihr Name dort an prominente Stelle gehört.

»Lass uns schön verreisen. Was meinst du? Barcelona? Rom? Das Geschäft läuft gut, richtig gut, Babe«, sagte Sam und strich ihr über den Schenkel.

Sie lächelte. »Na ja, gut, solange man nicht eines von den Scheidungspärchen ist.«

»Solange man nicht der Mann ist. Einige der Unterhaltsvereinbarungen haben's in sich, sag ich dir.« Er stieß einen Pfiff aus und blickte zur Zimmerdecke. »Es ist ein Wunder, dass überhaupt noch jemand heiratet.«

Womit sie bei dem Thema waren, das gewöhnlich so sorgsam gemieden wurde. Jenny fiel ein, dass Sophie an jenem Abend nach dem Hochzeitstermin gefragt hatte. Rasch verdrängte Jenny das Gespräch aus ihrem Kopf, setzte sich auf und schlüpfte mit den Füßen in ihre Schafwollhausschuhe. Sie wollte nicht daran denken.

»Interessanter Look.« Sam blickte grinsend nach unten.

»Oh!« Sie hatte ihre Hausschuhe falsch herum an. Gestern war sie in einem auf links gedrehten Pullover die Zeitung holen gegangen. Ihr altes Hirn fehlte ihr, das ordentliche, gut sortierte, optimistische Hirn. Wo war es hin? Es kam ihr vor, als hätte sich in der Nacht, in der Sophie starb, jemand eingeschlichen und all ihre Kästen, Bücher und Ordner auf dem Boden ausgekippt wie ein wahnsinniger Exangestellter, der das Büro des Chefs verwüstet.

»Wirfst du mir mal das Feuerzeug rüber, Schatz?«

Sie reichte ihm das kalte, schwere Zippo und blickte hinüber zu den heruntergekommen georgianischen Häusern auf der anderen Seite der Camden Street. Sie sahen anders aus, seit Sophie gestorben war, auch wenn Jenny nicht sagen konnte, was anders war. Sie fühlte das leichte Vibrieren eines Silverlink-Zugs, hörte das Rumpeln sowie den Fernseher des schwerhörigen Nachbarn. Diese vertrauten Geräusche klangen neuerdings fremd wie die vor einem Hotelzimmer am ersten Morgen in einer neuen Stadt.

Sam blies eine Rauchwolke aus. »Wohin willst du mit Freddie?«

»Ich dachte eigentlich an den Zoo, aber es ist zu kalt, glaube ich.« Der frostige Himmel draußen hatte die Farbe von Altherrenunterhosen. »Ich erinnere mich noch, wie ich als Kind bei solchem Wetter in den Zoo geschleift wurde. Das Einzige, was man da zu sehen bekommt, sind Lamas und seltene Schweinerassen.«

»Nichts gegen seltene Schweinerassen. Vorzugsweise zwischen zwei Brotscheiben und mit einem Klecks Ketchup.«

Sie biss sich auf die Unterlippe; mittlerweile hatte sie dort schon eine Vertiefung, ähnlich dem Schlagloch vor der Haustür, das die Gemeinde partout nicht auffüllen wollte. »Warum kommst du nicht mit?«

»Ich steh nicht auf Zoos, Babe.«

Sam stand nicht auf alles nördlich von Watford, auf Billigflieger oder Schuhe mit Gummisohlen. Das mit den Zoos war neu. »Hmm?«

»Der Anblick von Tieren in Käfigen macht mich stinkwütend.«

»Dann hättest du lieber Tierschutzanwalt werden sollen.« Es war als Witz gemeint, doch er warf ihr einen finsteren Blick über den Rand seiner Kaffeetasse zu. »Aquarium?«

»Ein Wassertank ist auch ein Käfig.«

»So gesehen ist es eine Wohnung ebenfalls. Ach bitte, Schatz, komm mit.«

Er schüttelte den Kopf. »Du weißt, wie ich mit Kindern bin, Jen. Ich weiß nie, was ich mit ihnen reden soll. Ganz zu schweigen von …«

»Schon gut. Vergiss es.«

»Was hältst du davon, wenn ich dich vorher zum Mittagessen ausführe?«, fragte er. Es sollte gewiss ein Trost dafür sein, dass er nichts mit Freddie und ihr unternehmen wollte. »Danach kann ich dich nach Muswell Hill fahren.«

»Danke, aber ich esse mit Ollie.«

Ein Schatten legte sich über Sams Züge. Er drückte seine Zigarette aus und stieg aus dem Bett. Led Zeppelins »Whole Lotta Love« erklang aus den Boxen. Er drehte die Musik lauter und bewegte die Lippen zum Text.

»Was?«

»Du bist in letzter Zeit mehr mit Ollie zusammen als mit mir.«

»Also ehrlich, Sam.« Sie schüttelte den Kopf, weil sie es für überflüssig hielt, es ihm schon wieder erklären zu müssen. Sie sprachen ja nicht zum ersten Mal darüber. »Er kommt nicht gut allein klar. Und ich schulde es Soph, jetzt für ihn da zu sein.«

Sam verdrehte die Augen. »Bei dir hört es sich an wie ein Country-und-Western-Lied. Süße, Ollie ist ein erwachsener Mann. Er braucht schlicht Freiraum, um sich bewusstlos zu saufen und um Sinn und Verstand zu vögeln.«

»Sam!« Sie merkte, wie sich die Atmosphäre zwischen ihnen erneut auflud. Seit Wochen baute sich diese Spannung zwischen ihnen auf und würde sich wohl bald in einem krachenden Gewitter entladen.

»Du kannst das nicht wiedergutmachen, Jenny, kapierst du das nicht?« Seine Stimme klang höher, was sie immer dann tat, wenn er wütend war, es aber nicht zeigen wollte. »Du kannst Sophie nicht zurückholen.« Er nahm ihre Hand und drückte ihre Fingerspitzen an seinen weichen Morgenmund. Nun würden sie den ganzen Tag nach Zigaretten riechen.

»Sophie hätte auf dich aufgepasst, wenn ich gestorben wäre«, sagte sie leise.

Er grunzte kehlig.

Jenny riss ihre Hand weg. Ihr Zorn wuchs synchron mit Jimmy Pages Gitarrensolo. »Hast du Sophie überhaupt gemocht, Sam?«

Er war sichtlich erschrocken und wurde ein bisschen blass. »Was soll das heißen?«

»Ich meine nur, dass du nicht sonderlich betroffen wirkst. Du benimmst dich, als wäre alles wie immer.«

»Was soll ich denn deiner Meinung nach tun? Im T-Shirt rumlaufen?«

Nein, die Trauer hatte keinen von ihnen zu einem besseren Menschen gemacht. Und dieses Gezanke war genauso banal wie das permanente Gefühl, etwas verloren zu haben. Ihre Schlüssel? Ihr Handy? Sie wühlte in ihrer Handtasche herum, bis ihr klar wurde, dass es Sophie war, die sie verloren hatte.

»Sie war eine schöne Frau, die zu jung gestorben ist. Aber sie war nicht *meine* Frau, Jenny. Ich werde nicht so tun, als wäre mein Leben durch ihren Tod schlechter.« Sam zog seinen weißen Slip an und rückte seine Hoden zurecht. »Und ich weigere mich, auf Kommando hyperemotional zu werden.«

»Ich bitte dich gar nicht, hyperemotional zu werden, sondern lediglich, nicht so … so … gleichgültig zu sein!«

Er starrte sie ungläubig an. »Du denkst, es kümmert mich

nicht? Verdammt, du kennst mich wirklich nicht, was, Jenny?«

Auf Sams Zureden hin – »Sport ist ein Stimmungsaufheller« – war sie in einen qualvollen Bauch-Beine-Po-Kurs gegangen, wo sie ein Leo-Sayer-Doppelgänger trainierte und sie mit »Ey, du da hinten mit den Haaren!« anschrie, als sie keine Scherensprünge mehr machen konnte, weil ihr die Brüste wehtaten. (Und was stimmte mit ihrem Haar nicht? Der hatte es gerade nötig!) Ihre hinteren Oberschenkelmuskeln schrien vor Schmerz, und von Girls Aloud klingelten ihr die Ohren, als sie hinterher reichlich ungeschickt vom Fitnesscenter-Parkplatz fuhr. Dabei wurde sie von drei Jugendlichen in Kapuzenpullis bespöttelt, die sie fragten, ob sie »The Stig« wäre, der Testfahrer aus dem BBC-Automagazin. Jetzt war sie hier, immer noch ziemlich angefressen, und hockte in einem Verkehrsstau in Richtung Muswell Hill. Immerhin hatte sie das vollends verstopfte Stadtzentrum hinter sich. London pulsierte unter einer grauen schmutzigen Schneeschicht.

Ob Ollies Mutter Vicki heute bei Ollie war? Jenny hoffte nicht. Sophie nannte sie immer »Joan Collins' verschollene Schwester aus Basingstoke«. Andererseits war sie Jenny immer noch lieber als Sophs arme Mutter, die ein Bündel aus Tränen, Kummer und Anlehnungsbedürfnis war. Letzte Woche hatte sie Jenny allabendlich angerufen und wollte mit ihr sämtliche Einzelheiten des schicksalhaften Abends durchsprechen. Was hatte Sophie getrunken? Was hatte sie gegessen? Worüber hatten sie geredet? Der Schmerz in ihrer Stimme war durchdringend wie ein Kratzen von Fingernägeln auf einer Tafel. Ein Kind zu verlieren, war immer furchtbar, egal wie alt es war. Es schmerzte Sophies Mutter nicht weniger, als wäre die Tochter fünf gewesen.

Jenny hielt an einer roten Ampel, schaute sich um und atmete die Anspannung des Innenstadtverkehrs aus.

Bäume. Sie waren das Erste, was ihr in Muswell Hill auffiel.

All die Bäume, die jetzt kahl waren, bildeten im Sommer eine grüne Kulisse für die breiten Straßen, in denen die Menschen hauptsächlich weiß waren und der Ausblick malerisch. Von mehreren Stellen aus konnte man London unterhalb der Hügel ausgebreitet sehen wie ein angerichtetes Mahl. Jenny parkte vor Ollies Haus. Es war ein typischer Vorortbau im edwardianischen Stil. Auf dem oberen Glasteil der blassgrauen Haustür stand in modischer »Circus«-Schrift die Nummer 33. In der Recycling-Kiste neben dem Gartenweg türmten sich beängstigend viele leere Weinflaschen und Bierdosen sowie ein kaputter Roller, den die Müllabfuhr offenbar nicht mitnehmen wollte. Die Jalousien waren geschlossen, und auf dem überfrorenen Weg zur Haustür waren keine Schuhabdrücke zu sehen. Jenny klopfte und wartete einige Minuten, bis Freddie öffnete. Er war in seinem Superman-Pyjama und hatte einen Stapel abgegriffene Fußballkarten in der Hand.

»Hi, Freddie!« Sie umarmte ihn und schnupperte an seinem Haar. Es roch nicht frisch und jungenhaft nach Wind und Erde wie früher. Nein, heute müffelte es eher, und seine engelsgleichen Locken waren hinten platt gedrückt. »Geht's dir gut?« Blöde Frage.

»Ja, danke.« Freddie lächelte höflich, wie Sophie es ihm beigebracht hatte, brach den Blickkontakt jedoch schnell ab. Jenny fragte sich, ob er die entsetzliche Wahrheit, dass seine Mutter nicht wiederkam, schon begriffen hatte. Der sichtlich abgemagerte Pingpong strich ihm um die Beine und maunzte elend.

Im Flur herrschte Chaos. Letzte Woche war es bereits chaotisch gewesen, und nun herrschte nicht bloß Durcheinander, sondern es hatten sich mehrere Schichten von Unordnung aufgestapelt: die vom Dienstag auf die vom Montag, und so weiter. Überall lagen Stiefel gleich gefallenen Soldaten. Eine leere Pommes-frites-Schale lag in Freddies Fahrradhelm. Es schien, als hätte sich Sophies Tod einer Lavawoge gleich über alles gewälzt und es an Ort und Stelle erstarren lassen. Im

Wohnzimmer lief der Fernseher und zeigte das Sky-Menü. Die Grünpflanze im vorderen Erkerfenster ließ traurig die Blätter hängen, deren Ränder sich bereits gelblich wellten. In der Ecke des Samtsofas lag eine zerknüllte Bettdecke, unter der kein Ollie lag. »Wo ist dein Daddy, Süßer?«

»In der Küche«, antwortete Freddie.

Jenny legte ihm sanft eine Hand an die nach wie vor kindlich runde Wange, woraufhin Freddie sich achselzuckend abwandte und nach oben lief.

Ollie – oder vielmehr ein Mann, der Ollie vage ähnelte – hockte zusammengesunken unter dem riesigen »No Future«-Poster der Sex Pistols in der Küche und starrte auf ein verkrumpeltes Stück Papier. Er trug dieselbe schwarze Jeans wie bei Jennys letztem Besuch und denselben blauen Cashmere-Pulli mit dem gigantischen Loch am linken Ellbogen. »Ollie?«

Mit geschwollenen Augen blickte er auf und versuchte zu lächeln. »Hi, Jenny.« Seine Stimme klang nach einem Kettenraucher, und Jenny wollte schwören, dass die grauen Sprenkel an seinen Schläfen vor einer Woche noch nicht da gewesen waren. Am liebsten hätte sie ihn in die Arme genommen und gedrückt, nur hatte sie das Gefühl, als dürfte sie es nicht und wäre auch schlicht nicht vertraut genug mit ihm. Eigentlich war sie Ollie gegenüber stets eher schüchtern gewesen, weil er zu gut aussah. Zudem kannte sie ihn nur so, wie Sophie ihn gesehen hatte. Sophie war ihre beste Freundin gewesen und Ollie deren Mann. Im Falle einer Scheidung – um die klassische Testfrage zu bemühen – hätte Jenny keinen Kontakt mehr zu ihm gehabt. Aber nun waren sie hier, zusammengeworfen, weil das Unwahrscheinlichste geschehen war.

»Du kriegst einen Vollbart.«

Er strich mit den Fingern hindurch. »Ein bisschen bin-Laden-mäßig?«

»Nein, eher Jim-Morrison-artig.«

»Riders on the storm.«

Ein Musikbezug immerhin. Das war ein gutes Zeichen! Er

funktionierte also wieder. Vor lauter Erleichterung lächelte Jenny zum ersten Mal heute. Ihr gefiel es in Nummer 33, denn abgesehen von allem anderen verblasste ihr Unglück neben seinem, und sie durfte sich wie die Vernünftige von beiden fühlen. »Irgendwelche Grannies im Haus?«

»Ich habe Mum weggeschickt.«

»Ehrlich?«

»Keine Sorge. Sie ruft natürlich alle paar Stunden an. Wie eine Zeitansage.« Er schob den weißen Papierfetzen höher und imitierte eine Frauenstimme. »Es ist vier Uhr, Oliver. Bist du inzwischen angezogen? Hast du Sophies Konten aufgelöst? Es ist fünf Uhr, Oliver, hat Freddie schon Abendbrot gegessen? Hast du mit den Anwälten gesprochen? Wann kommt der Fall vor Gericht? Und so weiter und so fort.« Er schüttelte den Kopf. »Die Gute treibt mich in den Wahnsinn.«

»Ähm, ich schätze, es gibt viel zu regeln.« Jenny konnte es sich bestenfalls ungefähr vorstellen.

»Wir sterben, und was bleibt dann übrig?« Ollie schob verärgert den Stuhl zurück. »Verwaltungsmist. Wir hinterlassen nichts als Behördenkram. Ein Scheiß!«

»Vielleicht war es zu früh, deine Mutter nach Hause zu schicken, Ol«, sagte sie und fragte sich, wann sie angefangen hatte, ihn »Ol« statt »Ollie« zu nennen und ob das nicht übertrieben vertraulich war. Sophie hatte ihn so genannt. »Was ist mit Sophs Schwester? Würde …«

»Ich muss das allein regeln.« Unheimliche Mittelaltermusik erklang aus den Boxen in der Küche. Sie erinnerte Jenny an Kirchen und Gruften. Nein, die würde ganz bestimmt nicht helfen. Er brauchte Emmylou Harris.

Er sah sie an und schien ihre Gedanken zu lesen. »Entweder das oder ich spiele Sophies Stimme vom Anrufbeantworter ab.«

Plötzlich hatte Jenny ein Déjà-vu und trat unwillkürlich einen Schritt zurück. Vor zwei Jahren. Ein dunkler Winternachmittag. Sie ging auf die Eingangstür zu, hörte laute, langsame, altmodische Musik. Im Haus brannten die Lichter, und die Vorhänge waren offen, sodass sie Sophie und Ollie sah, die Arm in Arm im Wohnzimmer tanzten. Sie waren vollkommen in sich versunken gewesen. Ollies Arm war um Sophies Taille geschlungen, und Sophie hatte ihn verliebt angesehen. Wie Taylor und Burton, hatte Jenny gedacht. Die erotische Intensität des Bildes hatte sie erschreckt, und weil sie nicht stören wollte, hatte sie sofort kehrtgemacht und war zwei Mal um den Block gegangen. Dabei wurde ihr bewusst, dass sie noch nie so mit jemandem getanzt hatte. Die beiden hatten es gehabt. Und jetzt das. Es war unsagbar traurig. »Du darfst nicht allein sein«, sagte sie ruhig. »Nicht jetzt.«

»Ich bin nicht allein. Ich habe Fred.« Er blickte aus dem Fenster, wobei seine Augen etwas Unsichtbares in mittlerer Entfernung fixierten. »Hier drinnen kriegte man keine Luft mehr mit den ganzen Leuten, Jenny. Wir sind vor Kummer erstickt. Glaub mir, so ist es leichter.« Wieder schüttelte er den Kopf. »Vor ein paar Tagen hatte ich einen Energieschub, bin rumgerannt und habe alles Mögliche erledigt. Ich habe die Idioten von Orange angerufen, ihre Bausparkasse, irgendeinen Schwachkopf bei London Transport. Und ich fühlte mich fast zuversichtlich, so beknackt das auch klingen mag, aber dann … bin … bin ich einfach zusammengebrochen.«

»Oh, Ollie.« Dieser große, eindrucksvolle Mann war so hilflos wie ein kleiner Junge. Das war nicht richtig. Dennoch musste er es durchstehen. Er musste. Sie würde dafür sorgen, dass er es durchstand.

»In meinem Kopf dreht sich alles. Wenn ihr beide eine halbe Minute früher aus dem Restaurant gekommen wärt … Wenn ihr ein Taxi gekriegt hättet …« Er verzog das Gesicht. »Diese ›Was wäre, wenn‹-Fragen treiben mich so weit, dass ich mir die Haare ausreißen will. Scheiße. Scheiße! Ich kann das nicht erklären.« Er sah sie verzweifelt an. »Ich will nicht *sein,* Jenny. Ich kann einfach nicht mehr leben. Verrate mir, wie. Bitte!«

Nun beugte sie sich zu ihm, weil sie ihm nahe sein musste.

Er roch anders als Sam, salziger. Sie erkannte den Geruch von Sophie wieder, die immer ein wenig salzig nach Ollie gerochen hatte, so wie andere Leute nach ihren Wohnungen rochen.

»Ich will nicht hier sein, Jen«, sagte er so leise, dass sie ihn kaum verstand.

»Sag das nicht, Ollie. Freddie braucht dich.« Sie bemerkte, dass sich ein Coco Pop in seinem Bart verfangen hatte.

Ollies Blick verfinsterte sich. »Ich brauche ihn mehr, und das hasse ich. Es sollte andersrum sein.«

»Ich finde, du hältst dich gut, Ollie. Wirklich.« Sollte sie ihm das mit dem Coco Pop sagen?

»Jeden Morgen wache ich mit dem Wissen auf, dass sie nicht nur nicht mehr da ist, sondern ich einen weiteren Tag vor mir habe, an dem sie mir fehlt. Dann warte ich trotzdem den ganzen Tag auf sie, will mir einreden, dass sie nur spät dran ist.«

Die Mönche stimmen einen lauteren Gesang an, bei dem sie dieselben lateinischen Wörter immer wiederholen.

»Ollie, Trauern ist ein Prozess.« Sie wünschte sich inständig, ihr fiele etwas weniger Abgedroschenes ein. »So wie jetzt wird es sich nicht immer anfühlen.«

Er schnaubte. »Glaubst du das ernsthaft?«

»Ja, das glaube ich. Ich muss.« Nur war es noch nicht so. Und seltsamerweise wollte ein Teil von ihr gar nicht, dass das passierte. Ihre Trauer war alles, was ihr von Sophie blieb. Sie fragte sich, ob Ollie genauso empfand. Oder gab es verschiedene Formen von Trauer? Verschiedene Misch- und Unterarten? War die Trauer einer Mutter, die ein Kind verlor, völlig anders als der Schmerz, eine Freundin oder seine Frau zu verlieren? Oder steckten sie alle in dem gleichen schwarzen Tunnel fest, bloß an unterschiedlichen Stellen und manche näher am Licht als andere?

Ollie drehte sich eine Zigarette und leckte den Papierrand mit der Routiniertheit von jemandem an, der es immerzu tat, nicht wie jemand, der angeblich vor Jahren mit dem Rauchen aufgehört hatte, als Sophie mit Freddie schwanger wurde. Blaugrauer Rauch schlängelte sich zwischen seinen Lippen hervor, über den Bart und stieg gespenstisch in die Luft auf. »Gestern bin ich aufgewacht, und ich schwöre, ich konnte mich nicht erinnern, wie sie aussah. Die Vergangenheit verblasst, Jen.«

Jenny biss sich auf die Lippe, um nicht zu weinen. Sie war hergekommen, um Ollie zu trösten, und auf keinen Fall sollte er genötigt sein, sie zu trösten. Sie musste stark bleiben – stark, beherrscht und eine Hilfe.

»Es gab sonst keinen, verstehst du? Es war unsere Welt, wir zwei. Sie war die Zeugin. Jetzt ist alles weg. Alles ist verdammt noch mal weg.«

Ich war da, dachte Jenny. Ich habe es gesehen. Ich habe gesehen, wie ihr euch verliebt habt. Ich habe gesehen, wie glücklich du Sophie gemacht hast. Ihr beide wart für mich der Maßstab jeder Beziehung, *meiner* Beziehung. Ihr zwei wart so, wie es sein soll. Sie sah die beiden wieder tanzen, den Blick in Ollies Augen, als er Sophie ansah: voller Staunen und unendlicher Sinnlichkeit.

Freddie kam in die Küche gestürmt. »Ich hab Hunger!«

»Hast du? Ähm …« Ollie kratzte sich am Kopf, als wüsste er nicht recht, was sein Sohn meinte. »Möchtest du einen Toast?«

»Hatten wir heute doch schon, Daddy. Du hast da was im Bart. Bäh!« Er rupfte den Coco Pop aus Ollies Bart und schnippte ihn auf den Fußboden.

Ollie ging zum Kühlschrank, öffnete ihn und guckte blind hinein. Ein abgestandener Käsegeruch waberte durch die Küche.

»Ich laufe schnell zum Laden«, sagte Jenny. Hier war endlich mal etwas Sinnvolles, das sie tun konnte. Etwas Mütterliches. »Da ist ein ganz guter Feinkostladen weiter oben in der Hauptstraße, nicht?«

»Kannst du Schokoladenkuchen mitbringen?«, fragte Freddie.

»Klar. Was immer du willst.« Sie zwinkerte Ollie zu. »Schokoladenkuchen zum Frühstück, Mittag und Abendessen.«

Freddie zog an Ollies Hand. »Darf ich *Deadly 60* gucken?«

Ollie verneinte. »Du hast sowieso schon zu viel ferngesehen, Fred.«

»*Strictly?*«

Jenny schmunzelte. »Du guckst die Tanzshow, Freddie?«

»Freddie liebt sie«, sagte Ollie grinsend. »Soph hat ihn damit angesteckt. Sie hat sogar alle Folgen auf Sky Plus gespeichert.« Er sah nach unten auf die Fliesen. »Da sind sie noch, und er guckt sie sich wieder und wieder an.«

»Hach, wenn ich die nur auch gucken dürfte; Sam erlaubt es mir nicht«, flüsterte sie Freddie zu. »Wir zwei müssen mal einen heimlichen *Strictly*-Nachmittag einlegen, Freddie.«

Freddie strahlte. »Jetzt?«

»Nein, nicht jetzt«, sagte Ollie rasch. »Ich rede gerade mit Jenny.«

»Daddy …«

»Ja, okay, *Deadly 60.*« Freddie rannte aus der Küche, ehe Ollie es sich anders überlegen konnte. Ollie verdrehte die Augen. »Ich kann ihm nichts abschlagen.«

»Völlig verständlich.«

»Er ist mein kleiner tapferer Held. Er verdient diesen ganzen Mist nicht.« Ollie zog noch einmal an seiner Zigarette und drückte sie halb geraucht aus. Dann sah er aus dem Fenster. Cremeweißer Schnee bildete eine Puderzuckerschicht auf dem Fenstersims, luftig und fest zugleich. Wie Liebe, dachte Jenny auf einmal. Wie wahre Liebe sein sollte. Wie Soph und Ollie. »Wie geht es Freddie?«

»Er hat Albträume.« Ollie stützte sein kantiges Kinn in die Hände, und Jenny bemerkte, dass seine Fingernägel schmutzig waren. »Aber es geht besser, wenn er in meinem Bett schläft. Letzte Nacht hat er von Ben 10 geträumt. Ist das ein Fortschritt?«

»Unbedingt.« Jenny blinzelte heftig, weil sie fürchtete, dass ihr die Augen überliefen. Mit dem meisten konnte sie fertig werden, nicht aber mit dem Gedanken, dass Freddie seine Mutter verloren hatte. »Und die Beratung?«

»Die Frau ist nett und meint, er hält sich okay. Eine gute Mutterfigur, sagt sie.« Er zog die Brauen zusammen ob der Ironie. »Das hilft.«

»Auch eine gute Vaterfigur.«

Ollie drehte sich zu ihr, und seine schwarzen Augen funkelten. »Jenny, er denkt, dass sie immer noch irgendwie *hier* ist! Dass sie mit ihm redet. Dass sie in seinem Zimmer ist.«

Jenny spürte, wie sich ihre Nackenhaare aufstellten. »Manchmal fühle ich sogar, dass Sophie noch hier ist«, gestand sie leise. Das hatte sie Sam nie erzählt, denn er würde ihr sagen, dass sie sich einkriegen soll. »Du auch?«

Stille. Dann holte er tief Luft und sagte: »Ja.«

Jenny war froh, dass sie es nicht allein war. »Redest du mit ihr?«

»Sie antwortet nicht«, war alles, was er sagte, bevor er wieder zum Fenster sah. Der Himmel über den Dächern war inzwischen blau mit Daunenkissenwolken und rahmte Ollies krähenschwarzes Haar ein. »Aber sie und Freddie waren sich so nahe … so … so verbunden, dass sie ihn vielleicht eher erreicht.« Er schloss die Augen. »Ich gehe am Montag wieder ins Studio.«

Jenny stockte. »So früh?«

»Ich muss irgendwas tun.« Ollie drehte sich noch eine Zigarette. »Und wer soll es sonst machen?«

»Und was ist mit Freddie? Wer bringt ihn zur Schule und holt ihn ab und so?« Jenny kannte sich nicht damit aus, was um ein Kind herum alles zu organisieren war, aber sie hatte oft genug gehört, wie Sophie von den endlosen Terminen erzählte. Jedenfalls kam es Jenny aus Sophies Erzählungen enorm kompliziert vor und erforderte eine militärische Planung. Der Grund, weshalb Sophie nicht wieder zu arbeiten anfangen konnte, war der, dass Ollie zu den absurdesten Zeiten im Studio war und oft erst spätabends nach Hause kam. Wie wollte er, der ohnehin nicht zu den organisiertesten Männern gehörte, bei seinen Arbeitszeiten auch noch in Sophies Fußstapfen treten?

»Keine Sorge, Jenny, ich kriege das schon hin.«

»Ich helfe dir gerne, so gut ich kann. Ich meine, ich kann ihn zum Schwimmen fahren oder sonst wohin, wenn du willst«, stammelte sie, weil sie auf einmal Angst hatte, sich aufzudrängen. »Ich wünschte, ich könnte mehr tun, Ollie. Wenn ich doch nur näher dran wohnte.«

Ollie stand auf, ging langsam zum Kühlschrank und holte sich ein Bier raus.

Sollte sie etwas zu dem Trinken sagen? Nein, das sollte sie nicht. Nicht jetzt. Egal. »Kann ich heute noch irgendwas für dich tun? Ich meine, wo ich schon mal hier bin. Ich habe das Gefühl, ich sollte irgendwas machen.«

Er knackte die Dose auf und sah sie streng an. »Vielleicht kannst du mir die Liste auf dem Tisch erklären.«

»Wie bitte?« Sein veränderter Tonfall erschreckte sie.

»Dieser Zettel auf dem Tisch.«

Sie beugte sich vor und betrachtete das zerknitterte Blatt mit Sophies großer runder Handschrift. »Was ist das? Eine Liste, was sie erledigen muss?« Sie lächelte. »Sophie war die Königin der To-do-Listen.«

Früher sagte Sophie, ohne ihre To-do-Listen wäre sie die chaotischste Mutter überhaupt. Jenny glaubte das zwar nie, denn Sophie hatte schon immer ein Händchen fürs Häusliche gehabt, und auch wenn Sophie oft zu spät war – was sie eher glamourös denn desorganisiert aussehen ließ –, wusste sie doch immer, wo sie weshalb sein musste. Sie vergaß nichts, keine Vorsorgetermine und keine Großmuttergeburtstage. Jede Umgebung, in der Sophie sich länger als zehn Minuten aufhielt, richtete sie erst mal nett ein, sei es ein Zelt – sie campte mit Lichterketten – oder ihr Zimmer im Studentenwohnheim. In Letzterem hatten Orchideen gestanden, die nicht eingegangen waren, mit indischen Seidentüchern drapierte Tischleuchten und Porzellandosen für Watteballchen und sonstiges auf der Kommode. All das wirkte zu jener Zeit nachgerade unglaublich chic. Damals schminkte Jenny sich noch mit feuchtem Klopapier ab und hatte als einzige Wanddekoration ihren Vorlesungsplan vorzuweisen.

Jenny glättete den Zettel mit der Handkante und las:

Ollie Zahnarzt
Fischöl kaufen
Suze für den Spielenachmittag danken
Regenrinnen!
Kuchenstand zweite Klasse nächsten Freitag – backen?
Wurzeln
TÜV
Lobotomie
Mit Jenny reden [trauriges Emoticon]

»Mit Jenny reden?« Verwundert runzelte sie die Stirn. Was sollte der finstere Smiley? »Nein, tut mir leid. Ich habe keine Ahnung.«

»Und was soll ›Lobotomie‹? War sie so angeödet von ihrem Leben, Jenny?«

»Nein!«

»Sie war gefrustet. Ich hasse das!« Er rang die Hände. In glücklicheren Zeiten hatte Jenny diese Hände über Klaviertasten tanzen gesehen, wenn er nach einigen Mojitos eine improvisierte Version von »Benny and the Jets« spielte. Heute sahen sie irgendwie gebrochen aus.

»Hör mal, Sophie war klug.« Jenny versuchte, ruhig, gefasst und vernünftig zu klingen, obwohl sie in Panik geriet. Ihr fiel seine Frage auf dem Friedhof wieder ein, die er zum Glück nicht noch einmal gestellt hatte. Aber jetzt hing sie gleichsam in der Luft. »Sie war eine von diesen Frauen, die alles hätten machen können. Und sie entschied sich für ihre Familie, weil sie es so wollte. Dich. Freddie. Das hier. Genau das. Sie war so glücklich, richtig glücklich. Ihr beide wart alles, was sie sich wünschte, Ollie. Ich kannte sie sehr gut, und ich weiß, dass sie euch und euer Leben mehr als alles andere geliebt hat.«

Als er sich an die Kühlschranktür lehnte, fielen mehrere Magneten zu Boden. »Ich suche einfach nur nach … nach einem Beweis.«

»Einem Beweis wofür?«

»Weiß ich nicht. Irgendwas. Irgendwas …« Seine Stimme versagte, und Jenny bekam eine Gänsehaut.

Der Zoobesuch war aufgeschoben, und Jenny zog die Tür von Nummer 33 hinter sich zu. Sie empfand einen Anflug von Erleichterung, als sie zum Muswell Hill Broadway ging, um nach dem Feinkostladen zu suchen. Unter ihren Füßen knirschte frisch gefallener Schnee. Wieder fragte sie sich, was es gewesen war, worüber Sophie mit ihr reden wollte. Was sollte der mürrische Smiley? Es musste etwas Übles gewesen sein und wichtig für sie, weil sie es unterstrichen hatte. Wie furchtbar, dass Jenny es nun nie erfahren würde.

Der Broadway war wie immer: eine Armada von teuren Kinderwagen, glitzernde Schaufenster mit handgestrickten Spielsachen und Biokosmetik, dampfende Lattes und Zimtkuchen. Im ersten Moment empfand sie eine tröstliche Vertrautheit, um gleich darauf von einem überwältigenden Verlustgefühl erdrückt zu werden. Ihr wurde bewusst, dass es niemanden gab, mit dem sie so bummeln konnte wie mit Sophie. Es war einer von einer Million Gründen, weshalb ihr Sophie immer fehlen würde.

Sophie liebte Einkaufen. Über Schnäppchen konnte sie sich riesig freuen. Als sie beide in den Zwanzigern waren, hatten sie viele Wochenenden auf dem Camden-Market und in der Portobello Road oder der Brick Lane verbracht. Sophie kaufte solidarisch ein: Sie war ebenso froh, wenn sie etwas für Jenny fanden wie für sie selbst. Und sie liebte es, Geschenke zu kaufen, Geld auszugeben. Ihre Augen hatten gestrahlt vor Glück, wenn sie Geldscheine oder ihre Kreditkarte zückte. Jenny hingegen machte Geldausgeben Angst. Ihr war von kleinauf beigebracht worden, dass man sparsam sein musste, und schon als Kind war sie stolze Besitzerin eines Postsparbuchs gewesen, auf das sie jedes Jahr zwei Pence Zinsen bekam. Trotzdem machte es immer Spaß, mit Sophie shoppen zu gehen, auch wenn es manchmal ein bisschen aus dem Ruder lief. Etwa wenn Sophie sie überredete, sich auffällige Sachen zu kaufen, die sie praktisch nie anzog. Und einmal hatte sie sich in einem Kleid verklemmt. Sophie hatte darauf bestanden, dass sie eine Vintage-Kreation anprobierte – von einem berühmten Designer, dessen Namen Jenny noch nie gehört hatte. Das Kleid war seltsam verdreht geschnitten und gerüscht gewesen, und es hing in einem beängstigend edlen Laden, in dem nur superdürre Frauen bedienten. Obwohl es secondhand war, hätte Jenny es sich niemals leisten können, zumal sie es alles andere als schmeichelnd an sich fand, doch das war natürlich nur ihre Meinung, und sie hatte keine Ahnung von Mode. Jedenfalls zog sie das Kleid an und kam nicht wieder heraus. Zwei Verkäuferinnen brauchten geschlagene dreiundzwanzig Minuten, um sie aus dem Ding zu befreien. Sophie machte sich fast in die Hosen vor Lachen.

Dann änderte sich alles, als Freddie ins Schulalter kam und Sophie und Ollie jedermann überraschten, indem sie aus dem coolen und angesagten Kensal Rise in einen Vorort zogen. Sie sagten etwas von Schulen, aber wie konnte eine gute Schule wettmachen, dass weit und breit keine U-Bahn-Station war? Jenny verstand es nicht. Danach war es schwieriger geworden, sich zu treffen, vor allem in letzter Zeit. Dauernd gab es Schulspendenläufe, Spielverabredungen, Fußballtraining und eine scheinbar endlose Liste mit Terminen und Pflichten, von denen keine vorsah, dass man Bloody Marys schlürfte oder sich in Kleidern verfing. Da sie ihren Job bei der kleinen Event-Agentur aufgegeben hatte, weil sie dort bis spätabends arbeiten musste, verdiente Sophie kein eigenes Geld mehr, und sie fand, dass es ihr nicht zustand, Ollies allzu leichtsinnig auszugeben. Nun kam es nur noch hin und wieder zu kleinen Kaufattacken, und Sophie warf gerne Geld für Möbel oder irgendwelche »Entdeckungen« bei eBay raus.

Jenny wäre unwohl dabei, sich auf das Einkommen ihres Mannes verlassen zu müssen. Jedenfalls würde sie höchst ungern auf Sams angewiesen sein. Aber Sophie hatte es selbstverständlich nichts ausgemacht. Zudem besaß sie noch einige Ersparnisse aus ihrer Zeit als berufstätiger Single und hatte Freunde in der Modebranche, über die sie Rabatte bekam. Vor allem hatte sie ein Händchen dafür, aus den unmöglichsten Teilen ein atemberaubendes Outfit zusammenzustellen: *Doctor-Who*-Schals vom Schulflohmarkt, löchrige Jeans, die ein gebräuntes Knie entblößten, eine flauschige Strickjacke von Topshop und dazu Ollies »The The«-Tournee-Shirt aus den frühen Neunzigern. Einmal kombinierte sie ihren gelb karierten Bikini mit einer Boa aus Seegras vom Strand in Cornwall. Und sie sah klasse aus, wie auch sonst?

Jenny schob die schwere Glastür zum Feinkostladen auf und trat in einen Nebel aus Lärm, Düften und Wärme – gurgelnde Milchaufschäumer, das leise Getratsche von Müttergrüppchen, der Geruch von Kuchen, Kaffee und nassen Wildlederstiefeln. Jenny bahnte sich ihren Weg an den Buggys vorbei zu dem Tresen mit Salaten und Fertiggerichten. Nachdem sie Ollies Kühlschrankinhalt gesehen hatte, Bier und Milch, gab sie bei dem hübschen Mädchen hinter dem Tresen eine großzügige Bestellung auf.

»Jenny?«, ertönte eine Stimme hinter ihr. »Das bist du doch, Jenny, oder?«

Sie drehte sich um. Ein grellrosa Pulli löste sich aus der Schlange hinten, über dem eine krause blonde Mähne thronte, von zwei riesigen Schildpattclips gehalten.

»Suze?« Es war die Frau, die auf der Beerdigung vor Jenny gesprochen hatte. Die dröhnende Stimme. Das Haar.

»Ohne dein Begräbnis-Outfit siehst du völlig anders aus!« Suze machte einen Satz auf sie zu und versetzte Jenny einen feuchten Schmatzer auf die Wange, gefolgt von einer Umarmung, bei der Jenny lauter Härchen von dem pinken Flauschpulli im Gesicht kitzelten. Gleichzeitig fand Jenny sich Auge in Auge mit einem erschrockenen rothaarigen Baby, das in einem Tragetuch auf Suze' Rücken hing.

»Hiergeblieben, Lucas!« Suze riss ein Kleinkind mit blondem Wuschelkopf am Latzhosenträger zurück. »Bleib hier, oder es gibt keinen Muffin.« Der Kleine schmollte.

»Wow! Wie irre, dich hier wiederzutreffen«, sagte Jenny matt. »Wie geht es dir?«

Suze rollte mit den Augen. »Frag nicht. Du weißt ja, wie es mit kleinen Kindern ist. Ich fühle mich, als müsste ich den Affenkäfig im Zoo sortieren.«

Affen? Zoo? Wovon redete sie? Dass sie nicht begriff, was andere Leute meinten, passierte Jenny in letzter Zeit öfter. Als würde sich um sie herum alles unter Wasser abspielen.

»Nächtliche Fütterprobleme«, erklärte Suze, die Jennys verständnislose Miene richtig deutete. »Deshalb sehe ich wie fünfundsiebzig aus.«

Jenny lächelte und nickte höflich, weil sie Suze nicht ermuntern wollte, mehr zu sagen. Menschen mit Kindern redeten oft und gern über ihren Schlafmangel, wie Jenny aufgefallen war. Die Eskimos mit ihren Dutzenden Wörtern für Schnee waren nichts gegen das Müttervokabular zu Müdigkeit.

»Jetzt guck Mama nicht so böse an«, sagte Suze lächelnd und zwackte den kleinen Lucas in die Wange. Er nuschelte etwas Patziges über einen Muffin und blickte noch mürrischer drein. Suze sah wieder zu Jenny. »Wie alt sind deine?«

»Ich habe keine Kinder. Ich bin bloß hier, weil ich Ollie und Freddie besuche«, ergänzte sie rasch, denn sie glaubte, erklären zu müssen, was sie in Muswell Hill tat. Schließlich hätte sie ohne Kinder in dieser Gegend nichts zu suchen. Jenny wünschte inständig, das Mädchen hinterm Tresen würde sich ein bisschen mit dem Verpacken der Sachen beeilen, damit sie gehen konnte.

»Ah.« Suze' Augen verengten sich. »Ollie. Wie geht es Ollie?«

»Na ja ...« Jenny zögerte. Sie wollte nicht hinter seinem Rücken über Ollie tratschen, andererseits auch nichts beschönigen. »Könnte besser sein.«

»Der arme, arme Mann. Tja, wenigstens hat er seine Mutter bei sich. Dem Himmel sei Dank, dass es Mütter gibt, was?«

»Sie ist nicht mehr bei ihm. Ich glaube, er wollte ein bisschen Freiraum.«

»Ach ja?« Ein Strahlen huschte über Suze' Züge, ehe sie die Stimme senkte und sagte: »Unter uns, Jenny, ich habe in den letzten Wochen ein paar Mal versucht auszuhelfen, und ich finde die Mutter ein bisschen ... also ... irgendwie abweisend, um ehrlich zu sein. Wie wenn sie partout keinen an ihn ranlassen will.« Sie schüttelte den Kopf, als müsste sie sich bremsen, nicht mehr zu sagen. »Und, wie hält sich Ollie *alleine?*« Das letzte Wort dehnte sie. Offenbar wollte sie auf die Weise andeuten, dass sie eine ausführliche Antwort erwartete.

»Na ja ...«

»Wie Tash schon dachte.« Suze schüttelte ihre Lockenmähne. »Sie hat am Dienstag durch den Briefschlitz gelinst und sagt, im Flur sieht's aus wie noch einem Open Air Festival.«

»Er ist noch nie besonders ordentlich gewesen.«

»Und wenn er erst wieder zur Arbeit geht ...«

»Nächste Woche. Er will nächste Woche wieder arbeiten.«

»Nächste Woche, du Schande!«, rief Suze aus. Von den Mittagskunden, denen sie den Weg zur Kasse versperrte, nahm sie überhaupt keine Notiz. Stattdessen zurrte sie an Jennys Ärmel. »Das ist Schicksal, dass du und ich uns zufällig hier treffen. Ja, Schicksal!«

»Äh, Schicksal?« Jenny wollte nicht mehr an so etwas wie Schicksal glauben, da es bedeuten würde, dass es ziemlich gehässig war.

»Eigentlich wollte ich dich schon letzte Woche anrufen, aber na klar hatte ich deine Nummer verloren.« Suze klatschte sich die flache Hand an die Schläfe, was schmerzhaft aussah. »Ich hatte die Handtasche gewechselt und … ach, ich will dich nicht mit den Einzelheiten langweilen.«

Jenny lächelte artig, während in ihrem Kopf Alarmglocken schrillten.

»Es ist Zeit, Jenny«, verkündete Suze, deren Baby ihr gerade auf die Schulter spuckte.

Sie hatte nicht den blassesten Schimmer, wovon Suze redete. »Zeit für was?«

»Dass sich Sophies Freundinnen treffen.« Sie zupfte ein Feuchttuch aus ihrer Handtasche und rieb den Milchflecken von ihrer Schulter. »Ich habe ja gleich gesagt, dass wir ein Hilfskomitee für Ollie brauchen, und weißt du was? Jetzt legen wir los!«

Offenbar ahnte Suze nicht, dass Jenny die Letzte auf jeder Liste war, wenn es darum ging, für irgendwas oder irgendwen eine Hilfstruppe zusammenzustellen. Sie fand schon die Vorstellung von Lesegruppen schaurig und empfand jede Form von Frauentreffs als extrem anstrengend. Nein, Jenny war noch nie ein Rudeltier gewesen.

»Lucas!«, zischte Suze, als ihr Sohn einen Finger in einen Möhrenkuchen auf dem Tresen steckte. »Das war die *dritte* Warnung. Jetzt ist Schluss.« Genervt blies sie sich die Ponykringel aus der Stirn.

Die junge Bedienung hinter dem Tresen hatte endlich Jennys Essen fertig verpackt. »Tja, ich muss jetzt wirklich zurück zu Ollie …«

Wieder packte Suze ihren Arm mit einem Schraubzwingengriff. Schlagartig bekam Jenny Mitleid mit dem ungezogenen Lucas. »Wie sieht's bei dir nächsten Mittwochmorgen aus?«

»Ähm, da arbeite ich.«

»Und am Nachmittag?«

»Auch, bedaure.«

»Donnerstag?«

Jenny schüttelte den Kopf, ohne zu überlegen, ob sie eventuell Zeit hätte.

»Entschuldige, ich will dich nicht bedrängen.« Suze war sichtlich enttäuscht, und ohne ihr breites Grienen wirkte ihr Gesicht so traurig und hilflos, dass sie Jenny leidtat. »Du hast anderes zu tun.«

Nun ja, Jenny war nicht die Premierministerin. Sie könnte sich einen Vormittag freinehmen, wenn sie wollte. Und was, wenn es eine echte Hilfe für Ollie wäre? »Ach, weißt du was, Suze? Irgendwie kriege ich das schon hin. Ich komme am Donnerstag.«

»Super-duper-klasse!« Suze wühlte in ihrer Handtasche, holte einen Flyer für einen Baby-Yoga-Kurs heraus und kritzelte ihre Adresse mit einem roten Kuli auf die Rückseite, bevor sie Jenny das Faltblatt in die Hand drückte. »Ich fasse ja nicht, dass Jenny Vale, die echte, leibhaftige Jenny Vale zu mir nach Hause kommt!«

»Klar«, sagte Jenny verwirrt.

Suze zwinkerte. »Sophie hat immer so nett von dir gesprochen, Jenny.«

Jenny wurde ganz warm. »Ach ja?«

»Allerdings bliebst du auch irgendwie rätselhaft, sage ich dir. Sophies blitzgescheite Freundin, die Redakteurin mit der komplizierten …« Suze brach mitten im Satz ab und wurde knallrot, als hätte sie um ein Haar etwas Unmögliches gesagt.

5

Nichts relativiert die Sicht auf die Dinge so wirksam, wie zu sterben. Das Komische ist, dass mir hier oben, einige Zentimeter unterhalb der Badezimmerdecke, manche universelle Wahrheiten klar werden, die ich überhaupt nicht mitbekommen hatte, solange ich lebte. Ich habe Freddie bei seinem Bad zugesehen, weshalb ich von Matey-Dampf umhüllt war, und mir mit aller Kraft gewünscht, dass er sich hinter den Ohren wäscht – was er nicht getan hat. Jedenfalls war ich früher so sehr damit beschäftigt, zu leben, dass ich vollkommen vergaß, über die Dinge nachzudenken, die ich verpassen würde, wenn ich tot bin. Was auch ziemlich verständlich ist, wenn man es genau betrachtet. So wie dieser berühmte Hai in Formaldehyd von Damien Hirst, »Die physische Unmöglichkeit des Todes im Denken des Lebenden«. Ich habe den Hai immer gemocht und häufiger gescherzt, dass ich Pingpong später genauso konservieren lassen würde und dem Werk den Titel geben: »Die physische Unfähigkeit Ollies, ans Katerfüttern zu denken.« Haha!

Aber fangen wir mit dem Offensichtlichen an. Die Familie und die Freunde sind das Wichtigste überhaupt. Aber soll ich euch was sagen? Das wusste ich. (Ihr wisst es auch, entschuldigt.) Ich kann ehrlich behaupten, und dabei lege ich meine Hand dahin, wo mal mein Herz war, dass ich weder noch für selbstverständlich nahm, als noch rosa Blut in meinen Adern floss. Jedes Mal, wenn Freddie mich küsste, fühlte ich mich glücklich. Und wenn ich andere Frauen auf Partys beobachtete, die Ollie beäugten und sich so viel mehr von ihm wünschten, als er ihnen je gab – mein unnahbarer Rock'n'Roll-Darcy – fand ich es klasse, dass ich diejenige sein würde, die mit ihm nach Hause geht. Ich durfte stundenlang mit ihm reden, mich mit ihm im Bett wälzen, ihm Zeitungsartikel vorlesen, die ihn zum Lachen brachten, oder die Ted-Hughes-Gedichte, die er so sehr mochte, und ihn mit versöhnlichen Küssen überschütten, wenn ich unabsichtlich *Spooks* bei Sky Plus gelöscht und den gesamten Festplattenplatz mit Kirstie-Allsopp-Beiträgen belegt hatte. Und ich durfte sie beide schlafend sehen – da und zugleich nicht da. Ollie war der schönste Mann von allen, wenn er schlief; Freddie schlicht der himmlischste Junge, der jemals auf die Erde geplumpst war. Ich habe mich immer gefragt, ob es möglich wäre, Freddie zu filmen und das Material später zusammenzuschneiden, sodass man ihn tatsächlich wachsen sieht wie in einem dieser Naturfilme. Es hätte sicher funktioniert, denn seit ich gestorben bin, ist er fünf Millimeter gewachsen.

Ich habe sogar Jenny mal schlafend gesehen, was ich ihr natürlich nie gesagt habe, denn das wäre der Armen peinlich gewesen. Das war, als ich sie zwang, mit zum Festival zu kommen, indem ich ihr heimlich ein Ticket und einen Schlafsack besorgte. (Kurze Anmerkung: Jenny ist *kein* Festival-Typ. Sie findet die ganzen »All together now, one love«-Schwingungen gekünstelt, auf die ich immer schon abgefahren bin. Sie hingegen würde weit lieber irgendein Schloss mit in Form geschnittenen Hecken besichtigen und auf der Terrasse zusammen mit jeder Menge Rentner Tee trinken.) Wir teilten uns also ein undichtes Zelt, lagen Seite an Seite in unseren klammen Schlafsäcken, hatten ein Handy (ihres) und einen brandneuen North-Face-Anorak (meinen) verloren, und waren derart orientierungslos auf dem riesigen Open-Air-Gelände, dass wir sämtliche Bands verpasst hatten, die wir sehen wollten. Ich erklärte ihr, dass das dazugehörte. Wie dem auch sei, ich war baff, wie schön Jenny im Schlaf aussah, und zwar nicht einfach hübsch im konventionellen Sinne. Nein, Jenny sah nachdenklich aus, wie jemand, der bei der Lektüre eines fesselnden Buchs eingenickt war. Sie ist weit hübscher und vor allem weit klüger als sie denkt. Ich habe ihr das oft gesagt – nicht oft genug, wie mir jetzt klar ist –, doch sie hat mir nie geglaubt. Für ihre Selbstzweifel macht Jenny ihre Eltern verantwortlich. Ich würde ja Sam die Schuld geben.

Doch kommen wir zu Damien Hirsts Hai zurück ... Heute Morgen, als ich darauf wartete, dass Ollie aufwacht und den armen vernachlässigten Pingpong füttert, habe ich eine Liste gemacht. (Übrigens muss ich wohl nicht erwähnen, dass Pingpong meine Sorge kaum zu würdigen weiß. Er faucht immer noch, wenn ich an ihm vorbeischwebe.) Okay, die Liste. Ich stelle gerne Listen zusammen.

Einige Dinge, von denen ich wünschte, ich hätte sie kapiert, bevor ich mit dem Bus kollidierte:

Während zweiundzwanzig von meinen fünfunddreißig Jahren Kalorien zu zählen, war eine Menge unnötige Rechnerei.

Ich habe stets nur ein Viertel meines Kleiderschrankinhalts angezogen. Das sind viele überflüssige Klamotten.

Ich hätte mehr Sex haben sollen, denn den kann man nicht haben, wenn man tot ist.

Die wenigsten Freunde aus dem Single-Leben sind noch dabei, wenn das eigene Kind zur Schule kommt. (Jenny, vortreten.) Die meisten verschwinden irgendwo zwischen »Wir müssen uns dringend mal wieder treffen«-E-Mails und der Freundschaftsbestätigung bei Facebook.

Ein Drittel der Leute, die zu unserer Hochzeit vor sieben Jahren eingeladen waren, haben wir seitdem nicht wieder gesehen. (Abgesehen von meiner Beerdigung, aber das zählt nicht.)

Ich hätte einsehen müssen, dass es okay ist, sich auszumalen, dass die Ehe wie New York City ist, und dann festzustellen, dass sie eher wie Brüssel ist. Es bedeutet nämlich nicht, dass etwas nicht stimmt oder man zur Scheidung verdammt ist. Es heißt lediglich, dass man in einen anderen Flieger umgestiegen ist.

Turbulenzen bringen dieses Flugzeug nicht zum Absturz.

Der Typ, der neben einem in der Northern Line sitzt, der mit dem Rucksack und dem hektischen Blick, ist kein Terrorist. Er wurde nur eben von seiner Freundin abserviert.

Dass jede Phase vorübergeht. Das Baby hört auf zu zahnen. Aus den Trotzanfällen wird Schmollen. Die süßen kleinen Lauflernstiefelchen passen nicht mehr. Er lernt irgendwann, »darum« zu buchstabieren. (Übrigens bin ich nicht sicher, dass Ollie jemals daran denken wird, mittwochsabends die Recyclingtonne rauszustellen.)

Man kann auch zu viele Teelichte haben.

Dass ich zu viel getrunken habe. Dass die ganzen Gläser nicht eine Höchstmengeneinheit an Alkohol waren, sondern drei. Aber sie haben mich am Ende nicht umgebracht.

Dass ich zu viel in der Sonne gelegen und deshalb Lachfalten gekriegt habe. Aber auch die brachten mich letztlich nicht um. Und meine Muttermale habe ich nie fotografieren lassen, doch an einem malignen Melanom bin ich ebenfalls nicht gestorben.

Kein Leben ist zu kurz, um Champignons zu füllen. Pilzefüllen gehört zu den netten Sachen. Das Abwaschen der Backform hinterher ist der Teil, der unbedingt vermieden werden sollte.

Keiner merkt es, wenn man keinen Kuchen zum Schulbasar mitbringt, es sei denn, man entschuldigt sich lang und breit dafür.

Korrigiere: Suze merkt es.

Wenn man ein Geheimnis vor seiner Freundin hat, hin und her überlegt, ob man es ihr sagen soll, und dann beschließt, es ihr zu sagen, aber vorher von einem Bus überfahren wird, lässt sich das nie mehr korrigieren. Das ist, als würde man einen Laptop in die Badewanne schmeißen.

6

Dies war alles andere als eine blutgetränkte Favela. Eher grün und reizend. Dies war die Sorte Straße, in der Kinder ihre Hinkepott-Kästchen mit Kreide auf den Gehweg malten und die Leute verlorene Handschuhe aufsammelten und über den nächsten Zaun hängten. Warum jagte ihr dann der »Geländewagenfreie Zone«-Sticker an Suze' Wohnzimmerfenster solche verdammte Angst ein? Es musste wohl mit Suze' SMS gestern Nachmittag zusammenhängen – »Leute, backt Kuchen!« Wer waren die »Leute«? Und backen? *Backen!* Jenny hatte seit dem Hauswirtschaftsunterricht nicht mehr gebacken. Was hatte es zu bedeuten, dass sie Mitte dreißig war, kinderlos und noch nicht einmal einen Scone gebacken hatte? Oh Mann, das musste etwas bedeuten! In ihrer Panik hatte sie in einer Nobelbäckerei einen Apfelkuchen mit Vollkornmehl besorgt, der aussah, als bräuchte man mindestens ein halbes Jahr, um ihn zu verdauen – es sei denn, man funktionierte ihn gleich zu einer kugelsicheren Weste um, indem man ihn in eine Daunenjacke einnähte. Und um das Täuschungsmanöver auf die Spitze zu treiben, wollte Jenny ihn zu Hause aus dem Karton nehmen und in eine Kuchenform stecken. Nur besaß sie keine Kuchenformen … Logisch, wozu auch?

Sie blickte auf ihre Uhr und stöhnte. Ja, wieder einmal hatte ihre dämliche Macke gesiegt, und sie war zu früh. (Sie war der einzige Mensch in London, bei dem die Ampeln ausnahmslos grün und die U-Bahnen so gut wie nie verspätet waren. Die allmächtige Verkehrsregelung im Himmel hatte sie für eine Art Loser-Sozialexperiment ausgewählt. Sie wartete eine Weile, atmete die nach Kaminfeuer duftende Luft tief ein und läutete. Drei verschrumpelte »Happy Birthday«-Luftballons, die mit einer Schnur am Türklopfer befestigt waren, wippten munter im Wind. Von drinnen waren schwerfällige Schritte zu hören, dann wurde die kirschrote Tür weit aufgerissen. Suze strahlte sie an. Sie war eine Vision in einer orangefarbenen Batikbluse mit diesem Wust von Haar und einem rätselhaften runden Flecken vorn auf der Bluse. »Du versetzt uns nicht!«

»Nein.« Jenny bemühte sich, nicht eingeschnappt zu sein, weil Suze ihr offenbar schon im Vorwege unterstellt hatte, dass sie nicht kommen würde. Derweil starrte sie angestrengt nicht auf den bizarren Fleck, der sich löschpapierähnlich vergrößerte.

Suze zog die Bluse nach vorn und wedelte damit. »Entschuldige, ich bin gerade am Stillen.«

Jenny wurde rot. Natürlich! Sie blieb unsicher auf der Fußmatte stehen und wischte sich die verschwitzten Hände an ihrer dunkelblauen Hose ab. Abgesehen davon, dass ihr jede Sozialfähigkeit seit Sophies Tod abhandengekommen war, fühlte es sich falsch an, Sophies Freundinnen ohne sie zu treffen. Es gab solche hinterhältigen Schnepfen, die man mit seinen Freunden bekannt machte, und dann gingen die los und luden die Freunde allein zu sich zum Dinner ein. So eine war Jenny nicht. Das überheizte Haus erinnerte sie an Sophies, nur dass es viel unordentlicher und weit weniger cool war. An einer Flurwand standen Gummistiefel in Winzgrößen kreuz und quer, was an den Eingang eines Klassenzimmers gemahnte. Daneben standen fünf, nein, sechs mit Stickern und Gummibändern dekorierte Kinderroller. Spielzeugautos, eine einäugige Puppe und eine Großpackung Recycling-Klopapier stapelten sich unten an der Treppe.

Die Flurwände waren in einem fröhlichen Apfelgrün gestrichen und hingen voller Kinderbilder – Klebe-Collagen aus Linsen und Milchflaschendeckeln – sowie endlosen Familienfotos von Kindern in Badelakenponchos an verregneten Stränden, die so stark vergrößert waren, dass sie körnig und unscharf wirkten. Und da war ein Geruch. Ja, es roch eindeutig nach Kuchenbacken … und nicht minder eindeutig nach Urin.

Jenny folgte Suze' Watschelhintern durch den Flur und rätselte, was die orangefarbene Anhaftung an ihrer hinteren Jeanstasche sein könnte. Clementinenspalte? Nacho? Als sie in die Küche kamen, schrie Jenny ein Poster von der Wand »Ruhe bewahren und weitermachen!« entgegen.

»Meine Damen«, sagte Suze und trat einen Schritt beiseite, um ihren Fang zu präsentieren. »Ich bringe euch die berühmte Jenny Vale!«

»Freut mich«, brachte Jenny heraus und war froh, dass nur drei andere Frauen am Tisch saßen und nicht eine ganze Abordnung von »Mami-Netzwerk«-Mitgliedern. Sie hatte befürchtet, einen Amazonenstamm in Bretonenstreifen und Ballerinas anzutreffen, der hitzig über Cybermobbing-Taktiken zwecks Sicherung von Kinderwagenparkplätzen vor der Parfümerie diskutierte.

»Hallo!«, begrüßten die Stimmen sie. Irgendwo klickte ein Wasserkocher. Dieses längst vergessene Geräusch katapultierte Jenny in ihre Kindheit zurück, und sie entspannte sich ein wenig.

»Setz dich hin«, sagte Suze und strich ihre Mähne nach hinten. »Wie trinkst du deinen Tee, Jenny? Extrastark?«

»Ja, gerne. Mit Milch und ohne Zucker bitte.« Sie setzte sich auf den Stuhl, der am nächsten war, und bemerkte erst mit einiger Verspätung, dass in der geflochtenen Sitzfläche ein riesiges Loch klaffte. Ihr blieb nichts anderes übrig, als ihr Gewicht vollständig auf die vordere Holzkante zu verlagern. In solchen Momenten war sie dankbar, dass ihre Sitzknochen gut gepolstert waren. »Dies ist also Sophies anderes Leben«, sprach sie ihren Gedanken laut aus.

»Jap, willkommen in unserer Welt.« Suze tunkte einen Teebeutel in einen Union-Jack-Becher mit heißem Wasser. Ihre Finger waren mit Kugelschreiber vollgekritzelt.

Ihre Welt – Sophies Welt – sah auf jeden Fall völlig anders aus als Jennys. Hier war alles anders. Neben Suze' Küche nahm sich die von Jenny und Sam wie ein winziges Labor aus. Die

Kücheninsel aus Massivholz hatte tatsächlich die Größe einer kleinen Insel. Und während Jennys und Sams schwarze Granitarbeitsflächen dank mangelnder Benutzung glänzten, waren die zerkratzten hier fleckig und lagen voller Papierstapel, Buntstifte, glitzernden Pfeifenreinigern und benutzten Babyfläschchen. Neben einer Obstschale stand ein orangefarbener, gut gefüllter Windelmüllbeutel. Aus den überquellenden Schrankschüben staken Topfgriffe. Und der Kühlschrank! Die Emissionen von Geländewagen konnte man glatt vergessen, denn dieser Kühlschrank dürfte mindestens so viel umweltschädliche Gase rauspusten wie eine gewaltige Kuh rund um die Uhr an Methan zusammenfurzte.

»Ich bin Liz. Meine Tochter geht in Freddies Klasse«, sagte eine Frau mit Sommersprossen und einem Kurzhaarschnitt, bei dem die Spitzen ketchuprot getönt waren. Sie stillte ein Kind, das zu alt aussah, um noch gestillt zu werden und selbst das ausgeleierte T-Shirt mit der Aufschrift »Talentfrei, aber mit Beziehungen« an einer Seite hochhielt. Die von blauen Adern durchzogene Brust ähnelte dem komischen Wurzelgemüse in der Biogemüsekiste unterm Tisch. Obgleich Jenny Motto-T-Shirts nicht leiden konnte, schon gar nicht, wenn ein Mops aus ihnen raushing, war etwas an Liz' aufrichtigem Lächeln, das Jenny sofort für sie einnahm. »Ich erinnere mich, dass Sophie dich erwähnte«, sagte sie, auch wenn sie nicht ganz sicher war, ob es stimmte.

In Wahrheit hatte Sophie ihr kaum etwas über die Mütter erzählt, mit denen sie befreundet war, oder über ihr Leben hier. Erst bei der Beerdigung war Jenny klar geworden, wie wichtig ihr dies alles und mit wie vielen Müttern sie befreundet gewesen war. Nun saßen sie hier am Tisch, auf schwesterliche Art vertraut – mitsamt der unterschwelligen Konkurrenznote – und schienen sich richtig nahe zu stehen. Jenny konnte nicht umhin, sich zu fragen, warum sie nie zuvor in diese Welt eingeladen worden war. Hatte Sophie sie für sozial unflexibel gehalten?

»Tash«, stellte sich eine andere Frau vor, deren vornehmer

Nordlondoner Akzent Jenny sofort das Gefühl gab, provinziell zu sein. Tash beugte sich über den Tisch und streckte eine schmale, sonnengebräunte Hand aus, an der dicke Silberringe mit enorm großen farbigen Steinen funkelten.

Tash war so schön, dass es schwerfiel, sie direkt anzusehen. Sie besaß einen verblüffend glatten Vorhang lakritzschwarzen Haars, katzengraue Augen und volle Lippen. Soph hätte sie »Blowjob-Lippen« genannt. Besagte Lippen standen ein wenig offen, als würde sie diskret durch den Mund ausatmen. (Jenny hatte gelesen, dass Nigella Lawson diesen Trick benutzte, um auf Fotos heiß auszusehen, und es einmal selbst ausprobiert, dabei aber leider bloß einen Spinatzipfel zwischen ihren Schneidezähnen freigelegt und mit ziemlicher Windkraft durch den Raum geblasen.)

Tash schlug ein Bein über das andere. Das übergeschlagene Bein war lang, schmal und in reizende Stiefel mit Blockabsatz gehüllt: Exakt die Sorte Stiefel mit der exakten Absatzhöhe, nach der Jenny immerzu suchte und sie nie fand. »Mein Sohn Ludo ist auch in Freddies Klasse. Ich befürchte, wir sind die 2B-Sekte.«

Sekte? Was war 2B? Oder sollte das »to be«, also »Sein« heißen? Sein oder Nichtsein?

»Lydia, nenn mich Lyds.« Die Frau gegenüber von Jenny winkte mit gespreizten Seesternfingern wie ein kleines Mädchen. Sie war zierlich und hatte cremeweißes Haar über zarten, ein bisschen spitzen Zügen, so wie Elfen. Jenny stellte sich vor, dass sie eine Windböe problemlos wegpusten könnte, wenn sie nicht von einer großen teuren Handtasche beschwert war. Auf ihrem Knie saß ein pummeliges Mädchen mit beängstigend roten Flecken im Gesicht, das einen schrägen Kontrast zur fragilen Schönheit seiner Mutter bildete. »Und das ist die kleine Flora.«

»Hallo, kleine Flora.« Nicht auf mittelalterliche Hautprobleme gucken. Keine Hautprobleme im Mittelalter erwähnen!

»Ich muss dich das gleich fragen, Jenny«, sagte Lydia, während ihre Tochter von ihrem Knie rutschte und aus der Küche stapfte. Lydia starrte auf den Fleischwulst, der sich über Jennys gnadenlosem Hosenbund bildete. »Du bist doch nicht schwanger, oder?«

Die Frage schockierte Jenny so sehr, dass sie in das Flechtwerkloch zurückkippte. »Nein, ganz sicher nicht!« Sie zog ihren Bauch ein.

»Jenny«, eilte Liz ihr ruhig und freundlich zu Hilfe, »es ist nur so, dass Flora, Lydias Kleine, gerade die Windpocken hat.«

»Ah, *deshalb!*« Vielleicht sah sie doch nicht so fett aus, wie sie dachte. »Ich hatte schon Windpocken. Wirklich, kein Grund zur Sorge.«

»Wollen wir die Plätze tauschen?«, flüsterte Lydia.

»Nein, alles bestens, danke.« Tatsächlich tat ihr langsam der Hintern ein bisschen weh.

»Ich fand deine Rede bei der Trauerfeier so entzückend«, sagte Liz, während sie ihr Baby, das fast ein Teenager war, auf den Boden stellte, von wo aus es sich unversehens zum Küchenschrank begab und seine Verdauung in einem der Töpfe zum Abschluss brachte. »Soph hätte sie zweifelsohne sehr geschätzt.«

»Danke. Das ist wirklich nett«, sagte Jenny und entspannte sich noch wenig. Vielleicht war dieses Treffen doch nicht so schlimm. Diese Frauen waren gar nicht so anders als sie. Sie alle waren mit Sophie befreundet gewesen, und sie alle waren Frauen.

»Deine Rede hat es auf den Punkt gebracht.« Tash lächelte, wobei sie zwei Reihen winziger, blendend weißer Zähne entblößte. »Du glaubst ja nicht, wie schön das ist, jemanden kennenzulernen, der Sophie gekannt hat, bevor sie Mutter wurde! Das ist, als würde man die Puzzleteile zusammenfügen. Und wenn ich es von Soph richtig erinnere, kanntet ihr euch richtig lange.«

»Ja, wir haben an der Uni zusammen in einem Wohnheimzimmer gewohnt.« Etwas in ihrem Hals wurde enger, als sie sich an die Zeit erinnerte. Sie war so fasziniert von der schrillen, schönen Sophie gewesen. Und sie hatte sich nachgerade geehrt gefühlt, ihre Freundin zu sein. »Manchester. Wir wohnten im selben Haus, und am ersten Abend hat sie mir Käsetoast gemacht.«

»Ja, mit Käse hatte sie es, nicht?« Lydia lächelte und fuhr sich mit den Händen durchs rote Haar. »Jedes Mal, wenn ich bei ihr zum Essen gewesen bin, habe ich hinterher gedacht, dass es der Supermarkt-Cheddar, der in meinem Kühlschrank vor sich hin schwitzt, nicht so wirklich bringt.«

Jenny fiel Ollies erbärmlicher Kühlschrank wieder ein. Darin wäre wohl nicht mal auseinandergebrochener Cheddar zu finden. Sie setzte sich gerader hin und ermahnte sich, dass sie eine gute Figur zu machen hatte. Hier ging es nicht um sie, sondern um Ollie und Freddie. Sie musste all ihre Vorbehalte beiseiteschieben und sich auf das Wesentliche konzentrieren. Ja, sie musste sich stark machen. Und wovor hatte sie überhaupt Angst?

»Und hast du deinen Mann auch an der Uni kennengelernt?«, sagte Lydia neugierig.

»Nein.« Jenny hüstelte, weil ihr Suze' Bemerkung im Feinkostladen einfiel, sie hätte eine komplizierte ... Tja, Beziehung wohl. Anscheinend verwechselten diese Frauen sie mit jemand Spannenderem. »Wir sind nicht verheiratet.«

Suze blickte zu dem Ring mit dem blauen Stein an ihrem Finger und zwinkerte. »Aber verlobt, wie ich sehe.«

»Was macht er denn so?«, fragte Tash und nippte an ihrem Tee, als wäre es eine völlig normale Frage an eine Frau, die man gerade mal seit zehn Minuten kannte.

Das hatte Jenny noch nie gemocht. »Was er macht?« erwiderte sie aus Prinzip, denn waren Leute etwa ihre Jobs? Aber andererseits ... »Er ist Anwalt«, sagte sie leise, um das Thema möglichst rasch abzuhaken.

»Aaah«, kam von Tash. »Und was für ein Anwalt?«

Jenny wappnete sich so sehr, dass sie fast spürte, wie ihre Schultern auf Ohrhöhe kamen. »Scheidungsanwalt.«

»Ein Scheidungsanwalt!«, Tash' Miene leuchtete auf.

»Oh, mein Gott, das ist ja so romantisch!« Lydia schloss die Augen. »Trotz der ganzen Statistiken, die er kennt.«

»Ich sollte mir seine Nummer geben lassen«, murmelte Tash und kramte in ihrer gigantischen Handtasche. »Ich könnte einen neuen Anwalt gebrauchen. Darf ich?«

Jenny war viel zu eingeschüchtert von Tash' selbstsicherer Schönheit, als dass sie verneinen könnte.

»Meine Damen, wollen wir jetzt mal das Treffen eröffnen?« Suze setzte sich behäbig auf den Stuhl neben Jenny, wobei ihre Knie knackten. »Wir haben tonnenweise Zeit, uns die nächsten Wochen besser kennenzulernen.«

Tonnenweise Zeit? Dann war das hier kein einmaliges Treffen? Jennys Magen zog sich zusammen.

»Okey-dokey.« Suze wühlte in einem Haufen von Schulheften und -büchern nach einem Stift. Nachdem sie einen gefunden hatte, wurde sie ganz offiziell: »Danke, dass ihr an diesem eisigen Nachmittag alle hergekommen seid.« Sie lächelte Jenny an und neigte den Stift zu ihr. »Vor allem du, Jenny, die sich einen Tag freigenommen hat.«

Tash hüstelte.

»Und du natürlich, Tash. Und Liz. Entschuldige, Tash. Ich hatte vergessen, dass du schon wieder arbeitest«, sagte Suze rasch.

»Drei Tage die Woche.« Tash betrachtete ihre Fingernägel. Der Taupe-Lack musste gerade modern sein, dachte Jenny. Ihr würde es im Traum nicht einfallen, sich die Nägel in Taupe zu lackieren. »Dafür sorgen Tobys Alimente«, murmelte Tash.

Liz zog eine Braue hoch, und für einen Moment herrschte betretenes Schweigen.

»Na gut«, sagte Suze entschlossen und schob sich abermals ihr widerspenstiges Haar aus dem Gesicht. »Ich denke, ihr stimmt mir alle zu, dass Ollie und Freddie sofort Hilfe brauchen. Und ich spreche von richtiger, organisierter Hilfe. Was meinst du, Jenny?«

Alle sahen sie an, was zur Folge hatte, dass ihr rechtes Lid nervös zuckte. Worauf hatte sie sich hier eingelassen? »Ja, ja, natürlich.«

»Und wir schreiten ein. Wir tun, was Sophie für uns getan hätte.«

»Unbedingt!«, rief Liz.

»Ganz genau«, stimmte Lydia ein und leckte sich Zuckerguss von den Fingerspitzen. »Ich meine, hast du das Chaos bei Ollie zu Hause gesehen, Jenny?«

»Soph hat immer selbst geputzt«, sagte Liz. »Eine Superhausfrau.«

»Wir könnten eine Putzhilfe für ihn anheuern«, schlug Jenny vor.

»Eine Putzhilfe!« Suze kritzelte eifrig in ihrem Notizbuch. »Klasse Idee, Jenny. Diese Brasilianerin, die in Nummer sieben putzt, soll spitze sein. Meine Hilfe will ich keinem zumuten. Die fühlt sich zu fein, um Klos zu schrubben. Und ich bin zu liberal, als dass ich sie zwingen würde.«

»Aber nicht liberal genug, dass es dir schnurz ist«, bemerkte Liz trocken.

Suze ignorierte es. »Also, wollen wir Jenny erzählen, was uns Sorgen macht?«

»Freddie haben sie letzte Woche aus der Schule nach Hause geschickt, weil er übermüdet war. Angeblich ist er beim Turnunterricht auf einer Matte eingeschlafen«, berichtete Lydia und runzelte die Stirn. »Ich glaube, er wird abends nicht mehr zeitig ins Bett gebracht.«

Was war die richtige Zeit für einen Sechsjährigen? Jenny hatte keine Ahnung. »Aha«, sagte sie und hoffte, die anderen merkten nicht, dass sie keinen Schimmer hatte, wovon sie redeten.

»Und Lolas Mum hat mir erzählt, dass er Läuse hat.« Suze schüttelte sich angewidert.

»Oh Gott, nicht schon wieder!«, stöhnte Lydia und vergrub das Gesicht in den Händen. »Diese Läuse verpesten mir mein ganzes Leben. Bei Flora krabbelten die Viecher letztes Jahr wochenlang rum. Ich behandle sie, und die Dinger kommen wieder. Allmählich glaube ich, dass die an der Schule eine besonders hartnäckige Art gezüchtet haben.«

»Nazi-Läuse!«, sagte Liz und äffte einen deutschen Akzent nach. »Wirrr machen dech mürrrbä!«

»Ich kann das übernehmen«, bot Jenny rasch an, die das Gefühl hatte, ihr Kopf finge schon zu jucken an. Sie erinnerte sich vage an eine giftige Tinktur aus ihrer Kindheit, mit der man eine Heuschreckenplage bekämpfen konnte.

Suze malte einen fetten roten Haken in ihr Notizbuch. »Sonst noch was, die Damen?«

Liz stützte den Kopf in die Hände. »Ollie hört sich komische Kirchenmusik an, Jenny. Die ganze Zeit. Daneben klingt Leonard Cohen wie die Beach Boys. Ich fürchte, dass er depressiv wird; na ja, natürlich ist er deprimiert, aber ich habe Angst, dass es noch schlimmer wird. Mich würde solche Musik jedenfalls in den Selbstmord treiben.«

»Und dürfen wir den Bart erwähnen?«, fragte Suze.

»Ah, den mag ich«, hauchte Tash verträumt.

»Ich auch«, seufzte Lydia. »Der ist so … biblisch. Er sieht aus wie Jesus.«

»Lydia!«, stöhnte Liz.

»Unhygienisch«, entschied Suze. »Wie Schamhaar am Kinn. Bärte habe ich noch nie verstanden.«

Nicht so unhygienisch wie ein Beutel voller Windeln neben einer Obstschale, dachte Jenny. »Ich finde nicht, dass wir uns in alles einmischen sollten.«

Plötzlich war ein lautes Schniefen zu hören. Jenny drehte sich zu Lydia und sah, dass ihr Tränen in den Augen standen. Sie wartete, dass jemand etwas Tröstendes sagte, doch das geschah nicht. Sollte sie? Oder handelte es sich um eine Art Winterheuschnupfen?

»Was ist mit Essen, Jenny?«, fragte Suze.

»Essen?«, wiederholte Jenny verwundert. Ihr war schleierhaft, wie sie Sophies Haushalt führen sollte. Sie führte ja im

Grunde nicht mal ihren eigenen. Sam und sie ließen sich Essen kommen und gingen ins Restaurant. Zum allerersten Mal fragte sie sich, ob Sophie das Leben ihrer besten Freundin insgeheim für ein bisschen traurig gehalten hatte.

»Meint ihr, wir brauchen eine Suppenstrategie?« Suze griff nach einem selbstgebackenen Schokokeks, der groß wie eine Untertasse war. Offensichtlich hatte das bloße Erwähnen von Essen ihren Appetit angeregt.

»Äh, entschuldigt, was ist eine Suppenstrategie?«

»Die neue amerikanische Taktik, um Al-Kaida-Mitglieder aus ihren Höhlen auszuräuchern«, antwortete Liz, und Jenny lachte.

Suze rollte mit den Augen. »Wir bringen ihnen *Mahlzeiten* nach Hause, Jenny.«

»Ah, eine tolle Idee. Ich denke, da wäre er dankbar. Finde ich gut.«

»Findest du?« Suze strahlte vor Begeisterung und sah zu Tash, wobei sie fast triumphierend wirkte. »Dann planen wir eine Suppenstrategie.«

»Lasagne!« Tash knallte die Hand auf den Tisch. Sie wollte Suze übertrumpfen, und wenn es sie umbrachte. »Männer lieben Lasagne, und ich mache eine teuflisch gute.«

»Ist übrigens auch eine von meinen Spezialitäten«, sagte Suze und notierte: »Lasagne!!!«

Wieder erklang ein lautes Schniefen von Lydia. Sie tupfte sich ihre winzige Nase mit einem Papiertuch.

»Ist alles okay?«, fragte Jenny, die es nicht länger ignorieren konnte.

»Lydia ist *sehr* gefühlsduselig, Jenny«, erklärte Suze ungerührt. »Also, dann reden wir mal über …«

»Schrecklich«, schniefte Lydia kopfschüttelnd. »Ich bin eine schreckliche Heulsuse. Schon nach deinen ersten Sätzen war ich in Tränen aufgelöst, stimmt's nicht, Liz?«

»Stimmt«, bestätigte Liz spitz und verdrehte ganz kurz die Augen.

»Wie kann solch ein wunderschöner Mensch wie Sophie sterben?«, schluchzte Lydia nun offener. Liz nahm ihre Hand und tätschelte sie. »Freddie ist erst sechs Jahre alt und verliert seine Mutter! Wie soll ein Kind das verkraften?«

»Tief atmen, Lyds. Tief atmen. Wir waren alle schon so verzweifelt wie du jetzt«, sagte Suze. »Aber wir sind es Ollie und Freddie schuldig, stark zu sein, nicht wahr, Jenny?«

»Schon«, antwortete Jenny. Die anderen mussten Herzen aus Stein haben, Lydias Schluchzen einfach abzutun. »Aber es ist auch okay zu weinen. Besser als alles in sich aufzustauen.« Erst gestern musste sie mitten im Bauch-Beine-Po-Kurs rausrennen, weil »Survivor« von Destiny's Child gespielt wurde und der Song sie immer an Sophie erinnerte, wie sie in der Küche mit den Hüften wackelte. »Es kommt sowieso irgendwie raus.«

»Du hast ja so recht, Jenny.« Lydia lächelte sie dankbar an.

»Können wir nicht Spenden einwerben?«, fragte Tash, um auf das Thema zurückzukommen.

»Na?«, wandte Suze sich an Jenny.

»Ich weiß nicht.« Spenden? Für wen?

»Wir könnten beim London-Marathon mitlaufen!«

»Ein Kuchenverkauf?«

»Ein Nacktkalender.«

Ein Nacktkalender? Mein Gott. »Ich will ja keine Miesmacherin sein, aber ich glaube nicht, dass Geld …«

»Jenny hat recht«, fiel Liz ihr ins Wort. »So furchtbar es auch sein mag, über solche Sachen zu reden, aber er verdient ziemlich gut, nicht?«

Jenny nickte. »Ja, nehme ich an. Auch wenn wir vielleicht nicht unbedingt von ihm gehört haben, ist er ein erfolgreicher Produzent.«

»Hat er schon mal mit Take That gearbeitet?«, fragte Lydia deutlich munterer.

Jenny verneinte. »Eher nicht. Er macht mehr Werbung, Filmmusik und so.«

»Ach so.« Gleich war Lydia wieder enttäuscht. »Ich liebe Take That. Was für ein verdammtes Glück, dass Robbie wieder dabei ist!«

Aus dem Wohnzimmer ertönte ein markerschütternder Schrei, gefolgt von einem dumpfen Knall. Lydia sprang auf und rannte aus der Küche. »Flora!«

Liz zuckte mit den Schultern, als wäre es nichts Besonderes. Dann kam ein zweiter gellender Schrei.

»Ludo?« Liz sah zu Tash.

»Klingt so.« Tash stand genervt auf. »Entschuldigt, aber ich gehe mal lieber den Schiedsrichter spielen.«

»Das ist kein Witz«, murmelte Suze in dem Moment, in dem Tash die Küche verlassen hatte. »Ludo ist ein echter Albtraum. Ich sehe wohl besser nach, ob er gerade das Baby kopfüber schüttelt.«

Sobald alle draußen waren, schenkte Liz Jenny mehr Tee ein. Ihre Mundwinkel zuckten amüsiert. »Du musst nichts sagen, Jenny.«

Jenny lachte. Ja, von allen mochten sie Liz noch am liebsten. Ihr gefiel es, dass sie sich das Haar ketchuprot färbte, wozu Jenny selbst nie den Mumm aufbrächte. Auch so ein T-Shirt würde sie nicht anzuziehen wagen.

»Das ist wie im Kino, was? Du musst uns für einen Haufen aufdringlicher Kühe halten.«

»Überhaupt nicht! Ich hatte keine Ahnung, dass Sophie so ein Netzwerk hatte.« Wieder meldete sich das komische Gefühl, dass sie aus Teilen von Sophies Leben ausgesperrt gewesen war. »Das ist klasse.«

»Tja, sie hat uns viel von dir erzählt«, sagte Liz freundlich.

Was genau hatte Sophie von ihr erzählt? Ihr fiel die Liste ein, die Ollie ihr gezeigt hatte. »Mit Jenny reden …« Worüber wollte sie reden? Was konnte es sein? Vielleicht wussten es diese Frauen und würden es ihr verraten, wenn sie sich öfter mit ihnen traf. »Meine Nachbarn kenne ich kaum, und hier scheinen sich alle so vertraut zu sein. Das ist fantastisch.«

»Oh, viele der Frauen hier werden *mächtig* hilfsbereit sein, wenn es um Ollie geht, schätze ich.« Liz hielt sich ihren Becher an die Wange und zwinkerte. Jenny bemerkte, dass Liz' erbsengrüne Augen die Komplementärfarbe zu dem roten Haar lieferten – auf eine gute Art.

»Was meinst du?«

»Er ist mit Abstand der attraktivste Dad an der Schule. Jede Mutter ist in ihn verschossen. Dieser dunkle, nachdenkliche Typ, du weißt schon.« Sie guckte übertrieben schwärmerisch. »Und dann noch Musiker!«

»Das ist ein Scherz, oder? Er hat gerade seine Frau verloren.«

»Eben.«

Jenny schlug sich eine Hand vor den Mund. »Ach du Schande, darauf wäre ich nie gekommen.«

»Er ist ein wunderbarer Vater, gut aussehend, erfolgreich, eindeutig bindungsfähig und auf herzerweichende, *reizvolle* Weise verloren. Er muss von einer Frau gerettet werden.«

»Aber sind die anderen hier nicht alle in festen Händen?«

Liz blickte zur Küchentür, ehe sie leise antwortete: »Mehr oder weniger. Tash wurde letztes Jahr geschieden. Da gibt es allerdings einen polnischen Handwerker, auch bekannt als Marko das Gnu. Lydia ist mit einem Banker verheiratet, den sie so gut wie nie sieht. Suze … na ja, Suze' Gründe mögen aufrichtiger sein, denn sie liebt es, gebraucht zu werden, und hat zu viel Energie, egal wie viel sie schon macht. Andererseits kann man nie wissen.«

Ihre Offenheit machte Jenny kühner. »Und was ist mit dir?«

Ein trauriger Ausdruck huschte über Liz' Gesicht. »Ich mochte Soph sehr gern«, sagte sie achselzuckend. »Sonst nichts.« Und Jenny glaubte ihr.

»Alles gut! Alles gut!« Suze kam in die Küche zurück, nun mit dem rothaarigen Beutelbaby auf dem Arm, an das Jenny sich aus dem Laden erinnerte. Eine Wolke von Windelgestank umgab sie und wurde stärker, als sie das Baby auf ihrem Knie wippte. »Also, dann startet das Ollie-Hilfsprojekt durch, was?«

»Packen wir's an.«

»Supi. Ich stelle einen Plan für die Muzzy-Hill-Truppe auf.«

»Ich würde ja gerne mehr tun«, sagte Jenny, die lieber gleich zugab, dass sie vollends nutzlos war. »Aber ich tappe ehrlich gesagt ein bisschen im Dunkeln, wenn es um Kinder und so geht. Wahrscheinlich kann ich viel weniger tun als ihr.«

»Ah, dann schnallst du es nicht, oder?«, fragte Suze. »Wir *müssen* dich dabeihaben, unbedingt. Man könnte sogar sagen, du bist unentbehrlich.«

»Ach ja?« Sie war seit ewigen Zeiten nicht mehr unentbehrlich für irgendwas oder irgendwen gewesen.

»Und ob«, beharrte Suze.

»Wieso?«

»Weil du Ollie besser kennst als wir«, antwortete Liz und nippte an ihrem Tee. »Wir brauchen jemanden in der Gruppe, der für ihn sprechen kann.«

»Ich kann unmöglich für ihn sprechen.«

»Na, aber einer muss es doch«, sagte Liz. »Unser Job ist, seinen Haushalt in den nächsten Wochen zu managen. Deiner ist, in seiner Nähe zu bleiben, damit er eine Frau an seiner Seite hat, die weder seine Mutter noch seine Schwägerin ist. Eine Frau, die nichts von ihm *will.*« Sie bedachte Jenny mit einem vielsagenden Blick. »Die ihn beschützt. Du weißt, was ich meine.«

Jenny nickte. Das rothaarige Baby streckte ein Ärmchen nach ihrem goldenen Armband aus. Seine kleinen Finger fühlten sich seidig glatt an. Jenny betrachtete den Milchschorf auf seinem Kopf, und angesichts seiner wenig fotogenen Eigenschaften überkam sie eine Welle von Zuneigung.

»Tatsache ist«, sagte Suze, die sich bemühte, ihr zappelndes Baby stillzuhalten, »dass du Sophie besser gekannt hast als wir alle zusammen, nicht?«

Sie nickte, obgleich eine kleine Stimme in ihrem Kopf zweifelte. Es gab eindeutig Bereiche in Sophies Leben, von denen sie nie gewusst hatte.

7

In Nordlondon geht Seltsames vor, sage ich euch.

Vor drei Tagen drängte ich mein nicht-atomares Ich – ja, zieh dir das rein, Stephen Hawking – durch die schmutzige Katzenklappe von Suze' Haus und schnappte die Reste einer Unterhaltung zwischen Jenny und Liz auf, während ich wie ein Barrakuda durch den Raum schnellte. Sie redeten über die Frauen im Viertel, die für meinen Mann schwärmten! Ich bin gerade erst tot, verdammt! Bravissimo schickt mir immer noch Kataloge, und ich habe noch fünfhundert Freiminuten auf meinem Handy.

Aber ich staune immer wieder über die Leute, weil sie so viel schräger sind, als mir jemals klar war. Nehmen wir allein Folgendes.

Vor zwei Tagen sah ich Jenny kerzengerade in ihrem Schlafzimmer hocken, völlig regungslos, wie eine von diesen Yoga-Verrückten. Sie rührte sich nicht, obwohl die Zeit dahintickte und es langsam dunkel wurde. Derweil rief meine Mutter immer wieder bei ihr an: ein, zwei, drei Mal innerhalb von ein paar Stunden. Jenny ging nicht ran. Sam kam von der Arbeit und fand sie im Dunkeln, immer noch aufrecht sitzend, und Tränen liefen ihr über die Wangen. Sam fragte sie, was es zum Abendessen gibt. Sie antwortete nicht. Und gestern sah ich, wie sie etwas machte, das verdächtig nach einer Collage aussah. Jenny bastelte! Ich schwöre, sie schnitt ernsthaft kleine Papierstückchen zurecht und klebte sie mit dem blödsinnigen Pritt-Stift auf – sie drehte den Stift dauernd nach oben und wieder zurück, um die Kruste abzukriegen, damit das Ding klebt, anstatt schmutzig weiße Klumpen zu verschmieren. Nein, Jenny ist einfach nicht sie selbst. Bin ich froh, dass Sam der Heiratsvermeider schlechthin ist, denn Jenny braucht Zeit, in ihrer Trauer herumzupaddeln, ehe sie große Entscheidungen über ihre Zukunft fällt – oder sich ohne mich auch nur in die Nähe eines Brautmodenladens wagt.

Derweil heult meine Schwester sich im tiefsten Essex wieder und wieder vor *Die Brücken am Fluss* aus. Noch weiter südlich verbringt Dad Stunde um Stunde in seinem Schuppen, wo er das komplizierteste Hängemattengestell der Welt baut. Er wollte nie eine Hängematte. Hat es was mit dem Wiegen zu tun? Vielleicht muss er sich in den Schlaf wiegen lassen. Ich vermute, dass er in seinem Schuppen ist, um Mum zu entkommen, die nach wie vor todtraurig ist. Arme, arme Mum. Die Aura um sie herum ist derart kalt, dass sie sich anfühlt, als wäre sie ganz hinten in einem Eisfach vergessen worden.

Und Ollie? Mein armer Liebster wird gerade belagert. Er starrt auf fünf folienbedeckte Schalen, die an sehr klobige Pessare erinnern. Es klingelt an der Tür, und Ollie zuckt zusammen.

»Soll ich aufmachen, Dad?«, flüstert Freddie, der angelaufen kommt. Seine Backe wölbt sich über einem Chupa-Chup-Klumpen.

Ollie zupft an seinem Bart. Er sieht aus wie ein schiffbrüchiger Pirat. »Nein, das ist womöglich …«

Freddie verzieht das Gesicht. »Nicht noch mehr Lasagne!«

Wieder läutet es. Ollie hebt einen Finger an seine Lippen. »Schhh, keinen Mucks.«

Sie sind still, verstecken sich vor dem Feind. Es klingelt zum dritten Mal, und sie warten weiter. Schließlich hört man Schritte, die sich entfernen. Freddie schleicht zur Haustür und linst durch den Briefschlitz. »Daddy, da steht was vor der Tür.«

»Mist«, murmelt Ollie und fährt sich mit den Händen durch sein fettiges Haar. Auf dem Weg durch den Flur steigt er über mehrere Holzkugeln – sie haben den Flur als Bowlingbahn benutzt –, öffnet die Tür und blickt sich vorsichtig um, als könnte ein Heckenschütze hinter dem Kirschbaum lauern.

Dann greift er sich die Schüssel und wirft die Tür wieder zu. Er stellt sie zu den anderen und liest die Nachricht auf dem Foliendeckel. »Okay, Freddie, jetzt haben wir noch mehr. Und diesmal ist sie von Tash, Ludos Mummy. Es ist das zweite Mal in drei Tagen, dass sie für uns kocht. Das hier ist, äh, Bolognese-Sauce.« Er guckt verdutzt. »Passt gut zu dem Vanillepudding, sagt sie. Welchem Vanillepudding? Ah, richtig, hier.« Er zieht die Folie von einer anderen Schale ab.

Freddie steckt sich zwei Finger in den Mund und macht Würgegeräusche.

»Irgendeine Idee, Fred?«

»Ja.«

»Raus damit.«

»Pingpong.«

»Freddie, mein Sohn, du bist böse.« Er hält eine Hand in die Höhe. »Und du bist ein Genie!«

Freddie grinst. Es strahlt sogar fast, wie er es früher immerzu tat. Ich bin erstaunt, dass er noch so lächeln kann, und voller Ehrfurcht, weil er so stark ist. Er öffnet die Hintertür. »Hierher, Pingpong, komm, miez, miez! Fressenszeit.«

Später, als der Abend rauer und kälter wird – Eiszapfen hängen gefrorenen Tränen gleich vor den Fenstern – rolle ich mich in einen von Ollies schwarzen alten Converse-Turnschuhen. Die sind sicher und riechen beruhigend nach Ollie. Ich will nicht den Duft seines Aftershaves, den von Waschmittel an seinen Sachen oder den nach seinem Shampoo für trockenes Haar. Lieber will ich die echte Ollie-Note, seinen eigenen Geruch, das strenge Aroma seiner Männlichkeit. Ich würde mich ja in seine Achsel hängen, wenn ich könnte, aber ich fürchte, dass er das merken würde.

Inzwischen ist es halb zehn. Pingpongs Pfotenabdrücke punkten den Schnee auf der Veranda. Auf unserem kleinen Rasen sind kahle Stellen im Schnee, wo Freddie und Ollie mit kalten roten Fingern Schneebälle geformt und sich gegenseitig beworfen haben. In der rechten Gartenecke, unter dem Pflaumenbaum, der die sauersten, ungenießbarsten Pflaumen trägt, die man sich vorstellen kann, steht ein Schneemann mit einer schmutzigen Pastinake als Nase und zwei ausgetrockneten Kastanien als Augen; Freddie hatte sie eigens zu diesem Zweck seit dem Herbst aufgehoben. Das Haus mag wie eine Müllhalde aussehen, aber es ist warm, in dem Turnschuh sogar saunaheiß. Ollie hat den Kamin angezündet. Feuermachen ist der einzige Job im Haus, den Ollie beherrscht, was sicher nicht zuletzt daran liegt, dass es eher etwas ist, was dieser Naturbursche Ray Mears im Fernsehen tut. Auf jeden Fall ist es maskuliner, als einen Schmortopf abzuwaschen. (Übrigens sieht man auch nie, dass Ray Mears seine Wildpilzpfanne im Wald abwäscht. Ich wette, das erledigt eine bedauernswerte Hilfskraft vom Filmteam für ihn, und die ist – wetten? – weiblich.)

Jetzt sitzen sie beide vorm Kamin, Freddie auf Ollies Schoß gekuschelt und den Kopf an seine Brust gelehnt. Er lauscht Ollies Herzpochen, wie ich es an Winterabenden gemacht habe. Freddie fallen die Augen zu, während Ollie ihm die weichen Locken aus der Stirn streicht. Das Feuer knistert und knackt. Die Wärme verleiht beiden eine gesunde Gesichtsfarbe und überspielt die Trauerringe unter Ollies Augen. Sie sehen unsagbar schön aus, und ich frage mich, warum ich in den letzten Monaten so rastlos und unzufrieden war. Was wollte ich denn, wenn nicht dies hier? Jenny hatte recht. Hat sie das nicht immer? Zumindest was das Leben anderer betrifft.

Aber wie sollte ich ahnen, dass ich überfahren auf der Regent Street enden würde? Könnte man das eigene Ableben etwas genauer vorhersagen – »Nach Weihnachten haben Sie nicht mehr lange, Mrs Brady, also machen sie das Beste draus« –, hätte ich wenigstens *planen* können. Ich hätte eine richtige Liste mit allem gemacht, was zu erledigen ist, und eine Memo-Box vorbereitet. Ich hätte Ollie Instruktionen dagelassen – eine interne »Nach meinem Abkratzen«-Liste mit wichtigen Telefonnummern und Informationen. (Denk an den Geburtstag meiner Mutter. Geh alle sechs Monate mit Freddie zum Zahnarzt. Lass keine Wollsachen draußen hängen, sonst kommen die Motten. FÜTTER DEN KATER.) Vor allem aber, und das ganz besonders, hätte ich eine Chance gehabt, zu würdigen, was ich hatte. Ich hätte die Bilanz meines Liebeslebens gezogen. Wer sagte noch: »Ich hatte so ein wunderbares Leben, wäre mir das doch nur früher klar geworden«? Dorothy Parker? Wie auch immer, ich bilde mir gerne ein, dass ich meinem Ende ungleich würdevoller entgegengegangen wäre. Andererseits weiß man nie, ob ich nicht panisch geworden wäre und mich geweigert hätte, meinen Tod anzunehmen. So ging es der armen Tante Linda, die ihr gesamtes Geld für eine alternative Behandlung in Österreich rausschleuderte, für Massagen und Vitaminspritzen.

War für mich noch ein anderes Schicksal vorgesehen? Gab es in meinem Körper noch etwas, von dem ich nichts wusste, etwa einen Knoten in der Brust, der noch zu klein war, um bei der Vorsorge erkannt zu werden? Eine Verengung der linken Aorta? Eine unbekannte, aber tödliche genetische Veranlagung in meiner DNA-Helix, die wie eine Bombe hochgegangen wäre, hätte ich mein fünfundfünfzigstes Lebensjahr erreicht? Ich nehme an, dass wir alle die Saat unseres Todes in uns tragen. Und dann wird man von einem Bus angefahren, und all diese Anlagen werden vom Wind davongetragen wie Pusteblumensamen. Das ist doch echt Mist. Jetzt begreife ich, dass sonst gar nichts in meinem Leben doof war, auch wenn ich es gedacht hatte. Nicht die Tatsache, dass ich kein zweites Kind kriegen konnte. Oder dass ich nie die perfekten Stiefel gefunden habe. Dass ich kein Filmstar geworden bin. Nein, von einem Bus todgefahren zu werden, ist ohne Frage der blödeste Mist von allem, Punkt.

Wollt ihr die Wahrheit wissen? Die entsetzliche, schaurige Wahrheit? Ich fühle mich beraubt. Ich fühle mich meines wundervollen Kindes beraubt, seines Socken-Honig-Duftes, der Biegung seines beweglichen Rückens, seiner Konzentration, wenn er ein Legoraumschiff baut und seine kleine rosa Zungenspitze aus seinem Mundwinkel lugt. Ich fühle mich seines Lachens und seiner Liebe beraubt wie auch der Chance, ihn aufwachsen zu sehen. Und ich fühle mich des Mannes beraubt, in den ich mich verliebt habe, den ich drei Jahre lang an der Uni beobachtete, eingeschüchtert von seinem Aussehen und seinem coolen Auftreten; des Mannes, der mich bei einem kühlen Sonnenaufgang in Somerset küsste und mein Herz vor Glück übersprudeln ließ.

Ich fühle mich sogar meiner beknackten Falten beraubt! Nun kann ich nie wie meine Mutter aussehen – oder wie meine Großmutter. Letztere war beinahe durchgehend kerngesund, bis sie im Alter von siebenundneunzig Jahren einschlief, in ihre Pilzcremesuppe kippte und nicht wieder aufwachte. Ich werde niemals sagen können, »Zu meiner Zeit war alles besser«, oder mich wundern, wieso keiner mehr weiß, was ein iPhone war. Nein, ich bleibe ewig eine Mittdreißigerin aus dem einundzwanzigsten Jahrhundert, ähnlich einem dieser Fotos von Frauen in den Vierzigern, die während des Krieges gestorben sind und für immer mit Dauerwelle und knallroten Lippen in Erinnerung bleiben. Vintage.

»War's schön heute Nachmittag bei Ludo?«, fragt Ollie und unterbricht meine Gedanken, bevor sie noch finsterer werden.

»Ludos Dad ist weg«, antwortet Freddie und spielt Fädchen mit einem Gummiband.

»Nein, ist er nicht. Er wohnt nur nicht mehr bei ihm«, erwidert Ollie. »Er wohnt jetzt in einem anderen Haus.«

(Zu eurer Information: Mit dem ehemaligen Au-pair Astrid.)

»Aber er sieht Ludo noch«, versichert Ollie.

Freddie sitzt mit großen Augen da und überlegt einen Moment. »Ich finde, das ist besser als im Himmel sein. Es wäre schöner, wenn Mummy bloß in einem anderen Haus wohnt.«

Oh ja, das wäre es, mein Spatz. Das wäre es ganz bestimmt.

Beide sehen in die tanzenden blauen und orangefarbenen Flammen. Ich möchte mich so gerne zu ihnen kuscheln, mit den Fingerspitzen ihre Ohrmuscheln nachmalen. Mussten sie meine Liebe nicht irgendwie spüren? Die verpufft doch nicht einfach. Und sie hat ja keinen Puls, also kann sie auch nicht sterben.

Freddie sieht nachdenklich aus. »Wenn du Mummy auf unserm Computer e-mailst, was ist dann?«

»Nichts, Fred.«

»Hast du's versucht?«

Er zögert. »Ja, habe ich. Einmal.« Verlegen blickt er nach unten. »Es kam keine Antwort. Und jetzt ist ihr Account sowieso gelöscht.«

»Was ist mit diesem Dings auf dem Computer, wo man das Gesicht sieht wie auf dem Fernseher?«

»Skype?«

Freddie nickt. »So wie wir manchmal mit Granny reden.«

Ollies Augen fangen an zu glänzen, und sein Adamsapfel bewegt sich. Er bemüht sich wirklich. »Da ist sie auch nicht, Freddie.«

»Aber sie ist irgendwo!«, ruft Freddie. »Ich *weiß,* dass sie irgendwo ist.«

Ollie umfängt Freddies Kopf und hält ihn. »Ja, sie ist irgendwo, und sie liebt dich. Sie liebt dich so sehr. Aber sie ist nicht auf der Erde, nicht so wie du und ich.«

Es ist ein tapferer Versuch. Wie würde ich es erklären?

»Wie ein Engel? Oder ein Superheld?«

»Ein Engel.«

Guckt mal, keine Flügel!

Freddie beißt die Zähne zusammen. »Das ist trotzdem unfair.«

»Ja, ist es. Es ist total unfair.«

»Wieso ist der Busfahrer nicht gestorben? Wieso Mummy?«

Ollies Züge verfinstern sich. »Es würde Mummy nicht zurückholen, wenn der Busfahrer stirbt, oder?«

»Nein«, sagt Freddie mit herzzerreißender Nachsicht. Ich hoffe, er erhält sich diese Fähigkeit, zu vergeben, mein süßer, freundlicher kleiner Junge.

»Es war ein Unfall.«

Freddie scheint nicht zufrieden. »Aber …«

»Schlimme Dinge passieren manchmal. Nicht oft, aber sie passieren.«

»So wie als Granny bei Sainsbury ihr Portemonnaie verloren hat?«

»Schlimmeres.«

»Wie das, was mit Mummy passiert ist?«

»Man kann zur falschen Zeit am falschen Ort sein.«

»Wie Jenny«, bestätigt Freddie kopfnickend.

Ollie lacht. »Was meinst du damit?«

»Jenny sieht manchmal aus, als wäre sie am falschen Ort.«

Kindermund tut Wahrheit kund.

»Meinst du, dass sie traurig aussieht?«, fragt Ollie besorgt.

Freddie nickt.

»Ich glaube, sie vermisst deine Mummy, Fred.«

Er streckt die Hände zum Feuer und wärmt sie. »Warum gibt keiner Jenny einen Kuss, damit es wieder gut wird?«

Ha! Gott, ich liebe diesen Jungen.

Ollie lächelt. »Ich bin sicher, dass Sam das macht.«

Freddie grübelt ein bisschen und rümpft die Nase. »Ich fänd's besser, wenn Sam überfahren wird und nicht Jenny.«

Ich auch! Her mit Linie 23!

»Ach, Freddie, hier geht es nicht um entweder oder. Sam wird nicht überfahren und Jenny auch nicht.« Er beugt den Kopf und flüstert ihm ins Ohr. »Jen ist für dich da.«

»Wie du?«

»Wie ich.« Ollie streichelt Freddies Wange. »Ich gehe nirgends hin, Freddie.«

»Versprochen?«

Er salutiert. »Großes Pfadfinderehrenwort.«

Freddie wirkt immer noch besorgt. »Dann sind wir jetzt nur noch wir zwei?«

»Nur wir zwei. Und wir sorgen dafür, dass Mummy stolz auf uns ist.«

Und *wie* stolz!

Freddie runzelt die Stirn. Etwas macht ihm zu schaffen. »Dann kriege ich keine andere Mummy?«

Das Zimmer vibriert, und ich erstarre auf dem Kaminsims.

»Ludo sagt, er hat jetzt zwei Mummys«, fährt Freddie fort. »Eine zu Hause und eine bei seinem Dad. Das findet er doof. Ich glaube, ich würde das auch nicht mögen.«

»Es hört sich jedenfalls schwierig an.« Ollies Wangenmuskel zuckt.

Er weicht aus! Er sagt nicht, dass es keine andere Mummy geben wird.

»Ich brauche jedenfalls keine andere Mummy. Jenny kann mich zum Schwimmen fahren.«

»Fred, keiner wird jemals deine Mummy ersetzen. Ich werde sie immer lieben … und dich … mehr als jeden anderen auf der Welt.«

Das ist besser. Fast.

»Und im Universum?«, fragt Freddie.

»In der ganzen Galaxie.«

»Cool«, sagt Freddie und lehnt seinen Kopf wieder an Ollies Schulter. Jetzt ist er zufrieden, und Sekunden später schläft er.

8

Wie wär's mit einem Plan, Jen?«, sagte Sam, als er in die Wohnung kam. Dabei schüttelte er glitzernde Regentropfen von seinem Anzug auf die glänzenden Holzoberflächen und klappte seinen Golfschirm zu.

»Gute Idee.« Jenny stand von ihrem Manuskript auf, froh über die Ablenkung und einen Grund, für heute Schluss zu machen. »Wir könnten zu diesem neuen Laden in The Stables gehen. Ich bin am Verhungern, und wir haben nichts im Haus, tut mir leid. Ich habe *stundenlang* mit Sophs Mum am Telefon gehangen …«

Er ließ seine Aktentasche fallen. »Schalt bitte diesen Schrott ab.«

»Welchen Schrott?«

»Die Musik.«

»Das ist Lonnie Donegan!«

»Jenny.« Er zurrte seine Krawatte lose und schritt über den beigen Conran-Teppich wie ein romantischer Held über ein sturmgepeitschtes Moor. »Ich rede von einem Plan für die Hochzeit.«

»Hochzeit?« Jenny war wie versteinert. Ja, sie sollte Lonnie Donegan lieber ausstellen.

»Hast du vergessen, dass wir verlobt sind?«

»Nein!« Nur war es, wie alles andere, neben Sophies Tod unbedeutend geworden, abstrakt, wie ein Eintrag im Kalender, der noch weit weg war und vorerst ignoriert werden durfte.

Sams regennasses Gesicht sah gekränkt aus. »Wow, welche Euphorie!«

Jenny schlang ihre Arme um seine Taille. »Ach Sam, entschuldige. Ich bin ein bisschen überrumpelt, das ist alles. Wir sind schon solange verlobt und …« Sie küsste ihn. »Warum ausgerechnet jetzt?«

»Der Tod. Er rückt einiges in eine andere Perspektive, nicht?« Sam strich ihr das Haar aus der Stirn. »Wir haben nur ein Leben, Babe, packen wir es an.«

Aus dem Nichts tauchte ein komischer Gedanke in Jennys Kopf auf: Ich glaube ihm nicht. Ich glaube nicht, dass das der Grund ist, weshalb er mich gerade jetzt heiraten will.

Sie schob diesen Gedanken weit von sich. In letzter Zeit kamen sie nicht gut miteinander aus. Folglich war dies wohl seine Art, für Versöhnung zu sorgen.

Behutsam hob er ihr Kinn an, sodass sie ihn ansehen musste. »Das Leben geht weiter, stimmt's, Babe?«

Sie nickte, konnte jedoch nicht umhin festzustellen, dass es der Tod war, der immer weiter und weiter ging. Nicht das Leben.

»Nicht weinen. Das bin ich nicht wert.«

Sie lachte und wischte die Träne weg. »Ich will nicht, dass du mich heiratest, weil du glaubst, mich retten zu müssen, Sam. Ich muss nicht gerettet werden. Ich brauche bloß …« Sie zögerte. Was brauchte sie? »Ich glaube, ich brauche Zeit.«

»Wie viel Zeit noch?« Da war ein gereizter Unterton in seiner Stimme. »Wir sind schon ewig verlobt.«

Ein Teil von ihr wollte nicht fassen, dass sie dieses Gespräch überhaupt führten. So lange hatte sie sich nach einem Hochzeitstermin gesehnt, hatte vorsichtig gedrängt, weil sie Sophie und ihren Eltern beweisen wollte, dass die Hochzeit stattfinden würde und sie nicht die Jenny war, die zeitlebens vergeblich wartete. Und nun? Tja, nun war ihr immer noch mehr nach Beerdigung als nach Hochzeit.

»Ich würde gerne so bald wie möglich heiraten.«

»So bald wie möglich?«

»Im Sommer.«

»Nächstes Jahr?«

»Dieses Jahr.«

»Aber … aber das ist nicht mehr lange.«

»Was hält uns ab?«

»Na ja, nichts, denke ich.« Sie grub die Fingernägel in ihre Handflächen.

»Du siehst ängstlich aus.«

»Ich habe keine Angst.« Doch, hatte sie. »Wir sind nur nicht bereit. Ich habe kein Kleid, und wir haben noch nicht entschieden, wo wir feiern …«

»Ein Kleid kannst du dir kaufen, oder nicht? Und ich ging eigentlich davon aus, dass wir ein Festzelt im Garten meiner Eltern aufstellen lassen.«

»Ja, ja, natürlich.« Das war logisch. Ihre Eltern wohnten in einem Bungalow von 1982 mit Ausblick auf eine riesige Hühnerfarm. Seine Familie bewohnte ein georgianisches Haus mit einem Garten von den Ausmaßen eines Wildparks. Was machte es schon, dass es ihr nie gelungen war, dort auch nur ein einziges der zahlreichen sonntäglichen Mittagessen zu genießen? Nein, es spielte keine Rolle.

»Ich sehe da ein Zögern, Babe.«

»Es ist bloß … Da ist so vieles zu tun. Und ich stecke im Moment bis zum Hals in diesem Hilfsprojekt für Ollie. Das frisst eine Menge Zeit, und …«

»Mum hilft dir bei der Organisation.« Sams Züge verhärteten sich. »Sowieso solltest du diese Muswell-Hill-Frauen dazu bringen, dass sie die Plackerei übernehmen, statt alles selbst zu machen. Du bist doch nur die … die Beraterin.«

»Wohl kaum!« Das erste Treffen lag sechs Wochen zurück, und seitdem hatten sie sich wöchentlich getroffen, von unzähligen Telefonaten und E-Mails ganz abgesehen. Sam hatte bereits gesagt, dass sie die Sache dringend zurückfahren müsste. Witzigerweise stellte sie fest, dass sie es gar nicht wollte. Trotz ihrer anfänglichen Zweifel genoss sie es. Jeden Morgen wachte sie auf und überlegte, was Ollie und Freddie brauchen könnten, wie man sie glücklicher machen könnte. Die Ollie-Hilfsinitiative war derzeit das Einzige, was sie anspornte, morgens aus dem Bett zu steigen. Und so morbide der Anlass sein mochte, musste Jenny zugeben, dass es spaßig war, mit den anderen Frauen ein gemeinsames Ziel zu verfolgen. Jenny lernte Sophies Freundinnen kennen und mit ihnen jenes Leben, von dem sie nichts gewusst hatte. Sie lernte eine neue Seite von Sophie kennen, was bedeutete, dass sie irgendwie noch lebte.

»Die Hochzeit wird herrlich«, sagte Sam leise. »Und dann fühlst du dich besser.«

Sie versuchte, es sich vorzustellen: das weiße Kleid, die Blumen, das Konfetti. Und es brachte sie zum Weinen. Oh Gott, sie wurde zu einer Lydia!

»Nicht weinen«, raunte Sam liebevoll. »Was ist denn?«

»Eine Hochzeit ohne Sophie.«

»Hey, ist ja gut.« Er drückte sie an sich.

»Sie sollte meine Trauzeugin sein, und jetzt kann sie es nicht.«

Sam hielt Jenny bei den Schultern. »Du kannst jemand andern fragen.«

»Nein, sie oder gar keine. Ich kann sie nicht ersetzen. Ich kann nicht so tun, als hätte ich noch eine beste Freundin, denn die habe ich nicht mehr.«

»Vielleicht überlegst du es dir bis dahin anders.«

»Nein.«

»Nein, wohl nicht«, seufzte er, ließ sie los und ging zum Kühlschrank, um sich ein Bier herauszunehmen. »Es muss etwas geben, dass du tun kannst, um drüber weg zu kommen.« Er sah nachdenklich aus, als er das Bier in ein Glas füllte. »Therapie? Denkst du, du solltest zu einem Psychiater gehen?«

»Eigentlich würde ich gerne mit Ollie reden.« Sams Stirn legte sich in Falten. Sie musste ihre Worte mit Bedacht wählen. Wie sollte sie ihm erklären, dass sie, wenn sie schon nicht Sophies Segen bekommen konnte, wenigstens Ollies brauchte? »Nur, dass er es weiß, ich meine, als Erster weiß. Ich glaube, das wäre besser.«

»Verflucht noch eins, Jenny!« Er rieb sich die Nasenwurzel. »Hier geht es um *uns.* Das hat nichts mit Ollie zu tun.«

9

Etwas musste sie davon abhalten, vor den Altar zu treten. Und dieses Etwas sollte ich sein. Leider habe ich mein letztes Treffen mit Jenny damit vergeudet, über Zahnkronen und Kundenkarten zu reden. Das hätten echt nicht meine letzten Worte sein sollen. Wirklich nicht. Und jetzt legt er allen Ernstes einen Hochzeitstermin fest.

Es sind manche Dinge vorgefallen, müsst ihr wissen. Mit Sam. Sam und mir. Kleinigkeiten. Unausgesprochen. Andere waren Vermutungen und Ahnungen. Wieder andere … okay, es waren auch andere. Und auf die bin ich nicht stolz.

Eine Party vor zwei Jahren, zu Wendys Fünfunddreißigstem in Tufnell Park, Nordlondon. Es war ein heißer, stickiger Sommerabend, zu heiß für Schuhe oder langes Haar. Die dampfenden, schmutzigen Straßen Londons pulsierten vor Hitze. Musik wummerte aus offenen Fenstern. In den U-Bahnen wurden Leute ohnmächtig. Drogendealer fuhren in ihren Cabrios durch die lärmende Innenstadt, ihre Stereoanlagen auf volle Lautstärke gedreht. Es sah aus, als würde der Asphalt auf der Brecknock Road schmelzen. Und in einem kleinen Hinterhofgarten in dieser Straße feierten wir Wendys sapphische Epiphanie: Sie hatte sich wahnsinnig und unsterblich in eine Mathelehrerin namens Penny verliebt. Was wir an diesem Abend alle taten. Penny war umwerfend, superklug und der Traum einer lesbischen Geliebten. Wendy war glücklicher denn je. Dass die beiden Frauen zusammengefunden hatten, war verblüffend und vor allem ein heilsamer Dämpfer für Wendys retardierten Ex-Mann, der widerwärtig mit ihr umgesprungen war. Wir alle tanzten draußen wie wild zu Songs aus den frühen Neunzigern, reckten die Arme in die Luft, als wäre alles egal. So eben. Die Musik beförderte mich zurück in die Zeit bevor Freddie geboren wurde, und ich war wild und frei und trug rote Kickers. Zum ersten Mal seit Monaten fühlte ich mich sexy und nicht wie eine Frau, die überschüssige Milch aus ihren Brüsten gestrichen oder eine Reihe von sorgfältigen Stichen zwischen ihrer Vagina und ihrem Anus hatte. Kurz: Ich fühlte mich heiß, sexy und wieder wie fünfundzwanzig.

Um zwei Uhr tanzten die Hardcore-Dreißiger immer noch. Unter meinem linken Fuß bildete sich eine galaktisch große Blase, die Nachbarn beschwerten sich, und die Polizei war gerufen worden. Es war eine sagenhaft gute Party. Sogar Jenny tanzte so ausglassen wie nie zuvor. Nach Monaten mistiger Dates mit Männern, die allergisch gegen Oralsex waren – nein, das denke ich mir nicht aus – hatte sie sich mit Sam eingelassen, der eine solch wandelnde, sprechende Cunnilingus-liebende Wiedergutmachung war, dass es die ganzen Date-Höllen vorher fast schon wert war. Er war die Positiv-Figur in jedem Frauenzeitschriftenartikel, die tolle Wendung am Ende jedes Schmachtfetzens. Abgesehen davon, dass Jenny ihm sehr gerne an die Wäsche ging, sah sie auch den idealistischen, guten Menschen unter den schicken Anwaltsanzügen, das weiche Herz in dem Draufgänger. Das sahen wir alle und fanden Sam großartig.

Wir hatten schon einiges gemeinsam unternommen, Ollie und ich mit Sam und Jenny: einen Ausflug nach Whitstable, Abendessen bei uns, eine ausschweifende Silvesternacht mit Absinth und Hummer. Zwar waren Ollie und Sam nicht direkt Busenfreunde – Ollie ist sowieso nicht sonderlich kontaktfreudig und würde am liebsten außer seiner Familie und seinem Musikstudio überhaupt niemanden sehen – verstanden sich aber recht gut. Sie kamen auf die kerletypische Art miteinander aus, wie es Männer tun, die zusammengeworfen werden, weil ihre anderen Hälften befreundet sind.

Ich hatte nicht geplant, zur selben Zeit zum Klo zu müssen wie Sam. Es ergab sich rein zufällig, dass unsere Blasen gleichzeitig entleert werden wollten. Wir ließen Ollie und Jenny weiter zu Kylie tanzen, während wir uns vor der endlos geschlossenen Badezimmertür anstellten. Ich sage anstellten, dabei versuchten wir, uns gegenseitig auszustechen, was das Aufrufen des schlimmsten Siebzigerjahrerocks anging. Journey! Jefferson Airplane! Kenny Loggins! Es war witzig, richtig witzig, so wie gen frühe Morgenstunden alles zum Witzigen tendiert, weil man beschwipst ist und der Babysitter gerade eine SMS mit »keine Eile, alles bestens« geschickt hat. Ich erinnere mich, dass ich brüllte vor Lachen und die Songtexte der übelsten Lieder laut herausschrie. Seine Hand war auf meinem Hintern. Es dauerte eine Weile, ehe ich es kapierte. Ja, seine Hand war auf meinem Hintern, und sie bewegte sich nicht. Ich wich zur Seite und machte einen Scherz, sagte ihm, er wäre betrunken, sollte irgendwo ein bisschen ausnüchtern und seine Pfoten für sich behalten. Ich überlegte sogar, welcher Songtext aus den Siebzigern passen und das Ganze verharmlosen würde, aber mir wollte keiner einfallen. Wohl deshalb nicht, weil er mir in die Augen sah, und damit meine ich: direkt in die Augen, als hätte er da drinnen irgendwas verloren. Dann sagte er trocken: »Ich bin nicht im Mindesten angetrunken, Sophie.«

»Oh.« Ich lachte und richtete den Bund meines weiten weißen Hula-Hula-Rocks. Ich war immer noch aufgekratzt und wollte zurück auf die Tanzfläche, für eine Nacht wegtanzen, dass ich Mutter war. Deshalb hüpfte ich von einem Fuß auf den anderen. »Habe ich Petersilie zwischen den Zähnen oder so?«

Jetzt starrte er mich ziemlich intensiv an. Mir war, als würden mich seine blassblauen Augen einsaugen, als wäre ich ein kleines Holzbötchen, das in einen gierigen Whirlpool gezogen wurde.

»Was?«, fragte ich und wünschte mir inständig, die Frau in dem Klo würde endlich zu Potte kommen und wenigstens mal abziehen, sodass ich hoffen konnte, bald hineinzukönnen.

Er lächelte. Offenbar konnte er meine Gedanken lesen.

Und er wusste, dass ich nicht wegkonnte. »Du bist eine Frau, die gern angesehen wird, Sophie, also sehe ich dich an.«

»Klar«, sagte ich, und durch meinen Schwips wurde mir bewusst, dass es komisch war. Wir durften so nicht reden. Hier lief etwas Merkwürdiges ab.

»Du bist so wunderschön, Sophie«, sagte er in einem derart entwaffnend ernsten Tonfall, dass ich erstarrte.

»Danke«, erwiderte ich leise und sah mich um, ob uns jemand beobachtete oder Jenny vielleicht kam. Es war niemand da. Ja, ich hätte an diesem Punkt »Verzieh dich!« sagen sollen, aber das ist schwierig, wenn man so angesehen wird und man angetrunken ist und nicht genau weiß, was gerade los ist. Zu meiner Schande muss ich gestehen, dass ich mich ein bisschen geschmeichelt fühlte. Für einen Moment war ich nicht die Hausfrau und Mutter aus Muswell Hill. Ich war Sophie Mathilda Brady, ein Männermagnet. So wie früher. Sophie Superstar.

»Fühlst du es?«, fragte er, und seine Augen blitzten.

»Was fühlen?«

»Du weißt, was ich meine.«

»Nein«, antwortete ich, was gelogen war, denn mein ganzer Leib kribbelte. Ehrlich, bis zu jenem Moment hatte ich mich nicht ansatzweise zu Sam hingezogen gefühlt. Mir war nicht mal der Gedanke gekommen, dass er sexy sein könnte. Er war Jennys Freund, und damit basta. Ich tat solche Sachen nicht. Aber jetzt auf einmal war er auch ein anderer. Jemand, der nichts mit Jenny zu tun hatte, der in meinem privaten Orbit existierte, in diesem erotischen Augenblick, bei mir, nur mir, nicht mir als der Frau von einem anderen, oder der Mutter, der Nachbarin, sondern mir wie ich früher war, als ich jung und Single war und in jeder beliebigen Straße den Verkehr ins Stocken bringen konnte.

»Sophie …« Er legte seine Hand fest an meine Taille. Mit einer tänzelnden Bewegung entwand ich mich ihm. Die Badezimmertür ging auf, eine Frau kam heraus und ich rannte hinein. Ich verriegelte die Tür fest hinter mir. Es sollte sich als weit schwieriger erweisen, Sam aus meinem Kopf auszusperren.

Ich hätte es Jenny erzählen müssen, nicht? Nur hatte ich ein schrecklich schlechtes Gewissen und schob es lieber auf den Alkohol und die aufgeladene Atmosphäre. Jenny war so glücklich gewesen. Sie tanzte ausgelassen und sang leise »Start Me Up« mit. War es diese eine Entgleisung wert, ihr Glück zu ruinieren? War sie es wert, Ollie davon zu erzählen und ihn dann davon abhalten zu müssen, Sam grün und blau zu prügeln? Nein, war es nicht. Deshalb erzählte ich keinem etwas und hoffte, dass Jennys und Sams Beziehung früher oder später von allein endete.

Ich hatte nicht erwartet, dass sie von Dauer sein würde. Wie sollte ich, nach dem Vorfall? Der Typ hatte Hummeln im Hintern – besser gesagt: einen Schwanz, der Auslauf wollte.

Das Geheimnis war eine Last. Und es war auch ein bisschen aufregend. Sam geisterte in diesem nebulösen Bereich meines Denkens umher, der irgendwo zwischen Schlafen und Wachen lag, wie eine flüchtige, verschwommene Wahrnehmung aus dem Augenwinkel. Nach der Party bemerkte ich, wie er mich bei gemeinsamen Abendessen ansah, sein Blick stets auf meinem Mund verharrte. Und mich durchzuckte es, wenn seine Hände meine streiften, was recht häufig geschah. Dann sah ich jedes Mal hin, ob Jenny etwas mitbekommen hatte. Anscheinend nicht – oder sie wollte es nicht. Und ich bemühte mich, nicht zu flirten, ehrlich, aber das tue ich leider automatisch. Bei mir ist das irgendwie naturgegeben, wie Atmen. Welche Frau kokettiert denn nicht, wenn sie die Chance hat? Das macht Spaß. Wenige Dinge im Leben machen richtig Spaß, und Flirten ist definitiv eines von ihnen.

Aber irgendwann hörte es auf, spaßig zu sein. Es wurde zu intensiv – jedenfalls in meinem Kopf. Mir wurde klar, dass ich dem nur ein Ende setzen konnte, indem ich mich von Sam fernhielt. Also erfand ich Ausreden, um mich vor Ausflügen,

Picknicks und Abendessen zu viert zu drücken. Ich schob mein trubeliges Familienleben vor, die Schule, die Nachbarn. Und ich achtete darauf, dass Jenny und Sam möglichst wenig Berührung mit meinem Leben in Muswell Hill hatten. Diese beiden Welten mussten getrennt bleiben, versteht ihr? Nicht dass ich Jenny ausschließen wollte, nur würde sie mit Sam kommen, und deshalb hatte ich keine andere Wahl.

Ich tröstete mich mit dem Wissen, dass es nur vorübergehend sein musste.

Ihrer Beziehung gab ich maximal noch sechs Monate. Ich dachte mir, dass ein Kerl, der die beste Freundin seiner Freundin anbaggert, es über kurz oder lang auch bei einer anderen probiert. Es war nur eine Frage der Zeit, bis ihn die nächste Frau auffliegen lassen würde. Aber sechs Monate vergingen, und nichts passierte, das Jenny abschreckte. Zumindest nichts, wovon sie wusste. Ein Jahr verging, und die Beziehung hielt. Als er Jenny einen Antrag machte, dürfte mein Jubel der gekünsteltste seit Menschengedenken gewesen sein. Danach strengte ich mich mächtig an, die Geschichte von der Party zu vergessen. Entweder das, oder ich musste etwas sagen. Aber was? Sie war mit ihm verlobt. Neuerdings hatte sie diesen beschwingten Gang, wie mit Schaumstoffeinlagen in den Schuhen, und ihre Augen leuchteten. Der Moment war immer falsch. Und, Gott ja, vielleicht war ein winziger Teil von mir eifersüchtig. Ich fühle mich deshalb nicht klasse, ehrlich nicht.

Aber Sam wich der Frage nach einem Hochzeitstermin aus, und ich, wie auch Jennys andere Freundinnen, schöpfte Verdacht, dass es gar nicht dazu kommen würde. Ich spornte Jenny an, auf einen Termin zu drängen, weil ich wusste, dass es Sam verschrecken würde. Er war einfach dieser Typ, ihr wisst schon: Je mehr man von ihm will, umso weiter zieht er sich zurück. Ich dachte, wenn sie nicht heiraten, muss ich ihr auch nichts von der Party erzählen. Oder den anderen Sachen. Sie wäre sicher.

Ich hatte mich geirrt.

10

Hi, Ol.« Blitzschnell schätzte Jenny seine Verfassung ein. Gut war sie eindeutig nicht. Er trug eine fleckige Sporthose, ein altes Rolling-Stones-Tour-Shirt und einen rosa Cashmere-Schal. Ohne nachzudenken umarmte sie ihn. Ollie ließ seinen Kopf auf ihre Schulter sinken, und so standen sie einen Moment lang stumm da. Jenny kam der Gedanke, dass sie dies niemals gemacht hätten, wäre Sophie noch am Leben. Irgendwie weichten die Grenzen zwischen ihnen auf, die einst zwischen der besten Freundin der Frau und deren Ehemann so klar definiert gewesen waren.

»Erst ein Bart, jetzt Transe«, murmelte er und schüttelte sich das strähnige schwarze Haar aus dem Gesicht. »Komm rein.«

Sie betrat Nummer 33. »Ich wollte gar nichts sagen.«

»Es ist Sophs.«

»Ja, dachte ich mir.«

»Entschuldige, dass ich dich erpresst habe, herzukommen.«

»Das war keine Erpressung.«

»Was? Wenn du nicht sofort kommst, mache ich womöglich was Bescheuertes. Ich stürze mich vom Trampolin.«

Jenny lachte.

»Das war hoffnungslos melodramatisch. Entschuldige.«

»Du darfst melodramatisch sein.« Tatsächlich hatte sie schreckliche Angst um ihn gehabt. Er klang so niedergeschlagen, einsilbig und deprimiert, dass sie sich nach dem Telefonat sofort ihre Autoschlüssel schnappte und wie eine Irre herraste. Umso froher war sie, ihn jetzt grinsend und in Pink zu sehen.

»Schlimmer noch, es gibt keinen Tee.« Er küsste sie auf die Wange. »Der Wasserkocher ist explodiert.« Jenny folgte ihm in die Küche. »Ich hatte ihn angestellt, ohne Wasser nachzufüllen.«

»Wenigstens warst du im Haus.«

»Wenigstens habe ich ihn nicht angeschaltet und mich dann umgebracht. Das hätte die Wände ruiniert. Soph wäre ausgerastet.«

»Wäre sie. Dank dieser Küche kenne ich die Farrow&Ball-Farbtafeln inzwischen so gut wie früher mal die Periodentafel. Sie hat Stunden gebraucht, um genau den richtigen Weißton zu finden – Verzeihung, ›String‹.« Sie betrachtete den Rußflecken an der Decke, zog den Stecker vom Wasserkocher heraus und nahm sich vor, einen neuen bei Amazon zu bestellen. In der Recycling-Kiste stapelten sich leere Bierdosen. Na gut, solange er auch aß. Sie öffnete den Kühlschrank, um nachzusehen. Drinnen standen hinreichend Schüsseln mit fertigem Essen für Wochen. Allerdings müffelte es, also war nicht alles frisch. »Habt ihr nichts davon gegessen, Ollie?«

Er fingerte an den Schalfransen. »Ich habe keinen Appetit.«

»Flüssige Nahrung ist hier auch, wie ich sehe.«

»Ach, die ist von Tash. Sie füllt den Kühlschrank alle paar Tage mit Bier auf.«

»Aha?« Das stand eindeutig nicht auf dem Hilfsplan für Ollie. »Alkohol macht depressiv, Ollie«, sagte sie und hoffte, dass es nicht vorwurfsvoll klang. »Der wird dir nicht helfen.«

Ollies Grinsen war wie ein Funke in der Dunkelheit. »Danke, Mutter.«

»Entschuldige.«

»Sprich doch bitte mal mit den Damen wegen der Lasagne-Invasion. Die geht schon seit Wochen. Sag ihnen, ich habe kapituliert und sie möchten bitte, bitte aufhören.«

»Okay, ich richte es ihnen aus und bitte um Rückzug. Ollie …« Sie wollte ihm von der Hochzeit erzählen. Zwei Mal hatte sie es schon aufgeschoben, warum, wusste sie selbst nicht. Es schien immer der falsche Zeitpunkt. Und es machte sie nervös, denn sie wurde das Gefühl nicht los, dass Heiraten ein bisschen so war, wie sich volllaufen zu lassen und auf Sophies Grab zu tanzen.

»Danke, Jen, dass du alles stehen und liegen gelassen hast.« Er runzelte die Stirn. Auf einmal sah er hundert Jahre älter aus als eben noch. Und merkwürdigerweise genauso gut. Es war nicht fair, dass Männer gut aussehen konnten, wenn sie litten, während sogar die schönste Frau wie die allerletzte Schreckschraube aussah, wenn sie das Heulen kriegte.

»Manchmal, vor allem wenn Freddie in der Schule ist, gehen meine Gedanken mit mir durch, und dann will ich einfach nur mit jemandem zusammen sein, der Sophie so gekannt hat wie ich. Du bist die Einzige. Durch dich fühle ich mich ihr näher.«

Jenny räumte einen Stapel alter Zeitungen von einem der Küchenstühle, damit er nicht bemerkte, dass sie vor Freude rot wurde. »Du kannst mich jederzeit anrufen. Egal um welche Tages- oder Nachtzeit, das weißt du doch.« Sie räusperte sich. »Ollie, ich muss dir etwas sagen.« Sie holte tief Luft. »Sam will, dass wir diesen Sommer heiraten.«

Ollie verzog keine Miene. Vielmehr sah er wie eine Studie in Perplextheit aus.

»Ich wollte bloß, dass du es als Erster erfährst«, sagte sie rasch und kam sich selten blöd vor. »Sophie sollte meine Trauzeugin sein, und ich weiß, dass es, ähm, schwer für dich wird. Aber ich hätte dich sehr gerne dabei. Falls du dir das zumuten willst.«

Endlich lächelte er. »Natürlich will ich, du Nuss. Jenny Vale heiratet«, murmelte er, als müsste er die Worte erst mal üben. »Wurde aber auch Zeit.« Er umarmte sie, und plötzlich waren sich ihre Gesichter zu nahe. Jenny wich zurück. Aus unerfindlichen Gründen war sie enttäuscht. »Glaubst du, Freddie wäre gerne mein Brautjunge?«

»Frag ihn.« Er berührte sie leicht am Arm. »Darf ich dich jetzt etwas fragen?«

»Wegen der Hochzeit?« Sie wusste, dass es hart für ihn war. Armer Ollie.

»Nein. Ich habe Sophs Sachen durchgesehen.«

»Ah, ach so.« Sie wurde wieder rot.

»Jedes Mal, wenn ich unseren Kleiderschrank aufmache, hofft ein kleiner, bekloppter Teil von mir, dass sie da drin ist. Dass es nicht nur ihre Kleider sind.« Seine Augen waren zigeunerschwarz. Waren sie immer schon so dunkel gewesen? »Ich dachte erst, dass ich sie behalten will, aber jetzt glaube ich, solange sie da sind … Es ist jeden Morgen wie ein Tritt in den Magen. Ich kann es nicht erklären. Würdest du sie durchsortieren, sie vielleicht jemand anderem geben?«

»Natürlich!«

»Such nur … ach, du weißt schon. Ich habe keinen Schimmer von Mode, aber eventuell könntest du ein paar besondere Sachen für Freddie aufbewahren.«

»Ehrlich gesagt, Ollie, würde ich wahrscheinlich am Ende eine Tonne Kram von Primark aufheben. Ich bin nicht gerade mit Stilgefühl gesegnet, wie dir wohl aufgefallen sein dürfte.«

»Du siehst doch ganz ordentlich aus.«

Beschämt fragte sie sich, ob er dachte, sie würde auf ein Kompliment warten, oder, schlimmer noch, sich mit Sophie vergleichen. Abermals spürte sie, wie ihre Wangen glühten. »Und, ähm, was soll ich mit den übrigen Sachen machen?«

Ollies Züge verfinsterten sich, wurden unlesbar. Wie oft in den letzten Wochen, sah er völlig anders aus als der Mann, den sie früher gekannt hatte. Es war, als hätte Sophies Tod eine Version von ihm gelöscht, und nun entstand eine neue, die sein Gesicht härter rauer und älter machte. »Oxfam, die Müttermafia, keine Ahnung. Ist mir egal. Das sind nur Klamotten. Sie können sie nicht zurückholen, oder?«

Er irrte sich. Denn als Jenny die weißen Schranktüren aufschob, war sie da: eine ganze Sammlung von Sophie aus verschiedenen Jahren; Fetzen von ihr in Leopardenmuster, mit einem fluffigen Kaninchenpelzkragen, mit einem Cowboy-Hut. Dort war Sophies Pfauenfederkleid, das sie zu Hochzeiten trug, zu denen sie ausnahmslos zu spät kam, die Kirchentüren zu laut aufstieß, sodass jeder sich umdrehte. Sie erinnerte sich, wie sie bei Trauungen zusammenstanden und Sophie scherzte: »Meinst du, die überleben ihre neuen Toaster?« Beide kicherten leise, bis Sophie nicht mehr konnte und »die Hupe« erklang, was ihnen strenge Blicke von den anderen Gästen eintrug.

Ah, hier war die karamellbraune Bluse im Siebzigerjahrestil, die sie bei ihrem Shopping-Trip nach Westfield vor wenigen Monaten getragen hatte! Dort hatte Sophie sich gelbe Pumps bei Topshop gekauft und Jenny gegen ihren Willen zu einem blauen Paillettenkleid überredet. »Dafür bin ich zu alt!«, hatte Jenny protestiert, und jetzt hing selbiges Kleid ungetragen in ihrem Schrank – ein funkelndes Relikt aus einem anderen, glanzvolleren Leben.

Da war die cremefarbene lange Strickjacke, die Sophie früher trug, wenn sie mit Freddie in den Park ging. (Sophie besaß Strickmode, Jenny Pullis.)

Manche Kleider sahen neu aus; an ein paar hingen sogar noch die Preisschilder. Dann gab es eine ganze Reihe von schlichten schwarzen, grauen und blauen Sachen: für Treffen auf einen Kaffee, Spaziergänge im Park, einen spontanen Matineebesuch. Sophie hatte Jenny oft bei der Arbeit unterbrochen, sie auf Nudeln zu Wagamama gelockt, auf einen glutenfreien Zitronenkuchen ins Gails oder »einen kleinen Bummel« zu Ikea – »Nichts kaufen, nur gucken.« Und jedes Mal kamen sie beladen mit weißen Bilderrahmen, rosa Blumentöpfen und Duftteelichtern zurück, um ganz Nordlondon zu beleuchten.

Jenny berührte den Ärmel eines roten Vintage-Kleids und rechnete fast damit, dass es wie ein Geist verpuffen würde. Es war eines von Sophies Lieblingskleidern gewesen, hatte einen kecken Seitenschlitz gehabt, der ihre fantastischen Beine gut zur Geltung brachte. Jenny hob den Ärmel an, um an ihm zu schnuppern. Und da war sie wieder. Sophies Parfum war blumig und verführerisch altmodisch gewesen. Der Duft einer Sexbombe aus den 1950ern. Wie oft mochte Ollie wohl schon dasselbe getan haben, ihre Note eingesogen? Rasch ließ Jenny den Ärmel los, weil sie sich wie eine Spannerin vorkam.

Zwei Stapel. Das Pfauenkleid wurde aufbewahrt; die Jerseykleider kamen weg. Das Vintage-Kleid blieb, die Cashmere-Pullover nicht. Die Hüte wurden ebenfalls aufbewahrt, und selbstverständlich das Brautkleid, entschied Jenny, als sie den Deckel des weißen Kartons schloss, in dem sie es sorgsam in weißes Seidenpapier eingeschlagen fand. Die Schuhe würde sie unter den Müttern verteilen. Oder war das morbide? Unter Tränen nahm sie Sophies Kleiderschrank auseinander und bemühte sich, zwischen den Kleidern zu unterscheiden, die eindeutig Sophie waren – oder wertvoll – und denen, die es nicht waren. Das war schwierig. Sophie konnte sich von der Schulmutter in eine poppige Frau oder ein Modepüppchen verwandeln, indem sie schlicht einen Schal umwarf. Wie in aller Welt sollte sie, Jenny, die nur am Etikett erkannte, ob etwas von Pucci oder von Primark war, entscheiden, welche Teile bezeichnend waren?

Unwillkürlich fragte sie sich, was mit ihren Sachen passieren würde, wenn sie starb. Würde irgendwer beim Anblick ihrer Gap-Jeans, Wallis-Unterkleider, blauen Pullis oder weißen Blusen sentimental werden? Nein, sie würde nichts von Bedeutung hinterlassen. Einen Berg T-Shirts und einen Haufen Bücher. Allerdings besaß sie eine sehr gute Sammlung klassischer Country&Western-Musik. Vielleicht würde sie mit Dollys *Greatest Hits* begraben, so wie man einer Pharaonenkönigin ihren Schmuck mit ins Grab legte.

Sie öffnete Sophies Wäscheschublade. Was war das? Die waren ungefähr eine Million Nummern zu groß. Ach ja, begriff Jenny und wurde gleich wieder traurig: Es war Sophies alte Umstandsunterwäsche. Jenny stutzte, denn es ergab keinen Sinn. Warum hatte Soph die aufgehoben? Sie hatte ihr mehrfach gesagt, dass die Babygeschichte vorbei war, sie es nach Freddie ein paar Jahre vergebens probiert hätten und dann beschlossen, es abzuhaken, statt jeden Monat enttäuscht zu sein. Der hormonellen Belastung einer künstlichen Befruchtung wollte sie sich nicht aussetzen. Anscheinend hatte sie die Hoffnung doch nie ganz aufgegeben. Jenny wünschte, Sophie hätte ihr das anvertraut. Sorgsam und ehrfürchtig legte sie die Sachen zusammen. Offenbar lernte man einen anderen Menschen erst richtig kennen, wenn man seine Wäschekommode ausräumte.

Sophs Dessous. Jenny zögerte und hatte das Gefühl, die Privatsphäre ihrer Freundin zu verletzen. Aber Ollie hatte sie darum gebeten, nicht? Für ihn wäre es ungleich härter, dies hier zu tun. Vor allem konnte sie sich lebhaft vorstellen, wie Soph auf einer flauschigen Wolke hockte und sich über ihre prüde Freundin schlapplachte. Ihr wäre es völlig schnurz. Als sie während des Studiums in dem alten roten Backsteinklotz in Fallowfield zusammenwohnten, der teils auseinanderfiel und in den trotzdem häufiger eingebrochen wurde, war Soph nach dem Duschen oft in Unterhose und mit wippenden Brüsten durchs Haus gelaufen, um einen Föhn zu suchen. Jenny hingegen war in einem Haushalt aufgewachsen, in dem lange, kastanienfarbene Bademäntel jede Blöße verhüllten. Ihre eigene Mutter hatte sie nie nackt gesehen. Entsprechend hatte es ihr einige Mühe gemacht, angesichts Sophies Freizügigkeit nicht schockiert oder hoffnungsvoll spießig zu erscheinen.

Einige von Sophies Dessous waren beruhigend durchschnittlich. Sie sahen nach diesen Dreier- oder Fünferpacks aus, die man bei Marks & Spencer bekam, und erinnerten Jenny an den großen gelben Slip, den Soph am Abend ihres Todes getragen hatte. Es gab aber auch einige sehr aufreizende, die ordentlich eingerollt in einer Schubladenecke lagen und offensichtlich *nicht* für praktische Zwecke gedacht ware. Zwei waren sogar ohne Schrittsteg! Jenny wurde rot und verdrängte das Bild von Sophie und Ollie beim Sex aus ihrem Kopf. Wenn sie das nicht sofort loswurde, könnte sie Ollie nachher nicht mehr in die Augen sehen.

Leider waren Soph und Ollie eines von diesen Paaren, die man sich schlecht *nicht* beim Sex vorstellen konnte. Die Chemie zwischen ihnen war nachgerade aufdringlich stimmig.

Bisweilen fiel es schwer, mit ihnen auch bloß in einem Raum zu sein. In der Anfangszeit hatten sie sich immerzu berührt: eine Hand auf einem Hintern, eine Hand auf einem Knie, eine Fingerspitze, die Sophies Lippen streifte. Jenny erinnerte sich an einen gemeinsamen Urlaub vor nicht allzu langer Zeit. Sophies und Ollies Schlafzimmer war neben Sams und ihrem gewesen und die Wand dazwischen sehr dünn. Sie hatten alles gehört. Jenny stopfte die Unterwäsche rasch in den Müllsack und verdrängte die Erinnerung an jene animalische Akustik.

Erleichtert wandte sie sich der Schublade darunter zu. Papageiengrüne Kaftane, ein Pareo, ein lila Seidenmorgenmantel in einem Seidenbeutel. Und was war das? Ganz hinten ertastete sie etwas Hartes, Eckiges unter dem gepunkteten Schrankpapier. Sie zog daran und stellte fest, dass es sich um eine kleine dunkle Holzkiste mit schönen weißen Perlmuttintarsien handelte. Seltsam.

Ihre Neugier siegte, und vorsichtig öffnete sie die Kiste. Ah, Briefe! Ein ganzer, säuberlich gefalteter Stapel. Einige waren handgeschrieben mit Kringeln, andere schlicht getippt. »Meine wunderschöne Sophie …« Liebesbriefe! O Gott! Erschrocken und schuldbewusst klappte sie den Kasten zu und steckte ihn zurück unter das Schrankpapier. »Entschuldige, Soph«, sagte sie gen Zimmerdecke. »Du verblüffst mich.«

11

Ich hätte sonst was gegeben, Jenny zu sehen, wie sie meine Dessous sortiert, aber als ich zur Nummer 33 zurückkehrte, warf sie bereits den schwarzen Müllsack in die Tonne. »Bye-Bye, Sophs Dessous«, hörte ich sie murmeln, ehe sie den Fehler beging, den Tonnendeckel loszulassen, bevor sie einen Schritt zurücktrat, sodass er ihr an den Kopf knallte. Die Unterwäsche einer toten Freundin zu sortieren, kann ganz schön heftig sein, was? Trotzdem wünschte ich, sie hätte energischer widersprochen, als Ollie vorschlug, meine Sachen wegzugeben. Meine Dessous, klar, aber nicht meine Acne-Pistol-Stiefel! Ich weiß nicht, ob ich jemand anderen in meinen geliebten Sachen sehen will. Na ja, meine Schwester Mary vielleicht, auch wenn sie alles hasst, was nicht nagelneu von Marks & Spencer kommt, also ekelt sie sich womöglich vor den alten Sachen ihrer toten Schwester. Mir würde es nichts ausmachen, wenn Jenny sich ein paar hübsche Sachen aussucht, auch wenn sie wohl alles extragründlich reinigen lassen würde.

Nur bitte nicht Tash.

Zu spät. Es ist acht Uhr abends, drei Wochen später, bei Suze zu Hause. Drinnen ist es dunstig, riecht nach Pesto und Windelbeuteln, und die Fenster sind beschlagen vom Londoner endlosen Narnia-Winter. Die Ollie-Hilfsschwadron sitzt in Suze' dunkelrotem Wohnzimmer vor einem Haufen meiner Kleidung auf dem indischen Holzcouchtisch und versucht, nicht ängstlich dreinzublicken. Einzig Tash beäugt die Sachen wie ein Wolf ein kleines, grasendes Schäfchen, das sich zu weit von seiner Mutter entfernt hat. Ihre Finger zucken, und sie nimmt eine Haltung ein, als wäre sie bereit zum Angriff. Die anderen sind weniger sicher, sitzen kerzengerade auf dem altmodischen Sofa und trinken zu hastig von ihrem Wein. Liz zupft an ihren Haaren, Jenny kaut auf den Fingernägeln, und Suze richtet sich einige Zentimeter auf, um die Pobacken zusammenzukneifen und einen Pups wegzudrücken. Ein spannender Moment.

»Also, *eine* von uns muss den Anfang machen.« Tash stürzt sich nach vorn, reißt meinen Leopardenmuster-Minirock von Jaeger aus dem Haufen und hält ihn vor sich. »Kommt schon, machen wir kein Drama draus.«

Suze holt tief Luft, zieht eine blassblaue Seidenbluse mit Schleife hervor und breitet sie vor sich aus. Sie guckt das Teil an, als hätte sie Angst, dass es ihr ins Gesicht springt.

»Die steht dir sicher prima«, sagt Tash, die genau weiß, dass die Bluse an Suze nur trutschig wirkt.

»Meinst du?« Suze strengt sich an, ihren Wuschelkopf durch den Halsausschnitt zu zwängen. (Sie sollte ihre Locken als Matratzenfüllung verkaufen. Die federn ewig!) Tash kommt ihr zu Hilfe und reißt so kräftig an dem Stoff, dass sich Suze' Haare elektrisch aufladen und beinahe Funken sprühen. Beide Frauen kommen ins Schwitzen.

»Irgendwie fühlt sich das falsch an, nicht?«, flüstert Liz Jenny zu, die neben ihr auf dem Sofa sitzt, verborgen hinter einer Vase mit kahlen Zweigen.

»Die Bluse?«

»Nein, das hier.« Sie verzieht das Gesicht und guckt zu Suze. »Und, ja, die Bluse sieht nicht so klasse an ihr aus. Wie soll sie da je wieder rauskommen?«

»Keine Ahnung. Ich hatte mich schon mal in einem Kleid verfangen«, antwortet Jenny mit unglücklicher Miene. »Das war furchtbar.«

Lydia neigt sich von der anderen Seite zu Jenny und wispert: »Apropos Kleider. Was ist mit Sophies Brautkleid passiert?«

Jenny zieht eine Grimasse. »Das bewahren wir für Freddie auf.«

(Danke, Jenny. Es liegt zusammengefaltet in seinem Karton – wie eine weiße Lilie bei Nacht. Ich habe dieses Kleid geliebt.)

»O Gott!« Lydia fächelt sich mit einem *Homes and Gardens*-Heft Luft zu, und zig Faltbroschüren segeln zu Boden. »Hört bloß auf, sonst heul ich gleich wieder los.«

Tash und Suze kommen mit ihren neuen Sachen zu ihnen und sehen die sentimentale Lydia genervt an. Wie ich bemerke, hat Jenny ebenfalls gelernt, Lydias Gefühlsausbrüche zu ignorieren. Lydia schnieft. Mir ist schleierhaft, wie eine solch zierliche Person so ein lautes Bauarbeiterschniefen zustande bringt.

»Ist ja gut, Lyds«, sagt Suze ungeduldig und blickt verärgert zu den Werbebroschüren auf ihrem gestreiften Teppich. »Jetzt werden wir nicht wieder morbide.«

»Aber es *ist* morbide!«

»Ollie wollte es so«, sagt Tash eilig und streicht zustimmend eine meiner weißen Blusen glatt, die sich an ihre schmalen Hüften schmiegt. »Es ist in seinem Sinne.«

Plötzlich knallt Jenny ihr Weinglas auf den Tisch, springt auf und fängt an, alle Sachen zusammenzuraffen wie eine Irre im Schlussverkauf. »Lydia hat recht. Das ist zu schräg. Wollen wir den Rest zu Oxfam bringen, und gut ist?«

»Super Idee«, sagt Liz erleichtert und greift über den Tisch, um sich Wein nachzuschenken. »Pack den ganzen Kram weg, Jenny.«

»Oh, aber was ist mit den Stiefeln?« Tash probiert entschlossen eine meiner schwarzen Acne-Pistol-Stiefeletten an. Verdammt, sie passen ihr. »Die sind zu gut für Oxfam.«

»Uuuuh, schicke Stiefel!« Lydia, die offensichtlich das Morbide vergessen hat, setzt sich auf. »Welche Größe?«

»Meine.« Tash schlägt die Hacken zusammen wie Dorothy.

Ich ziehe mich in die Zimmerecke zurück und hocke mich auf den staubigen Rahmen von Suze' Matisse-Druck. Das sind meine Acne-Stiefel. Meine!

Als ich aus meinem ätherischen Schmollen erwache, hat

Jenny die Sachen alle zusammengepackt und außer Sichtweite gebracht. Die angespannte Atmosphäre lockerte sich genauso wie die Nähte in der Bluse, aus der Suze sich endlich wieder herauskämpfte. Dabei blinzelte und schwitzte sie wie jemand, der nach jahrelanger Gefangenschaft aus einer kleinen dunklen Höhle kommt. Alle wirken ein bisschen verträumt und geistesabwesend. Liz sieht müde aus; sie hat die halbe letzte Nacht die Bettwäsche ihrer Kinder gewechselt. Tash bewundert immer noch die Stiefeletten. Lydia liegt auf dem Sofa, wobei sich ihr Haar hübsch über die türkisen Kissen ergießt, und sieht fröhlicher aus. »Ollie und Sophie bleiben für immer das perfekte Paar.« Sie seufzt geräuschvoll und pustet mehr Luft heraus, als für dramatische Effekte nötig wäre. »Sie werden sich niemals trennen. Ist das nicht *wunderbar?*«

Wow, so hatte ich es noch gar nicht betrachtet. Anscheinend gibt es auch eine gute Seite.

»Ich habe irgendwo gelesen, dass sich Paare eigentlich immer weniger kennen, je länger sie zusammen sind.« Suze greift nach einer Minipizza. Eine kleine Randbemerkung: Immer, wenn ich Suze sehe, greift sie nach etwas Essbarem. Sie hat mindestens zwölf Pfund zugelegt, seit ich gestorben bin. Das ist fast schon rührend: Ich trauere so sehr, dass ich vierzehn Pfund zunehme! »Wir glauben, dass wir alles wissen, und hören auf zu fragen«, sagt sie nachdenklich. »Wenigstens bleibt ihnen das erspart.«

»Und sie werden auch nicht zu einem dieser Paare, die im Restaurant sitzen und denen nichts außer den Kindern einfällt, worüber sie reden können«, ergänzt Liz.

Ha! Denkt ihr, so weit waren wir nie? Jeder sitzt in seiner Ehe irgendwann an diesem Tisch. Es ist der gleich vor den Klos, wo die Bedienung schlecht ist.

»Und sie kommt nie an den Punkt, an dem sie sich nichts dabei denkt, wenn sie beim Auffüllen seiner Cheerios morgens laut furzt«, steuert Suze mit einem Parmaschinkenklumpen im Mund bei.

Betretene Stille.

Lydias Mund steht weit offen, sodass man eine Zahnklammer hinten an ihrem Kiefer sehen kann. »Machst du das etwa?«

»Was?«

»Vor deinem Mann pupsen?«

Suze wird rot. Die Farbe pulsiert wie ein Polarlicht über ihr breites blasses Gesicht. »Na ja …«

Sie tut es!

»Zumindest muss Sophie nicht mehr mit ansehen, wie er mit einer Präpubertierenden wegläuft«, sagt Tash, die ihre Nagelhaut mit einem Cocktailstäbchen nach hinten schiebt. »Nicht dass er das würde«, fügt sie hastig hinzu. »Ollie ist einer von den Guten.«

»Hoffen wir, dass er all das mit einer anderen erleben darf«, bemerkt Liz, während sie über Fürze und sonstige Peinlichkeiten sprechen, denen Ollie und ich zum Glück entkommen sind. »Er ist erst in den Dreißigern.«

»Sechsunddreißig.« Tash hat einen Gesichtsausdruck, den ich vorher nie bei ihr gesehen habe. »Zu jung, um für immer allein zu sein«, murmelt sie finster. »Viel zu jung.«

»Zu heißblütig«, ergänzt Lyds unpassenderweise.

Okay, jetzt wünsche ich mir dringend, ich hätte nicht häufiger nach einigen Gläsern Wein damit angegeben, dass er es täglich machen wollte.

»Interessant, was?«, fragt Tash mit blitzenden Augen. »Ein sechsunddreißigjähriger Witwer ist der Traumtyp, aber eine sechsunddreißigjährige Geschiedene gilt als Second-Hand-Ware.«

»Du bist doch keine Second-Hand-Ware!«, stöhnt Liz. »Mein Gott, Tash, du klingst wie einer von diesen verbitterten fetten Typen, die an Bars hocken und über Frauen jammern, weil sie nicht mehr flachgelegt wurden, seit sie fünfzehn waren.«

»Danke, Liz!« Tash lacht, obwohl sie beleidigt ist. »Na gut, drücken wir es anders aus, und jetzt seid bitte ganz ehrlich:

Wer ist schärfer, ein sechsunddreißigjähriger Witwer oder eine gleichaltrige Witwe?«

»Reden wir von Angelina Jolie?«, fragt Lydia und zwirbelt versonnen an ihrem Haar. »Denn falls wir …«

»Nein, Lydia, wir reden nicht von Angelina Jolie. Ich meine eine ganz normale Frau, auch nicht steinreich. Denn ich bin sicher, dass ich weit mehr Interessenten hätte, wäre ich steinreich. Nicht dass ich über mich selbst spreche …«

»Selbstverständlich nicht«, wirft Liz spöttisch ein.

»Nein, ich spreche von Witwen.« Tash kommt richtig in Fahrt. »Ich meine, würden wir sagen, dass die oder die Witwe viel zu scharf ist, um lange Single zu bleiben? Ich glaube kaum! Das ist doch, als würden alle erwarten, dass die Frauen ihre Sexualität mit ihrem Mann begraben – so eine Art Harakiri.«

Recht hast du! Ich stimme dir voll und ganz zu, Tash.

»*Ä-häm.*« Jenny rutscht unsicher auf ihrem Platz hin und her, denn ihr behagt dieses Thema nicht. Sie will eindeutig nicht über das Liebesleben von Witwern reden. Ich vermute, dass sie Ollies Enthaltsamheit aus Loyalität zu mir noch auf Jahre verteidigen wird wie eine viktorianische alte Tante. »Können wir bitte wieder zum Hilfsplan kommen? Es ist schon spät, und ich muss bald los.«

Alle bejahen verlegen. Minipizzen werden halb gegessen zurück auf die Teller gelegt, Weingläser wieder auf die Bambusuntersetzer gestellt. Es wird ernst.

»Ich kann berichten, dass die Suppenstrategie gut funktioniert, Jenny«, sagt Suze und stößt ihr offizielles Vorsitzendenhüsteln aus.

»Ohne Lasagne?«, fragt Jenny.

»Gebackene Auberginen«, sagt Tash, während sie etwas in ihr iPhone tippt. »Ein Ottolenghi-Rezept mit Granatäpfeln.«

Oh Mann! Wann kapieren sie, dass Ollie ein Steak-Pommes-und-Erbsen-Mann ist? Vergesst die Granatäpfel!

Suze räuspert sich. »Dann wären diverse Einkäufe nötig.« Sie guckt auf ihren Block. »Er braucht Staubsaugerbeutel,

English-Breakfast-Tee und Katzenfutter. Wer ist für Ollies Ocado-Bestellung zuständig?«

Liz hebt eine Hand.

»Kannst du das beim nächsten Mal mitbestellen?«

»Jawohl.« Liz zwinkert Jenny zu.

Ich mag dieses Zwinkern. Vor allem gefällt mir, dass Liz und Jenny sich anfreunden, ja wirklich.

»Und hast du dir die Gedächtnis-Website auf Facebook angesehen, Jenny?«, fragt Suze und tippt sich mit dem Stift aufs Knie.

Ich verrate euch was: Die habe ich mir angesehen. Ich lag oben auf der Wifi-Wolke – was sich übrigens anfühlt, als würde man auf einem Ameisenhaufen sitzen, für alle, die es unbedingt wissen wollen – und habe einige Einträge gelesen. Peinlich und rührend, sage ich nur. (»Mutig«? Wohl eher unbesonnen. »Klug«? Ich bin durch die Abschlussprüfung in Mathe gerauscht – zwei Mal.) Ich wollte es korrigieren, so wie bei Wikipedia, aber das konnte ich nicht.

»Bisher sind fünfundsiebzig Nachrichten im Online-Kondolenzbuch«, fährt Suze fort. »Ich hoffe, dass wir die Zahl innerhalb einer Woche verdreifachen können. Sagt allen Bescheid, die ihr kennt. Ich kopiere noch einen Zettel und stecke ihn in die Büchertaschen der zweiten Klasse.«

»Das Leben ist so verdammt unfair!«, heult Lydia unvermittelt und erschreckt alle. »Wieso kann nicht jemand sterben, dessen Ehe sowieso Schrott ist? Warum jemand, der so geliebt wird wie Sophie? *Warum?*«

Heiliger, jetzt klappt sie gleich wieder zusammen! Macht was!

»Trösten wir uns damit, dass es Ollie auch viel schlechter gehen könnte«, sagt Liz ruhig. »Seht mal das Positive: Er hatte noch keinen Nervenzusammenbruch.«

Sie hat ihn letzte Woche nicht gesehen, als er in meiner rosa Stola auf dem Badezimmerboden lag.

»Ich will mir gar nicht ausmalen, wie George ohne mich

klarkommen würde«, schnieft Lydia. »Die würden Flora in ein Heim stecken.«

»Meine Familie würde von Katzenfutter leben«, bemerkt Liz. »Was wahrscheinlich noch gesünder ist als manches von dem, was sie sich jetzt reinpfeifen.«

»Gerade deshalb ist dieser Hilfsplan ja so wichtig«, unterbricht Suze sie und drückt sich den Block vor den Busen. »Es geht darum, dass sich die Gemeinschaft um ihre Leute kümmert. Wir passen aufeinander auf. Das ist der springende Punkt! Wir sind Ollies Fels in der Brandung. Wir geben ihm Halt.«

Wer hätte gedacht, was man mit Lasagne alles erreicht?

»Hört, hört!« Tash erhebt ihr Glas. Alle im Zimmer sind ganz ergriffen.

»Wir sind für ihn da, bis es ihm besser geht«, verkündet Suze feierlich. »Oder bis …«

»Viel mehr kann er wohl kaum verkraften«, sagt Liz und wechselt einen Blick mit Jenny. Beiden zucken die Mundwinkel, so sehr müssen sie sich das Lachen verkneifen.

»Nein, Liz«, erwiderte Suze verärgert. »Ich meine, bis …«

Die Luft knistert vor Spannung. Alle halten den Atem an, und ich erstarre.

»… Ollie jemanden kennenlernt.« Suze klaubt sich mit dem Fingernagel etwas zwischen den Zähnen hervor. »Sieh mich nicht so an, Jenny, es ist bloß eine Frage der Zeit. Habt ihr Appetit auf leckere grüne Oliven?«

12

Sie – Name bisher unbekannt – muss freundlich, klug und selbstlos sein und Ollie und Freddie anbeten.

Sie muss Katzen mögen.

Sie muss sechsjährige Jungen mögen, Lego, Fürzefangen im Bad, *Toy Story 1, 2 und 3* in Endlosschleife am Samstagvormittag, Fußball, Jenny, gelbe Pipiflecken vom Klositz abschrubben. Nicht zwingend in dieser Reihenfolge.

Sie darf Freddie nicht verwöhnen, es sei denn, der Anlass verlangt es, z.B. wenn er weint oder mich vermisst. Sie muss intuitiv wissen, wann es nötig ist.

Sie muss begreifen, dass ich immer Freddies Mummy und Ollies große Liebe sein werde. Das ist der Deal.

Sie muss schön sein, aber nicht so schön wie Ollie mich fand.

Sie darf nicht dünner als ich sein. Oder schönere Möpse haben.

Sie muss Ollie im Bett glücklich machen, klar, aber nicht so wie ich. Sie muss eine andere Liebhaberin sein, damit er keine Vergleiche ziehen kann, und erst recht darf sie mich nicht auf eine Vergiss-die-erste-Frau-Art übertrumpfen.

Sie darf eigene Kinder mit Ollie haben, solange sie Freddie als den Erstgeborenen würdigt.

Sie darf niemals die Wohnzimmervorhänge austauschen, denn den Stoff habe ich von Hand bedrucken lassen. Der Preis war derart tränentreibend, dass ich ihn Ollie lieber nicht verraten habe. Dasselbe gilt für das Fernsehzimmer – aus vorgenanntem Grund.

Anmerkung: Schließt diese Liste neunundneunzig Prozent aller Frauen in London aus? Prima!

13

Die Briefe purzelten in ihren Kopf, als hätte er einen Briefschlitz, durch den eine Geisterhand sie hineinwarf. Es hatte zur Folge, dass Jenny mit quietschenden Reifen in die Parklücke zurücksetzte. Das passierte ihr dauernd. Sie vergaß die Briefe, und dann, völlig unvermittelt, konnte sie auf einmal an nichts anderes denken. Es schnürte ihr den Brustkorb zu, sodass sie nicht richtig atmen konnte. Hatte Sophie etwas vor Ollie verborgen? Einen Geliebten? Eine Vergangenheit, von der weder Jenny noch Ollie wussten? Und warum machte es ihr, Jenny, solche Angst? Ja, sie hasste den Gedanken, dass Sophie ihr Dinge verheimlicht haben könnte. Vor allem aber musste sie daran glauben, dass Sophies und Ollies Ehe perfekt gewesen war. Vollkommenheit schützte die Vergangenheit und gab ihnen allen verlässliche Orientierung.

Jenny stellte den Motor aus und lehnte die Stirn aufs Lenkrad. Sie war so tief in Gedanken, dass sie die Frau vor ihrer Haustür gar nicht gleich bemerkte. Als sie es tat, erschrak sie. Ja, da stand eine Frau vor ihrem Haus und starrte gebannt hinauf zur Wohnung, als wäre dies hier Madonnas Zuhause oder so. Sie trug eine Paillettenbaskenmütze, die im Sonnenlicht silbern funkelte. Darunter wehte langes dunkles Haar im Wind – ein bisschen in Diane-Keaton-Manier. Etwas an dem Haar und der Körperhaltung kam Jenny bekannt vor. Woher? Und wieso begaffte die Frau das Haus? Sie musste gemerkt haben, dass sie beobachtet wurde, denn sie drehte sich zu Jenny. Der lange Pony verhinderte, dass Jenny ihr Gesicht richtig sehen konnte. Eilig ging die Frau weg. An der Ecke blitzte ihre Paillettenmütze ein letztes Mal in der Sonne auf.

Da sie nicht erwartete, dass Sam so früh von der Arbeit zurück war, zuckte Jenny zusammen, als sie ein Husten hörte. Er wandte sich nicht zu ihr um, denn er schnitt sie, wie sie schon geahnt hatte. Es war wegen ihrer Nachricht auf seiner Mailbox. »Du fährst heute Abend also nach Muswell Hill?« Er zog eine Zigarette aus der Schachtel neben sich und zündete sie an. »Wieder.«

Sie lächelte betont munter – es war unsinnig, mit ihm reden zu wollen, wenn er muffelig war – und versuchte es mit Kaffee. Sam konnte auch abends noch Kaffee trinken. Ihn hielt so gut wie nichts vom Schlafen ab: weder Tod noch Scheidung noch Lavazza. Er war gegen alles immun. Schweigend saßen sie auf den Chrombarhockern am Küchentresen. Jenny drückte das Sieb des Kaffeebereiters zu schnell herunter, sodass die Kanne überschwappte, und sie spürte deutlich, wie sehr Sam sich über ihre Tollpatschigkeit ärgerte. Während sie die Pfütze mit einem Geschirrhandtuch aufwischte, wünschte sie, hier gäbe es eine Küchenrolle. In keinem Muswell-Hill-Haushalt fehlte die. Sam jedoch lehnte sie ab, weil sie für ihn der Inbegriff des Vorortspießertums war und die klaren Linien der Bulthaup-Küche ruinierte.

»Sam, es tut mir leid. Es ist nur …«

Er sah sie ein wenig versöhnlicher an. »Ich weiß ja, schon gut. Entschuldige. Ich sollte wohl froh sein, dass du nicht mehr unter der Bettdecke schluchzt.«

Hatte sie das getan? Die erste Zeit seit Sophies Tod war seltsam verschwommen. Jetzt war April. Erst vier Monate? Jenny könnte nicht sagen, was sie den ganzen Tag gemacht hatte, wie sie alles durchstand. Vielleicht war es tatsächlich ein bisschen besser, dachte sie erst mals. Die Tage erschienen ihr schlicht sinnvoller.

Sam drückte seine halb gerauchte Zigarette im Aschenbecher aus. »Es ist bloß, dass du von nichts anderem als Ollie redest, von ihm und Freddie.« Er lächelte schief. »Ach, tut mir leid, Schatz. Klinge ich wie ein gefühlloser Mistkerl?«

»Nein, mein Liebling. Du klingst eifersüchtig.«

Sie erwartete, dass er lachte – es war doch ein Scherz! –, aber Sams blaue Augen blitzten. »Bin ich womöglich.«

Sie prustete in ihren Kaffee. »Wie bitte?«

»Ich habe das Gefühl, dass du mir von Muswell Hill geraubt wirst, Jenny. Und ich hasse Muswell Hill aufrichtig.«

»Hör auf«, sagte sie lachend und malte sich aus, wie sie von einer grünen Vorortstraße verschluckt wurde. Zugleich war es irgendwie schmeichelhaft, dass Sam eifersüchtig war.

»Es bringt mich einfach auf die Palme.«

Sie seufzte. »Alles bringt dich auf die Palme, Sam.«

»Nein, nur bestimmte Sachen. Gekünsteltes.«

»Was ist denn an Muswell Hill gekünstelt?«

»Alles. Die Leute dort sind verblödete Mittelklasse, affig. Sie wollen noch London sein, dabei wohnen sie quasi auf dem Land. Da fährt ja nicht mal eine U-Bahn hin.«

»Genau genommen sind es nur zehn Minuten zu Fuß zur East-Finchley-U-Bahnstation.«

»Klar, für Usain Bolt.« Er strich mit dem Finger am Rand seiner Kaffeetasse entlang. Sam besaß die saubersten Fingernägel, die Jenny jemals außerhalb eines Nagelstudios gesehen hatte.

»Warst du überhaupt schon mal dort, Sam?«

»Natürlich nicht. Ich muss auch nicht nach Bagdad fahren, um mir eine Meinung zum Irak zu bilden, oder?«

»Du reagierst überempfindlich.«

»Du hast die Seiten gewechselt.«

»Ja, und es ist verflucht gefährlich da draußen, Sam. Hast du schon von der neuen Droge gehört? *Kuchen.*«

Ein Lächeln huschte über seine Züge. Es fing an, ihm Spaß zu machen. »Diese Frauen *hecken* etwas aus, Jenny. Nach dem, was du mir erzählt hast, heckt ihr alle etwas aus.«

Jenny lachte. Sie war erleichtert, dass sie es beide mit Humor nehmen konnten. »Wir hecken doch nichts aus!«

»Ihr seid wie die Hexen von Eastwick.«

»Wir organisieren Hilfe für Ollie, sonst nichts.«

»Gott stehe dem armen Schwein bei.« Er überlegte kurz. »Was genau tut ihr eigentlich?«

»Wir planen die Betreuung von Freddie, kochen für die beiden, leisten praktische Hilfe«, sagte sie, fürchtete allerdings, dass es sehr wischiwaschi klang. »Wir haben einen Plan erstellt, an welchen Tagen welche der Mütter ihnen Essen bringt, bei wem Freddie nach der Schule sein kann, wenn Ollie erst später aus dem Studio kommt, solche Sachen.« Sie hüpfte von dem Barhocker, was stets eine heikle Übung war – Jenny konnte die Dinger nicht ausstehen. Dann legte sie einen Arm um Sams Taille und tauchte mit der Hand unter sein Hemd, sodass sie sein gestähltes Sixpack fühlte. »Wieso kommst du nicht mal mit zu dem Treffen?«

Sam wich zurück. »Ah, umgekehrte Psychologie, Jenny. Nein danke. Ich habe zufällig noch die Kleinigkeit einer Hochzeit zu planen … falls dir entfallen ist, dass wir im August heiraten.«

»Nein, ist es nicht, tut mir leid.« Jenny seufzte. Sie sollte sich mehr um die Hochzeit kümmern, und ihr schlechtes Gewissen regte sich, weil sie die Planung größtenteils Sam überließ. Jenny lehnte sich an den Fensterrahmen und zog die schweren hellen Leinenvorhänge zurück. Auf dem Gehweg gegenüber waren einige nervöse Studenten dabei, Drogen zu kaufen. Eine laute Gruppe junger Mädchen in zotteligen Kunstpelzen, Leopardenmuster und hohen Absätzen ging die Straße entlang. Sie waren alle beieinander untergehakt und lachten schrill in die kalte Nacht. Bei ihrem explosiven Lachen durchfuhr Jenny ein Stich. Sie vermisste Sophie und das Lachen mit demselben akuten Schmerz, der einen durchschoss, wenn etwas Süßes oder Kaltes einen überempfindlichen Zahnhals berührte. Die gackernden Mädchen bogen um die Ecke. Nun war nur noch ein Straßenmusiker da, der lustlos an einer zweisaitigen Ukulele zupfte. Jenny drückte ihre Hände gegen das kalte Glas. Es dauerte einen Moment, ehe ihr bewusst wurde, dass sie nach jemandem Ausschau hielt: Sie schaute nach der Frau, die unheimliche Ähnlichkeit mit Sophie gehabt hatte.

14

In allen Beziehungen gibt es Geheimnisse, nicht? Die kleinen Dinge, die wir lieber nicht voneinander wissen wollen, die wir irgendwohin stopfen, wo wir sie nicht sehen können. Sie sind wie die Kleider, die wegzuwerfen wir nicht übers Herz bringen, sie aber auch nie wieder anziehen. Also landen sie in der Nylonhülle mit Reißverschluss unterm Bett.

Während ich zwischen den Häusern hin und her schwebe, erheische ich hie und da einen Blick auf die kleinen Geheimnisse, die sich in den Alltag meiner Freundinnen weben.

Nehmen wir zum Beispiel Lydia. Sie hat die Pille nicht aus Versehen vergessen. Letzten Dienstag nahm sie die Blisterpackung aus dem Badezimmerschrank, guckte sie eine Weile an und steckte sie dann zurück, ohne eine Tablette herauszudrücken. Hat sie es George gegenüber erwähnt? Natürlich nicht! Ist sie an dem Abend über George hergefallen? Natürlich ist sie! Sie lauerte ihm in einem pinken Mininachthemd auf, dessen Pompoms an ihren Schenkeln wippten.

Nehmen wir Liz. Sie bekam eine Nachricht von Riley auf Facebook. Riley, der blendend aussehende, anstrengende Kreative, der sie so grausam abservierte, bevor sie ihren Mann Martin kennenlernte, schrieb ihr, dass er immer noch jeden Tag an sie dachte. Und was hat sie geantwortet? Hat sie ihm geschrieben, dass sie glücklich verheiratet ist, dass sie Kinder hat und er sich bitte nicht mehr bei ihr melden möchte? Nein, hat sie nicht. Sie hatte den Bildschirm angestarrt, an ihren Fingernägeln gekaut und schließlich getippt: »Ich weiß nicht, was ich sagen soll.« Damit ließ sie ihm die Tür weit offen, sodass er erwidern konnte: »Sag, dass du genauso fühlst.« Hierauf hatte sie bisher nicht reagiert. Aber sie hat ihr altes Fotoalbum durchgeblättert und geschlagene zwanzig Minuten lang ein altes Bild von sich und Riley am Strand von Ibiza angesehen, auf dem sie beide braun gebrannt, eng umschlungen und strahlend waren. Hätte ich das getan, Liz hätte mich geohrfeigt. Ich meine, wie kann Martin und Muttersein damit konkurrieren? Das ist so, als würde man den Bauch, den man mit siebzehn hatte, mit dem vergleichen, der sich nach zwei Kindern und allabendlichen Stelldicheins mit einem Sancerre um die Mitte herum ansiedelte.

Tash lügt Marko, den polnischen Handwerker, immerzu an. Ich schätze, dass ihre Geschichte keine zwei Minuten überstehen würde, sollten sie ehrlich sein. (Dass sie gelangweilt und spitz ist und er gut ausgestattet, verfügbar und verheiratet.) Sie haben so ein kleines Ritual, müsst ihr wissen: Er klopft drei Mal an ihre Tür und fragt, »Irgendwas zu reparieren, Baby?« Marko ist unglaublich billig, stürmt mit geschwellter Brust, wehender Freak-Brothers-Mähne und testosterongesteuert ins Haus wie ein Soft-Metal-Star auf die Bühne stürmt und sich von Lagerdosen bewerfen lässt. Tatsächlich brüllt er sogar »Haa!« und vögelt Tash gleich an der Wand. Nach wenigen Stößen ist er fertig und bringt Tash zum Höhepunkt. Hinterher fragt er verlässlich, »Liebst du mich, Baby?«, und Tash antwortet stets lachend, »Ja, klar.« Blödsinn. Er war ihr völlig egal.

Was nun Jenny und Sam betrifft, kann ich euch nur sagen, dass es hier deutlich zäher zugeht. Mit dem Hochzeitsdatum wurde der Druck ausgerechnet zu einer Zeit erhöht, in der Jenny am wenigsten damit umgehen kann. Und es ist nicht bloß das. Jenny scheint verändert, als würde ihr etwas Sorgen machen, statt dass sie sich auf die lang ersehnte Hochzeit freut. Sie zeigt keinen Anflug von Freude. Ja, ihre beste Freundin ist tot, was garantiert nicht die Stimmung hebt, doch das allein ist es nicht. In den letzten paar Wochen hat sie eine merkwürdige Rastlosigkeit entwickelt, als würde sie mit sich selbst ringen. Ja, *etwas* geht in ihr vor, und ausnahmsweise habe ich nicht den Hauch einer Ahnung, was das sein mag.

Und Sam? Tja, dem Mann sind Geheimnisse alles andere als fremd. Gerade begann ich zu denken, vielleicht, ganz eventuell will er den Hochzeitstermin, weil er endlich zu schätzen weiß, was er hat. Aber was sollte dann das gestern Abend? Wer war die Frau, mit der er sich so ausgiebig an seiner Haustür unterhielt, während Jenny sich beim Bauch-Beine-Po-Training abrackerte? Wie eine Zeugin Jehovas sah die mir nicht aus. Die stehen normalerweise nicht auf diese Rocklänge. Und sie hat auch keine Geschirrhandtücher für wohltätige Zwecke verkauft. Nein, die sah definitiv aus, als meinte sie es ernst mit Sam.

15

Jenny öffnete ihre braune Aktentasche und holte zitternd ihre Kreation heraus. Sie wünschte sich so sehr, dass sie ihnen gefiel, denn sie hatte Stunden daran gesessen und sich an der stumpfen Küchenschere den Daumen wundgeschabt. Zu allem Überfluss hatte sie auch noch den Prittstift mit ihrem Labello verwechselt und ihn sich auf die Lippen geschmiert. Nein, sie hatte nicht grundlos in der Schule eine Vier in Kunst gehabt. »Entschuldige, dass es solange gedauert hat, Freddie. Deine Mummy füllt ganz schön viele Seiten.«

Ollie lächelte ihr aufmunternd zu, und prompt war Jenny ein bisschen weniger nervös.

Freddie griff sich ihr Werk. Das grüne Hologrammcover warf Lichtmuster auf seine glatte Wange. Auf dem Deckel war ein Foto von ihm und Sophie, über dem »Das Mummy-Erinnerungsbuch« in Jennys schönster Handschrift stand – mit goldenem Stift geschrieben. Freddie strich langsam mit den Fingern über das Bild.

»Es gibt kleine Kästen, die du ausfüllen musst«, erklärte Jenny pochenden Herzens, beobachtete seine Reaktion und hoffte sehr, dass es ihm gefiel.

»Wie eine Hausaufgabe?«, fragte er ängstlich.

Jenny lachte. »Nein, überhaupt nicht«, sagte sie und kniete sich neben ihn, damit sie auf Augenhöhe waren. »Du schreibst einfach rein, was du willst. Zum Beispiel, was deine Lieblingsferien mit Mummy waren, was Mummys Lieblingsfernsehsendung war …«

»Die Fotos finde ich am schönsten«, konstatierte Freddie und zeigte auf eines von Sophie in einem riesigen gelben Badelaken am Strand, als wollte er sie durch seine Fingerspitzen aufsaugen.

Er blätterte und lächelte die Bilder an. Sophs Mum hatte Jenny einen ganzen Stapel von Fotos gegeben, die sie benutzen durfte: Sophie als Kleinkind am Strand mit teigigen Beinchen, gekrümmten Zehen und einer roten Schaufel in der Hand; Sophie als Kind beim Stockbrotrösten an einem Lagerfeuer. Tatsächlich hatte Jenny sich durch eine Reihe von Lagerfeuerbildern gearbeitet, und die Feuer waren sämtlich höher und größer gewesen als die in Jennys Kindheit. Ihre Eltern hätten nie solche hohen knisternden, funkensprühenden Feuer erlaubt – aus Sicherheitsgründen und weil es Verschwendung von gutem Feuerholz war. Sie erinnerte sich, wie sehr sie die Erzählungen Sophies von Campingausflügen in den Wald, Krebsfischen und Sonnenbaden fasziniert hatten. Jennys Mutter war »allergisch gegen Camping«, denn sie schwoll an wie ein Hefekloß, wenn sie irgendein Insekt stach. In Sophies Kindheit dagegen schien es immerfort Sommer gewesen zu sein.

Jennys Kindheitssommer waren von neonfarbenem Wassereis aus dem Tiefkühler in der Garage, Strickjacken und verregneten Picknicks an einsamen Schieferstränden beherrscht gewesen. Sonderlich dokumentiert waren sie auch nicht. Jennys Eltern waren nie richtig mit dem »neumodischen« Apparat zurechtgekommen, den sie 1974 kauften, und es gab eine komplette Lücke über zwei Jahre, als die Kamera kaputt gewesen und noch nicht ersetzt war. In jener Zeit war kein einziger Meilenstein aus Jennys Leben festgehalten worden.

Wohl um die mangelnde Begeisterung ihrer Eltern wettzumachen, hatte Jenny ab Studienbeginn so viel geknipst wie sie konnte. Und deshalb besaß sie einen gewaltigen Fundus an Erinnerungen. Sie hatte unzählige Fotos von Sophie, die lachend ihren Kopf nach hinten warf und alle ihre Zähne zeigte. Bei diesen Aufnahmen sah man die lustige kleine Delle in ihrem linken Eckzahn, die sie sich mit fünfzehn Jahren zuzog, indem sie auf dem Skateboard ihres Freundes eine Treppe runterrauschte. Kein Wunder, dass sich jeder in sie verliebte.

An der Uni hatten sie beide ihre Erinnerungen und Fotos

gesammelt, die sich ineinander verschlangen wie Feinstrumpfhosen in der Waschtrommel. In Jennys Gedanken leuchteten blitzartige Bilder auf: alte Witze, Bräunungscreme-Katastrophen, Lieblingsbands, sich auf Partys aus den Augen verlieren und wiederfinden, gekritzelte Nachrichten, die während langweiliger Vorlesungen ausgetauscht wurden, gemeinsames Grölen zu »Step On« von Happy Mondays in Sophs altem Renault Clio, Kurzurlaube mit zu viel Alkohol, zu viel Sonne, schlechte Drogen, noch schlechterer Sex, guter Sex, One-Night-Stands, schrille Haarfärbeaktionen, unerwiderte Liebe, ausgetauschte Essay-Notizen, geteilter Lipgloss, bange Schwangerschaftstests, Fruchtbarkeitstests, Regelschmerzen, der Spaß, eine ganze Nacht durchzutanzen, morgens den Sonnenaufgang über einem Kornfeld zu sehen, und zu wissen, dass sie für immer Freundinnen sein würden. Damals war das Schlimmste, was ihnen jemals passieren konnte, dass jemand mit ihnen Schluss machte, den sie zu lieben glaubten. (Und sie erholten sich jeweils binnen drei Wochen.) Das Leben drehte sich um Möglichkeiten. Jetzt schien es nur noch von Konsequenzen zu handeln.

Jenny zuckte zusammen und schob die Bilder ihrer Vergangenheit weit von sich. Plötzlich legte Ollie ihr eine Hand unten auf den Rücken, wo ihr T-Shirt nach oben gerutscht war. »Danke, Jen. Das Buch ist fantastisch.«

Ihre Haut kribbelte unter seiner Berührung. Entsetzt von dem Gedanken, dass er es fühlen konnte, schrak sie weg, als hätte sie etwas gestochen. Er sah sie verwundert an. Diesen Blick hatte sie bei ihm noch nie gesehen. Sie wurde glühend rot, fühlte sich verschwitzt und ertappt.

»Guck mal das hier, Daddy!« Freddie lachte und zeigte auf ein Foto von Jenny und Sophie als Studentinnen – »Mummy am College« – vor dem Halloween-Ball. Jenny war als Kürbis verkleidet, Sophie weit schillernder als Hexe des Wilden Westens mit schwarz-weiß gestreifter Strumpfhose und einem weiten schwarzen Umhang.

»Hast du schon das von dir und deiner Mummy letztes Jahr im Zoo gesehen?« Jenny blätterte zu einem ihrer Lieblingsbilder. Sie war immer noch verlegen und gnadenlos überhitzt. »Ah, hier heiraten Mummy und Daddy.«

Sophie trug ein Vintage-Kleid im Fünfzigerjahrestil, bei dem der Rock ab der Taille weit gebauscht war, und eine Tiara aus geflochtenen elfenbeinfarbenen und weißen Blumen sowie eine Blume hinterm Ohr. Sie sah wie eine ungezogene Rock'n'Roll-Waldnymphe aus.

Ollie wies auf eine plump aussehende Gestalt in einem Wust von einem kirschroten Monsoon-Kleid. »Und da ist unsere Jenny.«

Sie blickte lächelnd zu ihm auf. Wieder hatte er diesen komischen Blick. Es fühlte sich an, als würde zwischen ihnen etwas passieren, ein stummes gemeinsames Einsehen, dass es früher … anders war. Dass sie anders waren.

Jenny war jedenfalls froh, als er endlich wieder ins Studio fuhr und sie allein bei Freddie blieb. Ohne Ollie fühlte sich das Haus wieder wie Sophies an, sicherer, weiblicher, weniger kompliziert. Sie ließ Freddie ein Bad ein, bewunderte seinen schmalen Jungenkörper und empfand einen Anflug von Traurigkeit, weil Sophie nicht sehen würde, wie seine Schultern breiter wurden, seine Beine lang und haarig, sein Kinn kantiger. Jenny brachte ihn ins Bett und las ihm *Die Zwicks stehen Kopf* von Roald Dahl vor. »Nur noch eine Seite«, bettelte Freddie, bis sie das Buch zu Ende gelesen hatten. Jenny bückte sich, um seine Lampe auszustellen. »Gute Nacht, schlaf schön.«

»Aber …«

»Jetzt ist es schon richtig spät.«

»Erzähl mir von Mummy. Sonst kann ich nicht schlafen. Daddy erzählt mir immer von Mummy, bevor ich einschlafe.«

Sie zögerte. »Ach ja? Okay. Also, ähm, Mummy war … na ja, sie war nicht wie die meisten Leute, Fred.« Sie sank wieder zu ihm aufs Bett und fühlte sich wunderbar mütterlich, als

Freddie seinen Kopf an ihre Schulter schmiegte. Hatte Sophie sich jeden Abend so gefühlt? Sie hatte es heruntergespielt, aber, bei Gott, sie hatte so viel zu verlieren gehabt, so viel mehr als sich selbst. Die Ungerechtigkeit, dass es Sophie war, die starb, statt Jenny, die weit entbehrlicher war, traf sie hart. Das war wirklich nicht gerecht.

»Und?«

»Nun, Mummy war witziger als die meisten anderen Leute, klüger und sehr schön.« Freddie wirkte nicht besonders beeindruckt. Er erwartete mehr. »Sie konnte auch ziemlich albern sein, nicht?«

Freddie grinste. »Ich erinnere mich, wie sie albern war.«

»Ja? Und weißt du auch, wie gerne sie gelacht hat? Sie hatte gerne Spaß. Und Partys mochte sie, vor allem solche, bei denen man sich verkleiden musste, wie in dem Mummy-Buch.« Sie fragte sich, ob die Geschichten von Sophie für Freddie geeignet waren, denn viele der besten hatten sich in ihren Zwanzigern abgespielt und waren mit sehr großzügigen Mengen billigen Weißweins verbunden. Ach was, eines Tages war er alt genug, es zu verstehen. »Ich glaube, wenn sie gekonnt hätte, sie wäre jeden Tag verkleidet gewesen.«

Freddie lachte. »Sie hat mir ein Piratenkostüm mit Schwertgürtel und allem gemacht. Ich war der beste Pirat bei Josh' Feier und hab einen Riesen-Lolly gewonnen, an dem mir meine Milchzähne geknackst sind.«

»Hört sich an, als wär's der Lolly wert gewesen. Ich würde das Kostüm gerne mal sehen.« Sie hielt inne, denn ihr fiel die tanzende Sophie ein. Sie tanzte immerzu. Sophie, die in irren roten Kleidern aus Umkleidekabinen tänzelte. Sophie, die Karten spielte und sie neckisch wie einen Fächer vor ihr Gesicht hielt. »Sie war auch eine sehr gute Kartenspielerin, hast du das gewusst?«

Freddie schüttelte den Kopf. »Bei ›Snap‹ habe ich immer gegen sie gewonnen.«

»Weil du auch so klug bist wie sie. Sie konnte deinen Daddy

beim Poker immer wieder schlagen. Und sie war großartig im Schachspielen.«

»Ich lerne Schach in der Schule.«

»Das fände sie ganz bestimmt klasse.«

»Ich will Schach lernen, damit ich Joe schlagen kann. Der ist in meiner Klasse, und er ist doof.«

Wer war dieser Joe, und was fiel dem ein? Jenny musste ihren enormen Schutzinstinkt eindämmen, denn ein Ausbruch wäre wohl kaum hilfreich. »Warum ist Joe doof?«

Freddie zuckte mit den Schultern und machte spürbar dicht. »Weiß ich nicht.«

Jenny fiel ein, wie Sophie erzählt hatte, dass es annähernd unmöglich war, Freddie irgendwelche Informationen über die Schule zu entlocken. Ebenso gut könnte sie versuchen, seine Buzz-Lightyear-Figur neben dem Bett in ein Gespräch über die Nahostpolitik zu verwickeln. »Wenn du fleißig übst, schlägst du Joe im Schach. Das fühlt sich dann gut an.«

»Ja.« Er drückte seinen Kopf fester an ihre Schulter. »Erzähl mir mehr von Mummy.«

»Tja, lass mich mal überlegen.« Es gab so vieles über Soph, dass es fast unmöglich war, sich für eine Sache zu entscheiden. »Sie war das, was man altmodisch ein Zuckermäulchen nennt.«

»Dann hat ihr Mund nach Zucker geschmeckt?«

Jenny lacht. »Nein, das bedeutet, dass man gerne Kuchen und Süßigkeiten mag. Wenn wir zusammen in einem Café waren und ich mir Kuchen bestellte, musste sie immer davon naschen. Deine Mummy war ein Kuchenmonster. Fast so schlimm wie ich.«

Freddie kicherte.

»Und weißt du noch, Freddie, was für leckere Kekse und Kuchen deine Mummy backen konnte?«

»Schoko-Knusperkuchen. Den haben wir mit Cornflakes gemacht, die wir in die geschmolzene Schokolade gerührt haben. Hinterher durfte ich die Schüssel auslecken.«

»Lecker! Aber weißt du, was das Witzige ist? Bevor sie dich

kriegte, konnte sie überhaupt nicht kochen oder backen. Also, sie konnte Toast machen und gekochte Eier, vielleicht auch Nudeln kochen. Aber als du da warst, lernte sie es, und sie wurde sehr gut, eine der besten Köchinnen, die ich kenne.«

Er lächelte. »Wegen mir?«

»Nur wegen dir.«

Als Jenny nach unten blickte, sah sie, dass seine Augen zufielen. »Du hast sie glücklicher gemacht als alles andere auf der Welt, Freddie.«

»Sie fehlt mir«, sagte er mit erstickter Stimme.

»Ich weiß, Süßer. Und sie weiß es auch.« Zum Teufel mit dem Atheismus. Dieser Junge brauchte einen Glauben. »Und sie passt auf dich auf.«

»Ach, *das* weiß ich doch«, erwiderte er, als wäre es eine völlig überflüssige Bemerkung. »Sie redet ja immer mit mir.«

Jenny dachte an die Gespräche, die Sophie und sie nicht geführt hatten, und die, die sie hätten haben können – haben *müssen:* über Sophies Wunsch nach einem zweiten Baby. Über diese Briefe.

Freddie bog Buzz Lightyears Arme nach oben. »Redet sie mit dir auch?«

»Nein«, antwortete Jenny traurig. »Sie spricht mit dir, weil du besonders bist.«

16

Dieser Ort, was immer er sein mag, diese Parallelwelt neben eurer ist ein bisschen wie eines dieser österreichischen Hardcore-Spas, in denen man Tausende bezahlt, um nichts zu essen und hungrig und hilflos durch weiße Räume schwebt. Nur eben ohne Einläufe. Hier sehnt man sich nach schlichten, sinnlichen Dingen, nach einer krachenden Atlantikwelle, nach warmem Fahrtwind auf dem Gesicht, wenn man Fahrrad fährt, nach dem ersten Bissen in ein Magnum an einem glitschig heißen Tag, nach einer Tasse gezuckertem Tee. Gott, ich hätte zu gern eine Tasse Tee!

Es wird auch nicht unbedingt besser dadurch, dass ich überall, wo ich hinkomme, Wasserkocher sehe. Gegenwärtig sind es vier – vier! – auf der Küchenarbeitsfläche. Drei sind Geschenke von Schulmüttern: Lydia, Tash und Schickimicki-Brigid mit den IVF-Zwillingen aus der Vierten. Der hübscheste Kessel ist natürlich von Jenny. (Sie weiß, dass ich niemals weißes Russell-Hobbs-Plastik in meiner Küche dulden würde.) Dennoch, kein Mensch braucht vier Wasserkocher.

Die kann man nicht mitnehmen, wenn man stirbt, lasst euch das gesagt sein. Der Tod ist mehr was für Minimalisten.

Es ist zehn Uhr am Samstagmorgen. Ollie starrt auf die Kessel und reibt sich unsicher durch die dunklen Haare, die an seinem Kinn sprießen. An dem Bogenwinkel seiner Augenbrauen erkenne ich, dass ihm die Kessel zusetzen. Er fühlt sich den Schenkenden verpflichtet. Bekommt man einen Wasserkocher geschenkt, muss man der Geberin zumindest eine Tasse Tee anbieten. Das ist dasselbe wie mit Blumen, für die er erst eine Vase suchen muss – da wäre es einfacher, er würde erst gar keine kriegen.

Nein, Ollie ist kein geselliger Typ, ebenso wenig wie er ein Tee-Fan ist. Er braucht sein Koffein und reduziert seine Sozialkontakte am liebsten auf ein unerlässliches Mindestmaß. Entsprechend hat die Unmenge benutzter Teebeutel im Mülleimer nichts mit ihm zu tun, sondern mit den endlosen – zumeist weiblichen – Besuchern. Das tun wir Engländerinnen eben, wenn jemand stirbt: Wir trinken Tee. Und wir gehen shoppen. Unterdes gerät Lydias Johnlewis.com-Faible gänzlich außer Kontrolle. Wie viel Joseph-and-Joseph-Küchenzubehör muss ein einzelner Haushalt eigentlich haben? Das Zeug bringt mich auch nicht zurück, Mäuschen.

Ollie trommelt mit den Fingern auf der Holzarbeitsfläche – die übrigens vergammelt, seit keiner mehr die Wasserspritzer wegwischt – und wartet auf Freddie. Und wo ist Freddie? Er ist zum Schwimmen … Trommelwirbel … mit Jenny!

Ein Wort zu diesem außergewöhnlichen Ereignis: Jenny hasst Schwimmen. Und vor allem hasst sie Schwimmen in öffentlichen Badeanstalten. Sie kann die Umkleidekabinen mit den nassen Fußpilzfliesen und dem Mangel an Privatsphäre nicht ausstehen. Sie hasst es, sich in einem Badeanzug zu zeigen, und mag es gar nicht, wenn ihre Haare nass werden. (Zu eurer Information: Vom Chlorwasser werden ihre blonden Strähnen grünlich.) Also stellt euch meine Verblüffung vor, als ich mich vor wenigen Minuten durch die Lüftungsfilter ins lauwarme Piewasser des Schwimmbeckens schlich. Da war Jenny, kopfüber, deren Haar um sie herumwehte wie Beyoncés, wenn sie die Windmaschine einsetzt, und in ihrem blauen Badeanzug. Der ist übrigens von Speedo, und Jenny dürfte die Einzige sein, die noch Speedos trägt – schließlich sind wir nicht in Basingstoke im Jahr 1985. Der Anzug klafft oben auf, und ihre fantastischen Möpse baumeln Richtung Kinn. Nur ihre blassen Füße ragen oben aus dem Wasser, was ein bisschen nach besoffener Synchronschwimmerin aussieht. Ein Stück weiter hängt Freddie mit seiner roten Schwimmbrille an einer Stahlleiter und lacht sich schlapp. In diesem Moment wird mir klar, dass Jenny alles, absolut alles tut, um Freddie glücklich zu machen, selbst wenn es bedeutet, dass sie an einem Samstagmorgen einen Handstand in einem vollgepinkelten städtischen Schwimmbad vollführen muss, statt mit Sam im Bett zu liegen. Dafür liebe ich sie heiß und innig. Nachdem ich mich vergewissert hatte, dass Freddie in guten Händen war, zog ich mich wieder zurück, weil ich nicht wollte, dass Freddie meine Schwingungen bemerkte. Ich frage mich, ob er tatsächlich meine Nähe spürt, eine Art hypersensiblen Mum-Sensor besitzt. Jedenfalls begab ich mich tief ins Gewirr der Heizungs- und Wasserleitungen unter der Schwimmhalle und pustete einer kleinen Chlorwolke gleich zurück auf die Straße. Von dort schwebte ich zurück nach Nordlondon, nach Hause. Und hier bin ich.

Wie die Zeit vergeht. Könnt ihr fassen, dass ich inzwischen schon seit über vier Monaten tot bin? Ich werde allmählich sicherer, traue mich eher aus dem Haus und in die Umgebung. Ähnlich muss es Leuten ergehen, die lernen, mit einer neuen Behinderung klarzukommen. Meine ist, dass ich nicht existiere – eine ziemliche Beeinträchtigung, wenn man's genau bedenkt. Und ich finde es alles andere als klasse, unsichtbar zu sein. Keiner dreht sich nach mir um; kein Bauarbeiter pfeift mir nach. Unweigerlich frage ich mich, ob es so im Alter gewesen wäre.

Ein Pluspunkt ist, dass es hier oben keine Fahrpreise gibt, keine Schlangen, keinen Stress mit der elektronischen Fahrkarte, die der Automat mal wieder nicht lesen kann, weshalb sich hinter einem Dutzende genervte Leute stauen. (Wenn ich das jetzt sehe, möchte ich am liebsten nach unten segeln und brüllen, »Eines Tages seid ihr alle TOT!«, nur um zu sehen, ob sie dann über die Schranken springen. Ehrlich, was ist denn das Schlimmste, das euch die Londoner U-Bahn-Polizei tun kann?)

Manchmal kann ich große Entfernungen in der gleichen Zeit zurücklegen, in der ein lebender Mensch einmal ein- und ausatmet. Ich bin der japanische Hochgeschwindigkeitszug unter den Geistern. Dann wieder kann ich mich überhaupt nicht von der Stelle rühren, klebe wie Kaugummi fest. Es ist, als würde ich einschlafen oder ausblenden oder wie immer man Schlaf in meinem Zustand nennen will – unewige Ruhe? – und wenn ich Stunden oder Tage später wieder zu mir komme, habe ich schreckliche Angst, dass Freddie und Ollie etwas passiert sein könnte, als ich nicht auf sie aufgepasst habe. Gott sei Dank war das bisher nie der Fall. Das Schicksal schlägt nicht zweimal übel zu, oder?

Ollie geht jetzt nach oben, eine Hand auf dem Treppengeländer, die andere tief in der Hosentasche. Dieser Tage hat er dauernd die Hände in den Taschen, zu Fäusten geballt, sodass er wie ein mürrischer Teenager wirkt. Ich folge ihm, schwebe direkt an den schwarzen Haaren in seinem Nacken. Mit jedem Schritt gibt sein Körper einen winzigen Dufthauch ab, und ich sauge ihn gierig auf, lass mich von seiner Essenz ausfüllen wie ein Sommelier von einem feinen Wein. Es ist nie genug.

Er geht in unser Schlafzimmer, hockt sich auf die blaue Samttagesdecke und neigt den Kopf in die Hände. Ich schmiege mich um seine Schultern, damit ich fühle, wie sie sich heben und senken. Eine ganze Weile sitzt er so da und lauscht den Geräuschen von draußen. Ein Motor startet. Vögel zwitschern. Jemand ruft nach seinem Hund. Ollie blättert Fotos auf seinem iPhone durch, von mir vor unterschiedlichen Kulissen: herbstliche Parks, Strände in Cornwall, auf einer Rutsche in den Kew Gardens, mit Freddie auf dem Schoß, nackt im Bett und ein Mandelcroissant essend. Bei dem letzten Bild bleibt er hängen. Ich glaube, es wurde im Sommer gemacht, denn ich habe helle Trägerstreifen an den Schultern. Dann klappt er das Handy zu, steht auf und geht zur Kommode. Einen schrecklichen Moment lang fürchte ich, dass er durch meine Schublade wühlt und die Briefe findet. Aber das tut er nicht. Er zieht seine Sockenschublade auf, in der sich ein Sammelsurium von einzelnen Socken findet, und holt etwas heraus.

Meine Reizwäsche! Es ist das blassrosa Dessous von Agent

Provocateur, das er mir letztes Jahr zu Weihnachten geschenkt hat. Der Slip hat kleine rote Bändchen an den Hüften. Wie konnte die Wäsche Jennys Ausräumaktion entgehen?

Ollie hat diese Wäsche geliebt. Es ist die Art Reizwäsche, die ihren Wert dadurch beweist, wie schnell man sie loswird. Ich kann kaum hinsehen, als Ollie sein Gesicht in der Wäsche vergräbt. So fällt er wieder zurück aufs Bett, den Slip vor Mund und Nase, dass ihn die roten Bänder am Kinn kitzeln. Und dann … O Gott! Er öffnete seinen Reißverschluss, schiebt eine Hand in seine Jeans, packt seine Erektion und fängt an, den Arm zu bewegen.

Okay, das ist jetzt bizarr. Ich ziehe mich an die Wand zurück. Ollie hatte stets eine ausgeprägte Libido, und Sex ist Leben, deshalb verstehe ich selbst nicht, wieso ich schockiert bin. Vielleicht weil mich der Anblick Ollies beim Masturbieren an alles erinnert, was ich verloren habe und nie wieder erleben werde – sein pochendes Herz an meinem Brustkorb, sein leises Stöhnen, sein klebrig salziger Samen an meinen Schenkeln.

Türklingel! Sie ist wie ein Schrei in der Stille. Einmal, zweimal läutet es. Ollie flucht und hinkt aus dem Schlafzimmer, eine Socke angezogen, die andere in der Hand. Erhitzt und schläfrig (nach dem Beischlaf nickt er gewöhnlich ein) stopft er sich das Hemd wieder in die Jeans und nimmt zwei Stufen auf einmal die Treppe hinunter. Im Flur unten stolpert er über Pingpong, der gerade einen Garibaldi-Keks auf den Sisalteppich würgt.

Tash steht vor der Tür. *Tash!* Mit knallrot geschminkten Lippen.

Nennt mich paranoid, aber ich habe Tash noch nie mit rotem Lippenstift gesehen. Sie ist schlicht kein Roter-Lippenstift-Typ. Normalerweise benutzt sie weiche Rosa- oder Taupe-Töne. Sie vertritt die Fraktion der diskret Geschminkten, nicht die Wow!-Liga. Tja, Dinge ändern sich.

Tash strahlt. Sie hat eine schwere weiße Plastiktüte in der Hand. »Bier.«

»Ah, klasse.« Ollie steht einen kurzen Moment da, als müsste er überlegen, was die gesellschaftlichen Konventionen von ihm verlangen. Tash rührt sich nicht und wartet. »Äh, komm rein«, murmelt Ollie.

Tash tritt über die Schwelle und reicht ihm die Tüte mit dem gekühlten Bier.

Er grinst. »Das ist wirklich nicht nötig, Tash.«

Tash winkt ab. »Es ist das Mindeste, was ich tun kann.« Sie blickt sich um, achtet auf jedes Detail und sucht zweifellos nach Anzeichen, dass Ollie nicht zurechtkommt. »Wo ist Freddie?«

»Jenny ist mit ihm zum Schwimmen.«

Tash lächelt. Sie sind allein!

»Möchtest du eine Tasse Tee? Ich habe gleich mehrere Wasserkocher, um welchen aufzusetzen.«

Tash hält sich eine Hand vor den Mund und kichert wie ein kleines Mädchen. »Demnach war ich nicht die Einzige, die dir einen Kessel besorgt hat?«

»Nein.« Er geht in die Küche, in einer Hand das Bier, in der anderen die alte Socke. »Aber trotzdem danke.«

»Hier sieht es sehr aufgeräumt aus«, stellt Tash anerkennend fest, setzt sich an den Küchentisch und lehnt ihre Oberweite auf die Tischkante, sodass sie sich oben aus dem Ausschnitt ihres Jeanshemds wölbt wie aufgehender Brotteig. Weil ich direkt über ihr am Rauchmelder bin, bekomme ich einiges zu sehen.

Ollie legt die Socke auf die Arbeitsplatte und beginnt, in den Schränken nach Keksen zu suchen. Offenbar hat er Übung in diesem Teespiel, denn er weiß, dass alle Frauen gerne einen Keks zu ihrem Tee nehmen, obwohl es ihnen meistens erst bewusst wird, wenn ihnen selbiger von einem Teller zuzwinkert.

»Jammy Dodger?«

Tash ist keine Frau, die Jammy-Dodger-Kekse mag. Sie ist eher ein Fan von Vollkornkeksen. Doch sie nimmt sich einen Marmeladenkeks.

Ollie guckt zur Uhr und seufzt. »Ich schätze, für ein Bier ist es noch zu früh.«

Oh ja, viel zu früh!

»Dafür ist es nie zu früh«, erwidert Tash grinsend. »Es ist Wochenende. Ich würde auch eins mittrinken.«

Ollie holt ein Bier aus der Tüte, stellt den Rest in den Kühlschrank und schenkt zwei Gläser ein. Dann setzt er sich Tash gegenüber hin. Er sieht sie an. Nein, ihm kann nicht entgehen, wie schön sie ist, oder? Das sieht jeder Mann. Und der Ausschnitt fällt ihm garantiert auf, denn Ollie ist immer schon wild auf Möpse gewesen.

»Wie geht es dir?«, fragt Tash in einem Tonfall, der ihm bedeuten soll, dass er zu ihr offener sein darf als zu jeder anderen.

Nun werde ich langsam sauer. Ich meine, ich mag Tash. Ich *mochte* Tash. Wir haben uns gleich bei der Einschulung kennengelernt, und ihr Sohn Ludo versteht sich gut mit Freddie, worüber ich froh bin. Ludo ist nämlich einer von diesen leicht aggressiven Testosteronjungen, mit denen man sich lieber nicht anlegen will. Und Tash ist so hilfsbereit, seit ich gestorben bin. *Aber* … sie ist keine Frau, mit der ich befreundet wäre, hätte ich Freddie nicht. Sie gehört zu diesen witzigen, aber anstrengenden Frauen. Jede Unterhaltung mit ihr ist dramatisch, besonders was sie betrifft – und es geht meistens um sie. Wisst ihr, woran ihr das am besten erkennen könnt? An dem Bild auf ihrem Handy-Display. Das ist kein Foto von Ludo, sondern eines von ihr in einem weißen Trägertop, lachend und mit einem Tennisschläger in der Hand, als würde sie nebenher für *Sport Illustrated* modeln. Welche Mutter will lieber ein Bild von sich als von ihrem Kind auf dem Bildschirm?

Ollies Blick wandert für einen Sekundenbruchteil zu ihrem Ausschnitt. Sofort drückt Tash ihre Arme zusammen, woraufhin Ollie noch mals hinsieht. Sie wartet auf eine Antwort.

»Mal so, mal so«, sagt Ollie und bemüht sich, nicht auf ihre Titten zu starren.

»Wem sagst du das?« Tash bückt sich, um Pingpong unterm Kinn zu kraulen. Dabei blickt sie zu Ollie auf und fixiert ihn.

»Ach, Ol, kannst du denn an *gar nichts* ein bisschen Vergnügen finden?«

Ollie wird rot. Vor nicht einmal zehn Minuten hat er sich einen runtergeholt. »Ähm …«

Tash grinst. Und es ist, als wüsste sie es. Vielleicht hat sie es gerochen. Ich will sie anschreien, dass es *meine* Reizwäsche war, die ihn in Fahrt brachte, nicht ihre Möpse. Steck die Bazookas weg! Heb sie dir für Marko das Gnu auf.

»Ich bin beschäftigt. Es ist so viel zu erledigen …« Er verstummt, als würde er an Prozesse, Entschädigungen und all die anderen Dinge denken, mit denen er momentan nicht umgehen kann. »Danke, dass du Freddie nach der Schule mit zu euch nimmst. Das ist eine große Hilfe.«

»Na, hör mal, jederzeit gerne!« Sie verdreht die Augen. Erst jetzt erkenne ich, dass sie falsche Wimpern trägt. Samstagsmorgens um elf falsche Wimpern? Ich wünsche mir inständig, dass ein Strang von denen abfällt und an ihrer Nase hängen bleibt. »Ich freue mich, Freddie bei uns zu haben. Er hat einen guten Einfluss auf Ludo. Schon verrückt, wenn man bedenkt, dass seine Mum …« Sie bricht mitten im Satz ab.

Ach ja? Etwas in mir verkrampft sich.

»Das ist gut. Ich schätze zumindest, dass das gut ist.« Ollie betrachtet ihr Gesicht auf diese stille Art, die er perfekt beherrscht. Seine Augen tasten ihre Züge ab wie die Finger eines Blinden einen Bogen mit Brailleschrift.

»Ollie …«

Etwas an ihrem Tonfall macht mir Angst. Er ist zu leise und zu vertraulich. So habe ich sie nie reden gehört, und es ist eindeutig nicht die Stimme, mit der sie meinen Mann angesprochen hat, als ich noch lebte.

»Ich weiß, dass es hart ist, so schwer für dich. Falls du jemals …« Wieder guckt sie durch ihre falschen Wimpern zu ihm. »… weibliche Gesellschaft möchtest.«

Weibliche Gesellschaft! Sie hat definitiv zu viel Zeit mit spitzen Polen verbracht. Ich bebe vor Empörung. Das kleine rote Lämpchen des Rauchmelders blinkt sehr schnell. Ollie scheint verwirrt, ehe er begreift, was Tash meint.

»Abendessen, eine Comedy-Show … irgendwas, das dich aufmuntert.« Sie sieht auf ihre Hände. Es ist klar, dass sie enttäuscht ist, weil Ollie nicht sofort über sie herfällt.

Je wütender ich werde, umso schneller flackert das Licht im Rauchmelder, als würde irgendeine Energie auf ihn einwirken. Oder ich qualme vor Wut.

»Danke.« Er zieht seine Füße unter den Stuhl und befingert die Zeitung auf dem Tisch. Die Luft im Raum vibriert wie eine gezupfte Gitarrensaite.

»Es ist nur so«, sagt Tash leise, »dass ich seit meiner Scheidung von Toby allein bin. Ich weiß, wie das ist. Das ist alles. Ich weiß, wie das ist.«

Du hast keinen Schimmer!, will ich schreien, kann aber nicht. Das Lämpchen über mir blinkt noch schneller.

»Nicht dass ich behaupten will, ich hätte dasselbe durchgemacht wie du gerade«, korrigiert sie sich rasch. »Ganz und gar nicht.«

»Scheißrauchmelder.« Ollie steht plötzlich auf, geht auf Tash' Tischseite und stellt sich auf einen Stuhl. Als er nach dem Rauchmelder greift, rutscht sein T-Shirt nach oben und entblößt ein Stück von seinem göttlichen braun gebrannten Bauch. Er drückt den Reset-Knopf, und das Kontrolllämpchen beruhigt sich wieder. Dann klettert er vom Stuhl. Doch noch ehe er ihrem Orbit entfliehen kann, wirft Tash die Arme um seine Mitte und drückt ihre Föhnfrisur an seinen Bauch, sodass Ollie hilflos dasteht. »Ach Ollie, du Armer.«

In diesem Moment sehe ich etwas, das mich schlimmer, weit schlimmer trifft.

Tash hat meine Acne-Pistol-Stiefeletten an.

Der Rauchalarm heult los, und Tash und Ollie springen auseinander.

17

Jenny wurde das Gefühl nicht los, dass sie verfolgt wurde. Zum ersten Mal war ihr der weiße Fiat, eines von diesen niedlichen runden kleinen Modellen, in der Nähe des Walds aufgefallen. Den ganzen Weg von Highgate zurück war er direkt hinter ihr geblieben. Es war wieder diese Frau. Die Frau, die wie Sophie aussah und an dem Abend im letzten Monat vor ihrer Haustür gestanden hatte. Dessen war Jenny sich sicher. Wieder fragte sich ein blöder, irrationaler Teil von ihr, ob es wirklich Sophie war – zugegebenermaßen ein bisschen plastisch verändert – die gekommen war, um ihr zu sagen, dass sie ihren Tod bloß inszeniert hätte. Könnte sie doch einfach den Wagen anhalten und der Frau einige Fragen stellen, die einzig Sophie beantworten konnte. (»In welchem Jahr und wo bin ich wegen einer Martinivergiftung in der Notaufnahme gelandet?« – »1996, St. Mary's, Paddington.« – »Wie hieß der Mann, bei dem ich mich heftig übergeben musste, während ich mit ihm rumgeknutscht habe?« – »Chris Butterworth, vor dem Haçienda in Manchester, 92.« – »Was ist meine Lieblingsstellung beim Sex?« – »Kopf auf dem Kissen, Hintern in der Luft.« Mist, das habe ich schon lange nicht mehr gemacht.) Und, ja, sie würde Sophie auch nach den Liebesbriefen fragen.

Als sie abermals in den Rückspiegel sah, stellte sie erleichtert fest, dass der Wagen verschwunden war. Sie ermahnte sich, dass Hunderte Londoner zu jeder Tageszeit von Muswell Hill nach Camden fuhren und sie nicht paranoid sein sollte.

Zu Hause lag Sam auf der Couch im Wohnzimmer und las Zeitung. Eine Zigarette hing zwischen seinen Lippen. Er sah nicht auf. »Wie war das Mittagsessen mit Sophs Mum und Schwester, Babe?«

»Traurig. Nett. Irgendwie lustig.« Sie lächelte, denn sie war froh, dass er gute Laune hatte. Die letzten Tage war er reizbar gewesen. Und er hatte Radiohead gehört, was nie ein gutes Zeichen war.

Er runzelte die Stirn. »Lustig?«

»Wir haben viel über Dinge gelacht, die sie getan hat. Und Freddie schrieb alles in sein Erinnerungsbuch, der Süße.« Sie zuckte mit den Schultern. »Er hat wohl gemerkt, wie sehr sie von allen geliebt wurde.«

»Sie wurde wahrlich von vielen geliebt.« Für einen Moment sah er weich, verwundbar und fast unerträglich traurig aus.

»Du hättest dabei sein müssen, Sam.«

Sam blies einen Rauchring aus und mit ihm alles Traurige aus seinen Zügen. »Du weißt doch, dass ich nur der Idiot in der Ecke wäre, der dauernd das Falsche sagt.«

»Nein, wärst du nicht«, entgegnete sie. Er tat ihr leid. Tatsächlich hatte Sam Probleme damit, seine Gefühle auszudrücken. Dabei wollte sie schwören, dass es ihm weit besser ginge, wenn er etwas offener wäre. »Ehrlich. Ollie hätte erwachsene männliche Gesellschaft sicher zu schätzen gewusst.«

»Nächstes Mal, okay?«

Mied Sam Ollie? Es sah ganz danach aus. Oder er konnte sich dem Tod nicht stellen. Manche Menschen waren so. Jennys Handy klingelte und unterbrach ihre Gedanken. Sie holte es aus ihrer Handtasche, sah auf das Display und schaltete auf Mailbox. »Entschuldige, Tash schon wieder.«

Er merkte auf. »Tash Wright?«

»Ja. Äh, woher kennst du ihren Nachnamen?«

Er pustete eine dicke Rauchfahne aus. »Hatte ich dir nicht erzählt, dass sie mich letzte Woche angerufen hat?«

»Ach ja?« Für einen Moment hatte sie vergessen, dass sie Tash vor Wochen Sams Nummer gegeben hatte. »Wollte sie Rat?«

Er rollte mit den Augen. »Ja, sie hat *die Fragen* gestellt.«

Jenny wusste, welche Fragen gemeint waren. Seit Sams

Freunde die Vierziger erreichten, holten sie vermehrt diskret Erkundigungen über eine Scheidung ein. Tash wollte wahrscheinlich eine Gratisberatung von Sam, so wie sie die Gratis-Stiefeletten gewollt hatte.

»Die Frau redet wie ein Wasserfall. Übrigens stellte sich mal wieder raus, wie klein die Welt ist.« Er zog an seiner Zigarette und runzelte erneut die Stirn. Etwas machte ihm zu schaffen.

»Was?«

Sam schüttelte den Kopf. »Nur ein paar Leute, die wir beide kennen. Sie kennt Seb Lewis von Pulson Partners. Das heißt, eigentlich kennt sie seine Schwester.«

»Ach so«, sagte Jenny, die diesen Zufall nicht so prima fand. Sam gehörte zu jenen Leuten, die anscheinend eher um fünf als um sechs Ecken mit jedem anderen verbunden waren. Vor allem mit allen anderen Frauen. »Sam, das ist echt seltsam«, wechselte sie das Thema und setzte sich neben ihn auf das kratzige Korbsitzkissen. »Ich hatte das Gefühl, dass mir ein Auto vom Mittagessen her gefolgt ist.« Laut ausgesprochen klang es noch bescheuerter.

Er sah sie erschrocken an. »Gefolgt? Und wer war das?«

»Eine Frau. Sie war den ganzen Weg von Muswell Hill nach Camden hinter mir.« Sie rieb sich die Schläfen, als wollte sie ihren Verstand ankurbeln. »Ich weiß nicht, sie ist mir einfach nur aufgefallen, sonst nichts.«

»Frau?« Sams Augen nahmen einen komischen Ausdruck an. Er lächelte. »Vielleicht will dich eine von Ollies neuen Helferinnen ausknipsen. In der Welt eines neuen Witwers lauern eine Menge Fallstricke.«

»Ja«, bestätigte Jenny lachend, lehnte ihren Kopf an sein Knie und war dankbar, dass sie ihn hatte und nicht allein war. Wie Ollie.

Nach dem Abendessen hatten sie Sex. Jenny täuschte ihren Orgasmus vor. Es war das erste Mal, dass sie Sam etwas vorspielte. Wie sie gehofft hatte, rollte er hinterher auf seine Bettseite und schlief ein. Natürlich konnte sie nicht schlafen. Ihr

Verstand war wie die Fliege, die zwischen den Doppelfenstern umhersummte. Folglich war sie froh, als um zwei Uhr nachts ihr Telefon klingelte und sie erfuhr, dass sie nicht allein noch wach war. Sie drehte sich zur Seite und las die SMS.

»Bist du wach?«

Ihr Herz schlug schneller. Hastig tippte sie eine Antwort ein, wobei sie mit einem Auge zu Sam schaute, der inzwischen schnarchte. »Alles okay?«

»Sehe Gespenster. Kann nicht schlafen.«

»Ich auch nicht.«

Sie sank mit pochendem Herzen aufs Bett zurück, das Handy an ihre Brust gedrückt, und wünschte sich, dass Ollie zurückschrieb. Nach zehn Minuten war immer noch keine SMS angekommen. Jennys Gedanken überschlugen sich. Ging es ihm richtig mies? Was, wenn er etwas Dummes tat? Nein, das war lächerlich. Andererseits könnte alles Mögliche passieren. Seine Stimmung ging laufend rauf und runter. Und sie konnte sowieso nicht schlafen. Außerdem wäre um diese Zeit so gut wie kein Verkehr. Sam würde nicht mal merken, dass sie weg war, oder?

Sie fuhr in Rekordzeit nach Norden. Der Mond hing tief und schwer am Himmel, fleckig silbern, und Londons leere Straßen öffneten sich vor ihr wie in einem Computerspiel. Sie klingelte nicht bei Ollie, weil sie Angst hatte, Freddie zu wecken. Das musste sie auch nicht, denn Ollie hatte offenbar ihren Schatten durch das Türglas gesehen und öffnete sofort. Er zog sie in seine Arme, neigte sein Kinn in die weiche Kuhle an ihrer Schulter.

Er stank nach Alkohol.

Selbst im Dämmerlicht erkannte sie, dass er furchtbar aussah. Wie ein Pirat. Dann fragte sie sich, wie sie selbst aussehen mochte. Sie war ungeschminkt, ungekämmt und in Sams altem Pulli, den sie sich eilig übergeworfen hatte. »Ich mache uns einen Tee«, sagte sie. Ihr wurde unangenehm bewusst, dass sie sich nach ihrer Mutter in Krisenzeiten anhörte.

Ollie torkelte auf die lärmige Art eines Betrunkenen in die Küche, der sich Mühe gab, leise zu sein.

»Hör auf zu trinken, Ol«, sagte sie, während sie Wasser in den Kessel füllte. »Du musst das lassen. Es hilft nicht.«

Er schnaubte. »Mir hilft es.«

»Nein, tut es nicht.«

Sie lehnte sich an die kühle Ziegelwand. Es brach ihr das Herz, ihn so zu sehen.

»Ich will sie, Jenny. Ich will sie zurück.«

»Ja, ich weiß«, antwortete sie sanft, holte zwei saubere Tassen aus dem Schrank und wünschte sich, sie hätte ihm keine Vorwürfe wegen des Trinkens gemacht. Jetzt konnte sie selbst einen Drink gebrauchen.

»Ich halte das nicht aus«, knurrte er erschreckend zornig. »Ich halte sie nicht aus … die Tage … die Nächte. Wie lange muss ich verdammt noch mal warten?«

»Worauf, Ol?«

Seine Zigeuneraugen blitzten. »Wie lange muss ich warten, ehe ich wieder Sex habe, Jenny?«

Sex! Die Frage tänzelte provozierend auf dem schmalen Grat, der die Freundin von dem Mann der Freundin trennte. Jenny spürte, wie ihre Wangen heiß wurden. »Na ja …«

»Ich habe dich in Verlegenheit gebracht, entschuldige.« Er schüttelte den Kopf, verzweifelte an sich. Dann blickte er auf und grinste auf eine Weise, dass Jenny ein komisches Bauchkribbeln bekam. »Ich schwöre, ich habe dich nicht zum Poppen hergelockt.«

»Sei nicht albern, das ist mir doch klar.« War es das? Ja, ja, natürlich war es das.

»Es ist bloß so, dass mir manchmal … mein Verstand überkocht.«

»Es muss hart sein.« *Hart!* Warum hatte sie das gesagt? Wieder wurde sie feuerrot und wühlte hastig im Schrank nach Teebeuteln. In ihrer Tollpatschigkeit riss sie eine Lawine von Take-away-Ketchuptüten los, die ihr auf den Kopf regneten.

»Ich glaube, ich hatte gerade ein Angebot.«

Das kochende Wasser schwappte über den Tassenrand auf die Arbeitsplatte. »Ernsthaft? Gott, von wem?«

Er betrachtete ihre entgeisterte Miene und zog eine Braue hoch. »Tash.«

»*Tash!*« Oh nein. Entsetzt schlug sie sich eine Hand vor den Mund. »Du hast nicht …«

Er guckte beschämt. »Nein, aber ein Teil von mir wollte.«

»Klar. Klar.« Sie wusste nicht, wohin mit sich. Am liebsten würde sie die Finger in die Ohren stecken. La-la-la-la. Aber dann wiederum … *Tash!* Unfassbar! Tash würde Ollie nie zu schätzen wissen und erst recht nicht verstehen. Sie würde … sie würde ihn benutzen. Und schlimmer. Wie konnte sie es wagen?

Ollie sank gegen die Wand. »Und jetzt komme ich mir wie ein Stück Scheiße vor.«

»Bestimmt ist das völlig normal«, sagte sie entschieden und dachte an den Kasten mit den Briefen. Hatte er ihn gefunden? Denkt er deshalb an andere Frauen? Hatte ihm etwas grünes Licht gegeben, sich anderweitig umzusehen? Nein, ihre Fantasie ging mit ihr durch.

»Meinst du?«

»Na ja, es ist ein *bisschen* früh«, brachte sie mit piepsiger Stimme heraus. Sie verachtete sich dafür, dass sie ihm ihren Segen verweigerte. Denn um den bat er sie quasi. Durch sie fühlte er sich Sophie am nächsten, und so war sie für ihn diejenige, die ihm erlauben konnte, wieder Sex zu haben. Verdammt, warum konnte sie es nicht? Es wäre doch nur menschlich.

»Wann ist es nicht mehr zu früh, Jenny?«, fragte er hinter seinem zu langen Pony.

»Ich weiß es einfach nicht, Ollie.« Auf einmal holte sie die nachtschlafende Zeit ein und mit ihr eine bleierne Erschöpfung. Sie hätte nie so spät noch herkommen dürfen. Was war, wenn Sam aufwachte und sich in einem leeren Bett fand? Was dachte sie sich nur dabei, um diese Zeit hier zu sein?

»Du hältst mich für ein Arschloch, weil ich es auch bloß erwähne, oder?«

»Nein!« Ja.

Er senkte den Kopf auf den Tisch. Unglücklich schimpfte Jenny sich im Geiste eine prüde Kuh und strich Ollie sanft über den Arm. Unmöglich konnte sie ihn in die Arme nehmen, wie sie es eigentlich wollte. Er sollte nicht glauben, dass sie auf Tash machte. Im Dämmerlicht wirkten seine Augen tintenschwarz, als Ollie wieder zu ihr aufsah. »Ich will nicht alleine sein, Jenny. Ich will lieben und geliebt werden.« Stöhnend vergrub er das Gesicht in den Händen. »Ach du Scheiße, ich höre mich an wie ein James-Blunt-Song.«

»Falls es dich tröstet, ich finde, dass du dich großartig schlägst«, stammelte Jenny. Er musste sie für gnadenlos verklemmt und absolut uncool halten. »Und irgendwann lernst du wieder jemanden kennen, ganz sicher.«

»Allein die Vorstellung finde ich zum Kotzen!«

»Aber ich dachte, du ...«

»Ja, ich weiß. Beides stimmt.«

»Tee.«

Angewidert schob er seinen Tee von sich. »Ich habe nur Scheiße im Kopf.«

»Du musst an Freddie denken, das ist alles.« Sie stellte ihre Tasse hin. »Aber das brauche ich dir wohl kaum zu sagen, entschuldige.« Die Atmosphäre in der Küche war beklemmend angespannt. Jenny sollte dringend nach Hause fahren. Es war eine dämliche Idee gewesen, herzukommen. »Hör mal, es ist schon spät. Ich fahre lieber.« Ungeschickt knöpfte sie ihre Jacke zu. Plötzlich herrschte ein heilloses Chaos in ihrem Kopf, und dann war da dieses seltsame Kribbeln in ihrem Bauch, das sie nicht erklären konnte.

Ollie legte eine Hand auf ihren Arm. »Ich sehe Sophie in dir, Jenny.«

Ihre Kehle wurde eng, und die Stille um sie herum war von einem befremdlichen Pochen erfüllt.

»Ihr zwei wart euch so nahe, dass es fast ist, als hätte etwas von ihr auf dich abgefärbt.« Er zögerte. »Oder anders herum.«

Jenny wollte nicht mit Sophie verglichen werden. Das wollte keine Frau. »Ich fahre lieber nach Hause.«

Er betrachtete sie nachdenklich. »Du bist zu oft hier, nicht? Ist Sam schon angefressen?«

Sie biss sich fest auf die Unterlippe, weil sie mit den Tränen kämpfte. Auf einmal kam es ihr selten bescheuert vor, dass sie mitten in der Nacht zu Ollie gefahren war. Sie hatte sich eingebildet, dass er sie brauchte, dabei wollte er lediglich die Erlaubnis von ihr, mit Tash zu vögeln. Das war peinlich. Sie war peinlich. »Falls ich mich zu sehr aufgedrängt habe, tut es mir leid.«

Federleicht strich er ihr über die Wange. »Jenny, Jenny. Du drängst dich keineswegs auf.« Seine zarte Berührung lähmte sie geradezu. »Ich bin so froh, dass es dich gibt. Du ahnst gar nicht, wie froh ich bin, dass es dich gibt.«

Das komische Gefühl in ihrem Bauch veränderte sich, wurde zu einem Ziehen in ihrem Unterleib und so mächtig, dass es ihr den Atem raubte. In diesem Moment schien alles möglich.

»Daddy«, rief eine unglückliche Stimme vom Treppenabsatz oben. Jenny und Ollie fuhren zusammen. »Ich hab ins Bett gemacht.«

18

Bilde ich es mir ein, oder dreht Jenny ein bisschen durch?

Immer wieder linst sie durch die Vorhänge auf die Straße hinunter wie eine Schauspielerin in einem ITV-Krimi. Nach wem guckt sie denn? Und wieso in aller Welt schreckt sie morgens um fünf aus dem Schlaf und schreit: »Fass die Kiste nicht an!« Sie hat Sam halb zu Tode erschreckt, und mich offen gesagt auch. Sam musste sie schütteln, damit sie sich wieder beruhigte und richtig wach wurde. Und hatte ich erwähnt, dass sie immer noch nichts, rein gar nichts in Richtung Brautkleid unternommen hat? Sie hat sich nicht mal Brautschuhe gekauft! Ihr bleiben nur noch drei Monate, um Schuhe zu finden, und das ist wahrlich knapp für eine Frau, die zwei Jahre braucht, um sich Flip-Flops auszusuchen. Außerdem sind ihre Strähnchen viel zu weit rausgewachsen und leicht grünlich. Dolly Parton wäre entsetzt. Auch wenn ich nicht viel von der Idee halte, dass sie Sam heiratet – gar nichts, um genau zu sein –, sollte sie es, wenn schon, dann anständig angehen.

Nein, sie ist nicht sie selbst. Wirklich nicht. Stellt euch mal vor: Vorhin hat Sam sich rausgeschlichen und ihr ein Bund Narzissen gekauft. Niedlich, das muss man ihm lassen. Jenny aber nimmt es praktisch nicht wahr. Sie hat die Blumen so lieblos angeschnitten und in eine Vase gestopft, dass die Blütenblätter abgefallen sind. Kann vorkommen? Oh nein, wohl kaum. Wir reden hier über eine Frau, die ein Foto von ihrem Lieblingsbaum (Wildkirsche) über ihrem Schreibtisch hängen hat, die als Kind Kakteen anstelle von Barbiepuppen sammelte und ihrem Bonsai gelegentlich »Jolene« von Dolly vorsingt.

Jetzt ist es acht Uhr abends, und sie sieht immer noch leicht derangiert aus. Sam kocht ihnen Abendessen. Jenny erzählt ihm, dass sie sich umziehen will, und verschwindet im Schlafzimmer. Zieht sie sich jetzt etwas Raffiniertes an? Weit gefehlt! Sie schlüpft in einen Flanellpyjama und – man fasst es nicht – gestrickte Bettsocken. Jenny, habe ich dir denn gar nichts beigebracht? Die Bettsocken sind lila. Lila! Keine Frau unter siebzig, die noch alle Tassen im Schrank und eine halbwegs vorzeigbare Garderobe hat, trägt lila Bettsocken.

Schamlos kommt sie aus dem Schlafzimmer. Sam guckt die Bettsocken an, als wären sie ein persönlicher Affront. Was sie natürlich sind. Könnten Socken reden, würden diese hier sagen: »Du wirst heute Nacht nicht flachgelegt.«

Von ihrem Barhocker, auf dem sie wie ein Papagei hockt, blickt Jenny verträumt aus dem Fenster, während Sam Shrimps und Nudeln im glänzenden Wok verrührt und ihr von seinem Klienten erzählt, der mit seiner Frau um das Sorgerecht für den Aga-Herd streitet. Sie lächelt und tut, als würde sie ihm zuhören. Er erzählt ihr, dass seine Mum sie am Sonntag zum Mittagessen eingeladen hat; sie will Beef Wellington und Trifle kochen, und Jenny möge bitte den Käse mitbringen. Aber keinen zu französischen und keinen stinkenden. Von dort wechselt Sam zum U-Bahn-Streik am Montag, zu den Rundfunkgebühren, die bezahlt werden müssen, und dass Berlin gerade die angesagteste Stadt ist und sie mal übers Wochenende hinfliegen sollten, wie wäre das? Jenny nickt, sieht ihn aber nicht an und wirkt auf einmal kreuzunglücklich. Sie bringt nur wenige Nudeln herunter und schluckt auf diese komische Art, wie man schluckt, wenn man isst und gleichzeitig versucht, nicht zu weinen. Das klappt nie. Dafür ist der Hals schlicht nicht breit genug, und man muss sich für eines von beidem entscheiden. Ich weiß nicht, ob Sam es bemerkt.

Dann aber muss er es mitkriegen. Als er sich mit einer Tarte Tartin aus der Patisserie Valerie zum Tisch dreht, fängt Jenny zu weinen an. Stimmt was mit der Tarte Tartin nicht?, fragt Sam. Nein. Ist es wegen Sophie?, fragt Sam. Jenny sagt, vielleicht, aber sie weiß es nicht. Sam sieht genervt aus. Männer hassen solche Antworten. Ihnen wäre es lieber, wenn Frauen gar nicht erst anfangen zu weinen, und tun sie es doch, wollen sie den exakten Grund hören, damit sie mit einer praktischen Lösung aufwarten und die Sache schnell abhaken können, ehe man ihnen das Abendessen verhagelt. Unklugerweise schlägt er ihr auch noch vor, dass sie morgen ihr Brautkleid kaufen geht. Na, das muntert sie doch garantiert auf, oder?

Du liebe Güte, nein! Jenny schlägt die Hände vors Gesicht und schluchzt einen Gebirgsbach zusammen.

Sam legt einen Arm um sie. Sie lehnt den Kopf an seinen Bauch und runzelt die Stirn.

Ich beobachte, wie der Abend unerquicklich an ihnen vorübergleitet. Fernsehgeräusche, Wein, ein Schaumbad. Jenny hält den Kopf zu lange unter Wasser, sodass sie keuchend wieder auftaucht. Jetzt sind sie im Bett, und Jenny hat immer noch diese scheußlichen Socken an. Unbeirrt berührt Sam ihre Hüfte und dreht sie zu sich. Er taucht mit der anderen Hand zwischen ihre Beine.

Natürlich sollte ich nicht dabei zugucken, aber es ist irgendwie spannend, seine Freundin beim Sex zu sehen. Man weiß, dass man weggucken müsste, trotzdem tut man es nicht. Ich bin ein bisschen geschockt, denn ich hatte Jenny für leidenschaftlicher gehalten. Jetzt liegt sie fast regungslos da, während Sam mit ihr schläft.

Er macht den Zappelfinger zwischen ihren Beinen, hält ihren Hinterkopf mit einer Hand und sagt ihr, dass sie sexy ist. Mit zwei Stößen ist er in ihr, wird schneller und schließt die Augen. Jenny blickt über seine linke Schulter. Ihre Wimpern sind nass, ihre Lider halb geschlossen. Und in diesem Moment sehe ich ihn, diesen Blick.

Falls ich mich nicht sehr irre, ist das der Blick einer Frau, die mit einem Mann schläft und an einen anderen denkt.

19

Das ist jetzt nicht mehr witzig. Tash hat schon wieder meine Stiefel an. Man kommt gar nicht drauf, dass sie einundzwanzig Paar zu Hause in durchsichtigen Kästen stehen hat – und das zusätzlich zu ihrer bunten Hunter-Gummistiefelsammlung. Sie trug meine Stiefel, als sie Marko das Gnu letzte Woche an der Badezimmerwand vögelte. Dabei hinterließ sie einen Haarsprayflecken auf der Farrow-and-Ball-Tapete. Und sie erdreistete sich, heute Morgen in meinen Stiefeln am Schultor zu erscheinen. Übrigens stößt nicht bloß mir das sauer auf. Auch anderen Müttern fällt es auf – schließlich erinnern sich alle daran, wie ich sie das erste Mal vorführte. Die Stiefel waren der Renner der Saison gewesen und sehr begehrt.

Schickimicki-Brigid starrt wie versteinert auf Tash' Füße und vergisst, dass sie gerade für den neuen Pausenhof sammelt. Na, wenn das nichts ist. Brigid würde es nicht mal merken, wenn sie mit einem BH auf dem Kopf aus dem Haus spaziert. Ihr Leben ist gänzlich dem Hinterherräumen hinter den Kindern gewidmet; sie hat fünf und sieht aus, als hätte sie gar keines. Außerdem schwebt sie über den Dingen, weil sie um drei Ecken eine Cousine zweiten Grades von Prinz Philip ist, weshalb sie sich im Sommer manchmal erlaubt, ganz auf Schuhe zu verzichten. Emily unterdes, die Sprecherin des Eltern-Lehrer-Verbands und gerade am Kuchenstand, redet eher mit Tash' Stiefeln als mit Tash selbst und reicht einem Kind, das um einen Haferriegel bittet, versehentlich einen Muffin. Unsicher versteckt Tash ihren rechten Fuß hinter dem linken.

Ich hatte versucht, sie zu warnen, als ich vorhin über ihren staubfreien Schranktüren schwebte, ehrlich. Aber leider konnte ich bloß ein paar Luftkörnchen in Bewegung setzen. Dass ich nicht sprechen kann, vergesse ich immer wieder. Die Worte rollen bloß wie Tiefkühlerbsen auf meiner eisigen Zunge vor und zurück. Fragt ihr euch, was ich überhaupt an Tash' Schranktüren wollte? Spionieren natürlich.

Immerhin hat sie Körbchengröße 75D und ist nur zwei Genvarianten von Katy Perry entfernt! Vor allem passt sie zwei Nachmittage die Woche auf Freddie auf, was ihr einen Insider-Vorteil verschafft. Auch wenn es anscheinend nichts gibt, was ich gegen ihre aufdringlichen Verführungsversuche unternehmen kann, außer den Rauchmelder zu aktivieren – was soll das denn bitte für eine übernatürliche Begabung sein? –, empfinde ich es nach wie vor als meine Pflicht als tote Ehefrau und Mutter, zu prüfen, ob sie sich eignet, meinen einsamen, unglücklichen Ehemann zu poppen. Von Mich-Ersetzen ganz zu schweigen, und ich argwöhne mal, das ist ihr Ziel.

Deshalb bin ich also schon die ganze Woche auf Tash' Fersen und warte auf einen Patzer. Bisher hat sie sich noch nicht vollends disqualifiziert. Sie ist nicht wegen eines Trippers in einer Spezialklinik vorstellig geworden oder hat Anzeichen von Kokain- oder Nasensprayabhängigkeit gezeigt. Vor ein paar Tagen gab es eine peinliche Szene mit einem muckibudengestählten Klempner, der sich unnötig lange mit ihrem Küchenabfluss beschäftigte: Tash wickelte allen Ernstes eine dunkle Strähne um ihren Finger und lutschte daran. Mit solchen Nummern fällt man sämtlichen Frauen in den Rücken, die sich bemühen, nüchtern und sachlich mit Handwerkern zu reden, damit die ihnen keine blödsinnig überhöhten Preise berechnen. Wenigstens kam es nicht zu unangemessenem Verzweiflungssex. Tash ist ja nicht blöd. Sie vergeudet ihre erotische Energie nicht an einen Klempner, wenn nur wenige Häuser weiter ein kürzlich frei gewordener Musikproduzent zu haben ist.

Ich bin nicht blind und sehe durchaus, dass Tash, rein objektiv, scharf ist. Wollte man in der Richtung experimentierfreudig sein – auch zu spät für mich – ist sie eine der Frauen, mit der man es sich fast vorstellen kann. An ihr ist nichts abstoßend, kein behaartes Kinn, nichts, was auf weibliche Hygienemängel hinweist.

Und sie hat noch ein Ass in ihrem Vanessa-Bruno-Ärmel: Ludo. Ihr Sohn, für den Schlachtschiff oder Tornado passendere Namen gewesen wären, ist ein Albtraum. Ludo ist ohnehin schon der Älteste und Größte, und seit Tash und Toby sich scheiden ließen, ist er noch aggressiver und schwieriger. Er ist eines der Kinder, das man zum Geburtstag einladen muss, sonst ist das eigene Kind auf dem Pausenhof nicht mehr sicher – ungefähr so wie ein Dritte-Welt-Diktator, den man lieber nicht bei der UN-Vollversammlung übergeht. Aber das Komische ist, dass er sich in den letzten Monaten mit Freddie angefreundet hat. Früher ignorierte er Freddie schlicht. Er beachtete ihn ebenso wenig wie eine Schramme am Knie oder ein Krabbelkind in der Flugbahn seines Fußballs. Neuerdings jedoch bilden Ludo und Freddie ein seltsames Paar. Ludo, der massige Junge mit dem leicht dämlichen Gesichtsausdruck, und Freddie, der zartgesichtige Hübsche, der direkt von der Decke der Sixtinischen Kapelle gefallen sein könnte. Wenn in der Pause »Nicht aufs Drehgestell treten« gespielt wurde, sorgte Ludo dafür, dass keiner Freddie auf das Karussell schubste. Vielleicht lag es daran, dass sie beide einen Elternteil verloren hatten, wenn auch auf unterschiedliche Weise. Jedenfalls hat sich Ludo zu Freddies Beschützer ernannt.

Manchmal stelle ich mir vor, wie die beiden zusammenkommen, also Tash und Ollie, nicht Ludo und Freddie. Die beiden Alleinerziehenden, die beiden Jungen. Das Ganze entbehrt nicht einer gewissen Symmetrie. Ollie bekäme das zweite Kind dazu, das ich nicht kriegen konnte, und zwar ohne die schlaflosen Nächte und das Wickeln.

Was habe ich für ein Problem damit? Das verrate ich euch. Blicke ich über meine eiskalte Schulter auf mein Leben zurück, gewinne ich eine neue Klarheit bezüglich Freundschaften. Die Freunde, die ich regelmäßig traf, beginnen sich zu trennen wie Öle und Essig in einem Dressingmixer und bilden drei Gruppen.

Richtig alte Freunde. Wie Jenny. Freunde, die für Freddie einen Handstand in einem öffentlichen Schwimmbad machen, obwohl davon ihre Strähnen grün werden. Freunde, die um die eigenen Schwächen wissen und sie eigentlich witzig finden. Freunde, die einem niemals sagen würden, dass man müde aussieht, selbst wenn man sieben Jahre nicht geschlafen hat. Freunde, die ernsthaft denken, man sähe mit fünfunddreißig besser aus als mit achtzehn – und da kannten sie einen schon. Diese Sorte Freunde.

Zufallsfreunde. Wie Suze oder Liz. Wirklich nette Frauen, bei denen ich dankbar bin, dass sie sich in Freddies erstem Schuljahr mit mir anfreundeten, weil ich mich wie eine erbärmliche Außenseiterin fühlte. Die Sorte Freunde, bei denen man staunt, dass sie mit einem befreundet sind. Einige der Zufallsfreunde waren auf dem besten Weg, echte Busenfreunde zu werden. Liz zum Beispiel. Ich schätze, noch eine gemeinsam durchgestandene Eltern-Lehrer-Disco, und wir wären Freundinnen für immer geworden.

Freunde, die man nicht besonders mag. In diese Kategorie fällt Tash. So schräg es ist, sind es meistens Leute, von denen man anfangs total hingerissen ist. Sie sind witzig und schillernd, haben spannende Lebensgeschichten und echte Kunstwerke zu Hause hängen anstelle von Drucken. Neben ihnen nehmen sich die alten Freunde schäbig und unbedeutend aus. Es ist wie Verliebtsein. Dann beginnt man allmählich, sich vor jedem Treffen etwas mulmiger zu fühlen. Man weiß, dass man nach diesem Cappuccino komplett fertig sein wird. Man wird das Gefühl haben, das Haar sitzt überhaupt nicht und man ist ärmer und fetter als vorher. Hatte ich erwähnt, dass Tash in diese Kategorie fällt? Tash fällt in diese Kategorie.

* * *

Zurück zu meinen Stiefeletten. Da klackern sie wieder von dannen. Sie haben Ludo zu seiner Klasse gebracht. Sobald Tash ihm den Rücken zukehrt, knallt Ludo seine Schultasche fest gegen die ekzemgeröteten Knie des kleinen Rex. Unterdes ist Tash wieder am Schultor und hält nach jemandem Ausschau. Ollie, vermute ich. Aber Ollie konnte ihr unbemerkt entkommen und flitzt die Treppe hinauf ins Schulbüro, um den Scheck für Freddies Schulessen abzugeben – mit vier Monaten Verspätung. Tash wartet, gibt schließlich auf und klackert zurück nach Hause. Unterwegs guckt sie immer wieder auf ihr Handy und schreibt SMS.

Ich bin durch ihren Briefschlitz in ihr Haus und warte drinnen am Treppengeländer, während sie noch in ihrer riesigen schwarzen Handtasche nach dem Türschlüssel wühlt. Sie öffnet die Tür und erstarrt. Plötzlich sieht sie mich direkt an. Sie wird blass, als hätte sie einen Geist gesehen. (Ha!) Einen verstörenden Moment lang frage ich mich, ob sie mich entdeckt hat. Allerdings wäre es ein ziemlich kranker paranormaler Scherz, sollte ich für jeden außer Tash unsichtbar sein. Aber nein, jetzt sieht sie wieder weg und eilt in ihre Küche, um sich einen Kaffee zu machen.

Ich richte mich auf meinem Beobachtungsposten ein.

Binnen fünf Minuten wird mir klar, warum Frauen die Netzgardinen erfunden haben. In diesem Zeitraum nämlich hat die schöne, wohlriechende Tash laut gefurzt, gepinkelt und sich hinterher nicht die Hände gewaschen und ein großes Stück vom Parmesan im Kühlschrank abgebissen. Jetzt sitzt sie an ihrem Conran-Eichentisch auf ihrem 300 Pfund teuren Eames-Eiffel-Stuhl – ihr Haus steht voll mit berühmten Designerstühlen – schaltet ihren iPad ein und verbringt weitere fünf Minuten damit, ihren Status bei Facebook und Twitter zu aktualisieren (»Natasha macht gerade eine schwere Bettwäschekrise durch«), weitere zehn auf Johnlewis.com, wo sie durch die virtuellen Bettdeckengänge schlendert, ohne etwas zu kaufen. Danach ist sie für acht Minuten auf der Accessoire-

Seite von ASOS unterwegs, legt ein vergoldetes Armband – 77 Pfund – in ihren Einkaufswagen, geht jedoch nicht zur Kasse. Sie isst ein paar Körner aus einem Glas. Noch ein Furz. (Die Körner, was?) Die nächsten siebzehn Minuten ihres kostbaren Lebens bestellt sie neue Socken und Pyjamas für Ludo bei Marks and Spencer, kann sich aber nicht an ihr Passwort erinnern, sodass sie die Bestellung vermasselt. Fluchend widmet sie sieben weitere Minuten ihren E-Mails. Sie wartet auf das neue Passwort von Marks and Spencer, wird indes von einer sensationellen Mail von Brigid abgelenkt. Brigid empört sich wegen der »Keine Nüsse«-Anweisung und sieht ihren Sohn in seinen Menschenrechten beschnitten, weil er kein Erdnussbutter-Sandwich mehr mitbringen darf. Deshalb verteilt sie Flyer am Schultor. Tash' Kaffeemaschine blubbert und zischt laut. Tash kippt den Kaffee in ihren Pelikanhals, gefolgt von einem Obstriegel. Anschließend packt sie eine Wäscheladung von der Waschmaschine in den Trockner, überfliegt die Geschichte über Angelina und Brad in der *Grazia* und dann, verdammt, ist es elf Uhr!

Wo bleibt die Zeit nur, was? Tja, ich verrate euch was: Sie verfliegt einfach so.

Meine Stiefeletten trippeln die sisalbespannte Treppe hinauf. Tash blickt auf ihre Uhr, als müsste sie bald irgendwo sein. Sie zieht sich um. Die Jeans fliegt in die Ecke. Tash nimmt einen Spanx-Halbunterrock aus der Kommode, entscheidet sich aber dagegen. (Den braucht sie nicht. Diese Frau macht so viel Pilates, dass sie mit ihren Beckenbodenmuskeln einen Golfball von hier in den nächsten Postleitzahlbezirk schießen könnte.) Die Wahl fällt auf einen schwarzen Minirock zu einer grauen Feinstrumpfhose. Nachdem sie in ein Paar kniehohe braune Reitstiefel geschlüpft ist, bearbeitet sie ihr dunkles Haar mit einem Glätteisen, sprüht sich etwas Chanel No. 5 hinter die Ohren und trägt blassrosa Lippenstift auf. Todschick. An einem Donnerstagvormittag. Wo zum Teufel will sie hin? Das ist interessant.

Ich schwebe nicht nach Hause, wie ich es vorgehabt hatte, sondern folge ihr in einem guten Meter Entfernung wie ein langer Sommerschatten die nasse Allee hinunter zur U-Bahn-Station East Finchley. Tash steigt in die Bahn, überkreuzt die Beine, blickt sich einmal flüchtig nach möglichen Irren um und schlägt ihre Zeitung auf. Die Nachrichten überblättert sie gleich und schlägt die Horoskopseite auf. Die Northern Line ächzt und rumpelt bis Tottenham Court Road. Hier steigt Tash aus, streicht sich das Haar glatt und zupft ihren Rock zurecht, ehe sie abermals auf ihre Uhr sieht. Googde Street, Seitenstraßen, Baustellen. Sie landet in einem kleinen, dunklen italienischen Café. Nervös setzt sie sich an einen Tisch vorn am Fenster, kann jedoch nicht still sitzen. Sie holt einen goldenen Taschenspiegel hervor und zieht ihre Lippen nach.

Das wird ja immer spannender.

Tash steckt Lippenstift und Taschenspiegel wieder in ihre Tasche. Sie beobachtet jemanden auf der Straße, und ihr Gesichtsausdruck verändert sich.

Er öffnet die Glastür und ist schon am Tisch, ehe ich ihn bemerke.

Tash springt auf, wobei ihre Serviette zu Boden fällt. Es tritt ein komischer Moment ein, weil keiner weiß, ob sie sich mit Handschlag oder Wangenkuss begrüßen sollen. Sie küssen sich auf die Wangen.

Sam setzt sich, lächelt und zurrt an den hellen Manschetten unter seinem dunklen Anzug. »Es ist nett, ein Gesicht zur Telefonstimme zu haben.«

Wenigstens wirkt Tash verlegen.

»Danke, dass du mich hier triffst. Mir ist klar, wie merkwürdig dir das vorkommen muss.«

»Nein, überhaupt nicht. Ich wollte sowieso heute Mittag in die Stadt.« Sie beugt sich vor und stützt das Kinn in die Hände. »Also?«

»Ich will nicht lange drum rumreden.« Er seufzt. »Jemand macht mir ein bisschen Stress.«

Sie sieht verwundert aus und leckt sich über die Unterlippe. »Tut mir leid, ich verstehe nicht …«

»Dominique«, sagt er und fährt sich mit einer Hand übers Gesicht.

Tash ist verdutzt. »Dominique? Wer ist …«

»Die Schwester von Seb Lewis. Du erinnerst dich an Seb, unseren gemeinsamen Bekannten?«

»Ach so.« Sie sieht nicht aus, als wäre sie jetzt schlauer. Bin ich auch nicht. »Dominique. Alles klar.« Nun geht ihr anscheinend ein Licht auf. »Habt ihr beide mal …«

»Hör mal, ich weiß, wie das aussehen muss«, fällt er ihr wieder ins Wort. »Ich möchte dich um einen Gefallen bitten.«

»Bedaure, aber …«

Seine blauen Augen blitzen, als er sein charmantestes Lächeln zeigt. »Natasha, juristischer Rat ist nie umsonst.«

20

Drei Wochen später kreisten Ollies Worte immer noch durch Jennys Kopf wie Jahrmarktpferde: »Ich bin so froh, dass es dich gibt. Du ahnst gar nicht, wie froh ich bin, dass es dich gibt.« Jeden Morgen musste sie diese Pferde abschießen, eines nach dem anderen, und sich streng zur Ordnung rufen, weil derlei Gedanken absurd, unloyal und absolut verdorben waren. Was war mit ihren Gefühlen für Ollie los? Wie in aller Welt konnte sie denen entkommen? Gott, sie brauchte Abstand, schnell.

Genauer gesagt brauchte sie einen Plan.

Am nächsten Tag stieg sie mit neuer Entschlossenheit über die durchweichenden Windelbeutel in Suze' Flur. Ja, es war ein verdammt guter Plan, auch wenn sie sich ungern selbst lobte.

Bevor sie Luft holen konnte, drückte Suze ihr ein Weinglas in die Hand und setzte sich auf einen Korbstuhl. »Sophies Kondolenz-Website hat achthundertvierundvierzig Einträge, fasst man das?«

»Das sind eine Menge Freunde, denen sie nie begegnet ist.«

Liz lachte laut. »Eine Frau war in ihrem Yogakurs, hat aber nicht ein einziges Mal mit ihr gesprochen. Na, zumindest haben sie zusammen die Oberschenkel gedehnt.«

»Das schweißt zusammen«, murmelte Tash, hebelte die Glasur von einem Kuchenstück und schob sie an den Tellerrand, als könnte sie radioaktiv sein.

»Leute, ich habe eine Idee«, verkündete Jenny strahlend.

»Dann mal raus damit, Jenny«, sagte Suze und sah sie an, während sie aus einem leuchtend blauen Krug Wasser einschenkte.

Alle Augen richteten sich auf Jenny.

Sie atmete tief ein. »Ein Au-Pair.« Lauter verständnislose Gesichter. Liz hüstelte und guckte auf den Tisch. Äh, wieso bejubelte niemand ihre Genialität? »Engagieren wir ein Au-Pair für Ollie.«

»Das ist ein beknackter Scherz«, fauchte Tash bedrohlich.

Jenny sah flehend Liz an. Hilfe! Was war denn los?

»Die Sache ist die«, begann Liz zögernd und verzog das Gesicht, als hätte Jenny sich einen unglaublichen Fauxpas erlaubt.

»Seit wann ist eine geldgeile achtzehnjährige Ukrainerin, die mit einem Koffer voller Nuttendessous zu einem Witwer zieht, eine kluge Idee?«, zischte Tash.

Was ging hier vor?

»Ich kann dir zwei Ehen nennen, die von Au-Pairs gesprengt wurden«, erklärte Lydia leise, nickte diskret zu Tash und versuchte, Jenny mit ihren großen Augen zu sagen, was sie nicht aussprechen wollte.

»*Drei!*«, korrigierte Tash.

»Die Sebolds.« Suze schüttete Schokoflocken aus einem silbernen Streuer in ihre Hand und leckte sie auf. »Alex hatte drei Monate lang eine Affäre mit ihr, als Lily schwanger war. Die Wintersons. Wobei es in dem Fall der Manny war, die männliche Nanny. Zählen die auch?«

»Und *ich,* Jenny«, sagte Tash verärgert. »Mein Mann ist mit meinem Au-Pair auf und davon.«

Jenny schlug sich beide Hände vor den Mund. »Oh, das tut mir schrecklich leid. Ich hatte keine Ahnung.«

»Nein, konntest du ja nicht wissen«, sagte Liz freundlich und tätschelte Jennys Arm. »Ehrlich, ein Au-Pair für Ollie ist gar keine schlechte Idee. Betrachten wir es mal objektiv, Leute, ja? Was dir passiert ist, Tash, ist schrecklich, aber deshalb können wir doch nicht gleich unterstellen, dass alle Au-Pairs so sind, oder?«

»Ich sehe keinen Grund, wieso nicht«, murmelte Tash.

»Wie wäre es, wenn wir dafür sorgen, dass das Au-Pair ein Pferdegebiss hat und hundertachtzig Pfund wiegt?«, fragte Jenny munterer. Suze verkrampfte sich und donnerte den Schokoflockenspender so kräftig auf die Arbeitsfläche, dass eine Kakaowolke aufstob. Wog Suze hundertachtzig Pfund? Ups.

»Das bringt nichts«, antwortete Liz. »Astrids Zähne sahen aus, als hätte sie in eine Mauer gebissen.«

»Darf ich mal was sagen?«, meldete sich Lydia zu Wort. »Was ist mit der Ollie-Hilfe, Jenny? Wir können doch alles übernehmen, was ein Au-Pair tut.«

»Ja, können wir«, sagte Jenny vorsichtig. »Nur kann diese Hilfsaktion ja nicht ewig weitergehen.«

»Also ich wüsste nicht, wieso nicht«, entgegnete Lydia beleidigt.

»Ein Au-Pair würde ihm mehr Unabhängigkeit geben«, erklärte Jenny. »Und das ist doch gut, oder nicht?« Es würde auch bedeuten, dass sie ein bisschen auf Abstand zu Nummer 33 gehen konnte und diese merkwürdigen … Gefühle aufhörten.

»Lass mich mal überlegen … mal überlegen …« Suze zurrte an den langen Ärmeln ihres lila Mohairpullovers, sodass ihre Hände unten Fingerpuppen gleich aus den losen Maschen ragten, und den Wollstoff auf ihren Lippen hin und her strichen. »Okay, nehmen wir an, Jenny hat recht.«

»Willst du mir etwa auch erzählen, dass wir nicht mehr gebraucht werden?« Tash schob ihr Glas weg und funkelte Suze böse an, als hätte die sich auf die feindliche Seite geschlagen.

»Hör mal, Tash, er kann uns wahrscheinlich schon nicht mehr sehen«, sagte Liz. »Wir drängen ihm unsere Hilfe praktisch auf, und es ist gut vorstellbar, dass es ihm reicht. Meint ihr nicht, dass wir zu den hilfsbereiten Freundinnen mutiert sind, vor denen es jedem graut?«

Jenny lachte. »Na, ganz so schlimm ist es nicht.«

»Der Mann hat vier Wasserkocher zu Hause!« Liz warf Jenny einen Blick zu, und beide mussten sich zusammennehmen, nicht zu lachen. »An einem Samstagabend sind gleich drei Babysitter bei ihm aufgekreuzt, und dabei wollte der arme Kerl überhaupt nicht weggehen.«

Tash setzte sich kerzengerade hin. »Geht es möglicherweise darum, dass Lydia letzte Woche einfach ungefragt mit ihrem Ersatzschlüssel ins Haus gegangen ist und für ihn das Recycling übernommen hat?«

Sie sah Lydia vorwurfsvoll an.

»Hast du nicht?«, lachte Jenny.

»Darf ich diese Gelegenheit nutzen, um dir zu sagen, Lydia, dass du jederzeit mein Recycling erledigen darfst?«, unterbrach Liz. »Sehr gerne.«

»Ich dachte, er freut sich.« Lydia zog sich schmollend tiefer in ihren grauen Cashmere-Pulli mit dem weiten Rollkragen zurück. »Verzeiht, dass ich atme!«

»So viel Gewese würdest du um deinen eigenen Mann nicht machen«, murmelte Tash und verschränkte die Arme vor der Brust.

Lydia hielt sich eine Hand vor den Mund. »Wisst ihr, das Komische ist, dass ich es wohl wirklich nicht würde. Das gibt einem zu denken, was?«

Eine Weile hockten sie alle nachdenklich da, untermalt vom Hintergrundgeräusch zankender Kinder.

»Weiter geht's!«, sagte Suze in ihrer offiziellen Sitzungsstimme. Sie schaute sich am Tisch um. »Es war auf eine schräge Art lustig, nicht, Leute? Aber vielleicht wird es Zeit, die Dinge voranzutreiben.«

Tash murrte.

»Stimmen wir ab. Hände hoch, wer für ein Au-Pair ist.«

Liz reckte langsam eine Hand. Suze folgte. »Tut mir leid«, sagte Jenny zu Tash, als sie ihre Hand hob. »Ist nichts Persönliches.« Allerdings konnte sie nicht umhin, ihren Triumph zu genießen.

»Okay, drei sind für ein Au-Pair, zwei dagegen. Dann also ein Au-Pair!« Suze füllte alle Gläser nach. »Also, ich weiß ja nicht, wie es euch geht, aber ich sollte meine Kraft wirklich wieder auf meine eigene Familie konzentrieren. Mir droht meine Schwiegermutter schon an, demnächst in den Gartenschuppen zu ziehen, und mein Siebenjähriger kann immer noch nicht seinen Mittelnamen buchstabieren.«

»Der ist Zebedee!«, sagte Liz.

Suze ignorierte sie. »Übrigens habe ich Chris heute Abend in den Pub geschickt, damit wir unser Treffen haben können. Er wollte gar nicht gehen, und ehrlich gesagt fühle ich mich deshalb jetzt ein bisschen mies. Ich vernachlässige meinen Mann, weil ich mich um Ollie kümmere. Nicht dass es Ollies Schuld ist«, ergänzte sie schnell und fügte noch das obligatorische »Armer Ollie« an.

»Du hast so viel getan, Suze«, sagte Jenny mitfühlend. Die Stimmung fiel rapide gen Nullpunkt. »Ich weiß, dass Ollie euch wirklich sehr dankbar ist.«

Lydia kamen die Tränen. Sie schniefte, stand auf und hängte sich ihre Handtasche über. »George wollte eigentlich auch nicht, dass ich heute Abend weggehe. Es kann gut sein, dass ich ebenfalls meine gesamte Kraft …« Ihre Stimme versagte, doch sie fasste sich rasch. »Ich muss wohl meine Prioritäten noch mal überdenken.«

Der Herd klingelte. Suze sprang auf, um ein weiteres Blech angekohlter Minipizzen aus ihrem Ofen zu holen. Sie fluchte, weil sie sich die Finger verbrannte, als sie drei Pizzen vom Blech aufs Küchenpapier warf, das sie anschließlich Lydia gab. »Ich bestehe drauf.«

Lydia nahm die dampfende Gabe widerwillig an. »Halt mich auf dem Laufenden.«

»Mein Gott, ihre Tränendrüsen sind ein verkapptes Bewässerungssystem«, murmelte Tash, als sich die Haustür hinter Lydia schloss. »Wird die *jemals* aufhören zu flennen?«

»Probleme mit George«, sagte Suze wissend. »Deshalb.«

»Sind sie nicht glücklich?«, fragte Jenny, die auf einmal nicht an Lydia, sondern an Sophie dachte.

Liz schluckte eine Minipizza im Stück. »Na hör mal, ist irgendwer glücklich?«

Jenny erschrak. Das war eine gefährliche Frage. Nein, sie

war nicht glücklich. Aber Sophie war gestorben. Wie könnte sie glücklich sein?

»Guckt mich nicht alle so an. Ich meine glücklich in dem Sinne, wie wir *dachten,* dass wir glücklich sein würden, als wir jung waren. Ihr wisst schon, wie man sich das Erwachsen- und Verheiratetsein vorgestellt hat.« Liz starrte auf den Teller mit den verkohlten Pizzen, als fände sich dort die Antwort. »Die meisten Normalsterblichen kriegen so eine Ehe wie die von Soph und Ollie nicht. Dieses Seelenverwandtending, das sie hatten. Wir treffen unsere Seelenverwandten meistens in den Zwanzigern, und die Beziehung implodiert in einer blutigen Mischung von Sex, Unsicherheit, gegensätzlichem Timing und unterschiedlicher Bindungsbereitschaft.« Sie zuckte mit den Schultern. »Meiner Erfahrung nach jedenfalls.«

»Ich habe mir garantiert nicht vorgestellt, dass ich mit fünfunddreißig geschieden bin.« Tash stieß ein kurzes, schrilles Lachen aus. »Wie ist es mit dir, Suze?«

»Glücklich?« Suze hörte auf, einen Mozzarella-Wurm in ihrem offenen Mund zu versenken. »Ich habe eigentlich keine Zeit, mich zu fragen, ob ich glücklich bin oder nicht.«

»Das beantwortet die Frage.«

»Offen gesagt, Liz, bin ich *echt* ziemlich glücklich«, sagte Suze. »Ich meine, das Leben ist nicht so, wie ich es mir ausgemalt habe, aber im Grunde weiß man doch gar nicht, wie es ist, Kinder zu haben, ehe man sie hat, stimmt's?«

Jenny merkte, dass Tash sie ansah. Sie fühlte quasi, welche Frage kommen würde, und wünschte, sie könnte sich mit einem »kein Kommentar« vor der Antwort drücken. Sie wartete. Und die Frage kam.

»Was ist mit dir, Jenny? Ich meine, wenn ich Ehe, zweiter Teil, bin, bist du ja noch im Trailer-Stadium, oder?« Jenny fand diese Frage so formuliert, dass sie nur kunstvoll rhetorisch sein konnte.

»Am Kinosessel klebend und Popcorn verschlingend«, fügte Tash an.

Jenny lachte. »Oh nein, ich hasse Leute, die im Kino Popcorn essen. Ich lutsche leise Schokolade.«

»Klingt wie eine Frauenzeitschriftenfrage«, sagte Liz lächelnd. »Aber bist du jetzt eine Kauerin oder eine Saugerin?«

»Du hast eine dreckige Fantasie, Liz Wilson!«, schalt Suze sie und blickte Jenny prüfend an. »Hast du dir mal gewünscht, dass du dich früher festgelegt hättest, Jenny? Wie Sophie?«

»Nein. Ich habe eher das Gefühl, dass ich knapp erwachsen genug bin, die Entscheidung jetzt zu treffen.«

»Ich denke eher nicht, dass Verliebtheit etwas mit Erwachsensein zu tun hat«, sagte Liz mit einem zarten Hauch von Reue in der Stimme.

Suze tätschelte Jennys Hand und hinterließ einen Fettfilm auf ihrer Haut. »Also ich wünsche dir eine Ehe wie die von Sophie.«

Jenny lächelte verlegen, wohl wissend dass sie keine Ehe wie Sophie haben würde. Keiner hatte so eine Ehe.

»Die war perfekt, oder? Das ist ja das Tragische.«

»Sie hatten genauso ihre Probleme wie jeder andere«, sagte Jenny und bereute es sofort. Warum hatte sie das gesagt? Die Briefe. Es war mal wieder das verdammte Kästchen. Könnte sie das doch nur vergessen. Sie wünschte, sie hätte die Briefe nie gefunden.

Die anderen Frauen sahen Jenny an, denn nun wurde die Stimmung von neuer Schadenfreude belebt.

»Was soll das heißen, Jenny?«, fragte Tash. »Sie hatten doch keine ernsten Schwierigkeiten, oder?«

»Nein, das nicht«, sagte sie rasch und fühlte sich furchtbar, weil sie Sophie verriet. »Ich meine bloß, dass sie wie jedes andere Ehepaar waren, na ja, eben in einer ziemlich vergoldeten Version.«

»Ich habe mich immer gefragt, wieso Sophie nicht noch ein Kind gekriegt hat«, merkte Tash an, wobei sie allerdings einen vielsagenden Blick mit Liz wechselte.

Jenny dachte an die Umstandswäsche, die so sorgfältig zusammengefaltet in der Kommode gelegen hatte. Darüber zu reden, würde einen noch größeren Verrat bedeuten, deshalb hielt sie den Mund.

»Ein Jammer. Es wäre einfacher für Freddie, wenn er Geschwister hätte.« Liz guckte bedauernd. »Armer kleiner Freddie.«

»Er könnte immer noch ein Geschwister kriegen«, platzte Tash mit für Jennys Geschmack entschieden zu viel Enthusiasmus heraus. »Ollie kann noch mehr Kinder haben. Wieso nicht?«

»Hallo, gehen wir mal einen Schritt zur Zeit«, bremste Liz sie. »Der Mann denkt noch nicht mal daran, wieder auszugehen, oder, Jenny?«

Jenny biss sich auf die Zunge. »Nein«, log sie. Unmöglich konnte sie auch bloß ihre Unterhaltung neulich Nacht andeuten. Seine Worte würden sofort falsch interpretiert, und sie musste ihn vor den Raubtieren beschützen. Vor Tash.

»Jetzt haltet mal die Füße still!« Suze packte Jennys Ärmel. »Ist es tatsächlich schon so weit, dass wir ihm andere Frauen vorstellen sollen?«

»Nein!«, widersprach Jenny.

»Nichts Ernstes, Jenny«, sagte Suze gleich und sah sie eindeutig amüsiert an. »Nur jemanden, mit dem er mal zum Essen geht.«

Tash richtete sich sehr gerade auf und rümpfte die Nase. »Das ist unnötig. Ich bin seine Essensbegleitung.«

Liz trat Jenny unterm Tisch.

»Tja, ihr wisst schon, nur mal hier und da beim Dinner.« Tash' Augen blitzten, und sie konnte ihr Lächeln nicht unterdrücken. »Was guckt ihr mich so an? Wir sind beide alleinstehend, da ist das nur normal.«

21

Es war ein kühler, sonniger Samstagmorgen, und der Duft der weißen Fresien im Balkonkasten vor dem Fenster wehte wohltuend durch die offenen Café-Fenster herein. Kaffee. Kuchen. Zeitung. Laptop. Gekämmtes, aber nicht frisiertes Haar. Genauso hatten sie ausgesehen, bevor Soph starb, dachte Jenny. Wie ein glückliches Paar, das eben Arm in Arm aufgewacht war und völlig entspannt zusammensaß. Nur einem äußerst aufmerksamen Beobachter würde auffallen, dass die stillen Phasen ein klein wenig länger waren, ihre Hände sich ein bisschen seltener berührten und Jenny nicht mehr ungefragt von Sams Pain au chocolat abbiss.

»Habt ihr schon jemanden?« Sams Blick schwenkte von der Zeitung zum Hinterteil einer hübschen schwarzen Bedienung.

»Ich hätte in der Anzeige ebenso gut schreiben können, dass wir eine Nanny für den seit neuestem ledigen Brad Pitt suchen.« Sie hatte Sorge gehabt, dass jedes Au-Pair »kein Haushalt mit alleinerziehendem Vater« ankreuzen würde; stattdessen hatte sie Dutzende Antworten von überallher erhalten: Australien, Bulgarien, Irland, Kongo, Thailand, Schweden und, ja, Ukraine. Siebzehn-, Neunzehn- und Einundzwanzigjährige bewarben sich, sodass Jenny Unmengen aufgeblasener Lebensläufe mit Tausenden von Ausrufezeichen und schlecht belichtete Fotos bekam. Und jede einzelne Bewerberin beteuerte, dass sie »Kinder liebe!«, »sehr fleißig!« wäre und sich »für keine Arbeit zu schade!«

Sam wies auf seinen Mund, was heißen sollte, dass Jenny Cappuccinoschaum an der Oberlippe hatte. »Ich empfehle dir, einfach die Hübscheste zu nehmen«, sagte er und sah wieder auf die Sportseite. »Ernsthaft, Ollie kann etwas Aufmunterung gebrauchen.« Er schüttelte seine Zeitung aus. »Ich jedenfalls würde mir ein attraktives Au-Pair wünschen.«

»Charmant. Eigentlich geht es in erster Linie um Freddie.«

Sam lachte, schnappte sich das letzte Stück Croissant von ihrem Teller und tunkte es in den kleinen Marmeladentopf. »Rede dir das ruhig ein, Jenny.«

Sie verdrehte die Augen. »Nicht jeder Mann ist so ein Neandertaler wie du, Sam.«

»Ach, da irrst du dich gewaltig.«

Drei Kaffees später hatte Jenny eine Shortlist. Rausgeflogen waren alle, denen Orthografie fremd war – sie mussten zumindest besser schreiben können als Freddie – und jene mit komischen Lücken oder seltsamen Jobintervallen im Lebenslauf – »nach dem College habe ich als Masseuse gearbeitet« – oder furchterregenden Hobbys wie »Hundezucht und Sportschießen« oder, noch unheimlicher, keinen Fotos. Und auf Sams Beharren hin fielen auch die richtig schlichten und fetten Mädchen durch. Dabei kam Jenny sich gemein vor, denn sie war sicher, dass sie nett waren, gewiss netter als die hübschen Mädchen. Hätte sie allein im Café gesessen – wie sie es bei anständiger Planung auch täte –, sie hätte ein schlichteres Mädchen ausgewählt.

Sam reckte sich zur Seite und blickte ihr über die Schulter. Also musste sie noch ein paar Schönheiten durchs Netz lassen. Erst als er zur Toilette ging, hatte sie eine Chance, die attraktivsten Mädchen verschwinden zu lassen.

Schließlich blieben fünf Kandidatinnen übrig. Lauter nette, munter und gesund wirkende Mädchen. Attraktiv, ja, aber keines von ihnen zeigte auf dem Begleitfoto zu viel Dekolleté.

»Fertig?« Sam rührte sich noch einen Zuckerwürfel in seinen Kaffee. Er ließ den Löffel immer genau fünfmal in der Tasse kreisen. »Haben wir den Samstag jetzt wieder für uns?«

»Ja. Ich maile ihnen später.« Erleichtert klappte sie den Laptop zu. Damit schloss sie ein Kapitel ihres Lebens ab und begann mit dem nächsten, weg von Nummer 33. Die hübsche

Kellnerin räumte die schmutzigen Teller ab, und Sam machte diese stumme Kritzelgeste mit der Hand, obwohl die Frau nahe genug war, dass er sie einfach um die Rechnung bitten könnte.

Jenny war natürlich nicht so blöd, etwas zu sagen. Sam genoss es, Bedienungen herumzuscheuchen. Genauso wie er es genoss, weltgewandter als sie zu sein. Das gehörte alles zu einer Machtdynamik, die ihm auf eine liebenswert jungenhafte Weise Spaß bereitete. Am Anfang ihrer Beziehung musste er ihr zeigen, wie man Fischfleisch mit dem Messerrücken von der Gräte löste: Sie hatte das bisher vermieden, indem sie nur Fischfilet bestellte. Er war der Typ, der geschmorte Innereien bestellte, wann immer sich die Gelegenheit ergab. Jenny zog grundsätzlich schlichte Hähnchenbrust vor, und, nein, selbstverständlich aß sie nie die Haut. Das fand Sam zum Brüllen.

Sams Handy piepte. Er blickte auf die Nachricht, und seine Miene veränderte sie. »Ach, das habe ich völlig vergessen, dir zu sagen, Babe. Ich erzähle es dir lieber jetzt gleich, falls sie was erwähnt …« Er sah ein bisschen verlegen aus. »Ich habe mich letzte Woche mit Tash zum Mittagessen getroffen.«

»Was?« Jenny guckte ihn verwundert an. »Tash? Muzzy-Hill-Tash?« Erst ein Anruf. Jetzt ein Mittagessen.

Er lehnte sich auf seinem Stuhl zurück und ließ eine Hand aus dem offenen Fenster baumeln. »Sie hatte wieder angerufen, wollte eine Gratisberatung, und ich war sowieso gerade um die Ecke, da, na, du weißt schon, haben wir zusammen ein Sandwich gegessen.«

»Und wieso hast du letzte Woche nichts davon gesagt?«

»Total vergessen, entschuldige. Ich war einfach gleich wieder mit den Gedanken woanders.«

»Komisch, ich habe Tash vorgestern Abend bei Suze gesehen, und sie hat auch nichts gesagt.« Das ergab überhaupt keinen Sinn.

»Hat sie nicht?«

»Nein, hat sie nicht.«

Er strich sich über seinen geschorenen Kopf und seufzte. »Ich schätze, es ist ihr peinlich. Armes Ding.«

Jenny entfuhr ein unelegantes Schnauben. »Mir kommt sie nicht wie jemand vor, dem irgendwas peinlich ist.«

»Eine Scheidung ist so gut wie allen Leuten peinlich, Jenny«, erwiderte er in seiner sanften Mandantenstimme. »Sie empfinden das als persönliches Versagen. Das gilt praktisch weltweit.«

»Ja, kann sein.«

Er beugte sich vor und küsste sie leicht auf den Mund. »Uns passiert das nicht. Wir werden eines der lebenslang glücklichen Paare.«

Stimmte das? Ja, natürlich stimmte es. Sie lächelte. »Werden wir.«

»Im August wirst du mich irre vor Glück machen.«

Sie lachte. Die Sonne wanderte weiter und warf ihr einen warmen Hitzestreifen auf den Rücken. Wie immer Anfang Juni, war die Luft von Blumenduft erfüllt. Und Sams Augen passten farblich genau zu dem Himmelsstreifen über den Dächern von Camden. Auf eine merkwürdige Weise war Sams Geständnis, er hätte sich mit Tash getroffen, für Jenny so etwas wie eine Bestätigung. Von etwas Gutem. Beruhigend geradezu. Nein, Sam war nicht vollkommen, aber wenigstens war er ehrlich. Und ein ehrlicher, unvollkommener Mann war ihr allemal lieber als ein perfekter verlogener. Ja, vielleicht ließ Sam gerne mal den Blick schweifen, aber wenigstens tat er es nicht hinter ihrem Rücken. Zumindest wusste sie, wen sie heiratete. Sie hatte vergessen, wie großartig Sam war. Er war großartig. So wunderbar! Und nein, sie wollte ihn gar nicht anders. Sie hatte schlicht zu viel Zeit mit Ollie verbracht, und das hatte sie verwirrt. Ja, das war es. Sie lehnte sich vor und küsste Sam, richtig. Und zum ersten Mal überhaupt stießen sie mit den Nasen zusammen.

22

Ihr Name ist Cecille. (Langes »-iiiil« hinten.) Sie steht vor der Haustür von Nummer 33 und zieht an den Gurten ihrer schwarzen Stoffreisetasche, die ihr den langen gälischen Hals wundscheuern. Sie ist zwanzig, sieht aber nicht älter als sechzehn aus. Ihr Haar ist braun, gelockt und schimmert jugendlich im Sonnenlicht. Beruhigenderweise ist sie ungeschminkt. Andererseits braucht sie gar kein Make-up, was wiederum nicht so beruhigend ist. Sie hat olivbraune Haut, ein rundes Mondgesicht, das von der Nase aufwärts hübsch ist – Augen wie Schokodrops, unglaubliche Wimpern und sehr runde Wangenknochen – und schlicht von der großen Nase abwärts bis zum Mund mit angeschlagenem Schneidezahn und leicht pickligem Kinn. Mich freut überdies, feststellen zu dürfen, dass sie nicht chic ist. Sie trägt die klassische französische Allerweltstracht: gebügelte gerade Jeans, rosa Bluse mit geknöpftem Kragen, blauer Pulli und Slipper. Die ist eher niedlich als sexy. Ein Londoner Teenager würde sie zum Frühstück verspeisen.

Ja, ich sehe, wieso Jenny sich für Cecille entschieden hat. Sie kommt aus einer großen provinziellen Familie – vier Geschwister, alle Brüder und alle jünger als sie – aus dem Poitou-Charentes im Westen Frankreichs. Ihr Vater ist Automechaniker, ihre Mutter Hausfrau. Und sie hat einen ganzen Stapel von glänzenden Zeugnissen dabei sowie eine Registrierung für einen dieser Abendkurse in Buchhaltung. Was soll man an ihr nicht mögen? Na ja, eigentlich nur, dass sie attraktiv ist, Französin und zwanzig. Hallo?

Ollie öffnet die Tür und starrt sie überrascht an, als würde er jemand anderen erwarten. Jenny steht hinter ihm und mustert Cecille über seine Schulter hinweg, bevor sie Ollie anknufft. Nun lächelt er, hüstelt und sagt: »Darf ich dir deine Tasche abnehmen?«

Cecille wird rot und schweigt. Hat sie ihr Englisch vergessen? Vielleicht hatte sie gedacht, dass alle britischen Männer wie eine Mischung aus Mr Bean und Prinz Philip aussehen. »Ja, sehr gerne«, sagt sie, sobald sie sich erholt hat. Wow, dieser französische Akzent! Da kriegt man den Sexappeal gleich als staatsbürgerliche Grundausstattung mitgeliefert.

»Hallo, Cecille!«, sagt Jenny und tritt vor. »Wie war dein Flug von La Rochelle?«

»Gut, danke schön.« Cecille lächelt nervös und guckt wieder Ollie an.

Jenny bringt sie an Ollie vorbei in die Diele, wobei die beiden sich streifen. Und beide zucken zusammen. Habe ich irgendwas verpasst? Es fühlt sich jedenfalls knisterig an.

»Möchtest du was essen, Cecille?«, fragt Ollie ein bisschen schroff. Er ist nervös, dann hört er sich immer leicht mürrisch an.

»Nein danke, Mr Brady.«

»Ollie, ernsthaft. Nenn mich Ollie.«

Sie wird rot, was bedeutet, dass ihre Wangen aufblühen wie eine Blume bei Sonnenaufgang. Sie ist hübscher als auf dem Foto, das sie geschickt hat. Kluges Kind.

»Freddie!«, ruft Ollie die Treppe hinauf. »Cecille ist hier. Komm und begrüß sie.« Alle blicken erwartungsvoll drein, lächeln die Treppe hinauf zu dem Grund, aus dem Cecille hier ist. Kein Freddie erscheint.

»Freddie!«, ruft Ollie noch mal.

Es wird offensichtlich, dass Freddie nicht erscheint, weil er nicht will. Die drei unten werden ein wenig verlegen. Jenny macht ein »Kinder!«-Gesicht und läuft nach oben, um ihn runterzulocken.

Spulen wir fünfundvierzig Minuten weiter. Freddie hat Cecille verziehen, dass sie vor der Haustür aufgekreuzt ist und nicht ich. Cecille hockt im Schneidersitz auf dem Wohnzimmerboden und baut ein Lego-Raumschiff. Das ist der Weg zum Herzen meines Jungen.

Jennys Handy bimmelt ohne Unterlass. Ich schlüpfe durch den Reißverschluss ihrer Handtasche und lese die SMS-Nachrichten. Suze: »Freund oder Feind?« Liz: »Berichte sofort!« Tash: »Scharf?« Lydia: »Tash hat einen mittelschweren Zusammenbruch.«

Jenny und Ollie gehen in die Küche. Die Putzfrau hat anlässlich Cecilles Ankunft eine Extraschicht eingelegt. Es riecht nach Pasta mit Pesto, die Ollie zum Mittagessen gekocht hat. Gelbe Tulpen stehen auf dem Tisch, und im Gästezimmer ist das Bett frisch bezogen.

»Sie scheint klasse zu sein. Soll ich euch jetzt mal allein lassen?«, flüstert Jenny, die aussieht, als wollte sie dringend weg.

Er packt ihren Arm. »Geh nicht, noch nicht. Was zum Teufel soll ich mit ihr reden?«

»Über Flaubert? Derrida?«

»Jetzt kriege ich echt Angst.«

»Ollie, sie steht sicher auf MTV und Gaga. Rede darüber.«

Ollie stöhnt. »O Gott!«

Gut. Nun entspannt sich die Atmosphäre zwischen ihnen ein bisschen. »Bring sie zum Kochen. Sie sagt, dass sie kochen kann. Und sie ist Französin. Alle Franzosen können kochen.«

»Lasagne?«

Zum ersten Mal, seit sie heute in die Nummer 33 kam, lächelt Jenny richtig.

Ollie schlägt sich eine Hand vor den Mund. »Oh nein! Was habe ich getan?«

»Schhh. Denk einfach dran, dass Lydia nicht mehr dein Recycling übernimmt, Suze kein Wettbacken mehr für dich veranstaltet und du dich nicht mehr auf Tash verlassen musst, dass sie Freddie nach der Schule mit zu sich nimmt. Du kannst abends weggehen, hast immer einen Babysitter auf Abruf«, sagt Jenny.

»Ich will nicht abends weggehen.«

Sie hängt sich entschlossen ihre Tasche über die Schulter. »Na, eines Tages vielleicht schon.«

Ollie sieht kreuzunglücklich aus und zupft an seinem Bart.

»Suze wird sehr bald anfangen, dich abends zum Essen einzuladen und dir alle möglichen Freundinnen vorzustellen. Mach dich darauf gefasst.«

»Habe ich nicht schon genug gelitten?«

Sie lacht und sieht auf ihre Uhr. »Ich muss jetzt los.«

»Danke, dass du das organisiert hast, Jenny.«

»Ach, das war doch ein Klacks«, lügt sie. Einen Moment zögert sie, sieht aus, als überlegte sie, ihn zum Abschied zu küssen. Aber sie tut es nicht.

23

Eine Woche später ist Jenny pflichtbewusst wieder in Nummer 33. Sie hat Freddie vom Schwimmen zurückgebracht. Ich beobachte sie, bemerke ihre müden Augen, die vom Chlorwasser gerötet sind, und ein kleines Zucken an ihrer hübschen Unterlippe. Sie sieht angespannt aus, als sie Ollie und Freddie zuguckt, die einen Ball durch den Garten kicken, sitzt unruhig im Schneidersitz auf der Veranda und trommelt mit den Fingern auf den Holzboden. Ich frage mich, ob es mit der Dominique-Geschichte zu tun hat. Weiß sie Bescheid? Vermutlich nicht. Sam kann wahnsinnig diskret sein, wenn er muss.

Jenny steht auf, streicht sich ihre Jeansshorts glatt und sagt Ollie, dass sie mal zur Toilette geht. Aber da geht sie gar nicht hin! Nein, sie geht am Badezimmer vorbei, ohne auch nur mit der Wimper zu zucken, die Augen fest nach vorn gerichtet. Eine Frau auf einer Mission. Jetzt schleicht sie durch den oberen Flur. Aha! Was ist das denn? Sie geht in Ollies Schlafzimmer. Wie komisch. Nachdem sie sich nach rechts und links umgesehen hat, als hätte sie Angst, dass sie gestört werden könnte, schleicht sie auf Zehenspitzen über den Schaffell-Läufer. Nun geht sie halb in die Hocke und zieht eine Kommodenschublade auf. Ihre Fingerspitzen hinterlassen feuchte Flecken auf dem Holz. Sie wühlt die Pullover aus dem Weg, reißt sie hektisch aus der Schublade und lässt sie auf den Boden fallen, sodass Cecilles schöne Ordnung dahin ist. Die Dinger liegen hingeworfen auf dem Teppich, die Arme verdreht ausgestreckt wie alte Häute. Jenny tastet den Schubladenboden ab, zieht das Schrankpapier raus.

Oh nein! O Gott! Jetzt kapier ich's und schrumpfe zu einem schwarzen Flecken.

Jenny hockt sich auf die Fersen und schüttelt den Kopf. »Weg?«, sagt sie laut, eine Hand auf ihren Mund gepresst. »Scheiße. Scheiße. Scheiße!«

Weg? *Wohin?* Und woher zum Teufel weiß Jenny überhaupt, dass die Briefe da waren? Ich höre leise, fast lautlose Schritte, das Knistern von Teppichfasern unter nackten Füßen.

»Jenny?« Plötzlich steht Cecille in der Tür und sieht finster zu Jenny. »Was machst du da?«

Jenny rutscht ruckartig von der Kommode weg, öffnet und schließt ihren Mund. »Ich … Ich …«

Cecille runzelt die Stirn. »Warum nimmst du alle Sachen raus?«

Jennys Wangen glühen. »Ich habe etwas gesucht.« Sie ringt die Hände und blickt zu Boden.

»In den Schubladen?«

»Ja.«

»Was?«

»Äh, etwas Privates.«

»Privates?« Ein Leuchten huscht über Cecilles Züge. Da sie steht und Jenny hockt, blickt sie auf Jenny herab, buchstäblich und bildlich.

»Entschuldige, tut mir leid.« Jenny beginnt, die Pullis hastig in die Kommode zurückzustopfen.

»Ich mache das«, sagt Cecille, kniet sich neben sie und wirft Jenny einen furchteinflößenden Seitenblick zu. »Ich weiß, wie Ollie es mag.«

24

Licht fiel durch die hohen Bäume auf den Grasboden des Highgate-Friedhofs. Es war ein schöner Tag, die Sonne vanillesaucengelb, der Himmel blau, eben jene Sorte Tag, die Sophie ein schelmisches Grinsen nebst der Behauptung entlockte, sie wäre »spitz wie Nachbars Lumpi.« Heute würde sie einen ihrer auffälligen breitkrempigen Hüte tragen, stellte Jenny sich vor, einen von denen im Joan-Collins-Stil mit einem Leopardenmusterband. Und sie würde leicht verschwitzt riechen, nach verführerisch warmer Haut, nicht etwa nach Körpergeruch müffelnd, wohlgemerkt. Natürlich hätte sie keine Strumpfhose an. Sophie verzichtete auf Strumpfhosen, sowie die Temperaturen über dem Gefrierpunkt lagen, ganz im Gegensatz zu Jenny, die am liebsten blickdichte trug. Auch heute, und zwar eine marineblaue in 60-DEN, die sie mächtig ins Schwitzen brachte. Sie konnte ihren Achselschweiß riechen, wenn sie die Arme schwang.

Sie stellte die runde Schachtel mit den pinken Champagner-Trüffeln neben die Oberkante des Grabsteins. Herzlichen Glückwunsch zum Geburtstag, Soph, murmelte sie still, kniff die Augen zu und versuchte, mit ihr zu kommunizieren, für den Fall, dass Soph sie hören konnte. Ich liebe dich so sehr, Soph. Du fehlst mir unglaublich. Ich wünschte, du könntest mit mir alt werden. Jetzt können wir nie diese kitschige Kreuzfahrt machen und mit Shirley-Bassey-Imitatoren singen, nie am Strand sitzen und uns bekiffen, uns an Schokotorte fett fressen und unser Schamhaar wild wuchern lassen wie Sannyasins. Weißt du was? Mir macht es nicht mal was aus, dass du mich als Geist verfolgst – falls du es bist – in deinem weißen Fiat. Obwohl … was soll der Fiat? Ich habe dich eigentlich immer eher für eine Mini-Cabrio-Frau gehalten. Ich wünsche mir nur, dass du dich mir zeigst und mir erklärst … ach, na ja, vieles. Colour-Blocking zum Beispiel. Mich langweilt das ewige Marineblau so. Du hast immer schon gesagt, dass mich Blau und Schwarz irgendwann anöden. Und du hast recht gehabt. Du hattest in so vielem recht. Auch wenn du dich bei Sam geirrt hast, denn er hat endlich ein Datum für die Hochzeit festgelegt, und ich würde meine eigene Mutter verkaufen, damit du dabei sein kannst. Natürlich habe ich auch noch kein Kleid. Wie soll ich denn ein Kleid kaufen, ohne dass du mich in die Umkleide scheuchst und mir die Dinger überstülpst? Und, übrigens, Sophie, das Kästchen mit den Briefen ist weg. Ich habe versucht, dich zu schützen, falls du irgendwas Blödes gemacht hast, wovon du mir nicht erzählt hast – also ehrlich! – und wollte die Briefe rausholen, ehe Ollie sie findet, aber das Kästchen war nicht mehr da. Und, ja, OKAY, vielleicht war ich auch ein bisschen neugierig. Was ist denn aus unserem Keine-Geheimnisse-Motto geworden, Soph? Was ist mit *uns* passiert?

Sie wartete auf irgendeine Form von Antwort. Aber es geschah nichts, außer dass eine Brise durch die Bäume über sie huschte und ein kleiner weißer Schmetterling aufflatterte. Jetzt kam Jenny sich ein bisschen blöd vor, hockte sich hin und wartete, dass Freddie und Ollie sie einholten, während sie den kleinen Moment allein mit Sophie auskostete. Heute waren wenig Leute auf dem Friedhof, aber es fühlte sich gut an, hier allein zu sein, beschloss Jenny. Sie hätte sich nie für eine Friedhofsliebhaberin gehalten, und dennoch hatte sie sich in diesen Friedhof verliebt. Er war ein kleines Idyll mitten in London. Hier gab es so viele Gräber – über 52 000, hatte sie gelesen – und so viele Statuen – Engel, Hunde, Götter. Trotzdem fühlte es sich eher magisch als morbid an, aus dem Lärm und dem Staub Nordlondons herauszutreten in eine andere Welt, einen Garten geheimer Geister. Man konnte an sehr viel schlimmeren Orten landen.

Das Schlurfen kleiner Füße erklang, und Freddie war da, kam japsend von der Seite herbeigeeilt. Er blieb unsicher einige Schritte vom Grab entfernt und umklammerte seinen Strauß weißer Blumen fest.

»Ich habe meine Schokolade dahin gestellt«, sagte Jenny lächelnd, denn sie erkannte seine Angst und wollte ihn näher locken.

»Herzlichen Glückwunsch, Mummy«, flüsterte er, stellte seine Blumen auf das Grab und sprang sofort zurück, als fürchtete er, dass ihn ein Geist packen könnte. Und er griff nach Jennys Hand. Seine Hand fühlte sich heiß, fest und klein in ihrer an. Jenny drückte sie und empfand einen raren Moment des Friedens, begleitet von einem seltsamen Dusel, der Glück nicht unähnlich war. Absurd, bedachte man es. Sie war froh, dass sie zugesagt hatte, heute mit zum Friedhof zu kommen. Zuerst hatte sie Ausflüchte erfunden, als Ollie sie fragte, weil sie sich nicht in diese Familieneinheit drängen, Abstand halten wollte. Aber dann hatte sie insgesamt zwei Sekunden lang überlegt und wusste, dass sie, wenn sie nicht mit Ollie und Freddie an Sophies Geburtstag hinginge, es in alle Ewigkeit bereuen würde. Sie war auf jedem von Sophies Geburtstagen gewesen, seit sie zwanzig war.

Es kam ihr vor wie gestern, dass Sam, Ollie, Soph und sie Sophies Fünfunddreißigsten gefeiert hatten. Sie waren bei Odette's in Primrose Hill gewesen, hatten sich betrunken, Jakobsmuscheln gegessen und sich dann in die Bar gesetzt, wo sie bis spätnachts blieben und sich bemühten, nicht zu sehr zu Jude Law zu gaffen, der am Nebentisch saß, wobei ihre Diskretion glorreich versagte. Sophie war besonders laut gewesen, in absolut alberner Stimmung. Sie hatte die pinke Blume aus der Tischvase hinter ihr Ohr gesteckt und sich selbst mit ihrem Absatz den Fuß zerkratzt, dass Blut floss. Ollie hatte sie wie ein Feuerwehrmann nach draußen zum Taxi getragen, was Jude Law zum Grinsen brachte.

Ollie erschien mit einem Arm voll gelber Rosen. Jenny trat

ehrfürchtig zurück, als er den Grabstein küsste. »Herzlichen Glückwunsch, Schatz«, murmelte er, und die Liebe in seiner Stimme schien in der warmen Frühlingsluft zu vibrieren. Dann legte er sanft eine Hand auf Jennys Schulter, und gemeinsam standen sie schweigend am Grab, eine vereinte Säule im Sonnenlicht, eins in dem Gefühl, Sophie über alles zu vermissen. Nicht dass Jenny jemals zur Familie gehört hätte oder so, aber trotzdem fühlte es sich heute, an diesem Tag, aus irgendeinem komischen Grund so an.

»Darf ich jetzt das Grab mit dem schlafenden Hund obendrauf angucken?« Freddie lief von ihnen weg und den Weg hinunter.

Gedankenverloren und mit unentzifferbarer Miene starrte Ollie auf den Grabstein. »Fünf Monate.«

»Ich kann es auch nicht glauben.«

»Manchmal erinnere ich mich nicht mehr, wie sie aussah, Jenny.« Er drehte sich zu ihr, und seine Pupillen waren so groß, dass Ollies Augen vollständig schwarz wirkten. »Ich muss mir Fotos ansehen. Dann wieder ist es, als wäre sie nur eben Milch holen gegangen. Und ich warte, dass sie wieder nach Hause kommt. Ich kriege immer noch Sachen von ihr, Jen. Jeden Tag fällt irgendein blöder Katalog auf die Fußmatte.« Er lächelte. »Das ist, als hätte man den Wagen gebremst, aber der ganze Kram vom Dachgepäckträger fliegt noch vorwärts.«

Sie musste lachen.

»Ach, Sophie«, sagte er und schüttelte wieder den Kopf, als wollte er nach wie vor nicht glauben, dass sie so etwas Idiotisches tun konnte, wie in der Regent Street vor einen Bus laufen.

»Möchtest du einen Moment allein sein?«

»Nein«, antwortete er streng, und als er sie nun ansah, war sein Gesicht wieder offener, weniger hart. Anscheinend hatte er aus der Vergangenheit zurück in die Gegenwart geschaltet. »Seit Cecille da ist, sehe ich dich kaum noch.« Im Sonnenlicht überschatteten seine Brauen die Augen, sodass Jenny deren

Ausdruck nicht richtig erkennen konnte. »Habe ich dich irgendwie verärgert?«

»Nein!« Wie schrecklich, dass er das denken konnte. »Überhaupt nicht.«

»Was ist es dann?«

»Nichts, Ollie.« Sie schabte verlegen mit den Füßen. Dies war kein geeigneter Zeitpunkt. »Ich sehe mal nach Freddie.« Sie drehte sich weg und ging den heckengesäumten Weg entlang zur Statue des treuen Hundes. Dort setzte sie sich hin. Hatte sie womöglich den Besuch hier vermasselt? »Alles klar, Freddie?«

Ernst strich er über die kalten Ohren des Hundes. »Ich find's nicht gut hier, Jenny.«

»Warum nicht?«

»Weil Daddy hier immer traurig ist. Ich mag's nicht, wenn Daddy traurig ist.«

»Ach, Freddie, du bist so ein süßer Junge.« Sie küsste ihn auf die warme Stirn, und eine Weile saßen sie still da und guckten einem schimmernden schwarzen Käfer zu, der über das Reisig, die Moospolster und die toten Blätter am Boden krabbelte. »Daddy wird nicht immer traurig sein.«

Freddie sagte nichts und blickte finster geradeaus.

»Er wird Mummy immer lieben, aber er wird nicht immer traurig sein.«

»Das ist gut.« Er stupste den Käfer vorsichtig mit einem Stöckchen an. »Traurig sein ist langweilig.«

»Ja, ist es wohl.« Aber wenn es stimmte, warum begann sie dann, diese Phase ihres Lebens auf eine merkwürdige, dunkle Art als die aufregendste zu empfinden? Sie verstand es selbst nicht, doch sie hatte sich nie lebendiger gefühlt. Diesen seltsamen Widerspruch konnte sie sich nicht erklären, deshalb schloss Jenny die Augen und presste ihre Finger fest auf die Lider. Gott, war das alles verkorkst!

»Du kommst viel weniger zu uns«, sagte Freddie.

»Ihr habt jetzt Cecille«, antwortete Jenny und bekam ein

schlechtes Gewissen. Freddie war der letzte Mensch auf der Welt, dem sie Kummer bereiten wollte.

»Besuchst du uns auch noch, wenn du verheiratet bist?«

»Darauf kannst du wetten!« Jenny umarmte ihn und sah zu Ollie, der jetzt auf dem Grab hockte, seine Arme um die angewinkelten Knie geschlungen, und in eine Baumgruppe blickte. Seine Silhouette wurde gleichsam von dem Grabstein eingerahmt. Würde es je eine Zeit geben, in der er nicht von diesem Grabstein umrahmt war?

»Ich habe ein bisschen Angst vor der Hochzeit.«

»Oh nein! Angst? Wieso, Freddie?«

»Ludo sagt, dass ich richtig beknackt aussehen muss. Er war schon mal Brautjunge, und da musste er einen Matrosenanzug anziehen«, erklärte er ernst.

Jenny lachte. »Kein Matrosenanzug, versprochen. Du darfst anziehen, was du willst.«

»Auch mein Superman-T-Shirt?«, fragte er grinsend.

Jenny zögerte. Ach, zum Henker mit Sams Mutter. »Ja, was du willst.«

Er lehnte seinen kleinen Körper gegen sie. »Wird da getanzt? So wie bei *Strictly?*«

»Und ob!«

Freddie zappelte mit seinen Füßen in den Khaki-Crocs. »Und darf ich ein bisschen Spaß haben?«

Jenny stutzte. »Du darfst jederzeit Spaß haben.«

»Ich hab aber das Gefühl, dass ich keinen Spaß haben darf.«

»Wer hat das gesagt? Hat Cecille das gesagt?« Sie war sich nicht mehr sicher, was Cecille betraf, zumal nachdem sie nun etwas gegen Jenny in der Hand hatte. Und sie konnte diesen forschenden Blick nicht vergessen, als Cecille sich neben sie vor die Kommode hockte. Ja, sie hätte Magda nehmen sollen, die blasse Streberin mit der Brille.

»Nein.« Freddie zuckte mit den Schultern. »Ich komme mir bloß schlecht vor, wenn ich froh bin, weil Mummy tot ist und ich eigentlich nicht froh sein darf.«

»Ach, Freddie, du darfst kein schlechtes Gewissen haben, weil du fröhlich bist. Mummy wollte doch unbedingt, dass du fröhlich bist, nicht?« Sie zog ihn dichter an sich. »Sie wäre sogar mächtig stolz auf dich, wenn du froh bist.«

Freddie atmete laut, woran Jenny erkannte, dass er sich bemühte, nicht zu weinen.

Sie zeigte auf den Boden. »Hey, guck mal, der Käfer trägt ein Blatt. Ein echter Ninja-Käfer.«

Sie beobachteten, wie der Käfer mit seiner Blattlast in ein Erdloch krabbelte. »Daddy mag Sam nicht«, sagte Freddie auf einmal, ohne Jenny anzusehen.

»Wie bitte?« Jenny traute ihren Ohren nicht, und die Härchen auf ihren Armen stellten sich auf.

»Daddy mag Sam nicht.«

»Doch, sicher mag er ihn.«

»Nein, tut er nicht, das weiß ich.« Freddie pflückte eine weiße Blume und rollte den Stiel zwischen seinen Fingern.

Jenny blickte zu Ollie – einer dunklen Gestalt in einer abgewetzten Barbour-Jacke. Freddie musste sich irren. Aber warum sagte er so etwas?

Als hätte er ihren Blick gespürt, stand Ollie auf, kam zu ihnen und klopfte sich Moosflocken von seiner Hose. »Pizza?«

Freddie sprang auf. »Pizza!«

Stumm gingen sie durch die sonnengesprenkelten Gräberreihen. Ein Mann in einer grünen Latzhose, der eine Schubkarre mit zerbrochenen Steinen schob, kam an ihnen vorbei und blieb stehen. »Oh, du darfst die Blumen hier aber nicht pflücken, Junge«, sagte er mit Blick auf die Blüte in Freddies Hand.

»Entschuldigung.« Freddie guckte auf die Blume und nagte an seiner Unterlippe. Er konnte es nicht leiden, von Fremden zurechtgewiesen zu werden.

»Na, schon gut.« Der Gärtner zwinkerte Jenny zu. »Wo sie schon mal gepflückt ist, schenkst du sie aber deiner hübschen Mum, ja?«

Vor Schreck machte Jenny einen Schritt zurück, sodass sie sich mit dem Absatz in der brüchigen Steinplatte von Edward Ebenezer Stewarts letzter Ruhestätte verfing. Sie verknackste sich den Fuß, rutschte weg und ließ ihre Handtasche fallen. Das Bild fror ein: Jenny auf dem alten Grab; Tampax, Handy und Kaugummi, die aus ihrer Tasche purzeln; ein stechender Schmerz in ihrem Knöchel. Sie schloss die Augen und wünschte, das Grab würde sich auftun, sodass sie in der Tiefe versinken konnte, bis dieser entsetzliche Moment vorbei war. Da dies keine Option war, rappelte sie sich auf und stellte unglücklich fest, dass Freddie den Tampax aufgehoben hatte und ihn aufmerksam betrachtete, als handelte es sich um einen seltenen Albinokäfer. Hastig riss sie ihm das Ding aus der Hand und stopfte es zurück in ihre Tasche.

»Alles in Ordnung, junge Frau?«, fragte der Gärtner grinsend.

»Bestens!« Sie ging weiter und ignorierte ihre brennenden Knie. Freddie lief ihnen voraus. »Gott, das tut mir leid«, sagte sie verlegen. Sie konnte Ollie nicht ansehen.

Er blieb stehen. »Jenny, du brauchst dich für nichts zu entschuldigen.« Er legte seine Hände fest auf ihre Schulter, sodass ihr nichts anderes übrig blieb, als ihn anzusehen. Scheu blickte sie zu ihm auf und sah die kleinen Fältchen in seinen Augenwinkeln. Offenbar fand er die Vorstellung, dass jemand sie für seine Frau hielt, zum Brüllen komisch.

Sie war eine Witzfigur.

25

Ich werde rastlos. Die ungewöhnliche Hitze macht das Haus stickig, und ich kann hören, wie sich winzige Risse in die Mauersteine fädeln. Der Lehmboden von Muswell Hill zieht sich unter den Fundamenten zusammen, verhärtet sich und droht Nummer 33 mit Setzschäden. Freddie ist jetzt viel draußen, streckt und stärkt seine dünnen, biegsamen Glieder. Nackt bis auf seine weiße Hose hüpft er johlend auf dem Trampolin, ein fliegender, kraushaariger Engel vor dem plantschbeckenblauen Himmel Nordlondons.

Cecille sieht Freddie zu, lacht und freut sich über ihn. Ihr langes braunes Haar glänzt im Sonnenschein. Sie trägt einen Jeansminirock, der ihre schlanken gebräunten Beine zur Geltung bringt. Der Rock ist nicht mit ihr aus Frankreich angereist, denn er hat ein Topshop-Logo, wie so viele ihrer Neuerwerbungen. Der französische blaue Pulli war schon eine ganze Weile nicht mehr zu sehen, fällt mir auf. Cecille verlagert ihr Gewicht träge auf eine Hüfte und strahlt eine katzenartige Sexualität aus, die ich vorher gar nicht an ihr wahrgenommen hatte. Sie gähnt. Sie ist müde, weil Ollie und sie gestern bis ein Uhr nachts im Garten gesessen und Bier getrunken haben – unter dem warmen schwarzen Himmel mit gestochen scharfen Sternen. Ja, na gut, ich bin eifersüchtig.

Also lasse ich mich mit der Thermik den Hügel hinuntertragen, flatter über die kühlen Flecken hinweg, die sich oberhalb der dunklen Teiche von Hampstead bilden, und durch den Nitratmief von Camden, um nach Jenny zu sehen. Das heißt, eigentlich nach Sam. Ich versuche immer noch, dieser Dominique-Geschichte auf den Grund zu gehen, die sich nun bereits seit Wochen hinzieht. Wer zum Geier ist sie? Und was hat sie ausgerechnet mit *Tash* zu tun? Jennys Hochzeitsdatum rückt rasant näher, deshalb muss ich Bescheid wissen.

Vor allem muss Jenny Bescheid wissen, auch wenn sie bisher gar nichts ahnt.

Ich gelange durch die offene Balkontür in Sams und Jennys Wohnung. Bingo! Jenny ist nicht zu Hause. Sam schon. Aber wer pudert sich im Marmorbad die Nase? Oh, verdammt, seine Mutter, Penelope, die Schreckschraube aus Sussex mit den hyperaktiven Speicheldrüsen. Sie spuckt beim Sprechen, und kleine Speichelfäden verbinden ihre obere und untere Zahnreihe, wenn sie lächelt. Außerdem hinterlässt sie, wo sie geht und steht, eine Parfümwolke. Man sollte sie nur in gut belüftete Räume lassen.

»Geht bei ihrem Handy immer noch die Mailbox an?«, fragt Penelope beleidigt, während sie sich eine pollendicke Schicht Puder aufträgt. »Sie weiß doch, dass ich hier bin, um mit ihr über den Blumenschmuck zu reden.«

Sam schiebt seinen Hemdsärmel hoch und blickt auf seine Rolex. »Gib ihr noch eine Minute, Mum. Wahrscheinlich steckt sie im Verkehr fest.«

»Ich frage nicht mal, wo sie ist, Sam«, sagt Penelope naserümpfend. Das ist ihre Art, zu fragen.

»Sie ist nicht in Muswell Hill, falls du das meinst. Sie lässt ihre Strähnen nachfärben.«

»Gott sei Dank.« Sie lacht schrill. »Sieht ihr gar nicht ähnlich.«

Was für eine Kuh! Ich denke, wir können mit Fug und Recht behaupten, dass Penelope eine Albtraumschwiegermutter ist.

»Wir sind heute Abend zu einer Party eingeladen.«

Penelope setzt sich an den Küchentisch und spreizt die Finger auf der Tischplatte, sodass die Adern wie Regenrohre vortreten. Bedeutsam schweigend prüft sie ihre Maniküre. »Wie nett.«

»Was?«, fragt Sam.

»Nichts.«

»Komm schon, Mum. Ich kenne dieses Gesicht.«

»Ich mache mir Sorgen wegen Jenny. Große Sorgen, Sammy.« Sie sprüht ihrem Sohn einen feinen Speichelfilm auf die Hand. »Sie kümmert sich viel zu wenig um die Hochzeit. Jeder wartet auf einen Rückruf von ihr, und es ist ja nicht so, als wäre ihr keine Hilfe angeboten worden. Hatte ich dir erzählt, dass Penny Ridgemonts Tochter angeboten hat, ihr gratis Make-up-Tipps zu geben? Sie wartet ebenfalls bis heute auf eine Reaktion.« Sie schüttelt den Kopf. »Auf andere wirkt so ein Verhalten ungezogen, fürchte ich.«

»Ich rede mit ihr«, sagt Sam verdrossen.

Penelope sieht ihn mit diesem Blick an, den einzig Mütter beherrschen. »Ist bei euch alles in Ordnung, Schatz?«

»Ja, ja, natürlich.« Er ist ein Mann, der jeden belügen kann, einschließlich seiner Mutter.

»Es ist nur …« Penelope guckt wieder auf ihre Hände.

»Was?« Sam knallt seinen Kaffeebecher auf den Tisch. »Was, Mum?« Geschickt dreht er den Spieß um, sodass es wirkt, als würde nicht er etwas verheimlichen, sondern sie.

»Ich finde, ihr solltet beide aufgeregter sein, das ist alles«, sagt sie, wobei sie ihre Worte genauso sorgfältig auswählt wie die Blumen in ihrem Vorgarten. »Ich erinnere mich noch, wie dein Vater und ich unsere Hochzeit planten. Gott, ich war hoffnungslos aus dem Häuschen, das glaubst du nicht!« Sie dreht den goldenen Ehering an ihrem rosigen Finger. Mit diesem Ring will sie sich später mal begraben lassen. »Und deine Schwester. Pip hat sich wie eine dieser überdrehten Bräute im Fernsehen aufgeführt, du weißt schon.«

»Jennys beste Freundin ist gerade gestorben, Mum.«

»Das ist inzwischen auch schon einige Zeit her.«

»Versuch das mal ihr zu sagen.«

Wieder schweigen sie sich eine Weile an. Draußen brummt der Verkehr. Das rhythmische Schlagen eines Polizeihubschraubers, der das Haus überfliegt, erstickt alle anderen Geräusche. »Ich dachte, der Sinn und Zweck dieseer Hochzeit im

Sommer ist, dass sie ein neues Kapitel anfängt.« Sie will es einfach nicht gut sein lassen.

»Ist es.« Sam blickt auf den Tisch, als könnte er seiner Mutter nicht in die Augen sehen.

»Das Komische ist, Sam, dass Jenny nicht aussieht wie eine Frau, die bald heiratet. Sie wirkt …« Penelope überlegt. »Ich weiß nicht, fiebrig.«

Sam wirft lachend den Kopf in den Nacken. »*Fiebrig!*« Er beugt er sich wieder vor und stützt seinen Kopf mit einem übertriebenen Stöhnen in die Hände. »Mum, bitte, wir drehen keinen Historienfilm!«

»Na gut, dann nervös, nicht glücklich, nicht traurig, nicht mal trauernd! Nicht so wie ich, als der arme Mark Zungenkrebs kriegte. Ich kam zwei Wochen lang nicht aus dem Bett, nahm sechzehn Pfund ab. Was übrigens das einzig Positive war«, ergänzt sie und nippt an ihrem Tee.

»Mum, kannst du bitte aufhören?« In seiner Stimme schwingt ein Knurren mit, das die Luftpartikel im Zimmer durchschüttelt wie eine Rumbakugel. Er steht auf, geht ans Fenster und sieht hinaus. Seine Augen flackern und fokussieren, als er jemanden oder etwas unten erkennt.

Ich fliege hinüber zur Gardinenstange.

Ah, Jenny ist da! Sie steigt aus dem Auto und sieht sich suchend nach allen Seiten um. Sie sieht, ja, *fiebrig* aus! Ach, du meine Güte. Ich will sie warnen. Schwiegermutteralarm! Guck nicht wie eine Irre. Lass das Rumgucken. Sei vorsichtig. Aber alles, was ich tun kann, ist wie wild mit meinen unsichtbaren Armen fuchteln. Ich bin der nutzloseste Schutzengel aller Zeiten.

Was soll ich hier eigentlich?

26

Jenny guckte sich ein letztes Mal nach hinten um. Nein, keine Spur von Sophies himmlischem Streitwagen, was immer das Ding auch war. Bildete sie sich Sachen ein? Drehte sie durch, wie Sam behauptete? Auf jeden Fall war es schräg. Als sie aus dem Friseursalon kam, war sie vom Kaffee und der vielen Hochglanzlektüre aufgeputscht gewesen. Außerdem hatte sie jede einzelne Haarnadel in ihrer Sarah-Palin-Hochzeitsprobefrisur gefühlt – auf die bestand die überspannte Stylistin. Und da hatte sie es aus dem Augenwinkel bemerkt. Sie hatte sich umgedreht. Es war eine Frau, die schnell wegging. Ihr beiger Trenchcoat wehte offen im Wind, ihr schimmerndes braunes Haar war aufgesteckt, und sie trug einen roten Schal. Sie stieg in ihren Wagen – und, ja, es war ein weißer Fiat – knallte die Tür zu und brauste davon, ehe Jenny ihr Gesicht richtig gesehen hatte. Aber sie war ziemlich sicher, dass es dieselbe Frau war. Dieselbe, die vor Wochen vor ihrem Haus gestanden hatte und wie Sophie aussah. Wie könnte sie die vergessen?

Noch wichtiger allerdings war: Wie konnte sie vergessen, dass Penelope zu ihnen kommen wollte? Und jetzt war sie zu spät dran, ausnahmsweise. Sie stand vor der Wohnungstür, sah auf ihr iPhone, das sich wieder mal in ihrer Handtasche selbst stumm geschaltet hatte, und entdeckte vier versäumte Anrufe von Sam. Ihr wurde mulmig. Sie wusste, dass sie sich einiges von Sam anhören durfte. Und Penelope würde sie tödlich anschweigen.

Noch ehe sie den Mund aufmachte, hätte sie als potenzielle Schwiegertochter gnadenlos versagt. Und zu allem Überfluss diese Sarah-Palin-Frisur, das picklige Kinn und die dicken Augenringe, weil sie seit dem Besuch bei Sophies Grab abwechselnd Schlaflosigkeit und Albträume plagten. Es waren immer wieder die gleichen, wie eine sich endlos wiederholende Miniserie. Am beliebtesten war der, in dem sie Rotwein auf ihr Brautkleid kleckert und bei näherem Hinsehen feststellt, dass sie verfrüht ihre Tage bekommen hat und Sophie losgelaufen ist, um Tampax zu besorgen, aber keine auftreiben kann, weil auf dem Lande mal wieder die Läden geschlossen haben, sodass der Pfarrer die Gemeinde fragen muss: »Hat jemand Tampax dabei?« Und der Tag und das Kleid sind ruiniert. Nach diesem Traum ist der Tag danach immer verschwommen, als würde sie durch eine falsche Brille sehen.

Die Hochzeit fühlte sich allmählich wie ein Reptil aus einer Zoohandlung an, das beständig größer, aggressiver und hungriger wurde. Sie hatte gesagt, dass sie eine schlichte, kleine Feier wollte, wurde jedoch regelmäßig von Sams Familie überstimmt, die ein Vermögen locker gemacht hatte. Jennys Eltern wiederum, die nicht annähernd mit Penelopes Ansprüchen mithalten konnten, aber auch nicht das Gefühl haben wollten, sich vor den Ausgaben zu drücken, hatten siebentausend Pfund aus ihrem Sparguthaben beigesteuert. Folglich hatte Jenny ein schlechtes Gewissen, war allen verpflichtet und hatte Angst. Und, nein, sie hatte immer noch kein Kleid gekauft.

Penelope würde heute garantiert nach dem Kleid fragen. Das dürfte ganz oben auf ihrer Liste stehen. Und um Penelope zu beweisen, dass sie tatsächlich *versucht* hatte, ein Kleid zu finden und nicht etwa kostbare Zeit vertrödelte, musste sie haarklein von ihrem Einkaufsbummel mit ihrer Mutter letzte Woche berichten, der mit lauwarmem Kaffee und abgestandenem Kuchen im vierten Stock von John Lewis endete, wo ihre Mutter ihr sagte, sie wäre »die schwierigste Braut, die man je erlebt hat«.

Jeder sagte, man *spürte* es einfach, wenn man das richtige Kleid sah. Aber für Jenny sahen sie alle wie komplett überteuerte Stoffgebilde aus. Sie musste ihr Kleid noch finden. Und ihr Kleid sie.

Als sie nach den Schlüssel wühlte, setzte leichter Regen ein. Sie hielt einen Moment inne, stützte die Hände auf ihre Knie und war dankbar, dass sie nicht beobachtet wurde und sich kurz sammeln konnte, bevor sie sich Penelope und später der Party stellte.

Plötzlich glaubte sie, etwas zu sehen. Sie blickte auf in den Regenschleier. Dort war jemand am Fenster ihrer Wohnung und winkte. Das war Sophie! Sie war vollkommen deutlich, stand im Rahmen des Wohnzimmerfensters, das dunkle Haar offen über ihre Schultern fallend, und winkte wie verrückt! Schwindlig vor Freude, stolperte Jenny rückwärts. Aber dann, langsam und herzzerreißend, verschwand der Arm, und Jenny sah nur noch Penelopes strenges Gesicht über ihrem gigantischen Busen. Reiß dich zusammen, ermahnte sie sich. Tote winkten nicht aus Fenstern. Sie fuhren auch keine Fiats. Krieg dich wieder ein!

27

Vergesst das »Knock knock knocking on heaven's door«, ich will einfach nur wissen, ob ich auf der Warteliste bin, bitte. Ich kann genau sagen, wann alles anfing – mit der Kollision von einem großen Bus mit einer großen Unterhose – aber ich habe keinen Schimmer, wann es endet. Und enden nicht alle Dinge irgendwann? Blair, Bootleg-Jeans, Zahnen, Jugend. Ist das nicht die Erfahrung, gegen die sich jeder sträubt?

Versteht mich nicht falsch, ich habe es nicht eilig, hier wegzukommen. Nicht solange Freddie und Ollie noch da sind. Es ist bloß ermüdend, dass ich mich niemandem bemerkbar machen kann außer verängstigten Haustieren. Ah, der rastlose Geist der Sophie Brady. Huuuh!

Es ist frustrierend, keinerlei Einfluss auf den Lauf der Dinge zu haben, nur zusehen zu können. Wie bei Jennys Hochzeit. Sie ist im Begriff, einen Kotzbrocken zu heiraten, und ich kann einen feuchten Dreck tun, es zu verhindern. Ich kann Sams Geheimnisse nicht enthüllen, nicht einmal »Rentaghost« sein.

Menschen machen existenzielle Krisen durch, was den Sinn des Lebens betrifft. (Ist das alles? Tja, eigentlich nicht, nein.) Ich hingegen befinde mich in einer Krise, was den Sinn des Totseins angeht. Es ist nämlich nicht so, als wäre ich weiser oder spiritueller. Vielmehr scheint das Gegenteil der Fall. Ich werde kleinlicher, reizbarer. Ja, eher wie ein lebender Mensch, um genau zu sein. Lasst mich mal aufzählen, wie sich das darstellt:

Cecille rollt Ollies Socken zu Knäueln zusammen und reiht sie in seiner Schublade auf wie kleine Kohlköpfe, na, für sie wohl eher *petit choux*. Ich habe sie früher auf der Kommode aufgestapelt. Das macht mich richtig sauer.

Cecille bügelt seine Unterhosen. Nicht mal ich habe jemals Unterbüchsen gebügelt. Das ist ein bisschen viel des Guten, und es geht mir mächtig auf den Zeiger, wie man sich denken kann. Sie hat ihm sogar eine Unterhose frisch für Suze' Party gebügelt. Denkt sie, dass er da einen Pole-Dance aufführt oder so?

Schlimmer noch – kann es schlimmer werden? Ja, kann es! –, Cecille bügelt auch ihre Schlüpfer. Keine Zwanzigjährige bügelt ihre Schlüpfer. Und es ist *nicht* karriereförderlich, die eigenen Rüschenhöschen – okay, Cecille hat keine; sie kauft die Dreier- und Fünferpacks von M&S – zu bügeln, während der Boss und sein Sohn praktisch danebensitzen und Fußball gucken.

Das neue Delfin-Tattoo auf Cecilles linker Pobacke. Ich konnte nicht umhin, mich zu freuen, als es sich entzündete. Seht ihr, wie mir das Buddha-mäßige Mitgefühl abgeht?

Die Art, wie sie behauptet, sie würde Ollies Lieblingsbier, Hugh Fearnley Whittingstalls Nesselbier, *adore*n. Also ehrlich, du mit deinem Französisch machst doch keinem was vor! Und dann hockt sie auf den Verandastufen, wo das Sonnenlicht Strähnen in ihr Haar macht und blickt zu Ollie auf, als wäre sie Vanessa Paradis und er Johnny Depp.

Die Sache mit meinen versteckten Briefen macht mich irre. Ich habe nach wie vor keinen Schimmer, wo sie sind, und das ist nicht witzig. Cecille, die Herrin der Schubladen, ist meine Hauptverdächtige. Falls sie die Briefe hat, kapiert sie überhaupt, dass sie eine Bombe aufbewahrt, die Leben zerschmettern kann wie Fensterscheiben?

28

Jenny manövrierte ihre Sarah-Palin-Turmfrisur aus dem Lichtkegel eines besonders brutalen Deckenstrahlers und sah sich auf Suze' Party um. Sie fasste immer noch nicht, dass sie Sam hierher zerren konnte, zumal nach dem Showdown mit seiner Mutter heute Nachmittag. Im Wohnzimmer mussten an die zwanzig, dreißig Leute sein, schätzte sie, hielten große Weingläser oder Bierflaschen in den Händen, lachten, riefen einander über den Lärm hinweg zu und wühlten mit ihren Zungen in den Backenzähnen, um die Reste von Suze' klebrigen Cocktailwürstchen loszubekommen. Sie schienen alle den Typen zu entsprechen, die Jenny bei ihren Besuchen in der Gegend kennengelernt hatte: Frauen in den Dreißigern, gut angezogen, ein bisschen medienmäßig, müde aussehend, einige schwanger; Männer in den Vierzigern. Ja, einige der Gesichter erkannte Jenny definitiv wieder. Der Mann in dem Anzug und dem Filzhut, der unsicher an seinem Schnurrbart nestelte. Die Frau mit der weißblonden Gaga-Toupierfrisur. Es dauerte einen Moment, bis Jenny wieder einfiel, dass sie die Leute von Sophies Beerdigung kannte.

Gesprächsfetzen schwebten durch den Raum. »Wie macht sich eure neue Nanny?« – »Nein, ehrlich, ich bin abstinent. Absolute Folter.« – »Ich weiß, dass man das nicht sagen darf, aber seit der Chemo sieht sie klasse aus. Sie hat mindestens eine Tonne abgenommen, oder?« – »Die würde dir nicht mal verraten, wie spät es ist, solange sie sich keine Jobchancen für ihren Ältesten ausrechnet, also pfeif drauf.« – »Stimmt das, dass ihr auch Meerschweinchen habt? Wollen wir mal eine Schwule-Schweine-Disco veranstalten?« Jenny kam sich wie eine Außenseiterin vor.

»Kein Ollie?«, flüsterte Sam ihr ins Ohr. »Falls er nicht aufkreuzt, gibt es einen Aufstand, jede Wette.«

Jenny schluckte angestrengt. Ollie war zu spät. Er würde nicht kommen. Nein, würde er nicht. Und wahrscheinlich war es besser so, allein schon, weil Sam so gereizt auf ihn reagierte.

»Au. Was zum …« Er trat von einer großen Vase mit Zweigen weg, von denen ihm einer in den Rücken gepiekt hatte.

»Es ist ein Zweig, Sam. Die Dinger sind Dekoration. Du wirst doch nicht wütend auf einen Zweig sein.«

»Jenny!« Suze' Haar war auf einmal überall um sie herum. Zur Feier des Tages hatte sie es noch bauschiger gemacht. »Wie schön, dich mal wieder in unserer Gegend zu sehen!«

Jenny küsste sie herzlich auf beide Wangen. Es tat erstaunlich gut, sie wiederzusehen, und Jenny stellte fest, dass sie alle hier vermisst hatte. »Suze, darf ich dir Sam vorstellen?« Sie blickte nervös zu Sam und versuchte, ihm stumm zu bedeuten, dass er sich benehmen sollte. »Sam, das ist Suze.«

»Ooh, der Scheidungsanwalt!«, kicherte Suze und knuffte Sam in die Rippen. »Ich halte dich mal lieber von meinem Mann fern. Er soll ja schließlich keine Tipps kriegen, was?«

Sam warf Jenny einen mürrischen Was-soll-der-Mist?-Blick über sein Weinglas zu.

Suze schwankte auf ihren hohen Clogs. »Oh, tut mir leid«, hickste sie. »Sicher geht es Ärzten auch so, wenn die auf Partys kommen und sich den ganzen Abend Fragen über Gallenblasen anhören dürfen.«

»Ähnlich«, sagte Sam mit zusammengebissenen Zähnen.

»Jenny war die letzten paar Monate unser absoluter Star hier«, fuhr Suze unbeirrt fort. Sie legte eine Hand auf Sams blütenreinen blauen Hemdsärmel und applizierte ihm Canapé-Krümel. »Ohne sie wären wir mit dem Hilfskomitee für Ollie aufgeschmissen gewesen.«

»Ach was«, wiegelte Jenny rasch ab. »Du hattest die meiste Arbeit, Suze.« Suze sah hochzufrieden aus und war nicht mehr nüchtern genug, um Bescheidenheit vorzugaukeln.

Sam streifte sich mit einer Handbewegung die Krümel vom Ärmel. »Und jetzt hat Ollie überlebt, also ist die Operation beendet?«

»*Na ja,* die letzten Wochen sind schon ein bisschen ruhiger, wegen …« Suze zögerte, als brächte sie den Namen nicht über die Lippen, »… Cecille.«

»Die altkluge kleine Französin?« Sams Miene erhellte sich, und er blickte sich im Zimmer um. »Ist sie hier?«

Suze lachte. »Nein, Sam. Sie babysittet hoffentlich heute Abend.« Sie neigte sich zu Jenny. »Hast du übrigens schon das Neueste von Cecille gehört?«

Jenny verneinte stumm. Etwas in ihrem Bauch verkrampfte sich. Allein an Cecille zu denken, fühlte sich an wie üble Verdauungsstörungen.

»Unser kleines *Fille* hat sich mächtig verändert«, deutete Suze kryptisch an. »Ich kann euch sagen!«

»Wie?«, fragte Jenny, die befürchtete, dass ihr diese Unterhaltung zusehends weniger gefallen würde.

Sam zog eine Braue hoch. »Nur zu.«

»Erinnert ihr euch an diese niedlichen Pullover und die Collegeschuhe, die sie früher immer anhatte?« Suze legte eine dramatische Pause ein. »Verschwunden! Jetzt trägt sie Miniröcke und winzige T-Shirts.« Zur Veranschaulichung zog Suze die Seidenbluse über ihrem Busen stramm. Sam prustete in seinen Wein. »Es wird sogar von einem Tattoo gemunkelt!«

»Ein Tattoo?« O Gott. Vor Jennys geistigem Auge erschien eine entsetzte *Maman* mit einem Nudelholz bewehrt vor ihrer Haustür, um ihr geliebtes *Fille* zu retten.

»Und es gibt Gerüchte, dass sie abends ausgeht und besoffen nach Hause kommt.«

»Sagt man nicht, dass französische Mädchen höchstens ein halbes Glas Wein zu einem Dreistunden-Menü trinken?«, fragte Sam schmunzelnd. »Für mich hört sich diese Cecille spannend an, Jenny. Du hast doch die Richtige ausgesucht.«

Jenny ignorierte ihn.

Plötzlich tauchte Lydia aus dem Partygewusel auf. »Hi! Ich bin Lydia.« Sie streckte Sam ihre kleine, diamantenverzierte Hand hin.

»Freut mich sehr«, sagte Sam und schüttelte ihr die Hand. »Noch eine Ollie-Hilfe-Infanteristin?«

»Und ob!« Lydia strahlte. Jenny bemerkte, wie perfekt ihre Brüste in der blassrosa Schluppenbluse zur Geltung kamen. Und ihr entging nicht, dass Sam es ebenfalls bemerkte. Jenny selbst trug nie Blassrosa, fiel ihr auf einmal ein. Nur Frauen, die sich selbst für hübsch hielten, zogen Blassrosa an.

»Jenny!« Liz kam in einem grünen Seidenkleid auf sie zu, das einen krassen Kontrast zu ihren roten Haarspitzen bildete. Sie erinnerte Jenny an ein Feuerwerk.

Jenny umarmte sie. »Tolles Kleid.«

»Tolle Frisur!«

Jenny klopfte sich auf ihre Aufsteckfrisur. »Können wir bitte nicht darüber reden, Liz? Ein Missverständnis im Salon.«

»Ah, das. Ich finde es trotzdem gut.« Liz lachte, während ihr Blick von Jennys Haar zu Sam wanderte. »Und du bist sicher Sam, nicht? Sehen wir dich endlich mal hier oben in Muzzy Hill. Wir fingen schon an, uns zu fragen, ob du überhaupt existierst.«

Sam betrachtete Liz mit unverhohlenem Misstrauen, wie er es sämtlichen Frauen entgegenbrachte, die ihr Haar in einer Farbe tönten, die nicht einmal vorgab, natürlich zu sein – und das offensichtlich, um Männerblicke anzulocken. »Ging mir nicht anders, Liz. Soweit ich es beurteilen konnte, hätte diese ganze Ollie-Hilfsgeschichte auch eine Tarnung gewesen sein können, die Jenny sich ausgedacht hat, während sie sich in Wirklichkeit mit einem mysteriösen Liebhaber traf«, konterte er.

Jenny verspannte sich. Dachte er das wirklich? Da war etwas Hartes in seinen blauen Augen, folglich war es kein reiner Scherz.

»Tja, und jetzt siehst du, was für eine Lasterhöhle das hier ist«, sagte Liz. »Hast du den Liebhaber schon entdeckt?«

»Oh, das werde ich noch«, antwortete Sam lächelnd und warf Jenny einen übertrieben strengen Blick zu, bei dem sie eine Gänsehaut bekam.

Liz sah Jenny an, als wollte sie ihre Reaktion prüfen, und spürte die Spannung. »Man kann nie wissen, Sam, am Ende zieht ihr vielleicht auch her.«

Gott sei Dank war Liz ihm sogar in seiner lakonischsten Stimmung gewachsen. Sie wollte ihm in aller Deutlichkeit stecken, dass man diese Mütter nicht einfach als unbedarfte Vorstadtkühe abtat. Dass er sie völlig falsch einschätzte.

»O Gott, es wäre so schön, Jenny hier zu haben«, schwärmte Suze, die ein wenig in Sams Richtung kippte. »Denkt ihr echt, ihr könntet …«

»Da muss ich euch leider enttäuschen«, korrigierte Sam, der diese Idee gleich im Keim ersticken wollte, während er vor Suze' Afrofrisur zurückwich. »Eher ziehen wir nach Mogadischu.«

»Das sagen sie alle«, erwiderte Liz, die ihn provozierend über ihren Glasrand hinweg anfunkelte. Sie knuffte Jenny leicht. »Und dann kriegt ihr Kinder.«

Sam wandte das Gesicht ab. »Leute, ihr macht mich fertig!«

Jenny war beleidigt. Warum konnte er nicht einfach mitspielen? Warum musste er immerzu so … so verdammt *überlegen* sein? Sie hatte sich auf den Partys seiner Freunde mit einigen der langweiligsten Wesen auf dem Planeten abgegeben und sich nie beschwert. Sie hatte gelächelt, gelacht, getan, was man von Partnern *erwartete.*

»O mein Gott, gratuliere!«, quiekte Lydia. Sie nutzte die Erwähnung von Kindern als logische Überleitung zum nächsten Thema. »Wie läuft die Hochzeitsplanung? Ihr müsst mir alles erzählen, denn ich bin total hochzeitsbesessen. Ich *liebe* das!«

Jenny blickte auf den Fußboden. Ihr fiel das schreckliche Gespräch mit Penelope am Nachmittag ein, das sich hauptsächlich um ihr Brautkleid, beziehungsweise dessen Nichtexistenz, drehte.

»Es geht voran, sehr gut voran«, sagte Sam und stellte sich für einen Moment auf Zehenspitzen wie ein Fernseh-Polizist. »Ja, echt gut.«

Lydia ergriff Jennys Hand. »Das Kleid!« Sie senkte die Stimme zu einem Bühnenflüstern. »Hast du das Kleid gefunden? Ohren zu, Sam! Halt die Ohren zu!«

»Ja, na ja, fast.«

Sam sah sie finster an.

»Also, ich will es unbedingt als Erste erfahren, wenn du es hast.« Sie stieß einen lauten, weinbedufteten Seufzer aus. »Das ist alles so romantisch, Sam. Keine von uns kann es richtig fassen.« Ihre Augen nahmen einen verdächtigen Glanz an.

Oh nein, dachte Jenny und guckte hilflos zu Liz. Beide wussten, was die andere dachte. Sie heult gleich los. Halte sie auf!

»Klar«, sagte Sam, dessen Blick über Lydias Schultern hinweg durch den Raum schweifte und sie zugleich im Auge behielt. Diese Technik hatte er bei Geschäftsveranstaltungen perfektioniert, hatte er Jenny mal erklärt, wo man sich über die Schulter des Gegenübers umsehen können musste, wollte man nicht vor zehn Uhr abends vor Langeweile eingehen. Sie wünschte, er würde damit verdammt noch mal aufhören.

»Aber ein Scheidungsanwalt und eine Redakteurin, die heiraten?« Suze grinste und schob sich ihre Haarpracht mit dem Weinglas aus dem Gesicht. »Ich werde bei der Gottesdienstordnung genau auf Tippfehler achten und bei den Reden auf irgendwelche Zitate, die gegen das Copyright verstoßen.«

Sam lachte, richtig diesmal. Der Wein hatte ihn ein bisschen lockerer gemacht. Jenny fiel auf, dass seine Augen aufleuchteten, als er etwas oder jemanden sah. Er veränderte seine Körperhaltung, stellte die Beine weiter auseinander. Jenny folgte seinem Blick über Lydias Schulter und entdeckte Tash, die in einem langen, hauchdünnen Leopardenmusterkleid durch die Menge schlenderte. Der Ausschnitt war so tief, dass sie sich damit eine Blasenentzündung einfangen könnte, und endete beinahe auf einer Höhe mit dem seitlichen Schlitz, der immer wieder Blicke auf ihre sonnengebräunten Beine freigab. Ihr lakritzschwarzes Haar wippte ihr über die Schultern. Auf Jenny, die von ihren Verlagspartys an kleine Schwarze und verschmierten Mascara hinter Brillengläsern gewöhnt war, wirkte Tash' Look fremd und verblüffend retro …

»Hi, Jenny«, sagte Tash fast zurückhaltend, als könnte sie sich nicht entscheiden, wie viel sie bei der Begrüßung preisgeben durfte. Ja, dachte Jenny, ich *weiß* von deinem Essen mit meinem Verlobten. Du hättest es auch gerne erwähnen dürfen.

»Hallo.« Sam bemerkte, dass ihn die anderen beobachteten und auf eine Erklärung warteten, wieso sie einander nicht vorgestellt werden mussten. »Wir kennen uns schon«, sagte er gelassen.

»Ach echt?«, rief Suze und runzelte die Stirn. Offenbar wunderte sie sich, wie ihr dieses spannende Detail entgehen konnte. »Ihr kennt euch? Du und Tash?«

»Wir sind uns begegnet«, bestätigte Tash lässig und küsste Sam auf die Wange. Jenny wurde stocksteif.

»Und, wie geht es voran, Natasha?«, fragte Sam in einem sehr sachlichen Ton, mit dem er Suze', Lydias und Liz' allzu spürbare Faszination dämpfen wollte.

Was ihm nicht gelang. Er hatte sie Natasha genannt. Sehr interessant.

»Darf ich dir danken, dass du mir deinen rechtsgewandten Verlobten ausgeborgt hast, Jenny?«, sagte Tash, die ihre Hand federleicht auf Jennys Arm legte.

»Jederzeit«, sagte Jenny ungewollt spitz. Plötzlich wünschte sie sich, sie hätte etwas Raffinierteres angezogen als das blaue Reiss-Etuikleid. Sophie hätte sie überredet, ihr Paillettenkleid anzuziehen. Oder etwas mit Schlitz. Ja, sie würde sich ein Kleid mit Schlitz kaufen.

Tash schaute sich um und zog die Brauen zusammen. »Kein Ollie?«

»Nein, noch nicht«, sagte Liz. »Leider.«

»Ich habe euch ja gesagt, er kommt nicht.«

»Lass ihm Zeit. Lass ihm Zeit«, lallte Suze.

»Cecille hat ihm wahrscheinlich Hausarrest verpasst«, mutmaßte Liz.

»Aber meine Damen.« Ein Mann in einer hochgeschnittenen Jeans und einem schwarzen Blazer erschien. Er schlang einen Arm um Lydias Taille. »Dies ist mein Mann, George«, sagte Lydia erschöpft, als redete sie von einem anstrengenden Kind, das längst im Bett sein sollte. »George, dies ist die wunderbare Jenny, Sophs beste Freundin. Und Sam, ihr Verlobter.«

George nickte und bleckte zwei Reihen miserabler Zahnarztarbeit. »Schön, endlich Gesichter zu den Namen zu haben.« Er wandte sich zu Suze. »Ich hoffe, du machst Lydia nicht gleich wieder sinnlos betrunken. Ihr bringt offenbar jedes Mal einen Jahresbedarf an Alkohol durch, wenn ihr euch trefft, um zu besprechen, wer Ollies Kater füttert.«

»*George!*«, zischte Lydia streng. »Entschuldigt, Leute.«

»Anscheinend müsst ihr euch schleunigst einen anderen Witwer suchen«, spöttelte Sam. George brüllte vor Lachen, wobei sein Bauch über dem braunen Ledergürtel wippte.

»Sehr zynisch, Sam«, schnurrte Tash, die ihn sehnsüchtig anklimperte. »Selbst für einen Anwalt.«

George drehte sich zu Sam. »Dir ist wohl klar, oder, …« Es trat peinliche Stille ein, bis die anderen begriffen, dass George seinen Namen schon wieder vergessen hatte.

»Sam«, sagte Sam. »Jennys Anhang.«

»… dass wir keine Chance gegen einen jungen, gut aussehenden Witwer haben.«

Sam grinste. Er fand sichtlich Gefallen an dem poltrigen George. »Oh ja, George, das ist mir bewusst.«

Jenny runzelte die Stirn. Sie hoffte, dass Sam nicht darauf einstieg. Er genoss es, alles mitzumachen, was nach schlechtem Geschmack roch, wodurch er auf Partys zu einem unkalkulierbaren Risiko wurde.

»Wie könnt ihr zwei über etwas derart Tragisches Scherze reißen?«, fuhr Lydia hauptsächlich ihren Mann an.

Wieder kam es zu betretenem Schweigen, während alle sich räusperten. »Na, man muss eben entweder lachen oder weinen, nicht?«, sagte George und legte seinen Arm über Lydias Schulter. »Ich weiß, was Sophie lieber gewesen wäre.«

Lydia schüttelte seinen Arm ab, griff nach einer angebrochenen Weinflasche auf dem Sideboard und schenkte sich so fahrig ein, dass einiges über den Glasrand lief und auf den Holzboden tropfte.

»Ganz ruhig, Liebes«, murmelte George leise.

»Das ist eine verfluchte Party«, zischte Lydia und behielt die Zähne zu dicht zusammengepresst, dass sie wie eine Bauchrednerin aussah. »Lass mich.«

George richtete seine Aufmerksamkeit zurück auf Sam. »Ich habe dich hier noch nie gesehen. Gehörst du auch zur Klasse-2B-Mafia? Habt ihr Kinder auf der Schule?«

»Nein, keine Kinder«, antwortete Sam mit einem unechten Lächeln.

Jenny drehte sich weg. Warum fiel es ihr zunehmend schwerer, sich sie beide mit Kindern vorzustellen? Sam, der dem Baby die Flasche gab, die Windeln wechselte, matschverkrustete Gummistiefel und Roller in ihrer makellosen Diele. Nein, das konnte sie sich beim besten Willen nicht vorstellen.

»Aber sie heiraten diesen Sommer«, sagte Suze, als würde damit erklärt, wieso ihre Gäste widernatürlicherweise kinderlos waren. »Das Getrappel kleiner Füße ist also nicht mehr weit weg.«

»Ich rate euch ganz dringend, belasst es bei einem«, empfahl George.

Lydia bedachte ihn mit einem Gladiatorenblick. Sie fand es anscheinend nicht witzig.

»Mehr nicht?«, fragte Suze lächelnd, der die Warnsignale einer drohenden Ehekrise nicht auffielen. »Komm schon, Lydia, noch eins mehr.«

»Ich würde ja wollen«, sagte Lydia so leise, dass man sie kaum hörte. »George ist nicht so wild darauf.«

»Ich bin zu alt für das Spiel. Wir sind seit 2004 müde, stimmt's nicht, Lyds?«, sagte George liebevoll.

»Gott, das ist gar nichts! Ich bin seit 2003 übermüdet«, verkündete Liz munter und trank von ihrem Wein. »Mit der Zeit gewöhnt man sich dran, und es wird völlig normal. Ich würde mich wohl eher seltsam fühlen, wenn ich nicht müde wäre.«

»Ja, stimmt. Es ist eine Frage des Überlebens. Wisst ihr was? Mir ist neulich klar geworden, dass ich mir seit meinem Ersten keine einzige CD mehr gekauft habe«, erzählte Suze, als wäre sie stolz darauf. »Ich lade mir nie was bei iTunes runter, und, entschuldigt mal, aber was zum Henker ist eine *App?* Ist das eine neue erogene Zone?« Sie schrie vor Lachen. »Such mal meine App, Schatzi!«

Jenny merkte, wie Sam sich verspannte. Armer Sam. Der Abend entwickelte sich genau so, wie er befürchtet hatte. Zuneigung und Mitleid mit ihm überkamen sie. Er war wie ein Fisch auf dem Trockenen. Was in aller Welt hatte sie sich dabei gedacht, ihn hierher zu schleifen?

Tash sah auf ihre Uhr. »Ich frage mich, ob ich Ollie mal anrufe.«

»Nicht nötig! Guckt mal!« Suze stieß ein freudiges Jaulen aus, packte Jennys Arm und zeigte auf einen Schatten hinter dem Erkerfenster. »Ich hab's euch ja gesagt, er drückt sich nicht!«

29

Ich begleite Ollie bis zu Suze' Haustür. Was noch von mir übrig ist, schlingt sich eng wie ein Uhrarmband um sein linkes Handgelenk, so gluckig und nervös wie eine Mutter, die ihren Sohn zur ersten Spielverabredung bringt. Dies ist die erste Party, auf die er seit meinem Tod geht. Ich bin mordsmäßig stolz.

Wäre ich verwitwet, würde ich aussehen wie Keith Richards, der auf einer Hornisse lutscht, aber Ollies Gesicht ist einfach nur schmaler, haariger und grauer. Nichts kann sein teuflisch gutes Aussehen trüben. Heute Abend trägt er die Schuhe, die ich ihm letztes Jahr zum Geburtstag gekauft habe: klobige Brogue-Stiefel, die ein herrlich unzusammenpassendes Sockenpaar verdecken. Seine weißen (gebügelten) Boxershorts lugen hinten über die gegürtete Jeans, als er sich bückt, um das lose Schuhband zu schnüren. Er hat immer noch den knackigsten Hintern der Welt.

Die Tür fliegt auf. Es ist Schickimicki-Brigid, barfuß in einem fluoreszierend limonengrünen Kleid. Sie quiekt, »Ollie!«, und zieht seinen Kopf in ihr mit Glitzerpuder bestäubtes Dekolleté. Dann nimmt sie ihn an die Hand wie einen kleinen Jungen, der sonst in die entgegengesetzte Richtung flitzen würde, und zieht ihn mitten ins Partygewimmel.

Im Haus schlägt uns eine Wolke von Alkoholgestank entgegen. Ein Lärmgemisch aus Stimmen, Gläsern und Musik füllt die Räume. Und dann wird Ollie gesehen. Sofort tritt tödliche Stille ein.

Panik blitzt in Ollies dunklen, wunderschönen Augen auf. Er sieht Jenny und Suze und strebt durch die Menge zu ihnen. Zurück bleibt eine enttäuschte Brigid, die ihm offenen Mundes nachstarrt. Alle rücken beiseite, um ihm Platz zu machen.

Und es regnet Berührungen: Männer legen ihm brüderlich die Hände auf den Arm oder die Schulter, während die Frauen direkt nach unbedeckter Haut langen, nach Fingern oder Wangen.

Endlich erreicht Ollie sein Ziel. Sam klopft ihm auf den Rücken, was ein bisschen zu kräftig ausfällt, und er entschuldigt sich verlegen, weil er ihn nicht besucht hat. Ollie sagt ihm, es wäre schon okay. Nachdem sie die Entschuldigung und die Vergebung hinter sich gebracht haben, reicht Sam Ollie ein Bier. Ollie trinkt. Er leert sein Bier binnen Minuten, gibt sich redliche Mühe, munter zu wirken, als wäre das eine geeignete Verteidigung gegen diejenigen, die jede Frage stellen würden, bloß um zu testen, wie weit seine Trauer geht.

Ich nutze die Gelegenheit, so nahe bei Sam zu sein, und versuche, in seiner Miene zu lesen. Ich schwirre um seinen glatten rasierten Schädel, blicke in die eisblauen Augen, kann jedoch nichts sehen außer einem kleinen weißen Ring, bei dem es sich um eine Cholesterinablagerung handeln könnte. Er sieht Tash an, nicht Jenny. Ist ihm tatsächlich nicht aufgefallen, wie verdammt umwerfend Jenny heute Abend aussieht?

Ihr Haar ist fantastisch. Mir gefällt es so hoch aufgesteckt. Und diese grünen Schuhe mit den Blockabsätzen sind der Hammer! Das blaue Kleid ist, nun ja, blau – sie hätte das Paillettenteil anziehen sollen! –, aber sie sieht so unglaublich hübsch aus, da macht auch das winzige Zucken in ihrem linken Augenlid nichts.

Ich widme mich wieder meinem Angebeteten. Er ist inzwischen auf Weißwein umgestiegen, was immer eine schlechte Idee ist. Und er sieht mit jedem Nachschenken grimmiger aus. Ist er wirklich für seine erste Party bereit? Da bin ich mir auf einmal gar nicht mehr sicher. Und ich mache mir Sorgen.

Wie ich sehe, trinkt noch jemand zu viel: Lydia. Sie steht schwankend neben einer riesigen Grünpflanze, was ein bisschen an eine Schiffbrüchige in einem Gummiboot erinnert, und starrt Ollie so konzentriert an, dass sogar er es merkt. Wie gut, dass George in der Küche ist, wo er mit einem betrunkenen Dänen mit Filzhut darüber diskutiert, ob Steve Coogan witziger ist als Stewart Lee.

Oh nein, jetzt kommt der gute alte George zurück und sucht nach seiner Frau. Ihm ist nicht klar, dass sein runder Bauch einen Tick vor ihm überall ankommt, sodass er damit ungewollt Leute anstößt, ähnlich jemandem, der mit einem dicken Rucksack in der vollen U-Bahn fährt.

»Geht's dir gut?«, fragt er und legt einen Arm um Lydias schmale Taille.

Sie macht einen Schritt zur Seite, worauf seine Hand erst auf ihren Hintern rutscht und dann ganz von ihr.

»Was ist los?«

Lydia schwankt. »Nichsss.«

»Du musst todmüde sein, nachdem Flora dich letzte Nacht wieder geweckt hat.« Er streicht ihr über die Wange. »Liebes, sie muss langsam lernen, allein zum Klo zu gehen. Du kannst nicht jede Nacht aufstehen.«

»Das isses nich.« Ihre glasigen Augen sind immer noch auf eine einzige Person fixiert, und die ist nicht ihr Ehemann. George folgt ihrem Blick.

»Wieso guckst du so?« Unsicherheit macht Georges Stimme höher als sonst. Ein Muskel in seinem Gesicht zuckt.

Lydia stiert weiter, und dieses Starren kann man nur als *sehnsüchtig* bezeichnen. Derweil unterhält Ollie sich mit Tash und Jenny und lehnt die Feigen in Parmaschinken ab. Aus ihm wird nie ein Canapé-Typ.

»Lydia, du bist betrunken.«

»Gott, ja, und wen interessiert das?«

»Und du bist ein bisschen peinlich.«

»Ach ja? Und du biss lächellich.«

Ich frage mich, ob er tatsächlich lächerlich ist oder Lydia sich allen Ernstes auf die Liste von Ollies möglichen nächsten Frauen drängen will und dabei die Kleinigkeit ignoriert, dass sie bereits verheiratet ist.

»Lydia, hör endlich auf, Ollie anzugaffen!« George ist jetzt puterrot.

Lydia zuckt nur mit den Schultern, als kümmerte es sie einen Dreck. Und das tut es. Ja, sie ist total betrunken, und ich fürchte, dass es nicht gut endet.

»Worum geht es hier?«

»Du bist langweilig, George. Und jetzt hör bitte auf.«

»Oder ist es so offensichtlich, dass ich es nicht sehen will?«

Wütend dreht sie sich zu ihm. »Was ist so beknackt offensichtlich, George? Dass Ollie mich ins Gü… ins Grübeln bringt, richtig ins Grübeln über die Sachen, auf die es ankommt?« Ihre blassrosa Schluppenbluse zittert.

»Jetzt klingst du echt wie ein Teenager.«

»Wir haben nur ein Leben, George. Eins!«

Er schnaubt. »Und du hast solange gebraucht, um das rauszufinden?«

»Unsere Beziehung könnte die einzige sein, die wir jemals erleben! Es könnte … das hier sein und dann der Tod! Ich hatte gedacht, mein Leben wird mal …« Sie ringt die Hände. »… irgendwie größer.«

George seufzt genervt. »Meinst du, dass dein Hang zum Drama und deine Ichbezogenheit irgendwann ihre Grenze erreichen?«

Lydias Unterlippe wackelt, und mir tun beide leid. Mir fallen die vielen Male ein, die ich Lydia und George auf Partys, Eltern-Lehrer-Konferenzen und vor dem Schultor gesehen habe; ich hatte die zwei stets für ein seltsames, aber glückliches Paar gehalten. Für mich waren sie der lebende Beweis dafür, dass sehr unterschiedliche Menschen zusammenpassen können; dass man sich nicht gleichen muss – Ollie und ich sind uns ziemlich ähnlich –, um eine gute Ehe zu führen. Hat mein Sterben nicht bloß ein Loch in meine Familie gerissen, sondern auch kleine Löcher in die Glashäuser der anderen Paare geschlagen?

Mit einem lauten Schniefen dreht Lydia sich auf ihren goldenen Absätzen um und stürmt zur Toilette. George bleibt entgeistert zurück, die Hände in ohnmächtigem Zorn zu Fäusten geballt, und versucht auszusehen, als wäre nichts passiert.

Natürlich weiß jeder auf der Party, dass etwas vorgefallen ist. Tash' und Liz' Augenbrauen sind Fragezeichen. Diverse Leute knuffen sich an.

Als Lydia wieder aus dem Klo kommt, sind die Tränenstreifen weg und ihre Lippen rosa nachgemalt. Die Schluppenbluse ist wieder korrekt hingezupft. Sie lächelt George frostig an, weigert sich aber, mit ihm zu reden, und die Party geht weiter. Als George einen Anruf auf seinem Handy annimmt und hinterher verkündet, dass Flora gespuckt hat und er nach Hause geht, um den Babysitter abzulösen, werden zahlreiche vielsagende Blicke gewechselt. Nachdem die Vorstellung vorbei ist, ziehe ich mich auf Suze' Kaminsims zurück, zwischen die Hochzeitsbilder und die Klaviervorspiel-Urkunden der Kinder. Ich bin ziemlich erledigt, na ja, und eben nicht mehr der Mittelpunkt der Party.

Wart ihr schon mal nüchtern auf einer Party, während sich alle anderen um euch herum betrinken? Ungefähr so ist tot sein. Und tot auf einer Party zu sein, ist noch viel mehr so. Ich versuche, nicht meiner schmerzenden Trauer nachzuhängen, weil ich *nicht* an Ollies Arm bin, oder in die Falle zu tappen, vergangenen Partys nachzuhängen. So wie der Lagerhausparty in Hoxton 1995, wo wir zwei Stunden lang im Lastenaufzug feststeckten; und als das Ding endlich wieder losruckelte, wurden wir von der versammelten Gästeschar dabei erwischt, wie wir uns gerade die Zeit vertrieben, was für reichlich Gejohle sorgte. Oder die Dinnerpartys, die wir gaben, als wir noch in Peckham wohnten. Damals galt allein die Bezeichnung »Dinnerparty« als Scherz, alle kamen in ihren besten 70er-Sachen von Oxfam, und das Einzige, was ich kochen konnte, war Curry-Huhn mit fertiger Curry-Paste. Oder unsere Hochzeitsparty, wo ich herumwirbelte und mein Kleid zu unserem eigenen Miet-Elvis fliegen ließ, während meine Freundinnen im Kreis drum herum standen und klatschten und ich die glücklichste Frau der Welt war. Ja, solch ein Zeug.

Der Partylärm hebt und senkt sich um mich. Der Alkoholgeruch wird beständig stärker, und die Körperausdünstungen färben die Luft pink. Inzwischen reichen Suze' Duftkerzen nicht mehr, den Schweißgeruch aus zig Drüsen zu übertönen. Also lege ich eine kleine Pause ein und ziehe eine Runde durchs Haus. Auf der Thermik der Körperwärme treibe ich nach oben, wo ich wehmütig Suze' Kinder betrachte, die wie kleine Engel in ihren Betten schlafen. Bei ihrem Anblick sehne ich mich schrecklich nach Freddie. Quibble der Hamster erstarrt vor Angst, als ich vorbeischwebe. Er ist so still, dass ich schon fürchte, ich hätte ihm einen Herzstillstand beschert, aber dann huscht er zum Glück zurück in sein Heunest. Ich sehe mich ausgiebig in Suze' Schlafzimmer um. (Ein Rampant-Rabbit-Vibrator in ihrer Sockenschublade! Wer hätte das gedacht?) Mich rührt, dass Chris und sie auf Kopfkissen schlafen, die mit LOVE und ihren jeweiligen Namen bestickt sind, auch wenn das ein bisschen sehr kitschig ist. Und mir wird klar, dass das am wenigsten sexy wirkende Paar womöglich das mit dem belebtesten Schlafzimmer ist. Ein Paar mittleren Alters in einer soliden Ehe hat etwas Majestätisches, nicht? Wir schwärmen alle für Jugend und Leidenschaft, aber vielleicht findet sich hier, zwischen grauem Schamhaar, fülligeren Taillen und ausgeleierten Beckenböden die wahre Romantik, die bis zur Erschöpfung getestet wurde und bestanden hat.

Weiter geht's ins Bad. Schickimicki-Brigid hockt auf dem Klo und tippt eine SMS. Obwohl ein Schild »Nur Klopapier, bitte!« am Wasserkasten klebt, spült sie ihren Tampax herunter. Die Frau nach ihr – Sara, die Möbeldesignerin, die für die Stars arbeitet und schon mal drei PVC-Stühle für Meg Mathews gemacht hat – wühlt in Suze' Badezimmerschrank und borgt sich deren Mascara aus. (Das nenne ich mutig, denn Suze' Familie ist für dauernde Bindehautentzündungen bekannt.) Eine andere Frau leiht sich ihr Deo. (Lieber sie als ich.) Und Adam Cross aus Nummer 35 kotzt in die Toilette. Er lässt den Wasserhahn laufen, um sein Würgen zu übertönen, während draußen eine andere Frau ungeduldig wartet und die Beine fest zusammenpresst.

Durch den Ventilator im Fenster schlüpfe ich nach draußen wie durch eine Drehtür. Die Luft ist kühl und aromatisch wie ein Wasserfall. Außerdem kommen aus mehreren Richtungen torfige Grilldüfte. Raucher stehen in Gruppen zusammen, vereint in ihrem Ausgeschlossensein. Wenn sie wieder nach drinnen zur Party gehen, tragen sie den Tabakgeruch in ihrem Haar mit rein. Alle werden betrunkener, der ernste Schultratsch weicht unflätigen Bemerkungen, schlechten Witzen und trunkenen Geständnissen, man hätte bei der letzten Wahl zum ersten Mal die Torys gewählt, wäre verliebt in den Tennislehrer oder in ein anderes Elternteil. Und selbstverständlich wird schamlos geflirtet.

Suze hat ihre Bluse so weit aufgeknöpft, dass alle freien Blick auf den Grand Canyon haben, und jedes Mal, wenn sie lacht, gerät er mächtig in Wallung. (Romantik hin oder her, jetzt wünsche ich mir, ich würde nichts von dem Vibrator wissen. Wahrscheinlich werde ich sie ab heute mit anderen Augen sehen.) Pete, der vier Häuser weiter wohnt, hat eine Hand auf dem von einem Strampelanzug verhüllten Hintern der heißen Single-Mum Zara aus Neuseeland. Jemand besonders Mutiges hat in der Küche eine Tüte gedreht. Tash bewegt sich im Zickzack durch die Gäste, um Eindruck zu schinden. Sie gehört zu jenen Frauen, für die Spaß haben die Gewissheit voraussetzt, dass sie die schärfste Braut der Party ist. Ich fürchte, ein bisschen so war ich auch.

Jenny und Ollie sind tief ins Gespräch versunken, allerdings lässt sich bei dem Lärm schwer ausmachen, worüber sie reden. Jedenfalls hat Jenny ihr klassisches Aufmerksam-Zuhören-Gesicht mit dem leicht geneigten Kopf und sagt sehr wenig. Sie zählt zu den wenigen Menschen, die wirklich hören wollen, was man ihnen sagt, statt auf Atempausen zu lauern, in denen sie ihre Ansichten zum Besten geben können.

Oh, was ist passiert? Jenny guckt hinunter auf den Boden, tritt von einem Fuß auf den anderen und sieht auf einmal traurig aus. Ollie stellt sein Glas auf den Kaminsims und schnappt sich seine Jacke, um zu gehen.

Suze sieht es und kommt so energisch zu ihm gestapft, dass ihre Wangen schwabbeln. »Du gehst doch hoffentlich nicht?«

»Doch, ich muss ins Bett, Suze«, antwortet er.

»Sehr klug. Ich würde mich auch verdrücken, ehe sie dich mit einem Cocktailstäbchen aufs Sofa nagelt«, sagt Liz.

Ollie zieht seine Jacke über. »Danke. Es war klasse.«

»War es das?« Suze will mehr. Sie will eine Bestätigung, dass ihr Organisationstalent und ihr sicheres Gespür für die richtigen Gäste es geschafft haben, einen kummergepeinigten Witwer aus den tränenreichen Untiefen seines Elends zu retten.

Ollie will einfach nur weg. Er ist der Typ, der sich schon in seinen besten Zeiten lieber stillschweigend davonmacht, ohne sich zu verabschieden.

In der Diele bewegt sich etwas. Suze dreht sich um und reißt die Augen weit auf. »Willst du etwa auch schon gehen, Lydia?«

Lydia hat schon ihren weißen Kunstpelzbolero an und schwankt immer noch. »George ist schon weg. Ich gehe mit Ollie.«

»Der muss dich tragen, wie es aussieht«, sagt Jenny und wirkt nicht direkt begeistert von der Vorstellung.

Lydia hickst. Plötzlich kommt Tash aus dem Nichts angaloppiert, eine flatternde Vision von Leopardenmuster auf Seide. Sie atmet angestrengt durch die Nase, was ein bisschen nach Pferd klingt. »Aber ich dachte, *wir* gehen nachher zusammen, Lydia?«

»Ach, entschuldige, Tash«, sagt Lydia, hört sich aber nicht an, als würde sie es bedauern. Sie hickst noch einmal. »Ich muss nach Flora gucken.«

»Tja, vielleicht sollte ich auch für heute Schluss machen.«

Suze packt sie in der Taille. »Du gehst nirgends hin, meine Liebe! Es ist erst halb zwölf, und vor Mitternacht eine Party zu verlassen, ist unhöflich.«

»Aber …«

»Und ich weiß, dass Ludo bei seinem Vater ist, also versuch nicht, dich mit dem Babysitter rauszureden.«

Schachmatt. Tash hängt fest und sieht darob alles andere als froh aus.

Draußen leckt ein suppiger Sommernebel das Pflaster sauber. Lydia hakt sich bei Ollie ein und lehnt sich an ihn. Sie so zusammen gehen zu sehen, zwei dunkle Gestalten in einem mystisch romantischen Sommernebel, bewirkt, dass ich pruste und schnaube wie ein alter Rasenmäher. Sie sehen hübsch zusammen aus, keine Frage: Lydia in ihrem flauschigen Bolero erinnert an ein hilfloses Lämmchen, und Ollie, dessen langes Haar klamm vom Nebel ist, schlurft leicht angetrunken über das glitschige Pflaster wie ein Cowboy.

Ich muss damit aufhören.

Wir reden hier über Lydia, die süße kleine Lydia, die eigens für Ollie lernte, Lasagne zu machen. Lydia, die bei meiner Beerdigung durchgeweint hat und sich bis heute meinetwegen in den Schlaf heult. Lydia, die dreihundert Pfund in Trost-Küchenzubehör investiert hat. Ich kann ihr nicht vorwerfen, dass sie sich immer weiter nach links lehnt, dass sie ihren blonden Kopf an Ollies Schulter neigt und ihm sagt, er wäre »ein echtes Vorbild«. Oder doch?

Wir erreichen Nummer 33. Lydia wohnt circa zweihundert Meter weiter. Beide zögern. Ollie sagt zu Lydia: »Ich bringe dich nach Hause.«

»Kann ich mit reinkommen?«

»Reinkommen?«

»Ja. Ich würde alles für eine Tasse Tee tun. Wenn ich mir zu Hause welchen mache, wecke ich George.«

»Ach so, okay.«

Okay!

Sie gehen den Weg zur Haustür, wobei Lydia sich immer dichter an ihn drängt, als wollte sie in ihn reinkriechen. Ollie ist kein Schlafsack! Bis er den Schlüssel ins Schloss steckt, ist ihre Zehenspitze an seiner Ferse und ihre Hand auf seinem Rücken. Ollie dreht den Schlüssel und stößt die Tür mit dem Knie auf. Sie sind in der Diele. Weiter kommen sie nicht.

Lydia fängt an zu schluchzen.

»Lydia?«, fragt Ollie entsetzt.

»Entschuldige, Ollie, ich will gar nicht flennen.«

»Was ist denn?« Die Zärtlichkeit in seiner Stimme weckt eine unendliche Sehnsucht in mir. Er war immer schon der Beste von allen, wollte man sich an einer Schulter ausweinen.

»George.«

Ollie runzelt die Stirn. Sein Gesicht ist voller Schatten, und in seinem Unbehagen tippt er mit dem Fuß einen Takt.

»Es ist alles verkorkst, Ollie, zwischen George und mir.«

»Was ist passiert?«

»Es klingt komisch …«

»Sag schon.«

Sie holt zittrig Luft. »Er liebt mich nicht so, wie du Sophie geliebt hast. Und jetzt, wo mir das einmal klar ist, kann ich nicht so tun, als würde es nichts machen, und ich werde ganz irre davon.«

Eine surrende Stille folgt. Ollies Mundwinkel zucken, als hätte er Mühe, nicht zu lachen. »Hey, du bist einfach übermüdet. Schaffen wir dich nach Hause. Komm.«

»Nein. Ich reiß mich zusammen, und wir trinken einen Tee«, sagt Lydia bestimmt. Sie lässt seinen Arm los und stakst in die Küche. Auf halbem Weg stolpert sie über Freddies Fußballschuhe. Als sie beide in der Küche sind, macht Lydia die Tür zu, lehnt sich von innen dagegen und kichert kokett: »Wir wollen Freddie nicht aufwecken.«

Ollie braucht vier Minuten, um die Teebeutel zu finden.

»Setz dich zu mir.« Sie klopft auf den Stuhl neben ihrem.

Gehorsam setzt Ollie sich hin. Der Tee ist vergessen.

Für einen Moment scheint Lydia relativ normal und nüchtern. »Ich halte das nicht mehr aus.« Sie fängt an zu weinen.

»Oh, Lydia, nicht weinen.«

»Ich könnte ihn verlassen.« Ihr Kopf sinkt gegen Ollies Schulter.

»Alle Ehen haben ihre holprigen Phasen.«

»Eure hatte die nicht.«

Ollie zupft an seinem Bart. Zum ersten Mal habe ich wirklich keine Ahnung, was er denkt.

»Männer wie du wissen, wie man eine Frau richtig liebt.«

Ollie lacht. Es ist ein echtes Lachen, als hätte er seit Jahren nichts derart Witziges gehört.

Lydia hört abrupt auf zu lachen und senkt den Blick. »Ich würde George für dich verlassen, Ollie.«

Ollie schreckt von ihr weg. Es herrscht beklemmendes Schweigen, während das kleine rote Licht des Rauchmelders zu blinken anfängt. »Du hast zu viel getrunken. Komm, ich bring dich nach Hause.«

Lydia wischt sich die Tränen ab. »Ich erwarte nicht, dass ich Sophies Platz einnehme, ehrlich nicht …«

Jetzt bekommt Ollie glänzende Augen. Und ich weiß nicht, ob er den Tränen nahe ist, weil er Lydia mag oder mich vermisst oder weil er schon solange keine Frau mehr in den Armen gehalten hat. Sanft legt er einen Finger auf Lydias Lippen. »Schhh.«

Damit habe ich nicht gerechnet. Mit dem Finger auf den Lippen. Nein, damit habe ich ganz und gar nicht gerechnet.

Oh, Mist! Es wird passieren. Es passiert. Lydia hebt ihm ihren Kopf entgegen und schließt ihre hübschen grünen Augen. Der Rauchmelder blinkt wie verrückt.

Dann höre ich Schritte. Im nächsten Augenblick dreht sich der blank polierte Türknauf.

»Ollie?« Die Küchentür fliegt auf. Dort steht Cecille in ihrem kurzen Seidenmorgenmantel, die Hände in die Hüften gestemmt. »Ist alles okay?«

30

Aufgewühlt von dem Beinahe-Kuss schwirre ich weg, geradewegs nach oben und raus. Die Nacht verbringe ich in der herrlich erdigen Feuchtigkeit von Queen's Wood. Erst als es in den Straßen nach Bacon zu duften beginnt und Sonntagszeitungen auf Fußmatten plumpsen, kehre ich nach Hause zurück. Und wen sehe ich? Ich sehe Jenny, die mit ihrer Schwimmtasche die Straße entlangkommt und, weil es bergauf geht, bei jedem Schritt in ihren Sandalen nach hinten rutscht. Vor Ollies Tür bleibt sie kurz stehen und atmet tief ein, als müsste sie ihren Mut zusammennehmen. Das sollte für einen Besuch in der öffentlichen Badeanstalt eigentlich nicht nötig sein.

»Jenny!« Freddie rennt in ihre Arme. Er hat schon seine rote Schwimmbrille auf. »Machst du heute wieder Handstand im Wasser?«

»Keine Chance!« Sie kniet sich hin und blickt direkt in seine Schwimmbrille, als guckte sie durch ein Teleskop. »Ich habe mir gerade die Haare färben lassen und will nicht wieder wie Shrek aussehen.«

»Räucherschinken?« Das Highlight bei jedem Schwimmengehen mit Freddie ist der Gang zum Snackautomaten, wo er eine Münze einwirft und dann zuschaut, wie die Spirale rotiert und die glänzende Walkers-Chipstüte wie von Zauberhand in die silberne Lade unten fällt.

»Wenn du eine Bahn schwimmst.«

Ollie kommt aus der Küche und unterdrückt ein Gähnen. Seine Züge erhellen sich bei Jennys Anblick. »Du siehst unanständig gut aus für den Morgen nach einer Party.«

»Croissants und Ibuprofen.«

Ollie fährt sich durch sein schwarzes Haar und streicht über seinen Bisonbart. Er sieht aus, als hätte er überhaupt nicht geschlafen. »Komm rein und trink einen Kaffee.« Er nimmt sie bei der Hand und zieht sie in die Küche.

»'Allo«, unterbricht Cecille.

Wie lange steht sie schon auf der Treppe? Sie trägt einen blauen Morgenmantel, der über ihrem kecken Dekolleté weit aufklafft. Es ist derselbe wie letzte Nacht, in dem sie den Beinahe-Kuss vereitelte. Ich bin diesem Morgenmantel wohl einiges schuldig.

»Morgen, Cecille«, sagt Jenny. Sie bemüht sich vergeblich, nicht auf das Dekolleté zu sehen. »Wie geht es dir?«

»Sehr, sehr gut.« Cecille klimpert neckisch mit den Wimpern in Ollies Richtung, den Kopf leicht schräg gestellt und eine Hand auf dem Treppengeländer – in bester Filmstarmanier.

Freddie zurrt an Jennys Hand. »Komm jetzt, Jenny, wir wollen schwimmen.«

»Okay.«

»Was ist mit Kaffee?« Ollie sieht enttäuscht aus.

»Nein, wir gehen lieber, ehe die Massen einfallen«, sagt Jenny rasch.

»Oh.« Ollie reibt sich die Augen. »Dann gehe ich wieder ins Bett.«

»Isch koche das Frühstück«, schnurrt Cecille und zieht den Gürtel ihres Morgenmantels strammer.

Ollie grinst. »Du bist ein Engel, Cecille.«

Hallo? Wer ist hier der Engel?

»Dann genießt euer Frühstück«, sagt Jenny merklich angespannt, als sie schon mit Freddie aus dem Haus läuft. Hinter ihr wabert eine ganze Wolke von Emotionen auf, dick und weiß wie eine Flugzeugspur. Ich werde in den Luftstrom gesogen, wirble mit ihm zur Tür und in Jenny hinein. Ja, in sie hinein! Plötzlich bin ich irgendwo, wo es sehr rot ist und pulsiert. Ein bisschen ist es, wie bei Sonnenaufgang in einem kleinen roten Zelt sitzen. Ba-bumm, ba-bumm. Es ist tatsächlich ihr Herz. Und ich sag euch was: Sam ist hier nicht zu sehen.

31

Jenny zuckte heftig zusammen, als an ihr Wagenfenster geklopft wurde.

Verwundert blinzelte sie ins schmutzige Sonnenlicht von Camden. Als Erstes sah sie die Hand mit dem winzigen Delfin-Tattoo auf dem Gelenk. Ihre Augen wechselten blitzschnell von dort zum Gesicht: ein schönes Gesicht mit einer großen weißen Sonnenbrille. Jenny erstarrte. Es war die Frau mit dem weißen Fiat, die wie Sophie aussah, aus der Nähe jedoch *nicht* Sophie war. Sie hatte das gleiche dicke dunkle Haar, die gleiche ovale Gesichtsform, aber sie war definitiv nicht Sophie. Nein, natürlich nicht.

»Entschuldigung, ich wollte dich nicht erschrecken«, sagte die Frau. Sie hatte eine weiche, melodische Stimme und eine sehr prononcierte Aussprache.

Misstrauisch und klopfenden Herzens öffnete Jenny die Wagentür. »Kann ich etwas für dich tun?«

Die Augen der Frau glitzerten. »Das hoffe ich«, antwortete sie und klang bloß ein kleines bisschen irre. »Ich hoffe es sehr.«

Ach du Schande, eine Verrückte. In Camden wimmelte es von denen. Jenny hatte eine Verstrahlte an den Hacken, die noch dazu aussah wie Sophie. Da sie schleunigst wegwollte, stieg sie aus und verriegelte die Tür, für den Fall, dass die Irre ihr Auto klauen wollte. Allerdings musste sie zugeben, dass sie für eine Wahnsinnige erstaunlich gut gekleidet war. Vielleicht war sie eine normale Frau, die einen Nervenzusammenbruch hatte. Eine, die sich jede Menge hübsche Kleidung gekauft hatte, bevor sie vom Teller drehte. »Verzeihung«, sagte Jenny in ihrer Irre-Abwimmel-Stimme und ging an der Frau vorbei auf den sonnigen Gehweg, näher zu ihrer sicheren Wohnung.

»Ich möchte einfach nur mit dir reden, wenn es geht.« Die Frau begann, neben ihr herzugehen.

Jenny war inzwischen äußerst unwohl. Was wollte diese Frau von ihr?

Jetzt fasst sie auch noch Jennys Arm an. »Bitte, Sophie.«

Sämtliches Blut verließ Jennys Kopf, weshalb sie einen Moment brauchte, sich zu fangen. »Was? Wie hast du mich gerade genannt?«

»Du heißt doch Sophie, oder nicht?« Die Frau blinzelte unsicher.

»Nein, heiße ich nicht.«

Nun war die andere verwirrt. »Wirklich nicht? Tut mir leid. Ich … ich …«

»Wie kommst du darauf, dass ich Sophie heiße?«

Die andere senkte den Blick. »Ich habe dich wohl verwechselt.« Sie blieb stehen und sah Jenny an. Ihre braunen Augen wirkten panisch. »Es ist nur … wegen Sam«, platzte sie heraus. »Ich kenne Sam. Da ist etwas …«

Jennys Magen zog sich zusammen. »Sam?«

»Bist du seine Freundin?«, fragte die andere skeptisch.

Jenny antwortete nicht gleich, musterte die andere aber aufmerksam. »Verlobte.«

»Verlobte?« Der Frau entgleisten die Gesichtszüge, während sie schon anfing, rückwärts zu gehen. »Richtig, klar.«

»Warte! Warum willst du das wissen? Warte doch!«, rief Jenny, als die Frau auf ihren blauen Absätzen kehrtmachte und wegging. Ihr schimmerndes dunkles Haar schwenkte hinter ihr weit aus.

32

Sie sieht wie Sophie aus?« Sam blies Rauchfahnen aus seinen Nasenlöchern, die hinauf zu den Deckenlautsprechern schwebten und dort vor den Bässen der Kaiser Chiefs vibrierten.

»Wie ihre Doppelgängerin.« Jenny saß auf der kalten schwarzen Granitarbeitsplatte. Für einen Moment fühlte sie sich, als würde sie auf einer Gebäudekante hocken, bereit, in die Tiefe zu springen.

»Werde nicht komisch, Babe. Du klingst schon wie einer von den typischen Klapsen-Kandidaten im Viertel.« Er tippte seine Zigarette in seinem Lieblingsascher ab, einem Fünfzigerjahre-Modell aus blauem Glas.

»Sam, sie dachte, dass ich Sophie heiße. Wie durchgeknallt ist das denn?« Sie sprang von der Arbeitsplatte. »Und sie hat gesagt, dass sie dich kennt.«

Unter seinen Wochenendstoppeln wurde er merklich blasser. Und weil ihm bewusst war, dass sie ihn beobachtete, drehte er sich weg und fing an, mit einer eingeschweißten Kaffeepackung zu kämpfen, während er seine Zigarette runterbrennen ließ. »Ich habe dir doch gesagt, Babe, dass du dringend entspannen musst.«

»Ich bin entspannt!«, schnauzte sie ihn recht undamenhaft an. »Sam, sie hat mich gefragt, ob ich Sophie heiße. Warum sollte sie das fragen?«

Er nahm seine Zigarette wieder auf, versteckte sich hinter dem Rauchschleier und sah sie von der Seite an. »Ein weißer Fiat, sagst du?«

»Ein weißer Fiat. Und sie hatte ein Tattoo!«, rief sie, weil es ihr gerade wieder einfiel. »Einen kleinen Delfin auf dem Handgelenk, der unter ihrem Uhrarmband hervorguckte.«

Sam schloss die Augen und drückte sich fest auf die Nasenwurzel. »Du weißt, wer das ist, oder? Du weißt es. Sag es.«

»Dominique.«

»Und wer zur Hölle ist *Dominique?*«

Sam wischte über das Gesicht, als würde ihn allein die Erinnerung an sie erschöpfen. »Sie war schon immer ein bisschen klapsenverdächtig.«

»Du hast sie noch nie erwähnt!«

Sam verschränkte seine Arme. »Habe ich nicht? Tja, wohl eher nicht. Es ist auch nichts Besonderes.«

Okay, Jenny hatte noch nie zu den Frauen gehört, die eine detaillierte Biografie nebst einer Bewertung zwischen eins und zehn der Ex-Beziehungen fordern. Und dennoch. Wer zur Hölle war Dominique? Und welche Note zwischen eins und zehn würde er ihr geben?

»Das war vor dir. Logisch.«

»Wann?«

»Ich fürchte, ich kann dir keine genauen Daten nennen.«

»Wann, Sam?« Mittlerweile zitterte sie.

Er griff nach ihrer Hand. »Hör zu, Jenny, es gab einige Frauen vor dir, und ich habe nie getan, als wären da keine anderen gewesen.«

»Also war sie eine Affäre, nur eine kurze Geschichte?«

Er nickte. »Eine Affäre.«

Jenny wandte das Gesicht ab, weil Tränen in ihren Augen schwammen. »Ich nehme an, für sie war es mehr.«

»Lass es gut sein, Schatz. Wir heiraten in ein paar Wochen. Vergessen wir die Vergangenheit.« Sanft berührte er ihr Kinn und zog sie zu sich. »Ich liebe dich. Du hast keinen Grund, dir wegen anderer Frauen Gedanken zu machen.« Er führte ihre Hand an seine Lippen und küsste sie. »Reg dich bitte nicht wegen jedem Quark so auf.«

»Aber wieso dachte sie, dass ich Sophie heiße?« Das konnte sie schlicht nicht auf sich beruhen lassen. Es ging nicht.

»Weil sie nicht alle Tassen im Schrank hat?« Sam gab es auf, sie mit Körperkontakt beruhigen zu wollen, löffelte einige Kaffeebohnen in die Mühle und stellte sie an. »Sophie ist ein ziemlich gängiger Name.«

Jenny lehnte sich an die Wand, erledigt und sich nichts mehr sicher. Die Kaffeemühle hörte sich wie ihr Gehirn an, das jede Gewissheit zerschredderte. Beide schwiegen, solange er den Kaffee bereitete. Jenny sah ihm zu und überlegte.

»Hey, was hältst du von Mums Idee, die örtliche Blaskapelle zu engagieren, die im Festzelt zur Begrüßung aufspielt, wenn die Leute aus der Kirche kommen?«, fragte er und goss Kaffee in zwei kleine Tassen.

»Wie bitte?« Sie sah immer noch Dominique vor sich, diese sehr braunen Augen, die sie durch das Autofenster anguckten und in ihrem Gesicht nach Antworten zu suchen schienen.

»Eine Blaskapelle.«

»Hach, ich weiß nicht.«

»Ich mag Blaskapellen.«

»Ich hasse Blaskapellen.«

»Du würdest Mum überglücklich machen, wenn du Ja sagst. Hier, dein Kaffee.«

»Ich will keinen Kaffee.«

»Okay, ich kapier langsam, wie du drauf bist. Da erwähne ich lieber nicht Mums Vorschlag mit dem Morris Dancing.«

»Bitte nicht.«

Er nahm einen Schluck Kaffee und verzog das Gesicht. »Mum hat auch wieder nach dem Brautkleid gefragt.«

»Sam, deswegen hat sie mir erst letzten Monat die Hölle heißgemacht«, sagte Jenny, die sich an den schrecklichen Nachmittag vor Suze' Party erinnerte. »Das brauche ich nicht noch mal. Ich kaufe mir schon noch ein Kleid und schreite nicht nackig zum Altar.«

»Schade.« Er grinste. »Nein, eigentlich hat sie gefragt, ob du vielleicht mit ihr Shoppen gehen willst. Das Kleid.«

»Nein!« Sie fing sich und atmete einmal durch. »Entschuldige, das ist sehr nett von ihr, aber nein.«

»Ich gebe mir Mühe, verständnisvoll zu sein.« Er stellte seine Kaffeetasse ab, und seine blauen Augen blitzten gefährlich. »Aber wartest du darauf, dass Sophie erscheint und mit dir das Kleid aussuchen geht, oder so?«

Vielleicht tat sie genau das. Vielleicht war es das.

»Babe, das wird nicht passieren.«

»Ich kaufe es bald«, sagte sie verkniffen.

»Ich glaube, alle würden sich besser fühlen, wenn du es endlich tust.« Er strich ihr eine Haarsträhne aus dem Gesicht und hinters Ohr. Seine Finger rochen nach Marlborough Lights, und das mochte sie nicht. »Übrigens kommen Mum und Dad am Sonntag zum Brunch. Vielleicht kannst du dir überlegen, was wir kaufen sollen? Makrele? Ich mag Makrele zum Brunch.«

»Ich gehe sonntagsmorgens mit Freddie zum Schwimmen.« Und sie hasste Makrele. Überhaupt hatte sie ein Problem mit fettigem Fisch. Der war so fettig.

Sam rührte mehr Zucker in seinen Kaffee, was unübersehbar wütend wirkte. »Vielleicht kann Ollie mal ausnahmsweise selbst mit seinem Kind zum Schwimmen gehen?«

»Das ist unser Ding.«

Er blickte auf. »Ist das klug?«

»Was meinst du mit ›klug‹?«

»Freddie hängt sich sehr an dich, Jenny.« Seine Stimme nahm einen therapeutisch weichen Ton an. »Hör mal, ich weiß, dass du dich ein bisschen von Ollie zurückgezogen hast, seit Cecille da ist.« Er warf seinen Kopf zurück, als er seinen Kaffee leerte. »Aber eigentlich nicht von Freddie.«

»Natürlich nicht! Ich habe gar nicht vor, mich von Freddie zurückzuziehen!«

»Du wirst aber nicht ewig in der Lage sein, dich so intensiv um ihn zu kümmern, oder? Nicht, wenn wir erst verheiratet sind.«

»Ich wüsste nicht, was sich ändern sollte, wenn wir verheiratet sind. Ich bin für ihn da, solange er mich braucht, Sam.«

Sein Blick wurde merklich härter. »Das heißt lebenslänglich.«

Jenny sah ihn ungläubig an. »Ich *liebe* Freddie, Sam. Begreifst du das nicht? Ich liebe ihn, weil er liebenswert ist, aber auch, weil er Sophies Sohn ist. Ich werde immer für ihn da sein. Und mir ist egal, ob das ein Leben lang bedeutet. Ja, ich hoffe sogar, dass es das heißt.«

Sam brach ein Stück von einem Bagel ab, der noch vom Frühstück übrig war, biss davon ab und warf den Rest beiseite, ohne die Augen von Jenny zu nehmen. Es war komisch, wie er sie ansah. »Du wirst es anders sehen, wenn du eigene Kinder hast. Jedenfalls sagt Mum das.«

»Ich weiß nicht, was sie das angeht.«

Eine Weile lang schwieg Sam. »Hier geht es um Ollie, oder?«

»Nein!« Wie sollte sie erklären, dass jedes Zimmer heller wirkte, wenn Ollie da war, sonst nichts?

»Der Hugh Hefner von N10.«

»Mach dich nicht lächerlich.«

Eine Ader pulsierte an seiner Schläfe. »Hast du mal überlegt, wie ich ausgesehen habe, als du mich auf diese schreckliche Party geschleppt hast, wo du dich die ganze Zeit wispernd mit Ollie unterhältst, während ich rumstehe wie der letzte Idiot?«

Jenny wählte ihre Worte mit Bedacht. »Mir war lediglich bewusst, dass es seine erste Party ohne Soph war, und ich wollte mich vergewissern, dass es ihm gut geht.«

Sam nagelte sie mit seinem Blick förmlich fest, als wollte er unbedingt verhindern, dass sie sich vor einer Fortsetzung dieser Unterhaltung drückte. »Gibt es etwas, das du mir sagen willst?«

Sie schloss die Augen. Wenn sie nicht hinsah, würde dies alles vielleicht weggehen. Aber Sam war noch da, als sie die Augen wieder öffnete. Ja, ihr war klar, dass Sam bei aller Wut gekränkt war, eifersüchtig sogar, und dass sie ihn lieber beschwichtigen sollte, ihn überzeugen, dass Ollie ihr nichts bedeutete und sie ganz ihm gehörte, mit Leib und Seele und für immer. Warum tat sie es nicht? Konnte sie nicht?

Sie kniff erneut die Augen zu und sah eine Art Daumenkino auf ihren schwarzen Lidern: Sophies breites Grienen; Sophie, die den Kopf in den Nacken warf und »die Hupe« machte; ihr verdrehter Körper auf der Straße; die gelbe Unterhose; Dominiques Delfin-Tattoo; Sam, der einen Bissen von dem Bagel abreißt und sie ansieht, wie er sie nie zuvor angesehen hat. Nichts davon konnte Jenny verarbeiten. Es war alles Teil eines merkwürdigen Algorithmus, den sie nicht verstand. »Ich gehe duschen.«

Sie zog sich aus und betrachtete ihren nackten Körper im Spiegel. Das wenig schmeichelhafte Badezimmerlicht machte sie blass und teigig wie eine Jakobsmuschel. Dann stieg sie unter die Dusche und drehte sie auf die heißeste Stufe, sodass sie ihr fast die Haut verbrühte. Eine gefühlte Stunde stand sie dort, ließ sich das heiße Wasser über den Kopf strömen, über die Augen, in die Ohren, und versuchte, alles wegzuspülen.

Als sie wieder rauskam, war Sam weg. Gott sei Dank. Jenny blickte aus dem Fenster und nahm drei Yoga-Atemzüge, von denen ihr ein bisschen schwindlig wurde. Ein Johlen unten auf der Straße erschreckte sie, sodass sie hinsah und einige Schulkinder bemerkte, die lachend zu ihr hinauf zeigten. War sie noch in das Badelaken gewickelt? Jenny floh zum Sofa und schaute sich benommen im makellosen, teuer möblierten Wohnzimmer um. Auf dem Küchentresen stand Sams Kaffeetasse, und sein Zigarettenstummel lag im Aschenbecher. Jennys Haut war inzwischen kühl, und ihr Haar kräuselte sich an den Spitzen, als es trocknete. Draußen brummte der Verkehr, der Küchenwasserhahn tropfte, und für einen intensiven, lichten Moment war ihr, als würde sich ihr Leben vor ihr abrollen wie eine zu schwungvoll gezogene Klopapierrolle und sich auf den Boden aus amerikanischer Walnuss ergießen. Bald war das Papier überall verteilt und bauschte sich im Wind. Es war unmöglich, so viel abgewickeltes Toilettenpapier wieder ordentlich auf die Papprolle zurückzuwickeln, so wie es ausgeschlossen war, dass sie ihr Leben wieder so hinbekommen würde, wie es gewesen war.

Wenn sie so weitermachte, würde Sam sich von ihr trennen. Nachdem sie solange verlobt waren, wäre sein Verlust, als hätte sie eine ganze Nacht für ein Wimbledon-Ticket angestanden, bloß um sich umzudrehen und wegzugehen, sowie ihr Name aufgerufen wird. Ja, er würde Schluss machen. Oder, was genauso schlimm, nein, schlimmer war, er würde ihre Freundschaft mit Ollie zerstören, einen Ollie-Bann verhängen. Und dann würde sie Freddie auch nicht mehr sehen. O Gott. Das war unvorstellbar. Sie musste etwas tun: etwas Überzeugendes, Versöhnliches und Symbolisches.

Und das schnell.

33

Vier Tage später stand Jenny nervös auf der Tottenham Court Road, trat von einer verschwitzten Innensohle ihrer braunen Gladiatoren-Sandale auf die andere und zweifelte an ihrer genialen Idee. Konnte das hier wirklich die Lösung zu ihrem Problem »Ollie oder Sam« sein? Die Brücke, die über den reißenden Strom führte? Nun, eine bessere Idee hatte sie nicht. Und sie musste nach vorn blicken. Sie sollte aufhören, an die Briefe zu denken, die sie in Sophies Schublade gefunden hatte. Aufhören, an Dominique zu denken. An Ollie. In ihrem Kopf tobte eine wahre Böse-Gedanken-Disco. Sam hatte recht. Sie musste sich entspannen. Die Trauer hatte sie aus der Bahn geworfen. Es war Zeit, wieder in die Spur zurückzufinden.

Halb eins. Jenny sah auf ihr Handy, ob er eine Nachricht geschickt hatte. Nichts. Vielleicht hatte er sie vergessen. Sie hatte ihn praktisch hierzu gezwungen, ihre Macht als Braut ausgenutzt. Fünf Minuten gab sie ihm noch. Zwei mehr. Eine, für alle Fälle. Bis die Ampel umsprang. Der Gehweg füllte sich mit Angestellten, die zur Mittagspause gingen. Trotz des Sturms war es heiß, sodass Jenny froh war, ihr Deo extra dick aufgetragen und sich vollständig gewachst und gezupft zu haben. Heute war besondere Anstrengung nötig. Noch eine Ampelphase.

Als sie sich gerade enttäuscht zum Gehen umwandte, entdeckte sie ihn. Er winkte und kam die Straße in einem schmal geschnittenen schwarzen Anzug und weißen Turnschuhen entlang. An seinem schwarzen Haar zurrte der Wind besonders wild, als wäre er in High-Definition und alle anderen Leute in Schwarz-Weiß. Diesen Moment, wie er in seinem schwarzen Anzug die Straße entlanggeht, werde ich nie vergessen. Hieran erinnere ich mich für immer, dachte sie.

Und sie behielt ihre Gedanken für sich.

»Bin ich zu spät?«

»Nein, ich war bloß ein bisschen früh«, antwortete sie, obwohl er zu spät kam.

Als sie begannen, die Oxford Street weiterzugehen, wurde sich Jenny des Winds bewusst, der ihr das blaue Kleid flach an den Körper wehte und alles zeigte: Brust, Bauch und Schambein.

»Hübsches Kleid«, sagte Ollie, der sie von der Seite betrachtete.

Verlegen schwang sie sich die große Handtasche vor den Oberkörper. »Danke.«

»Ich habe Proviant mitgebracht.« Er wühlte in seiner Hosentasche und holte eine Tüte Haribo hervor. »Ich hätte ja härtere Drogen besorgt, aber ich dachte, dann schimpfst du.«

Jenny lachte. »Ich fasse nicht, dass ich dich hierzu zwinge!«

»Ich auch nicht.«

Sie hatte ihm bereits erklärt, warum sie ihn gebeten hatte. Es war ganz simpel, jedenfalls die Erklärung. Er war hier, weil Sophie es nicht sein konnte. Das war der Grund, und Ollie verstand ihn. Jenny verstand ihn ebenfalls. Indem sie Ollie in die Brautmodengeschäfte schleppte, legte sie ihn auf die Rolle des schwulen besten Freundes fest. Hiermit war ihre Beziehung für alle geklärt und Jennys Leben hörte endlich auf, aus den Fugen zu geraten. Er könnte doch schwul sein! Er könnte schwul, musikalisch und sexy sein, wie Rufus Wainwright. Und sie mussten alle völlig vergessen, dass er hetero war.

Selfridges. Ollie schob die schweren Glastüren auf und trat beiseite, um Jenny in den gierigen Schlund der Handtaschenabteilung zu lassen. Wie kam es, dass sich all diese Frauen mitten in einer Rezession so reich fühlten? Von hier aus drängten sie sich zu den breiten Rolltreppen durch, die das Gebäude einem Riesenreißverschluss gleich teilten. Jenny klammerte sich an den Gummihandlauf. Seit Sophies Tod war sie in keinem großen Kaufhaus mehr gewesen. Das viele Glas, das

Chrom, die Lichter und der Lärm waren überwältigend. Als spürte er ihr Unbehagen, legte Ollie eine Hand unten an ihren Rücken. Sie brannte einen Handflächenabdruck durch den dünnen Baumwollstoff ihres Kleids.

Er beugte sich von der Stufe unter ihr vor und lehnte sein Kinn auf ihre Schulter. »Nur damit ich Bescheid weiß, Jen, suchen wir etwas Weißes, Chamois oder etwas Gewagteres?«

»Chamois. Eine Frau bei John Lewis meinte, das ist gefälliger bei ›der reiferen Braut‹.« Sein Mund war Zentimeter von ihrem entfernt. Er war zu nahe. Jenny stieg eine Stufe höher.

»Das hat sie ernsthaft gesagt? Jetzt kriege ich Angst.« Er lächelte sie an. »Aber willst *du* denn Chamois?«

»Ich habe keine Ahnung, was ich will. Und ich warne dich lieber gleich, dass ich mit meiner inneren Dolly Parton ringen muss, Ollie. Mich zieht es grundsätzlich zu den fiesesten Kleidern im Laden. Dein Job ist es, mich davon abzuhalten, eines zu kaufen, in dem man sich nicht außerhalb von Nashville zeigen darf.«

»Kann gut sein, dass ich versage.« Sein Atem strich ihr über den Nacken. Für einen Moment glaubte sie, darin alles wahrzunehmen, was sie liebte – Kaffee, frische Luft, Schlaf, Sex – und dann ertappte sie sich dabei und zwang sich, nicht hinzuriechen. »Ich lasse dir womöglich Strass durchgehen.«

Sie kamen in die Brautmodenabteilung, wo das geschniegelte Personal sie diskret neugierig beäugte. Vielleicht wunderten sie sich über den gut aussehenden Mann bei ihr, fragten sich, wer er war und was er hier machte. Ob er schwul war. Jenny erblickte Ollies Gesicht im weiß gerahmten Spiegel an der gegenüberliegenden Wand und erschrak, weil es ihr beinahe so vertraut war wie ihr eigenes Spiegelbild.

»Kann ich Ihnen helfen?« Eine Verkäuferin, die aussah, als würde sie die Abteilung leiten, und laut ihrem Namensschild »Penny« hieß, kam strahlend auf sie zu. Ihre Zähne waren so weiß, dass sie fast bläulich wirkten, und nicht etwa, weil hier die UV-Beleuchtung einer 80er-Disco herrschte.

»Ich suche nach einem Kleid«, antwortete Jenny, als wäre es nicht sowieso offensichtlich. »Einem Brautkleid.« Noch schlimmer. Sie merkte, dass Ollie neben ihr grinste und von einem Turnschuhfuß auf den anderen trat, weil diese Situation schlicht komisch war.

»Na, da sind Sie hier richtig.« Penny wartete, dass Ollie und Jenny lachten. Sie lachten. »An was für eine Robe hatten Sie gedacht?«

Etwas an dem Wort Robe gab Jenny das Gefühl, alt und verstaubt zu sein – oder eine Anwältin vor ihrem ersten richtigen Prozess.

Die Verkäuferin zog fragend eine Braue hoch.

»Modern?«, schlug Ollie vor.

Jenny nickte dankbar. »Ja, genau, ein modernes Kleid!«

»Moderne Roben für die moderne Braut«, wiederholte Penny mit routinierter Begeisterung. »Wenn Sie mir bitte folgen wollen.« Wie kichernde Schulkinder in einer Dessous-Abteilung, führte sie die beiden vorbei an förmlichen Kleidern, die wie unzusammenpassende Bahnen eines langen, bauschigen Vorhangs aufgereiht waren. Jenny fühlte, wie ihr Herz schneller zu pochen begann. Allein der Anblick der Kleider machte sie nervös. Sie waren alle so gnadenlos romantisch. Und Jenny war so … irgendwie so prosaisch. Sophie konnte Rüschen und Volants tragen und darin wie Kate Bush aussehen. Jenny hingegen brauchte sich nur in die Nähe eines Spitzensaums zu bewegen, und schon sah sie wie eine der irren Murmlerinnen aus, die über den Portobello-Markt streiften und vom Sommer 1974 faselten, wie viel schöner damals alles noch war, bevor die Banker ins Viertel einfielen.

»Gefällt?«, fragte Ollie, der ein schmales cremefarbenes Kleid vom Ständer nahm. »Oder nicht?«

»Gefällt«, stimmte Jenny ihm zu, wobei sie nicht recht wusste, ob gefallen gleichbedeutend mit lieben war. Nein, eindeutig nicht.

»Sagen Sie mir einfach Bescheid, wenn ich Ihnen ein Modell in die Umkleide bringen soll«, trällerte Penny, deren Blockabsätze sich tief in den weichen Teppich gruben. Sie witterte einen Verkauf und hatte nicht vor, sich von ihnen weg zu bewegen.

»Das hier ist nett«, sagte Jenny leise und befühlte die raffinierte Perlenstickerei am Halsausschnitt eines Kleides.

Sofort war Penny zur Stelle. »Umwerfend! Ich hänge es Ihnen zur Anprobe hin. Welche Größe brauchen Sie?«

Jenny war es peinlich, solch eine Information vor Ollie preiszugeben. »Größe 38?« Wie blöd, es als Frage auszusprechen!

Penny musterte sie einmal kurz. »Ich hänge Ihnen auch welche in 40 hin, ja? Die Größen variieren doch sehr von Modell zu Modell.«

Jenny wurde wieder rot. Sie hasste die Vorstellung, dass Ollie nun dachte, sie wollte sich schlanker machen als sie war. Was natürlich stimmte. »Ich sage Bescheid, wenn wir Hilfe brauchen, danke.«

Noch während Penny sich lachhaft unterwürfig zurückzog, erschien eine gackernde blonde junge Frau in den Zwanzigern zusammen mit ihrer nicht minder blonden und giggelnden Mutter. Ihre Überdrehtheit versetzte Jenny einen Stich, denn sie empfand nach wie vor keinerlei Aufgeregtheit. Aber das würde sie gewiss bald. Ja, sicherlich. Sobald sie ihr Kleid hatte. Denn das Kleid war offenbar der Schlüssel. Ohne Brautkleid konnte man schließlich nicht in Hochzeitsstimmung kommen.

»Das hier ist klasse.« Ollie hielt ein langes permuttfarbenes Kleid mit einer blassblauen Schärpe in der Taille hoch.

Jenny zupfte an den Rüschenärmeln. »Sieht es nicht ein bisschen nach Transe aus?«

»Jetzt hast du es mir verdorben!« Er hängte es zurück und schob eine Reihe Bügel zur Seite, was ein metallisches Kreischen verursachte. »Was ist hiermit?« Er zeigte ihr ein langes weißes Kleid mit so gut wie keinen Verzierungen.

Jenny stellte den Kopf leicht schräg. »Wunderschön. Und dennoch. Kein Glitzer.«

»Du hast recht. Die Braut muss glitzern.«

Er verstummte für eine Weile, und als Jenny ihn wieder ansah, merkte sie, dass etwas passiert war. Ollie sah völlig anders aus als eben noch. Stirnrunzelnd und mit einem seltsam distanzierten Blick betrachtete er einen Ständer mit Kleidern. O Gott! Da hing ein Kleid im Fünfzigerjahre-Stil, ganz ähnlich wie Sophies Brautkleid.

Sophies Kleid war ein Vintage-Modell gewesen, an der Taille eng eingenommen, mit einem weit ausgestellten Rock, unter dem sich mehrere Schichten Petticoat bauschten, sodass sie, wenn sie sich vorbeugte, wie eine von Degas' Ballerinen aussah. Jenny erinnerte sich lebhaft an den Morgen der Hochzeit, die Vertrautheit, die Aufregung. Sie war mit Sophie und einer Visagistin namens Lottie mit erbsengrünen Augen in einem kleinen Hotel gewesen, wo alle Polster lila waren. Jenny hörte noch das leise Zischeln der Champagnergläser und roch den Korb voller unangerührtem Toast und Croissants. Die frisch geduschte Sophie saß in ihrem weißen Hotelbademantel auf einem Hocker, nervös und glücklich. Ihr nasses dunkles Haar fiel ihr weit über den Rücken.

Ehrfürchtig hatte Jenny zugeguckt, wie Sophie nach und nach immer schöner wurde: das Haar getrocknet und gelockt, Make-up aufgetragen, Diamant-Clips an die Ohren, blaue Strumpfbänder an den Oberschenkeln, eine Blume hinters Ohr. Sophie hatte an dem Tag eine rote Blume hinterm Ohr getragen. Jenny half Lottie, sie zu verdrahten und mit Haarnadeln festzustecken, wobei sie die Ersatznadeln zwischen ihren Schneidezähnen hielt. Sie erinnerte, dass sie sich fragte, wie es sich anfühlen musste, so glücklich zu sein. Nicht einmal in ihren wildesten Träumen wäre ihr eingefallen, dass Sophie sieben Jahre später tot sein könnte. Oder dass sie sich mit Sophies Bräutigam zusammen ein Brautkleid aussuchte.

Schuldgefühle überkamen sie. In ihrer Eile und ihrem egoistischen Wunsch, Sam von der platonischen Art ihrer Beziehung zu Ollie zu überzeugen, hatte sie nicht an Ollies Gefühle gedacht. Sie hängte das Kleid zurück, das sie gerade in der Hand hielt. »Gehen wir, Ol.«

»Aber wir haben dein Kleid noch nicht gefunden.«

»Ich kann es ein anderes Mal kaufen.«

»Dies ist das Mal.« Er schlang einen Arm um ihre Taille, sodass sie den steifen Stoff seines Anzugs an ihrer Haut spürte. »Ich möchte dir helfen, Jenny, ehrlich.«

Plötzlich kamen ihr die Tränen, die sie rasch wegblinzelte. Ein Teil von ihr wünschte, er würde dies hier nicht unterstützen, die Hochzeit verhindern und ihr erklären, dass es zu viel und zu bald war. Er sollte ihr sagen, dass sie aufhören musste, solch eine bescheuerte Diva zu sein, und sie irgendwo hinbringen, wo es dunkel und still war und sie so lange blieb, bis diese Gefühle abklangen, die ihr den Verstand raubten. »Sicher?«

»Sicher. Du musst diesen Kram anprobieren.«

Penny erschien neben ihnen. Jenny bemühte sich, sie zu ignorieren. »Ich hasse es, Sachen anzuprobieren.«

Jenny hörte, wie die Verkäuferin sehr leise schnaubte.

»Wie viele Wochen noch bis zur Hochzeit?«

»Vier.«

Jetzt hielt Penny den Atem an, bevor sie ihre Kleiderauswahl in einem bühnenreifen Eilschritt zur Umkleide brachte.

Es dauerte nicht lange, bis eine säuerliche Schweißnote die Kabine erfüllte, während Jenny sich in Kleider hinein und wieder heraus kämpfte. Und, ja, leider hatte die Verkäuferin recht: bei zwei von drei Kleidern brauchte sie Größe 40. Was zur Folge hatte, dass sie diese Kleider nicht ausstehen konnte. Sie zog sich das schmale cremefarbene Kleid in Größe 38 über, das bis auf eine kristallbestickte Schleifenschärpe vollkommen schlicht war. Stimmte der Glitzerfaktor? Unsicher trat Jenny aus der Kabine. Sie wusste nicht. was sie mit ihren Armen anfangen sollte, und war sich nur allzu bewusst, wie sehr das korsettverstärkte Oberteil ihre Brüste nach oben schob. »Und?«

Zuerst sagte Ollie gar nichts, sondern starrte sie nur an.

»Gefällt es dir nicht?« Sie zupfte das Kleid vorn höher, um ihr Dekolleté zu verbergen. Wahrscheinlich sah sie wie eine Nebenfigur aus *Blackadder* aus.

»Du siehst wunderschön aus.«

Jenny wurde rot. Hatte sie *das* Kleid gefunden?

»Aber …«

Es gab ein Aber! Sogleich zweifelte sie wieder.

»Es betont deine Schultern nicht.«

»Meine Schultern?« Jenny hatte ihre Schultern noch nie besonders wahrgenommen, und keiner hatte je ein Wort über ihre Schultern verloren. Schließlich sprach auch niemand über ihre Ellbogen. Ihre Schultern waren absolut nicht beachtenswert.

»Probier mal das mit den schulterfernen Ärmeln.«

»Wenn man über fünfunddreißig ist, trägt man keine schulterfernen Ärmel mehr.«

»Sagt wer?«

»Weiß ich nicht, Modekenner. Frauen, die solche Sachen wissen.«

»Ich denke, wir wissen beide, was Sophie dazu sagen würde.«

»Ja, pfeif drauf.« Sie sprang zurück in die Kabine und musterte das ärmellose Kleid kämpferisch. Es sah schwer und ziemlich aufwendig gearbeitet aus, die Sorte Kleid, die *atemberaubend* aussieht, wie Penny wohl sagen würde, sofern die elfengleiche Blonde in den Zwanzigern in der Kabine nebenan es trug. Außerdem war es in Größe 38 und folglich schwieriger anzuziehen als die anderen. Penny musste es ihr wie eine Rüstung über den Kopf ziehen. Ein kurzes Zerren am eingearbeiteten Korsett presste Jenny alle Luft aus der Lunge. Dann waren da Dutzende kleiner Perlknöpfe am Rücken, die man nur mit Winzfingern zugehakt bekam.

»Fast geschafft!«, rief Jenny durch den Vorhang Ollie zu, als Penny beim letzten Knopf angekommen war. »Lauf bitte noch nicht in den nächsten Pub.«

»Atemberaubend«, seufzte Penny, machte einen Schritt zurück und hielt eine Hand an ihren Hals.

Verstohlen blickte Jenny zu ihrem Spiegelbild in der Kabine. Tatsächlich ließ sie dieses Kleid auf eine Weise anders aussehen, die sie nicht recht beschreiben konnte.

»Komm schon«, rief Ollie von der anderen Vorhangseite.

Sie riss den Vorhang beiseite. Penny gab ihr einen kleinen Schubs, als triebe sie ein Pferd aus seiner Box, und fast wäre Jenny aus der Kabine gekippt. Ollies Blick brachte sie ins Schwitzen. »Zu viel?«

»Guck dich mal im Spiegel an.« Ollie hielt sie bei den Schultern und drehte sie zu dem langen, goldgerahmten Spiegel um. »Siehst du, wie wunderschön du bist, Jenny?«

Ihr stockte der Atem. Es fühlte sich an, als wäre das Korsett soeben stramm ergezogen worden.

»Ich finde, dass du jeden Tag solche Kleider anziehen solltest.« Er ging zu ihr und küsste sie auf die Wange. »Sam wird es dir vom Leib reißen wollen.«

»Wirklich atemberaubend«, sagte Penny, deren Hand immer noch an ihrem Hals war.

»Das ist es, Jen.«

Wieder betrachtete sie ihr Spiegelbild. Nachdem Ollie das Kleid abgesegnet hatte, liebte sie es auch. Es war *das* Kleid! Ein fantastisches Kleid!

»Gekauft?«

Jenny schluckte. »Gekauft.«

Warum zitterte ihre Hand trotzdem heftig, als sie an der Kasse ihre Kreditkarte zückte? Penny wollte die Karte nehmen, doch Jenny ließ sie nicht los. Penny zog, Jenny ließ immer noch nicht los. In ihrem Kopf kreiste ein einziges Wort: Dominique, Dominique, Dominique. Wieso kam es ihr jetzt in den Sinn? Sie hatte sich doch alle Mühe gegeben, Sams Erklärung zu glauben und die Geschichte zu vergessen.

»Darf ich?«, fragte Penny angespannt und verstärkte ihren Griff nach der Karte.

»Alles in Ordnung, Jenny?«, flüsterte Ollie und sah sie komisch an.

»Es ist so viel Geld, und ich ziehe es nur ein Mal an.« *Dominique. Dominique. Dominique.*

»Möchten Sie sich noch einen Augenblick Zeit nehmen?« Penny lächelte sie gekünstelt an und ließ die Karte los. »Vielleicht möchten Sie sich setzen.«

»Jenny, keiner verdient ein schönes Kleid so sehr wie du.« Ollie legte einen Arm um ihre Schultern. »Und denk nicht über das Geld nach. Magst du das Kleid nicht?«

Sie konnte ihre salzigen Tränen hinten in der Kehle schmecken. »Doch, aber …«

»Könnten Sie bitte ein Stück zur Seite gehen«, bat Penny merklich gereizt, »dann bediene ich die nächste Kundin, während Sie sich entscheiden, danke.«

Hinter ihnen stand das Mutter-Tochter-Gespann, und die Mutter hielt einen protzigen weißen Federhaarschmuck in den Händen. Die beiden kicherten nach wie vor.

»Nein«, sagte Ollie plötzlich, worauf sich alle zu ihm umdrehten. Er griff in seine Gesäßtasche. »Ich bezahle das Kleid.«

»Nein! Sei nicht albern. Du kannst doch nicht mein Kleid bezahlen«, protestierte Jenny, der diese Entwicklung rasend peinlich war.

»Will ich aber.«

»Es ist nicht das Geld …«, begann sie, denn auf einmal wurde ihr klar, was es war.

»Schhh. Lass mich.«

Pennys Hand schnellte vor und schnappte nach Ollies Kreditkarte. Als sie das Ding entschlossen ins Lesegerät schob, zwinkerte sie Jenny zu. »Heute ist Ihr Glückstag.«

34

Ollie hat das Hochzeitskleid *bezahlt?*«, sagt Sam, dessen Hände das Lenkrad so fest umklammern, dass die Knöchel weiß hervortreten. Er sieht nicht froh aus, ganz und gar nicht. Von hier oben, nahe an der gepolsterten Wagendecke, kann ich eine Ader auf seinem rasierten Kopf pulsieren sehen. Jetzt tut Jenny mir leid.

»Ja.« Jenny knetet ihre Unterlippe mit den Fingern. Sie hat dicke Augenringe und sieht ebenfalls nicht froh aus. Dabei sollte sie es sein, denn das Kleid, das Ollie ihr gekauft hat, ist wirklich traumhaft. Als Jenny es gestern Abend aus der Hülle holte, habe ich mich wie eine Motte auf die seidigen Falten gesetzt, vollkommen regungslos. Fast eine Stunde lang hat sie das Kleid nur angestarrt, ist drum herum gegangen und hat es aus verschiedenen Winkeln betrachtet, wie jemand in einer Galerie, der über ein Kunstwerk nachgrübelt.

»Gibt es irgendwas, was dieser Typ *nicht* kann? Kein Wunder, dass der halben weiblichen Bevölkerung von Nordlondon seinetwegen die Eierstöcke explodieren.« Während er es sagt, wirft er Jenny einen verwirrten Seitenblick zu. Anscheinend begreift er nicht recht, was los ist. Er spürt die Veränderung an ihr, schätze ich, ähnlich einem Wolf, der eine Wetteränderung fühlt, nur kann er es nicht richtig benennen. Um ehrlich zu sein, ich kapiere es auch nicht. Was ist mit meiner Jenny?

»Er ist eben gerade schwul genug!«, sagt Jenny munter, hört sich jedoch ein bisschen nach auswendig gelernt an.

Sam lächelt nicht. Er behupt einen Van-Fahrer wild. »Ja, ja, wahrscheinlich hat Sophie ihn kastriert.«

Jenny verdreht die Augen und guckt traurig aus dem Fenster. Ich fühle, dass diese Unterhaltung anders verläuft als geplant.

»Das ist das Problem mit gut aussehenden Frauen.« Das Wort »Frauen« spuckt er fast. »Ich erlebe es täglich in meiner Kanzlei. Die kastrieren ihre Männer, weil sie glauben, dass sie einen entmannten Partner wollen, und kaum ist er auf unterwürfig getrimmt, haut sie mit ihrem Personal Trainer ab.«

Jenny sieht aus dem Fenster und hört ihm nicht zu, denn ihre blauen Augen sind weit, weit weg. »Es ist wundervoll, Sam.«

»Klar doch. Ihr zwei beim Shoppen.«

Sie dreht sich zu ihm und grinst. »Ich spreche von dem Kleid.«

Logisch.

Sam hält vor Tash' Haus. »Das macht zwanzig Pfund, Miss Vale.«

»Tut's auch ein Kuss?« Sie lehnt sich zu ihm.

»Ein Knutscher, ja, bitte.« Er hält Jennys hübsches rundes Gesicht mit beiden Händen umfangen und steckt seine Zunge in ihren Mund. Es ist ein kurzer, forscher Knutscher, wie die Paarung von zwei kleinen Amphibien.

»Wow!«, lacht Jenny, springt auffallend schnell aus dem Auto und fort von dieser langen heißen Zunge. »Ich bin bestimmt nicht lange weg. Wir wollen bloß ein bisschen plaudern. Ach, fährst du direkt nach Hause?«

»Was denkst du denn, wo ich hinwill?«, fragt er gereizt, und seine Miene wird verschlossen.

Beherrschung, Sam. *Beherrschung!*

In einer kleinen, streng farblich abgestimmten Wohnung unweit von St. Albans macht sich eine Frau für Sams Ankunft bereit. Sie schließt den Reißverschluss ihres schwarzen Kleides. Darunter trägt sie schwarze Reizwäsche mit pinken Samtpaspeln. Das passt. Sie zündet eine Duftkerze an – »Anregende Ingwerlilie«. Deren Schein erhellt die herzförmigen Konturen ihres Gesichts. Sie sinkt auf ihr rosarotes Sofa, wackelt mit den Füßen in den hohen Schuhen, dass die Innensohle gegen ihre

Haut klatscht. Sie weiß nicht, dass sie Lippenstiftschmiere auf ihrem Schneidezahn hat. Etwas an dieser Lippenstiftspur, diesem Fehler in ihrem Make-up lässt sie schrecklich verwundbar wirken.

Der Abstand zwischen Sam und ihr verringert sich, bis nur noch wenige Wolken sie trennen, fünf Meilen, eine Straße, eine gepflasterte Einfahrt. Sam parkt, steigt aus dem Wagen und stopft sein blaues Hemd hinten in den Jeansbund, aus dem es rausgerutscht war. Er hat einen kreuzförmigen Schweißfleck hinten auf dem Hemdrücken. An der Tür klopft er dreimal, nicht leise.

Sie öffnet die Tür weit, das Gesicht voller Hoffnung und Lippenstift. »Hi!«

»Was zur Hölle fällt dir eigentlich ein?«

35

Krise!«, verkündete Suze für Jennys Geschmack ein bisschen zu genüsslich. Sie hatte gehofft, sich Tash' Wohnung ansehen und ein bisschen Klatsch austauschen zu können. Stattdessen mutete dies hier eher wie eine Notfallsitzung des obersten Heereskommandos an.

»Verrät mir jemand, was los ist?«

»Es gibt Gerüchte, Jenny. Gerüchte.«

Einen furchtbaren Moment lang dachte sie, die anderen könnten von dem Hochzeitskleid erfahren haben. Erst jetzt wurde ihr bewusst, wie es auf andere wirken könnte. »Was? Was für Gerüchte?«

»Am Samstagabend hat eine Freundin von einer Freundin von einer Freundin Ollie gesehen, der mit einem seiner Kumpels im Royal Oak war.« Suze wartete, dass ihre Worte den gewünschten Effekt erzeugten.

Jenny war erleichtert. Es hatte nichts mit ihr zu tun. »Und das ist schlecht?«

»Es wurde eine *Menge* getrunken«, ergänzte Lydia und legte ihrerseits eine dramatische Pause ein. »Und gelacht.«

»Das muss aufhören«, sagte Liz, wobei sie einen deutschen Akzent nachahmte. »Soforrrt.«

Jenny lachte.

»Liz!«, fuhr Tash sie beleidigt an. »Die Sache ist ernst.«

Jenny zügelte ihr Lächeln. »Lief das Trinken aus dem Ruder?« Sie erinnerte sich an Sams Bemerkung, dass sie alle süchtig nach Ollies Kummer wären, und ihr wurde ein wenig unwohl.

»Na ja, sie landeten im Chicken Cottage. Und da endet man nicht, es sei denn, man ist total abgefüllt«, sagte Liz.

»Wartet mal, ich komme nicht mehr mit. Was ist daran so schrecklich?«

»Sag du es ihr«, forderte Tash lautlos Suze auf. Tash' Augen blitzten gefährlich.

»Jenny, ich mache es kurz. Es wurde von einer Frau gesprochen …«, begann Suze und zog bei dem Wort »Frau« die Schulter leicht ein.

Jenny fühlte, wie die Haut auf ihren Armen kribbelte. »Eine Frau?«

»Diese Freundin von einer Freundin …«

»… von einer Freundin«, fügte Liz spitz hinzu.

»… hat gehört, wie Ollie erzählte, dass er … Gefühle für diese Frau hat.« Suze verstummte. »Also, es gab anzügliche Bemerkungen.«

Es war also so weit. Ollie fing an, wieder zu leben. Jenny klatschte sich eine Hand vor den Mund. »Ach du Sch…!«

»Ja, und es wurde ziemlich offen über Sex gesprochen«, sagte Liz mit funkelndem Blick.

»Das ist zu früh«, jammerte Lydia, der selbstverständlich die Tränen kamen. »Er ist noch viel zu verwundbar.«

Jenny wurde speiübel. Sie hatte ihre liebe Not, an sich zu halten, und wollte dringend zur Tür hinaus, den Hügel runter und zurück in den anonymen Mief der Innenstadt fliehen.

»Was machen wir nur?«, fragte Tash.

Atmen. Jedenfalls sollte Jenny das tun. Atmen. Sie holte tief Luft und würgte einen Schluck Wein herunter. »Ich schätze, das musste irgendwann passieren«, brachte sie mühsam heraus.

Suze berührte Jennys Hand mit ihren weichen Wurstfingern. »Tja, aber die Sache ist kompliziert. Wir glauben, dass wir wissen, wer die Frau ist.«

Jennys Herz klopfte schneller. »Wer?«

»Cecille.« Suze klang, als würde es ihr körperlichen Schmerz bereiten, den Namen zu sagen. »Cecille.«

»*Cecille!*« Jenny setzte sich ruckartig auf. »Cecille?«

»Verstehst du jetzt, wieso wir uns Sorgen machen, Jenny?«, fragte Lydia ruhig und sah sie neugierig an, als hätte sie mit ihrer Reaktion irgendwas preisgegeben.

»Er wird verletzt werden«, sagte Liz bestimmt, während sie an einem Kettle-Chip knabberte. »Oder Freddie. Seien wir realistisch, das wird eher nicht hübsch enden.«

»Wir finden, dass jemand mit Cecille reden muss«, erklärte Tash streng. »Du …«

»Ollie dreht durch, wenn wir uns einmischen«, sagte Jenny hastig, der wieder einfiel, wie Cecille sie angesehen hatte, als sie nach den Briefen suchte. Ach ja, die Überheblichkeit der Jugend!

»Ich hab's euch ja gesagt. Wir können da nicht einfach einschreiten, Tashie«, pflichtete Liz Jenny bei. »Es geht uns nichts an.«

Tash strich sich verdrossen das Haar nach hinten. »Echt Leute, ich finde das einfach nur zum Kotzen«, fasste sie zusammen, was Jennys Magen ihr gerade signalisierte.

»Wir haben so viel getan, um ihm durch die schlimme Zeit zu helfen. Und jetzt sollen wir stillschweigend zugucken, wie ein kleines französisches Flittchen alles kaputt macht!« Lydias Augen standen erneut unter Wasser. »Das ertrage ich nicht.«

»Also, ich kann nichts zu Cecille sagen«, erklärte Jenny. »Sie würde es sowieso gleich Ollie erzählen.«

»Kannst du nicht zumindest rauskriegen, ob es stimmt?«, fragte Tash, die gleichzeitig auf ihren Fingernägeln herumbiss. »Zum Beispiel Ollie fragen?«

»Dann würde das Gerede vielleicht aufhören«, sprang Suze ihr bei.

»Gerede?« Jenny wurde beständig schlechter. »Wer weiß es noch?«

Liz lachte. »Am Schultor zerreißen sie sich alle das Maul, Jenny! Dagegen sind Clinton und Lewinsky gar nichts.«

»Hört mal, ich finde, er muss wenigstens erfahren, was die

anderen Eltern reden, bevor die Dinge … eskalieren«, beharrte Suze. »Ich würde es wissen wollen. Du nicht, Jenny?«

»Ich könnte es ihm …«, hob Lydia an.

»Ich glaube, es sollte lieber von Jenny kommen«, fiel Liz ihr ins Wort. »Jenny steht ihm am nächsten. Außerdem ist sie ruhig und vernünftig. Sie kann es ihm so sachlich wie möglich vermitteln.«

»Ach, und ich kann nicht sachlich sein, ja? Vielen Dank!«, konterte Lydia.

»*Nein*«, antworteten Liz, Tash und Suze im Chor. »Kannst du nicht.«

Jenny ballte die Hände zu Fäusten. Nimm dich zusammen, ermahnte sie sich. Ollie gehört dir nicht. Und er gehört auch nicht mehr Sophie, denn Sophie ist tot. Du wirst demnächst heiraten. Ollie ist frei und kann verdammt noch mal tun und lassen, was er will. Er darf sogar ein Au-Pair heiraten.

»Jenny?«, fragte Suze, die sie seltsam über die Weinflasche hinweg ansah. »Ist alles okay?«

»Oh, Jenny.« Liz legte einen Arm um sie. Leider kamen in diesem Moment entsetzliche, unaufhaltsame Tränen. »Ach, Jenny, es ist nicht okay, oder?«

36

Ich beobachte, wie sie langsam aus meinem Schlafzimmer geht, nackt bis auf Ollies großes blaues Hemd. Das Grübchen auf ihrer linken Pobacke grient mich an. Sie hat lange braune Beine. Ihre Lippen sind wund vom Küssen. Ihre Haut am Hals ist gerötet von seinem Bart, ebenso wie die an ihren Oberschenkeln. Sie geht an Freddies Zimmer vorbei, in dem sich Freddie, mein armer kleiner Liebling, im Schlaf bewegt. Ich verharre ein Stück über dem Teppich außerhalb des Schlafzimmers und tänzele um sie herum. Sie merkt nichts.

Das hatte ich nicht kommen gesehen. Absichtlich nicht, denn die Alarmzeichen hatte ich durchaus mitbekommen: Wie sie ihr Haar auf dem Zeigefinger aufwickelte, als sie sich über den Tisch lehnte; wie sie ihr Top hinzupfte, sodass sie mehr Ausschnitt zeigte. Ich sah, wie sie mit jedem Glas Wein – vier, Tendenz steigend – näher zu ihm rückte, ihn immer wieder beiläufig berührte, ihr Knie, das gegen seines stupste, federleichte Fingerspitzen auf seinem Arm. Ich habe das kleine Päckchen mit weißem Pulver gesehen, das sie auf ihrem Chanel-Taschenspiegel zu zwei Linien strich.

Der Kuss war gierig und ungeduldig. Keuchend nacheinander greifend, waren sie die Treppe hinauf in die Abgeschiedenheit des Schlafzimmers gestolpert. Ollie besaß immerhin die Geistesgegenwart, einen Stuhl unter den Türknauf zu klemmen, vermutlich um zu vermeiden, dass Freddie sie überraschte. Cecille ist den Abend aus. Das war das Letzte, was ich sah, dieser Stuhl. Ich schlüpfte ziemlich schnell durch das Schlüsselloch. Und ich wartete, bewachte Freddies Zimmer, solange sie zu Gange waren. Derweil fragte ich mich, wo er sie berührte, ob es sich für sie anders anfühlte als für mich. Ich fragte mich auch, ob er überhaupt an mich denkt, nur ein wenig, oder ob er, was wahrscheinlicher ist, im sinnlichen Gewirr von Gliedmaßen, Haut und dieser üppigen Haarpracht aufgeht.

Ich spähe um die Ecke ins Schlafzimmer. Ollie liegt ausgestreckt auf dem weißen Laken, atemlos, nackt und groggy. Etwas glitzert auf seiner Wange. Er dreht sich um und vergräbt sein Gesicht im Kissen. Seine Tränen tun mir gut.

»Ollie?« Sie schiebt die Schlafzimmertür auf. »Alles in Ordnung?«

Er sagt nichts, hebt den Kopf nicht vom Kissen.

Allmählich sieht sie hilflos und gekränkt aus. Jetzt habe ich Mitleid mit ihr. »Soll ich gehen?«

Er setzt sich auf und blinzelt in ihre Richtung, weil das Flurlicht hinter ihr so grell ist. »Entschuldige. Es tut mir leid.«

Sie greift nach ihrem Top, zieht es sich über den Kopf. »Ist schon gut.«

»Du bist bezaubernd. Es ist bloß, ich kann nicht … tut mir leid.«

»Hör auf, dich zu entschuldigen. Ich verstehe das.« Sie macht nicht den Eindruck, als würde sie es verstehen. Eher scheint sie sich zurückgewiesen zu fühlen. Fertig angezogen wartet sie noch einen Moment, dass er ihr sagt, sie solle bleiben, und als er es nicht tut, hängt sie sich ihre Handtasche über die Schulter. »Bis dann.«

»Es tut mir ehrlich leid.«

37

Der Himmel war milchig blau, die Luft schwirrend vor Mücken und Grillrauch. Durch das Loch im Zaun am hinteren Gartenende konnte Jenny einen Ausschnitt von London unter der Dunstglocke sehen: die Gurke, das Riesenrad, die Gebäude, die sie daran erinnerten, dass sie in London war. Und doch war sie hier oben in Muswell Hill auch von alle dem getrennt. Ihr Körper war vom angenehmen Gefühl nach dem Schwimmen erfüllt, was bedeutete, dass sie sich in absehbarer Zeit nicht aus diesem Liegestuhl rühren würde. Ollie lag neben ihr auf einem Badelaken im Gras. Seine Haut war von der Sonne piratenbraun getönt. Im Aschenbecher seitlich von ihm lag ein alter Joint-Stummel und neben seinem Ellbogen eine große offene Tüte Kettle-Chips. Er hatte die Augen geschlossen, was die Sache leichter machen sollte, aber das tat es nicht. Ja, sie scheiterte grandios in der ihr zugeteilten Rolle der Verhörspezialistin in Sachen Affären. Wie könnte sie ihn nach Cecille fragen, wenn besagte Unschuld in einem Jeansminirock und einem T-Shirt mit dem Aufdruck »Die Antwort ist Ja!« durchs Haus schlich?

Ollie öffnete ein Auge und sah sie schläfrig an. »Magst du das Kleid noch?«

»Ja, natürlich.« Sie pflückte einen schwarz gefleckten Grashalm und kaute darauf. Dass sie jedes Mal, wenn sie das Brautkleid ansah, in Tränen ausbrach, sagte sie ihm nicht. Das Kleid traf ja keine Schuld. Es hatte nichts getan, außer dazuhängen und wunderschön auszusehen.

»Kann ich dich mal da drin sehen?«, fragte Freddie, der von hinten seine Arme um ihren Hals schlang und sie so auf dem Liegestuhl fixierte. Jenny roch das Chlor auf seiner Haut.

»Das darf niemand.«

Freddies Arme lockerten sich. »Aber Daddy hat dich gesehen.«

»Ja, weil er es mit mir ausgesucht hat.« Und er ist mein schwuler bester Freund, ermahnte sie sich im Stillen.

Freddie ließ sie los, nahm einen kleinen Plastikschläger auf und fing an, auf den orangefarbenen Schwungball am Band einzudreschen. »Mummy hat mich früher auch mit zum Einkaufen genommen. Sie hat immer gesagt, dass ich der beste Einkäufer bin.« Er schlug richtig fest auf den Ball ein. »Ich verstehe nicht, wieso ich das Kleid nicht sehen darf.«

»Es bringt Unglück, wenn man anderen vor der Hochzeit das Kleid zeigt, Freddie, das ist alles«, sagte Ollie gähnend. Die Sonne malte rötlichbraune Strähnen in seinen ansonsten schwarzen Bart. Er war wirklich unsagbar schön. Rasch wandte Jenny den Blick von ihm ab.

Freddie warf den Schläger ins Gras. »Unglück?«

»Ja, Unglück.«

»Dann zeig mir das Kleid nicht!« Freddie sah panisch aus. »Ich will nicht, dass du auch Pech hast.«

»Ach Freddie …«

Ollie zog ihn auf seine Knie und lehnte sein Kinn auf Freddies Schulter. »Hey, hey. Das ist nicht richtiges Pech, Fred, bloß ein Altweibermärchen.«

»Was ist ein Altweibermärchen?«, fragte er leise.

»Na, wie ein Märchen eben.«

»Ach so.« Freddie blickte nachdenklich von Jenny zu Ollie und wieder zurück. »Und Märchen passieren nicht wirklich, oder?«

»Nein, Märchen passieren nicht, Freddie«, sagte Ollie leise und rieb seine Nase an Freddies Hals.

Jennys Handy klingelte. Sam. Sie wühlte in ihrer blau gestreiften »Sommertasche« – Soph wäre sicher beeindruckt von diesem Saisonwechsel – und stellte auf Mailbox. »Leute, ich muss zurück zum Mittagessen. Das Schwimmen war klasse,

Freddie, und ich bin sicher, dass du nächste Woche die ganze Bahn schaffst.« Sie würde Ollie ein anderes Mal fragen. Oder nicht.

»Danke, Jen. Warte, ich fahre dich nach Hause.« Ollie stand auf, bürstete sich Grassamen von seinen weiten Cargo-Shorts und schob seine Füße in rosa Flipflops. »Cecille ist hier … irgendwo.«

Sie erstarrte, als er den Namen aussprach, drehte sich zum Haus um und entdeckte Cecille hinter den Terrassentüren, wo sie nicht mehr als einen Haarstrang auf einer nackten Schulter von ihr erkannte.

»Freddie, hast du Lust, mit Cecille *Deadly 60* zu gucken, solange ich Jenny nach Hause bringe?«

Freddie schmollte. »Ich will aber *Deadly 60* mit Jenny gucken.«

»Wirklich, Ollie, du musst mich nicht nach Hause fahren.«

»Ich möchte es aber.« Er setzte sich seine Pilotensonnenbrille auf, mit der er sofort wie ein Rockstar aussah. »Ich möchte mit dir reden.«

Ollie neigte die Stirn zum Lenkrad, als sie in einem Stau standen. »Erzählst du mir, wieso du dich so seltsam benimmst?«

Jenny starrte entschlossen aus dem Seitenfenster zu den Sonnenstrahlen, die sich durch das satte Grün der Bäume bohrten. »Ich benehme mich nicht seltsam.«

»Du siehst mich nicht an.«

Jenny drehte den Kopf und sah ihn an. »Ich bin bloß müde vom Schwimmen.« Sie lächelte. »Und ich sehe dich an.«

Er zog eine schwarze Braue hoch. »Du vergisst, dass ich dich inzwischen ganz gut kenne. Ein Überraschungseffekt des Verwitwetseins.«

»Okay.« Sie merkte, wie ihre Wangen heiß wurden, doch es gab kein Entrinnen. Tief einatmen. »Ollie …«

Seine Augen funkelten amüsiert. »Ja, meine liebe Jenny?«

»Mir ist das so peinlich, und ich weiß nicht mal, ob ich es

überhaupt ansprechen sollte, also sei bitte nicht sauer auf mich.«

Er runzelte die Stirn und nahm seine Sonnenbrille ab. »Klingt unheimlich.«

»Es gibt, ähm, Gerede.« Gott, war das schrecklich! Warum hatten die anderen sie ernannt, ihn auszufragen? Lydia hätte es übernehmen sollen.

Er lachte. »Gerede?«

»Am Schultor. Über dich und …«

»Ach du Scheiße.« Er startete den Motor und trat zu kräftig aufs Gas. Jetzt lachte er nicht, und für einen Moment schwiegen sie beide. »Demnach ist Tash die Diskretion in Person.«

»Ich glaube nicht, dass sie irgendwas gesagt hat.«

»Und wer hat es dann ausgeplaudert?« Er hupte wild, als sich ein weißer Van vor ihn drängelte. »Soweit ich weiß, waren nur Tash und ich im Schlafzimmer, oder hat Suze das Haus mit Kameras verwanzt?«

Tash? *Tash!* In seinem Schlafzimmer? Hatte sie sich verhört? War Tash die Frau, von der Ollie in dem Pub gesprochen hatte? Nicht Cecille. Tash! O Gott! Jenny presste sich eine Hand vor den Mund, weil sie ziemlich sicher war, dass sie sich gleich übergeben müsste.

Im Wagen herrschte unheilschwangere Stille, als sie weiterfuhren. Das war's, entschied Jenny. Dies war das Ende ihrer langen, unvorhergesehenen gemeinsamen Reise, die mit Sophies Tod begonnen hatte. Ja, sie hatte ihn in seiner Trauer begleitet, war seine Verbindung zu Sophie, zur Vergangenheit gewesen. Jetzt brauchte er sie nicht mehr. Und das war gut. Ihre Arbeit war getan. Er hielt in ihrer Straße. Jenny griff nach dem Türhebel, war allerdings außerstande, ihn anzusehen, weil Tränen in ihren Augen brannte. »Dann ist es ernst?«

»Was denkst du?«

»Keine Ahnung.« Plötzlich wünschte sie sich, sie hätte langes dunkles Haar wie Tash. Oder wie Sophie. Oder Dominique. Kein mausgraues mit blonden Strähnchen. Und sie wünschte, sie hätte keine Oberschenkel, die aneinanderrieben, und wäre keine Frau, die man automatisch mit Marineblau assoziierte.

»Ich weiß, was du denkst, Jenny.«

Gott sei Dank wusste er es nicht.

»Aber es ist eben passiert. Tash stand auf einmal mit ein bisschen Koks vor der Tür.«

Sie schnaubte. »Wie hilfreich.«

»Auf eine echt schräge Art war es das. Ich konnte meinen Kopf abschalten.« Er verstummte, und seine dunklen Augen tauchten wieder in diese schwarze Ferne, was verlässlich bewirkte, dass sich Jennys Herz in ihrer Brust zusammenzog. »Mir graut davor, sie vor der Schule zu treffen. Scheiße, Jenny, wissen es alle?«

»Ich glaube, dass keiner von Tash weiß.«

»Was soll das heißen?«

Diese Unterhaltung bekam etwas Surreales. »Das Gerede dreht sich eigentlich um Cecille.«

Ollie klatschte die flache Hand an die Stirn. »Dann wusstest du gar nichts von Tash?«

»Nein, wusste ich nicht.«

»Kannst du es für dich behalten?« Er legte eine Hand auf ihr Knie und sah sie jungenhaft flehend an. Jenny wollte ihm das Grinsen aus dem Gesicht schlagen. »Bitte?«

»Selbstverständlich. Ich muss wirklich gehen, Ollie.«

»Hasst du mich jetzt?«

»Ein bisschen.«

Seine Augen wurden dunkler. »Ich habe Sophie nicht vergessen, Jenny.«

Jenny biss sich sehr fest auf die Lippen, damit sie nicht losheulte. Sie konnte ihn nicht ansehen. Sie hasste ihn. Wie konnte er? Wie?

»Es war nicht perfekt. Du scheinst zu denken, dass Sophie und ich das perfekte Paar waren. Jeder denkt das. Und es ist nicht hilfreich.« Er zupfte an seinem Bart, und seine Züge waren so angespannt, dass sie regelrecht gequält wirkten. »Vielleicht ist das meine Art, mich daran zu erinnern, dass wir nicht vollkommen waren. So muss ich mich nicht fühlen, als hätte ich alles verloren, was jemals gut in meinem Leben war.«

»Ach, Ol.« Nun brach er ihr das Herz. »Ich verstehe dich. Aber du hättest *das* nicht machen dürfen.«

»Sie war gelangweilt, Jenny. Sophie langweilte sich.«

Jenny sah nach unten. Sie dachte an die versteckten Briefe, und wieder einmal fragte sie sich, was für welche und vor allem, wo sie waren. Falls sie denn der Schlüssel zu dem hier waren.

»Sie wollte noch ein Kind«, sagte er leise, wobei seine Stimme kippte.

»Ja, ich weiß. Ich fand ihre Umstandssachen in der Kommode.«

»Ich denke, sie gab mir vielleicht die Schuld. Du weißt schon, unbewusst.«

»Hat sie nicht. Das hat sie ehrlich nicht.«

»Weißt du, was das Schlimmste ist, Jenny?« Es fühlte sich an, als wäre die Welt geschrumpft, bestünde nur noch aus ihnen in seinem Wagen. »Es fühlte sich gut an. Das Koks. Der Sex. Ich fühlte mich lebendig.«

Jenny kniff die Augen zu. Sie wollte das nicht hören. Aber sie musste es sich anhören. Sie musste zur Vernunft kommen und die sich auflösenden Grenzen nachziehen.

»Und ich begreife nicht, wie es sein kann, dass man jemanden so sehr vermisst, sich jede Minute des Tages nach ihm sehnt, und sich trotzdem mit jemand anderem vergnügen. Mein Verstand wuppt das einfach nicht.«

»Wo war Cecille, als … das passiert ist?«

»Aus.«

»Okay.« Jetzt erst wurde ihr bewusst, dass sie sich wie ein Kind die Ohren zugehalten hatte.

»Du verurteilst mich.«

»Ich urteile überhaupt nicht über dich.«

»Es ist bloß Sex, Jenny.«

»Du musst dich vor mir nicht rechtfertigen, Ollie. Wirklich nicht.«

»Ich habe aber schon das Gefühl, dass ich es muss.«

»Tja, da irrst du.« Sie stellte einen Fuß auf das Pflaster und stieg aus in den strahlenden Sonnenschein, der sich nicht mehr warm und idyllisch anfühlte, sondern ausdörrend und schmutzig.

»Hinterher habe ich mich übrigens selbst zerfleischt, nur fürs Protokoll.«

»Ich führe kein Protokoll.«

»Jenny …« Er wollte sie nicht gehen lassen, wollte irgendwas von ihr, das sie ihm nicht geben konnte. Er streckte eine Hand nach ihr aus, und seine Haut verbrannte ihre. »Alles in Ordnung? Ich mache mir Sorgen um dich.«

»Mich?«

»Ja, dich.«

»Bloß müde, du weißt schon.«

»Hochzeitskram?«

»Ich glaube, ja«, antwortete sie verhalten.

»Jenny, es wird alles gut. Supergut. Jeder schwört auf euch zwei.«

Sie gab ihm einen flüchtigen Kuss und atmete ihn ein. »Bring dich nicht in Schwierigkeiten.«

Erst als sie auf dem sonnigen Gehweg stand und zuschaute, wie sein silberner Wagen in der Ferne verschwand, wurde ihr klar, dass Ollie nicht geleugnet hatte, etwas mit Cecille zu haben.

38

Hallo? Habe ich hier was verpasst? Mir fällt ja schon seit einer Weile auf, dass Jenny ein bisschen neben der Spur ist, aber heute sieht sie echt *gestört* aus, mit diesem irren Blick und so wie sie den Fuß aufs Gas hämmert, als sie gen Norden rast. Sie donnert die Fortis Green hinunter, biegt mit quietschenden Reifen ab und sorgt dafür, dass ich hilflos auf der Rückbank auf und ab fliege. Ich rechne damit, dass sie vor Nummer 33 hält – was hat Ollie getan? – aber nein, sie fährt nach rechts. Vor Tash' Haus hält sie abrupt an. Uuuh, das wird spannend!

»Hi, das ist ja eine nette Überraschung«, sagt Tash, die ihr verwundert öffnet. Sie riecht nach Rosen – Jo Malone – und ist nackt unter dem grauen Cashmere-Morgenmantel, der keine sichtbaren Mottenlöcher hat. An ihrem ganzen Leib gibt es kein einziges Haar. Schier wie ein Ei. Ich frage mich, ob ihm das gefallen hat. Jenny stürmt an ihr vorbei. Halb-Jenny, Halb-Wahnsinnige, ist sie wie ein Schwertransporter auf Kollisionskurs. Ich kriege Angst, und ich bin ein Geist.

»Entschuldige«, sagt Tash fast scherzhaft und tritt einen Schritt zurück.

»Ich weiß von Ollie, Tash«, zischt Jenny und lässt die Abrissbirne fliegen. »Ich weiß Bescheid!«

Das ist ja, als würde sie hier für mich sprechen. Klasse!

»Hör mal, Jenny«, stammelt Tash mit rot glühenden Wangen, »das … das war nur eine Nacht. Ich weiß nicht, wie das passiert ist.«

»Blödsinn!« Jenny packt die Rückenlehne eines Stuhls, als wollte sie ihn hochheben und durch den Raum schleudern. Tash sieht ängstlich aus. (Es ist ein Hans-Wegner-Stuhl.)

Tash' entblößtes Dekolleté hebt und senkt sich schneller als zuvor. Man kann fast hören, wie ihr Verstand surrt, als sie sich überlegt, was sie aus dieser Lage bringen könnte. Aber sie kann nirgends hin. Jenny hat sie beim Schambeinlack.

»Kokain! Was zum Henker hast du dir dabei gedacht?«

»Du erzählst es doch nicht den anderen, oder?«

Ihr Flehen prallt an Jenny ab. Die dreht sich weg von Tash, als könnte sie ihren Anblick nicht ertragen, und starrt durch das Fenster zum moosgrünen Regenrohr nebenan, während ihr heiße Luft aus den Nasenlöchern strömt. »Vielleicht.«

»Jenny, bitte!«

»Du kannst mich!«

Wow! Super, Jenny!

»Sei nicht so eine fiese Schlampe!«

»*Schlampe?*«, wiederholt Jenny, die sich langsam vom Regenrohranblick zurück zu Tash dreht. »Schlampe? Du bist hier die Schlampe, Tash.«

Tash' Züge verhärten sich.

Sogar ich frage mich, ob Jenny eine Grenze übertreten hat.

»Wo ist dein beknacktes Problem, Jenny?«

»Mein Problem ist, dass du Sophies Mann Koks und Sex aufdrängst!« Jenny schreit jetzt richtig. Ich habe sie seit Jahren nicht mehr schreien gehört, und, Mann, sie hat ein beeindruckendes Lungenvolumen!

»Er ist nicht ihr Mann. Sophie ist *tot!*«

»Kaum!«

Tash' Augen verengen sich. »Weißt du was, Jenny? Du hörst dich eifersüchtig an.«

Jenny erschrickt. »Mach dich nicht lächerlich.«

»Geht es darum die ganze Zeit?« Tash erkennt, dass sie einen wunden Punkt getroffen hat, und holt zum finalen Schlag aus. »Jenny, die Dirigentin. Jenny, Ollies Vertraute. Hast du dir mal klargemacht, was für Gründe dich antreiben, Jenny?«

»Ich stehe kurz vor der Heirat«, kontert Jenny ziemlich blass.

Tash verdreht die Augen. »Als wäre das ein Argument!«

»Du kannst mich mal, Tash!«

Tash wird jetzt richtig misstrauisch, sodass ihre Augen wie kleine dunkle Schlitze aussehen. »Du hältst dich für verflucht vollkommen, nicht wahr, Jenny?«

Natürlich wird sie nun auch hässlich.

»Hör mal, ich war Sophies beste Freundin. Sonst nichts. Ich will nicht mal tun, als wäre ich mehr gewesen. Ich habe mich hier nicht für irgendeinen Posten beworben. Suze bat mich um Hilfe, ihr alle habt das getan.«

»Beste Freundin?« Tash grinst, und es ist kein nettes Grinsen. »Ich wäre mir an deiner Stelle nicht so sicher, ob ich noch Sophie als meine beste Freundin bezeichnen würde.«

Jenny kann nicht anders, als beide Hände zu Fäusten zu ballen. Und ein Nackenmuskel von ihr wölbt sich zuckend. »Was redest du da?«

Tash sieht aus, als wüsste sie es selbst nicht. Auf einmal ist sie gar nicht mehr hübsch. »Du hast keinen Schimmer, stimmt's?«

In der Ferne ist ein Grummeln zu hören, wie Donnergrollen. Ich bin mir nicht sicher, ob es eine Bahn ist oder etwas Schlimmeres, das auf uns zurollt.

»Wovon?«

»Nichts«, sagt Tash ruhig und zupft ihren Morgenmantel straff. »Nichts.«

»Sag schon!«

»Na ja, Sophie hat mir von Sams streunendem Blick erzählt.« Sie rümpft ihre Nase in aufgesetztem Mitgefühl. »Das ist wohl kaum die Diskretion einer besten Freundin.«

Mist! Es ist etwas weit Übleres!

»Streunender Blick?« Jennys Hände zittern. Und sie wird blass. »Das hat sie zu dir gesagt?«

O Gott! Das war nur blödes Gefasel unter angetrunkenen Schulmüttern! Ich glaube, es war irgendwann abends bei Suze, als ich dachte, meine beste Freundin wartete darauf, von jemandem geheiratet zu werden, der gerne mal den Blick schweifen lässt, und mich fragte, was ich sagen oder nicht sagen sollte. Wir umpften und aahten und tranken und sprachen über die Für und Wider der Offenheit in wahren Freundschaften. Sozusagen nachgestellte Frauenzeitschrift. Man fragt sich, was man sagen sollte, was nicht, wie man sich am besten raushält und die Dinge einfach ihren Lauf nehmen lässt. Beschwipster, blödsinniger Kram, wenn sich alle fragen, was Jennifer Aniston tun würde. Mehr nicht. Dachte ich jedenfalls. Ich hatte mir nicht ausgemalt, dass sich irgendwer an jene Unterhaltung erinnern würde.

»Du redest nur Blödsinn.« Jenny schüttelt den Kopf, weil sie sich weigert, ihr zu glauben. »Das ist Quark.«

»Und was ist mit Dominique?«

Jenny wird blasser. »Dominique?« Ihre Stimme ist sehr leise, kaum mehr als ein Flüstern.

Tash drückt sich ihre Finger auf die Lider und verzieht das Gesicht. »Ehrlich, Jenny, ich weiß nicht, wie wir hier reingeraten sind. Ich mag dich wirklich. Ja, wirklich. Und es sieht schlimmer aus, als es ist. Können wir nicht Frieden schließen?«

Jenny sackt gegen den Tisch, als die Wut in ihr verpufft. »Du kannst das doch nicht einfach zu mir sagen und erwarten, dass ich es vergesse.«

»Das ist ja wohl kein Weltuntergang, Jenny. Es tut mir leid, dass ich es jemals erwähnt habe. Ja, tut mir echt leid.«

»Du kennst Dominique?«, flüstert Jenny heiser.

»Ach, von vor Jahren! Sie ist die Schwester von jemandem, mit dem ich mal gearbeitet habe.«

Jennys Gesicht verändert sich, als sie die Verbindungen in Gedanken nachvollzieht.

»Damals, als ich noch im Marketing war.«

Jenny steht sofort auf. »Hast du ihre Telefonnummer?«

»Telefonnummer?«, fragt Tash verblüfft. »Äh, nein.«

»Bitte, Tash, das ist dringend.«

Nun zögert Tash. »Ich versuche, ihre Nummer aufzutreiben, wenn du mir versprichst, den anderen nichts von Ollie und mir zu sagen.«

39

Es ist halb neun am Abend. Freddies Lampe ist aus, aber seitlich an seinem Rollo fällt noch Abendsonnenlicht herein. Freddie sitzt in seinem Bett und biegt die Glieder von Buzz Lightyear. Er hält Buzz vor sich und spricht ihn ernst an. »Weißt du noch, dass ich dir von diesem Joe in meiner Klasse erzählt habe, Mum?«

Holla, ich bin jetzt Buzz! Ich bin ein Space Ranger. Begeistert von meiner Verwandlung und der Chance, dass wir mittels dieses Spielzeugs endlich kommunizieren könnten, versuche ich, Buzz irgendwie zu steuern, zum Beispiel den Laser an seinem Arm aufleuchten zu lassen. Ich muss sicher nicht erwähnen, dass es nicht klappt. »Ja, natürlich erinnere ich mich, Spatz«, sage ich. Buzz' Mund bleibt geschlossen, was Freddie aber nichts auszumachen scheint.

»Joe hat mein Ben-Ten-Lineal geklaut, das Granny mir geschenkt hat.«

»Hast du das der Lehrerin gesagt?«

Freddie schürzt nachdenklich die Lippen. Hört er mich? Stumm neigt er den Kopf, als würde er horchen.

»Okay, ich sag's der Lehrerin.«

Ich platze vor Freude! Wie irre ist das denn? Eine richtige Unterhaltung. Oder liegt es daran, dass er eben immer noch *mein* Sohn ist? Genügten die fantastischen sechs Jahre, die wir zusammen hatten, dass sich ihm einprägte, was ich sagen würde? Weiß er es noch, weil er seine Mutter nun mal genau kennt?

»Bis zur Unendlichkeit und noch viel weiter«, flüstert Freddie. Er lässt Buzz durch die Luft und über sein Bett fliegen, wobei die Flügel an den Posterkitt-Flecken auf der Wand schaben.

Ihr seht also: Während mit den Wochen alles andere grauer und trüber wird, entwickelt Freddie eine strahlende Kraft. Er ist traurig, vermisst mich, redet mit mir und öffnet das Erinnerungsbuch, das Jenny ihm gemacht hat, um die Fotos mit seinen kleinen Fingern zu berühren. Und manchmal hält er beim Schlafen mein altes Nachthemd an sein Gesicht. Aber das ist okay. Ich glaube, er schafft das richtig gut, ja, wirklich. Mir ist zwar klar, dass sich später noch Probleme zeigen können, dass er mich als Teenager wahrscheinlich hassen wird, weil ich ihn im Stich gelassen habe, weil ich betrunken vor einen Bus gelaufen bin. Aber jetzt ist er mein kleiner Krieger. Er lacht und spielt und trägt einen ehernen Kern von Fröhlichkeit tief in sich.

Ich wache bis zum Morgen über ihn. Ich schaue ihm zu, als er bei der Klassenaufführung ein Lied über den Regenwald singt. Wie ein Ballon wippe ich unter der Decke, mächtig stolz auf ihn und besorgt, dass er es verpatzt. Aber er singt sich die Seele aus dem Leib, blickt furchtlos ins Publikum, wo sich einige eine Träne wegdrücken, während sie ihre Kamerahandys hochhalten, weil ihnen einfällt, dass eigentlich ich es miterleben sollte. Seine bezaubernde Stimme hat er von Ollie; sie ist klar und rein, das pure Leben. Als das Lied endet, bekommt er tosenden Applaus. Ich werde zu einem Funkenregen, einem Feuerrad an den Kletterstangen der Turnhallenwand. Ollie und Jenny sind auch da, sitzen in der vierten Reihe von hinten und klatschen wie verrückt. In diesem Moment sind wir alle vereint in unserer Liebe zu Freddie.

Nach der Aufführung gibt Joe das gestohlene Lineal zurück.

Ich lasse Freddie seinen Triumph auskosten und verlasse die stickige, müffelnde Halle mit den anderen stolzen Eltern. Ollie braust direkt ins Studio, während Liz und Jenny sich von den anderen 2B-Müttern loseisen und einen Kaffee trinken gehen. Wie sie es geschafft haben, Suze' Klauen zu entwischen, ist mir schleierhaft. Jenny mit meinen Freundinnen aus dem Mütterkaffeekreis zu sehen, ist schon seltsam. Und anscheinend fühlt sie sich hier weit wohler, als ich vermutet hätte. Wieder einmal plagt mich mein schlechtes Gewissen, weil ich die einzelnen Bereiche meines Lebens so strikt voneinander getrennt hielt.

In den Cafés der Hauptstraße wimmelt es von Kindern und kleinen Grüppchen Fortismere-Schülern mit eselsohrigen Taschenbüchern und iPods. Die Mädchen tragen kurze geblümte Kleider, die Jungen schütteln sich ruckartig das lange Haar aus dem Gesicht. Liz und Jenny quetschen sich an einen kleinen runden Tisch draußen und bestellen Kuchen. Liz trägt ein bauschiges orangefarbenes Kleid, das sich herrlich mit ihren roten Haarspitzen unter ihrem Siebzigerjahre-Stil-Filzhut beißt. Jenny trägt Blau.

»Hach, es tut gut, endlich mal wieder zu quatschen«, sagt Liz munter. Ihre Wangen sind vom Brownie ausgebeult. »Mehr Kaffee?«

»Gerne.«

Liz schiebt ihr den Teller mit den Brownies zu. »Iss du die bitte auf. Ich bin schon vierzehn Pfund schwerer als letztes Jahr. Wenn ich so weitermache, müssen sie mich irgendwann mit einem Kran aus dem Schlafzimmer hieven.«

Jenny übernimmt den Kuchen, und eine Zeit lang sehen sie sich beide schweigend die Leute an. Ein Teenager in klobigen Neon-Turnschuhen hüpft vorbei. Eine ältere Frau mit einem Stieleis in der Hand und einem Schoßhund unter dem Arm schlendert die Straße entlang. Eine Flotte von Kinderwagen erscheint aus dem Baby-Massage-Kurs ein Stück weiter.

»Ich komme mir wie ein Flüchtling vor«, kichert Liz, »dass ich ohne die anderen losgezogen bin.« Sie lehnt sich zurück, hält das Gesicht in die Sonne und schließt ihre Augen. Jenny stützt das Kinn in eine Hand und blickt gedankenverloren auf das Straßenpflaster.

Liz blinzelt mit einem Auge zu ihr. »Und, alles bereit für die Hochzeit?«

»Ja, ja.« Ein Schatten legt sich über Jennys Züge. Mir fällt es zusehends schwerer, ihr anzusehen, was in ihrem Kopf vorgeht. Jedes Mal, wenn sie über die Hochzeit spricht, passiert etwas Komisches mit ihrem Gesicht.

»Kann ich dir bei irgendwas helfen?«

»Das ist ganz lieb von dir, aber nein. Die künftige Schwiegermutter hat so ziemlich alles im Griff.«

»Ah, verstehe«, sagt Liz lächelnd und betrachtet Jenny aufmerksamer. »Nervös?«

Jenny verkrampft sich und legt die Kuchengabel ab. »Ja, ich schätze, das muss es sein.«

»Es ist normal, dass einem mulmig wird«, sagt Liz freundlich.

Hmm.

»Ich hatte wahnsinnige Flatter!« Liz wuschelt sich durchs Haar und hinterlässt einen Browniekrümel in ihrem roten Schopf. »Und dann wurde es ein traumhafter Tag, ein echter Traum. Und hinterher hatten wir den besten Sex von allen.«

Jenny lacht und wird rot, dann sieht sie wieder nachdenklich aus.

Liz entgeht es ebenso wenig wie mir. »Du zweifelst doch nicht, oder?«

Jenny beißt sich auf die Unterlippe. Wie sehr wünsche ich mir, dass sie redet! Liz ist eine vernünftige Frau. Sie versteht das. Rede mit ihr!

»Jenny?« Liz sieht ernstlich besorgt aus. Sie wittert etwas. »Da ist doch niemand, der dir in die Suppe spuckt, oder?«

»Nein!« Jenny springt beinahe von ihrem Korbstuhl auf. »Es ist bloß so, dass eine Heirat so ein großer Schritt ist. Größer als ich dachte. Ich weiß, das klingt schrecklich unreif.«

»Tut es gar nicht.« Liz überlegt, was sie sagen soll. »Ich kann mir denken, dass es ganz schön hart ist, Sophie zu verlieren und … na ja, so viel Zeit mit Ollie zu verbringen.«

»Ollie hat damit überhaupt nichts zu tun«, erwidert Jenny.

Liz zupft an einer roten Haarsträhne und lässt Jenny nicht aus den Augen. »Manchmal können Gefühle eben nur verwirrend sein, sonst nichts.« Sie sieht wehmütig zur Seite. Ich frage mich, ob sie an ihren Ex, Riley, denkt. Ihn hat sie heute Morgen endlich von ihrer Freundeliste bei Facebook gelöscht, womit sie die traurige Vergangenheit hinter sich gelassen hat und sich nun ganz ihrer angenehmen Gegenwart widmet. »Es gibt keine Frau, die nicht irgendwann im Leben unsicher ist, wen sie liebt.«

»Ich weiß nicht, was du meinst, Liz, tut mir leid.« (Ich bin mir auch nicht ganz sicher, worauf sie hinauswill.) Jenny bückt sich und hebt ihre Handtasche auf. »Leider muss ich jetzt dringend zurück an die Arbeit.«

»Ich auch.« Liz spießt das letzte Stück Brownie auf und sieht Jenny grinsend an. »Aber weißt du was, Jenny? Wenn du ernste Zweifel hast, kann dich keiner zwingen, klar?«

40

Jenny zuckte zusammen, als das Telefon klingelte. War das Tash, die ihr Dominiques Nummer geben wollte? Zwei Wochen war der Showdown bei Tash her, und bisher hatte Jenny keinen Mucks von ihr gehört. Jenny war es beinahe unmöglich, nichts zu Sam zu sagen, so zu tun, als wäre alles wie immer. Aber sie wollte nichts sagen, solange sie keine Fakten hatte, falls es denn Fakten gab. Tash war durchaus auch zuzutrauen, dass sie sich alles aus reiner Bösartigkeit ausgedacht hatte. Ja, das war am wahrscheinlichsten. Und Jenny würde ihre Beziehung nicht für nichts und wieder nichts torpedieren. Sie nahm den Hörer ab. »Hallo?«

»Jennifer.« Ihre Mutter war der einzige Mensch auf der Welt, der sie Jennifer nannte.

»Ah, Mum, hi. Ja, mir geht es wirklich gut. Alles ist bestens. Im Moment arbeite ich aber gerade. Ja, ich weiß, dass Wochenende ist.« Sie hatte zusätzliche Arbeit angenommen, damit sie nicht zu viel grübelte – oder zu viel Zeit mit Sam verbrachte. »Ich weiß, ja, ich habe nur dieses sehr dicke Manuskript.« Erklärungen waren sinnlos. Solange sie zu Hause arbeitete, glaubte ihre Mutter ihr sowieso nicht, dass sie wirklich etwas leistete. Arbeit war das, wo man hinging. Dazu brauchte man einen Bleistiftrock, musste pendeln und aß um elf Uhr morgens ein KitKat. »Wie steht's bei dir, Mum?«

Ihre Mutter schwieg, räusperte sich und gab Jenny so einen Hinweis auf das, was kommen würde. »Ich mache mir Sorgen, Jennifer.«

Nicht das schon wieder! »Für die Hochzeit läuft alles wie geplant, versprochen«, sagte sie und hoffte, dass sie nach einer ruhigen, organisierten Braut klang, nicht nach einer, die in der

Vergangenheit ihres Verlobten herumschnüffelte und jede Nacht sehr seltsam vom Ehemann ihrer toten besten Freundin träumte.

»Dein Vater macht sich auch Sorgen.«

»Mum, alles ist gut. In zehn Tagen wird das Festzelt aufgebaut.« Sie hörte sich selbst sprechen wie aus einem schlecht eingestellten Fernseher, als wäre da eine Zeitverzögerung und es gar nicht sie, die redete. »Ich habe Schuhe! Entzückende weiße Schuhe, und ich habe ein Brautkleid! Am Wochenende lasse ich mir die Haare färben, und ich werde nicht wie Shrek aussehen, okay? Alles ist erledigt, ehrlich, also kannst du beruhigt sein.« Unterdes fragte Jenny sich, wie lange sie das Hochzeitsgerede noch durchhalten konnte, ehe ihr Verstand versagte. Das ganze Thema war zu groß und zu kompliziert, als dass sie es verarbeiten konnte – das Heiratspendant zur Quantenphysik.

Ihre Mutter gab ein typisches Hüsteln von sich. »Ich bezweifle gar nicht, dass Penelope alles bis zum letzten Serviettenring perfekt organisiert hat.«

Jenny empfand Mitleid mit ihrer Mutter, die sich verständlicherweise übergangen fühlte.

»Willst du nicht mehr mitreden können, Liebes?«

»Ich habe einiges mitbestimmt, Mum.« Ja, sie hatte die Details über sich hinwegrauschen lassen. Und Penelope hatte sehr klare Vorstellungen. Ihr war es enorm wichtig, dass die Gäste alle kleine Netzbeutel mit rosa Mandeln bekamen.

Jennys Mutter schnaubte. »Ich finde ja bloß, dass unsere Familie auch beteiligt sein sollte.«

»Soll ich Penelope fragen, ob du irgendwas übernehmen kannst? Sie kommt heute Abend zum Essen.«

»Nein, du sagst nichts, Jennifer. Ich will keinen Unfrieden.« Nichts hasste ihre Mutter mehr als Unfrieden.

»Ich gehe später mal Sams Liste durch, und morgen rufe ich dich an und bringe dich auf den aktuellen Stand.« Das klang doch nun wirklich eindrucksvoll und organisiert. »Gut, wir telefonieren dann …«

»Ich will nicht ›auf den aktuellen Stand gebracht werden‹, Jennifer.«

»Entschuldige.«

»Liebes, du hörst dich niedergeschlagen an, wirklich niedergeschlagen.«

»Bin ich nicht. Nur ein bisschen müde.«

»Wieso bist du müde?«

»Weiß ich nicht. Die Arbeit, schätze ich.«

»Du musst aufhören zu arbeiten. Arbeit ist nicht gut für eine Braut.«

»Ich habe Aufträge fertig zu machen. Und es muss alles vor den Flitterwochen erledigt sein.«

»Oooh, weißt du schon, wohin ihr fahrt?«

Jenny blickte zu Sam, der mit seinem iPhone beschäftigt war. »Nein. Sam ist offenbar sehr gut darin, Geheimnisse zu bewahren.«

In dem Moment, in dem sie auflegte, vibrierte ihr Handy auf dem Küchentisch. »Als würde man in einem beknackten Call-Center wohnen«, murrte Sam, zündete sich eine Zigarette an und blies den Rauch aus dem offenen Fenster.

Nachdem sie telefoniert hatte, setzte sie sich neben Sam. Sie wusste nicht, wie sie es ihm sagen sollte. »Das war Ollie aus New York.«

»Ich weiß. Das erkenne ich an deiner extramädchenhaften Ollie-Stimme.«

Sie ignorierte die Spitze. »Freddie hat Windpocken.«

»Sag ihm, dass er nicht kratzen darf.«

»Es geht ihm wirklich schlecht, Sam.« Sie zögerte, denn er würde es garantiert nicht gut aufnehmen. »Er hat nach mir gerufen.«

Sam spannte seinen nackten rechten Bizeps an und befühlte ihn prüfend. »Und?«

»Ich muss hinfahren.«

Er befühlte immer noch den gewölbten Muskel mit der linken Hand. »Doch nicht heute Abend!«

»Ollie würde mich nicht bitten, wenn er nicht ernsthaft besorgt wäre, Sam.«

»Meine Eltern kommen gleich zum Essen und wollen über die Hochzeit reden. Das Huhn ist im Ofen. Und du willst abhauen?«

In dem Versuch, ihn zu beschwichtigen, strich sie über seine Schulter und über die kleinen schwarzen Punkte, an denen das Haar nach dem Wachsen aufs Neue spross. »Wir haben deine Eltern erst letzte Woche gesehen.« Jede verdammte Woche! »Und Freddie geht es echt mies. Ich muss zu ihm.«

»Er hat Windpocken, nicht die Cholera, Babe. Du musst gar nichts. Und was ist mit der französischen Schnecke? Wo steckt die?«

Bei der Erwähnung von Cecille fuhr Jenny leicht zusammen. Sie hatte sich angestrengt, Cecille zu vergessen. Das Beste war, deren Existenz zu leugnen. »Anscheinend ist sie überfordert. Ich werde wohl über Nacht bleiben.«

Ein tiefes Knurren erklang aus seiner Kehle, das mit der Zigarette zu tun haben könnte oder nicht.

»Es ist ja nur eine Nacht.« Sie streichelte weiter seine Schulter. »Ollie kommt morgen zurück.«

Sam stand auf und schob ihre Hand weg. »Hier geht es um dich, nicht um Freddie. Können wir wenigstens in dem Punkt ehrlich sein?«

»*Ehrlich?*« Ihr lag der Name Dominique auf der Zunge. »Ich sage dir was, Sam …« Weiter kam sie nicht, weil es an der Tür klingelte und durch das offene Fenster Penelopes schrille Stimme bis oben zu hören war.

41

Cecille öffnete die Tür von Nummer 33 und sah zerzaust aus. Ihr normalerweise glattes dunkles Haar war kraus, und sie trug ein großes weißes Hemd, das sie nachlässig in einen braunen Ledergürtel gestopft hatte. Sie erinnerte an einen verkaterten Teenager, und wirkte ausnahmsweise richtig froh, Jenny zu sehen. »Danke fürs Kommen«, hauchte sie atemlos.

»Hat Freddie noch Fieber?« Jenny hatte ihre Mutter angerufen und um Rat gebeten – sehr zum Entzücken ihrer Mutter. Das Resultat war, dass Jenny eine Flasche flüssiges Ibuprofen und Zinklotion dabeihatte.

Sie ging in die Diele, und ein kleiner Teil von ihr hoffte, dass sie sich mit ihrem Einsatz in dieser Krise ein wenig rehabilitierte und die Peinlichkeit ausglich, von Cecille beim Durchwühlen der Kommode ertappt worden zu sein.

»Geh und trink einen Tee oder irgendwas, Cecille. Ich übernehme«, sagte sie, ließ ihre kleine Reisetasche in der Diele stehen und lief die Treppe hinauf.

Freddie war ein gepunktetes Häufchen Elend. Er lag in seinem Bett und schlief. Jenny hielt eine Hand an seine Stirn. Heiß. Wo war das Thermometer? War es das? Sie nahm ein Plastikding vom Nachttisch auf, brauchte allerdings einen Moment, ehe sie begriff, für welche Körperöffnung es gedacht war. Vorsichtig schob sie es Freddie ins Ohr. Neununddreißig. Jenny wühlte in ihrer Handtasche und googelte Kinder-Temperaturen auf ihrem iPhone. Okay, ja, zu heiß. Sie musste Freddie wecken und ihm Ibuprofen geben.

»Freddie, Freddie, Süßer«, sagte sie und rüttelte sanft an seiner Schulter.

Er stöhnte und drehte sich um.

»Freddie.«

»Mummy.«

»Freddie, ich bin's, Jenny.«

»Mummy soll kommen«, murmelte er mit geschlossenen Augen.

»Ich bin hier. Alles wird gut.«

Langsam öffnete er ein Auge. »Jenny?« Er sah verwirrt aus, brauchte ein wenig, um sich zu orientieren. »Bleibst du bei mir?«

»Ja, ich bleibe bei dir.«

»Versprochen?« Er blinzelte seine Tränen weg und versuchte, tapfer zu sein.

»Ich bleibe, bis Daddy wieder da ist. Und jetzt gebe ich dir Medizin.« Sie füllte einen Löffel von der klebrigen rosa Flüssigkeit ab und verschüttete einiges auf Freddies Spiderman-Bettdecke. Mit ein wenig Toilettenpapier tupfte sie ihm die Zinklotion auf die wunde Haut, sodass er aussah, als wäre er in Erdbeereis getunkt worden. Jenny nahm seine Hand, als er sich kratzen wollte. »Versuch, nicht zu kratzen.«

Freddie fing leise zu weinen an. »Das brennt so!«

»Bald ist es besser. Sowie die Medizin wirkt. Die ist richtig gut.« Jenny streifte ihre Schuhe ab und legte sich zu ihm. »Soll ich dir eine Geschichte vorlesen? Denken wir an Geschichten, nicht an das Jucken.«

Er schüttelte den Kopf.

»Nicht mal Piraten?« Sicher nahm er Piraten an.

Wieder schüttelte er den Kopf.

»Tim und Struppi?«

»Erzähl mir von Mummy.« Sein Kopf sank auf ihre Brust. Es war ein angenehmes Gewicht, auch wenn er sich kochend heiß anfühlte, wo seine Haut ihre berührte. »Ist Mummy auch mal krank geworden?«

»Na, das ist eine tolle Frage! Denn weißt du was? Deine Mummy war der am seltensten kranke Mensch, den ich kenne.«

Freddie grinste.

»Natürlich war sie als kleines Mädchen auch krank, genau wie du. Sie hatte Mumps und Windpocken und so. Die kriegt leider jeder. Aber als sie groß war, war sie unverschämt gesund. Ich erinnere mich nicht mal, dass sie je eine Erkältung hatte. Muss sie wohl, nehme ich an, aber nichts konnte sie bremsen. Sie hat jedenfalls nie wegen irgendetwas gejammert, nicht mal als sie schwanger war. An dem Abend bevor du geboren wurdest, war sie Tanzen!«

Er lächelte schläfrig. »Tanzen?«

»Eine Freundin von der Uni gab eine große Party zu ihrem Dreißigsten. Die meisten Frauen gehen am Ende ihrer Schwangerschaft nicht mehr auf Partys, sondern sitzen vorm Fernseher, die Füße hochgelegt, und jammern. Aber deine Mummy wollte unbedingt hingehen, denn sie konnte es nicht leiden, eine Party zu verpassen. Und sie war fest überzeugt, dass du sowieso später kommst.«

Er guckte sie verwundert an. »Später?«

»Die Ärzte rechnen bei Schwangeren ein Datum aus, an dem das Kind voraussichtlich kommt. Man nennt das Stichtag.« Sie lächelte bei der Erinnerung, wie rund und schön Sophie damals war. »Den Abend vergesse ich nie. Deine Mummy hatte einen riesigen Bauch. Sie trug ein rotes Kleid und tanzte barfuß, weil ihre Füße so geschwollen waren, dass sie in keine Schuhe passte.«

»Und dann hat sie mich aus ihrem Bauch rausgetanzt?«

Jenny lachte. »Ja, das könnte man wohl sagen.«

Verträumt schloss er die Augen. »Ich fand's immer so schön, wenn Mummy getanzt hat.«

»Jeder liebte es, deine Mummy tanzen zu sehen. Dabei sah sie immer so glücklich aus, und das hat die anderen um sie herum auch glücklich gemacht.«

»Bin ich beim Tanzen aus ihrem Bauch geplumpst? Wie wenn wir bei *Strictly* sind?«

»Fast! Sie war noch rechtzeitig im Krankenhaus, aber knapp. Ungefähr sechs Stunden später warst du da.«

»Und was hat sie dann gemacht?« Er kratzte sich am Bein. Wieder hielt Jenny seine Hand fest, bis das Jucken vorbei war.

»Daddy hat dich in eine Decke gewickelt, und Mummy hat dich geknuddelt und gefüttert.«

»Warst du auch da, Jenny?«

»Ich habe deiner Mummy gerade einen Tee aus der Krankenhaus-Cafeteria geholt, als du geboren wurdest. Ich sah dich aber zum ersten Mal, als du zehn Minuten alt warst.«

Freddie lächelte. »Dann warst du ja beinahe dabei.«

»Beinahe.« Das schien ihm zu gefallen. Jenny strich mit den Fingern durch seinen verschwitzten Pony und dachte daran, wie es war, Freddie zum ersten Mal zu sehen. Sie war erschrocken, weil er so winzig, rot und federleicht war. Und sie hatte sich sofort bis über beide Ohren in ihn verliebt.

Freddie gähnte. »Wie habe ich ausgesehen?«

»Winzig klein und sehr schön. Du sahst genau wie Mummy aus, als du geboren wurdest: dunkles Haar, kleine Locken, Mummys Nase.«

Er runzelte die Stirn. »Habe ich nicht getanzt?«

»Dafür warst du noch ein bisschen zu klein. Du hast aber mit dem Kopf gewackelt.«

»Ich möchte dich mal tanzen sehen, Jenny.«

»Mich? Tanzen?« Sie schüttelte schmunzelnd den Kopf. »Ich bin leider eine ganz miserable Tänzerin. Zwei linke Füße.«

»Wenn du zwei linke Füße hättest, wäre der eine ein rechter.«

Sie strich ihm das Haar hinter die Ohren, als ihm die Augen zufielen. »Kluges Kerlchen.«

Cecille knackte eine Coladose auf und setzte sich seufzend an den Küchentisch. »Ich machte mir so Sorgen.«

»Er schläft. Sein Fieber ist zurückgegangen. Du musst dir keine Sorgen mehr machen.« Jenny setzte sich ihr gegenüber hin und bewunderte Cecilles feingliedrige Hand an der Coladose. War es Cecilles Müdigkeit, die ihr solch eine lässige französische Eleganz verlieh? Oder lag es an dem offenen Herrenhemd. Ja, ein Herrenhemd. Mist. War das Ollies?

Cecille krempelte einen Ärmel auf, der ihr über die Hand rutschte, als bemerkte sie Jennys Blick.

»Also denkst du, dass Ollie heute Nacht nach Hause kommt?« Sie zwang sich, nicht auf das Hemd zu starren.

»Sehr spät«, sagte Cecille und sah zur Uhr. »Falls das Flugzeug pünktlich ist.« Sie neigte den Kopf nach hinten und trank.

Jenny überschlug, dass sie noch ungefähr eine Stunde totschlagen musste, bevor sie ins Bett gehen konnte, ohne unhöflich zu wirken. Ihr behagte nicht, mit Cecille zusammenzusitzen, und sie verfluchte sich, weil sie in ihrer Eile vergessen hatte, ihr Buch einzupacken. Vielleicht konnte sie Sam anrufen. Ja, das würde sie tun. Er saß wahrscheinlich noch beim Hühnchen und würde eher nicht rangehen, aber so könnte sie ihm eine zerknirschte Nachricht auf Band sprechen, ohne wieder mit ihm in Streit zu geraten. »Ich gehe meine Tasche nach oben bringen, und dann muss ich telefonieren.« Sie stand auf und blieb stehen. »Äh, wo soll ich schlafen, Cecille?«

»Ich habe das Zimmer neben Freddie für dich«, sagte sie in einem Ton, als wäre sie die Hausherrin. »Du wirst nicht gut schlafen, Jenny. Freddie ist viel aufgewacht die letzte Nacht. Fünf, sechs Mal.«

»Ach, du Ärmste.«

»Ja, ich weiß. Sehr hart.« Cecille gähnte, dass ihre rosa Mandeln zu sehen waren. »Ich bin nicht da dran gewöhnt.«

Jenny konnte immer noch nicht aufhören, das Hemd anzuglotzen. Sie kannte die blau gestreiften Innenmanschetten. Hatte Cecille es schlicht im Wäschekorb gefunden und versehentlich angezogen?

»Zuerst mache ich uns Essen. Was möchtest du?«

»Keine Umstände. Toast oder Cornflakes sind prima.«

Cecille rümpfte die Nase. Offenbar war ihr der Gedanke an Toast oder Cornflakes zum Abendessen zuwider. »Ich mache Steak.«

Jenny war nicht froh über die Aussicht, mit Cecille am Tisch zu sitzen und zu essen. Mit Cecille in Ollies Hemd. »Bitte, meinetwegen musst du nichts kochen.«

Sie kehrte in die Küche zurück, nachdem sie Sam angerufen hatte. Cecille warf gerade eine Handvoll Butter in die Bratpfanne. Dann briet sie zwei Steaks furchteinflößend kurz, bevor sie das Fleisch auf weiße Teller füllte, zusammen mit gebutterten grünen Bohnen, die sofort in einer Blutlache ertranken. Bäh! Die Steaks muhten ja praktisch noch.

»Hoffentlich dir schmeckt«, sagte Cecille munter.

»Wow. Das sieht … erstaunlich aus«, murmelte Jenny vorsichtig. »In deinem Alter konnte ich gar nicht kochen.«

Cecille kicherte. »Bier? Wein?«

»Ein kleines Glas Weißwein wäre schön, danke.«

»Darf ich Wein?«, fragte Cecille plötzlich zurückhaltend.

»Du brauchst mich nicht zu fragen, Cecille.« Allmählich erwärmte sie sich für das Mädchen, wollte einen Draht zu ihm bekommen. Ein krankes Kind weckte eine Menge Emotionen. Und, ja, es war niedlich und sehr verantwortungsvoll von Cecille, sie zu fragen, ob sie etwas trinken durfte. Da war keine Spur von jener zickigen Überheblichkeit, die sie bei der Sache mit den Briefen gezeigt hatte. Das Gerede über Cecille war eindeutig Blödsinn und einzig einer hyperaktiven Gerüchteküche geschuldet. »Du hast frei. Ich bin jetzt hier. Trink ruhig ein Glas Wein.«

Cecille schenkte ihnen ein, wobei sie leider tatsächlich nur sehr wenig eingoss, wie Jenny gesagt hatte.

»Cheers«, sagte Cecille und hob ihr Glas hoch.

»Cheers.« Jenny schnitt in das blutige Fleisch. Wie lächerlich, dass Freddie erst die Windpocken kriegen musste, ehe Jenny eine richtige Unterhaltung mit Cecille führte. »Du leistest hier hervorragende Arbeit, Cecille, nach dem, was man hört.«

Cecille hörte auf zu kauen. »Hört?«

»Na, von Ollie und den Müttern von der Schule, die ich

kenne. Und von mir«, ergänzte sie grinsend. »Sofern ich das überhaupt beurteilen kann.«

Cecille schüttelte finster den Kopf. »Nicht von den anderen Mütter, Jenny. Die Mütter mögen mich nicht.«

»Aha. Wie kommst du darauf?« Sie rutschte unsicher auf ihrem Stuhl hin und her.

»Sie sehen mich an.« Cecille kniff die Augen ein bisschen zusammen und guckte streng. »So.«

»Oh nein. Wirklich?« Dann fiel Jenny der schneidende Blick ein, den sie unlängst von Tash kassierte.

»Sie sind eifersüchtig«, erklärte Cecille bestimmt und schnitt einen Würfel von ihrem Steak ab.

Jenny prustete in ihren Wein. »Eifersüchtig?«

»Wegen Ollie.«

Etwas in Jennys Brust verkrampfte sich. Verdammt, Cecille hatte vermutlich recht.

»Sie wollen ihn, du weißt?«

Jenny grinste über die niedliche Teenager-Verwendung von »wollen«. »Wer zum Beispiel?«

»Lydia.«

»*Lydia?*« Jenny ließ ihr Messer fallen, das klappernd auf dem Tisch landete.

Cecille blickte hinter Jenny, als wollte sie sich vergewissern, dass sie nicht belauscht wurden. »Lydia wollte Ollie küssen.«

»Ich schätze, du hast es verwechselt mit …«

»Es war spät, Jenny«, unterbrach Cecille sie und senkte die Stimme zu einem Flüstern. »Es ist Wochenende. Nach Party. Suze' Party. Erinnerst du?«

Jenny nickte. Suze' Party. An dem Abend hatten Lydia und George schrecklichen Krach. Sie beugte sich vor, um nichts zu verpassen. »Ich erinnere mich.«

»Sie denken, ich schlafe. Aber ich nicht. Ich schlafe nicht. Ich komme nach unten, und ich sehe Lydia so …« Sie spitzt die Lippen und schließt ihre Augen. »Sie hören nur auf, weil ich komme.«

Jenny hält sich eine Hand vor den Mund. Nicht noch eine!

»Und nicht nur Lydia. Tash! Tash vergisst hier ihren *BH,* hier im Haus!«

In Gedanken sieht Jenny auf einmal lauter BHs, Dutzende, Hunderte in unterschiedlichen Größen und Formen, die alle anderen Frauen gehören, wie eine Armee von Zeppelinen durch das Haus schweben, durch die Diele, über den Treppenabsatz in Ollies Schlafzimmer.

»Siehst du jetzt?«, fragt Cecille, anscheinend in Sorge, dass bei ihrem Englisch nicht ganz klar geworden sein könnte, was sie meinte. »Sie sind alle eifersüchtig. Auf mich, weil ich hier mit Ollie wohne. Deshalb sind sie alle so … kalt.«

»Ich nehme an, dass sie Ollie unbedingt beschützen wollen«, sagte Jenny, die immer noch wegen Lydia schockiert war. Lydia! »Sie waren sehr gute Freundinnen von Sophie.«

»Sophie. Sophie. Immer ist alles nur Sophie!«, seufzte Cecille, die ihr Kinn in beide Hände stützt wie eine Putte. »Das ist so … so *frustrierend!*« Ihr komischer Seitenblick auf Jenny sollte wohl bedeuten, dass sie überlegte, ob sie ihr vertrauen konnte. »Ich will bloß, dass Ollie glücklich ist. Er kann nicht glücklich sein, wenn er lebt in der Vergangenheit, Jenny.«

»Er braucht Zeit.«

»Das sage ich auch. Warte, Cecille, warte, sage ich.« Sie schlang ihre kleinen Hände um ihr Weinglas und guckte traurig. »Aber das ist sehr schwer.«

Jenny betrachtete sie eine Weile stumm, denn ihr fiel ein seltsamer Unterton in dem Gespräch auf. Es mochte lediglich an der Formulierung gelegen haben, aber für Jenny klang es, als könnte Cecille sich Ollie auf eine Weise verbunden fühlen, die nicht ganz den Vertragsvorgaben entsprach. »Cecille«, begann sie vorsichtig, »Ollie ist allein. Er sieht sehr gut aus. Na ja, ähm, verstehe mich bitte nicht falsch, aber ich könnte mir vorstellen, dass es leicht passieren kann …« Sie spürte, dass sie rot wurde, und verdeckte ihre Wangen mit den Händen.

»Er ist fantastisch, Jenny. Er bringt mich zu lachen.« Cecilles

Augen bekamen einen verträumten Glanz. »Und ich liebe, wie er Gitarre spielt. Er ist wie … ein Poet!«

»Cecille …«

Sie sah Jenny trotzig an. »Ich *liebe* ihn, Jenny!«

O Gott. Jenny kniff die Augen zu. »Sag das nicht. Bitte, sag das nicht.«

»Er ist erster Mann, den ich liebe.« Sie legte eine Hand auf ihr Herz, und ihr Gesicht glühte. »Aber diese Liebe, sie schmerzt sehr. Ich habe nicht gewusst, dass Liebe so sehr schmerzt.«

»Ach, Cecille, du brauchst jemanden in deinem Alter. Ollie ist in Trauer. Er ist schlicht nicht … nicht frei.«

»Oh nein, Jenny, er liebt mich auch«, sagte sie ernst.

Jenny hörte ein lautes Rauschen, dann das gedehnte Kreischen von Busbremsen. Der Raum um sie entglitt ihr. Sie neigte den Kopf in die Hände. Warum sollte er sich nicht in Cecille verlieben? Sie war reizend. Und schön. Das war auf eine widerliche Art logisch. Er stürzte sich in die offenen Arme der Jugend, auf einen Menschen, mit dem er keine Vergangenheit hatte, keinen Ballast, der ihn nicht ansah und die dunkle Lücke erblickte, die Sophie hinterlassen hat, gleich einer Figur, die von einem Foto gekratzt wurde.

»Du bist die Einzige, die versteht, die ihn gut kennt, wie ich. Sag mir, was ich tun soll, Jenny. Bitte, sag mir, was ich tue«, flehte Cecille. »Ich versuche *alles,* ihn zu verstehen. Alles! Ich versuche, Sophie auch zu verstehen. Alles von ihr. Was er an ihr geliebt hat. Was er …«

Jetzt begriff Jenny. »Cecille«, sagte sie plötzlich und packte die Gelegenheit beim Schopf. »Ich verstehe dich, wirklich.«

»Tust du?« Cecilles Schultern sackten vor Erleichterung ein.

»Ja, tue ich«, antwortete Jenny in einer sanften, mütterlichen Stimme. »Und ich verstehe jetzt auch, warum du Sophies Briefe aus Ollies Kommode genommen hast.« Cecille sah auf den Tisch. »Du hast sie doch genommen, nicht wahr, Cecille?«

42

Im schattigen Dämmerlicht des Gästezimmers leuchtete der Brief asbestweiß in Jennys zitternder Hand. Die anderen Briefe hatte sie wieder zusammengefaltet und zurück in die Schachtel gelegt. Sie stammten von schwärmenden Verehrern aus ferner Vergangenheit. Dieser hingegen, dieser zerknüllte Peiniger, nicht. Jenny schaltete die Tischleuchte ein, zog den Brief aus dem Umschlag und glättete ihn auf ihrem Knie, um den ganzen Horror noch einmal zu durchleben, bis sie endlich kapierte, was los war. Egal, wie übel ihr wurde, wie viel Kraft sie das Lesen kostete.

Sophie,

ich schreibe dir, um mich für meine Aufdringlichkeit zu entschuldigen, sowohl auf der Party als auch seither. Du hast gut daran getan, mich zurückzuweisen, damals und heute. Aber mir scheint, dass was richtig ist und was sich richtig anfühlt, zweierlei Dinge sind. Ich vermute, deshalb bist du Ende letzter Woche in diesem sexy roten Kleid zu mir gekommen, das sich nun für immer in mein Gedächtnis eingebrannt hat. (Hat dir schon mal jemand gesagt, dass du Tänzerinnenbeine hast?) Mir fällt es schwer zu glauben, dass du so verführerisch zu mir kommst, um mich zurechtzuweisen. Mein Anwaltsverstand fragt sich zwangsläufig, ob du gekommen bist, weil du nicht anders konntest. Und musstest du mich wirklich zu einem langen Spaziergang im Park treffen, um mir – noch mal! – zu sagen, dass ich dich in Ruhe lassen soll, oder ein »freundschaftliches« Mittagessen am Fluss vorschlagen? Ich denke nicht.

Sophie, letztlich will ich ebenso wenig so für dich empfinden wie du es willst. Das Leben ist schon kompliziert genug. Trotz-

dem kann ich nichts dagegen tun. Die Frage ist, kannst du? Du bist dran, Babe.
Sam.

Der Poststempel? Fast zwei Jahre alt. Zu der Zeit waren Sam und sie frisch verliebt, wahnsinnig verliebt ineinander. Oder nicht? O Gott. Welche Party? In ihrer Anfangszeit hatte es so viele Partys gegeben. Hatte er einen Annäherungsversuch gemacht? Musste er wohl. Aber warum hatte Sophie ihr nichts gesagt? *Warum?* Dieser Verrat raubte Jenny den Atem und ließ sämtliche Gedanken an Dominique verblassen. Sie war stark. Sie konnte eine Menge verkraften, selbst den Tod ihrer besten Freundin. Ob sie jedoch dies hier verkraftete, wusste sie nicht.

Wut auf Sophie kochte in ihr. War Ollie nicht genug? Und warum hatte sie den Brief aufbewahrt? Hatte sie vorgehabt, ihn eines Tages Jenny zu zeigen? Falls ja, hatte sie sich verdammt lange Zeit gelassen. Zu viele Fragen. Sie begann zu schluchzen. Selbst im besten Fall – dass Sophie mehrmals zu Sam gesagt hatte, er solle sich verziehen – hatte es Geheimnisse gegeben, während Jenny damals jederzeit Stein und Bein geschworen hätte, dass zwischen ihnen nichts als völliges Vertrauen war. Und warum zur Hölle hatte sie das rote Kleid zu dem Treffen mit Sam angezogen? Jenny kannte das Kleid, ein Vintage-Modell mit Seitenschlitz. Es war eines von Sophies Lieblingskleidern. Und Spaziergänge? Essen am Fluss?

Das mit Abstand Schlimmste aber war, dass Sam Sophie gewollt hatte, nicht sie. Wie blöd von ihr, zu glauben, dass Sam bei einer Riesenauswahl an umwerfenden Frauen sie herauspicken sollte und sagen: »Du. Du bist die eine, Jenny. Die anderen bedeuten mir nichts.« Nun stürmte alles wieder auf sie ein. Die Dinge, die sie ignoriert hatte. Die Art, wie Sam früher Sophie angesehen hatte. Die Art, wie sie einander manchmal einen Tick zu lange in die Augen sahen. Wie sie sich mittels bloßer Andeutungen verstanden, und wie er dauernd aus unerfindlichen Gründen sauer auf Sophie wirkte. War es die Wut eines Mannes, der sie nicht haben konnte? Oder hatte er? Jennys Gedanken drifteten immer weiter in den Abgrund, und sie wusste nicht, wie sie dort wieder rauskommen wollte.

Sie nahm eine Embryonalhaltung auf dem Bett ein, wischte sich Tränen und Rotz mit der Hand weg und stopfte den Brief unters Kopfkissen. Sie musste ihn verstecken, so viel stand fest, denn auf keinen Fall durfte Ollie ihn sehen. Er hatte ihn nie gelesen, dessen war Jenny sich sicher. Sonst hätte er Sam grün und blau geschlagen, und es wäre die Hölle los gewesen. Nein, Ollie hatte keine Ahnung gehabt, genau wie sie. Und jetzt durfte er es nicht mehr erfahren. Nicht nach dem, was er durchgemacht hatte.

Unten fiel eine Tür ins Schloss. Die Haustür? Rasch knipste Jenny ihre Nachttischlampe aus, als sie etwas Schweres zu Boden fallen hörte. Eine Tasche? Husten. Sie kannte dieses Husten. Ollie war zu Hause. Sofort spannte sich alles in ihr an, und Aufgeregtheit übertönte ihr Elend. Kein Wort von dem Brief, ermahnte sie sich streng. Sag nichts. Da sie fürchtete, dass sie nicht den Mund halten könnte, beschloss sie, sich schlafend zu stellen.

Die Augen fest zugekniffen, horchte sie auf die leisen Schritte auf der Treppe und den Flurdielen, das Knarren von Freddies Tür, die geöffnet wurde. Einige Momente lang blieb es still, dann waren wieder Schritte zu hören und Freddies Tür, die geschlossen wurde. Jenny blieb das Herz stehen, als ihre Tür aufging. Durch den Spalt ihrer nassen Wimpern sah sie seine Umrisse mit dem wirren Haar. Die Matratze sackte ein, als er sich auf die Bettkante setzte. Jetzt wünschte sie, sie hätte sich nicht schlafend gestellt. Er war ein Überlebender, so wie sie. Er war … Er war alles, das einzige Licht in der Dunkelheit.

»Jenny«, flüsterte er und berührte sanft ihre Schulter. Seine Kleidung roch nach Flugzeug. »Bist du wach?«

Sie lag stocksteif da.

»Jenny?«

Ihre Augen flogen auf. Ihn auf ihrer Bettkante zu sehen, war immer noch ein Schock. Den ganzen Abend hatte sie ihn sich vorgestellt, und jetzt war er hier: warm, menschlich, nach Flugzeug und Kaugummi riechend. »Ollie.«

»Entschuldige, habe ich dich geweckt?« Im Halbdunkel konnte sie nur erkennen, dass seine Augen lächelten, als wüsste er, dass sie nur vorgetäuscht hatte, zu schlafen. Eine schwarze Locke fiel ihm über das eine Auge, und Jenny kribbelte es in den Fingern, sie wegzustreichen, damit sie sein Gesicht richtig sehen konnte. In seiner Nähe verblassten die Schrecken der Nacht – die Vergangenheit, der Verrat – und nahmen den surrealen, verschwommenen Glanz von etwas an, das vor langer, langer Zeit geschehen war. Es gab niemand anderen, den sie sich auf ihrer Bettkante wünschte, dachte sie. Nicht einmal Sophie.

»Du bist ein Schatz, Jen. Vielen Dank, dass du hergekommen bist.« Ollies Atem war weich und von einer tröstlichen Lebendigkeit in all dem Dunkel um sie herum.

»Kein Problem.«

»Bist du erkältet?«

»Ja«, schniefte sie.

Die Bettdecken verkrumpelten sich, als er näher rückte und sich sein Rücken an ihren eingekrümmten Bauch schmiegte. Sie fügten sich perfekt aneinander, als wäre er ergonomisch für sie geformt. So lagen sie eine Weile in der Finsternis, während ihre Atemzüge in einen gemeinsamen Takt fanden. »Ich weiß nicht, was ich ohne dich tun würde, Jen.«

»Ich würde alles tun.« Die Worte schnitten durch die Luft. Jenny wünschte, sie hätten weniger doppeldeutig geklungen, und war froh, dass es dunkel war. »Um zu helfen, du weißt schon.«

»Ja, ich weiß.« Ein Lächeln lag in seiner Stimme. »Mit Cecille alles okay?«

Cecille. Allein wie er ihren Namen aussprach.

»Sie war ganz süß.«

»Gut. Das ist gut.«

»Aber sie ist in dich verknallt.« Das kam heraus, ehe Jenny es verhindern konnte.

Er schwieg eine halbe Ewigkeit. »Ich weiß.«

»Sie ist zu jung, Ollie.«

»Sie ist zwanzig.«

Sie biss sich auf die Unterlippe. Es gab wohl keinen Ort auf der Welt, an dem sie in diesem Moment lieber *nicht* wäre. Und niemand anderen als Ollie, den sie lieber *nicht* auf ihrem Bett hätte.

»Du bist sauer.«

»Stell dir mal vor, wie du dich fühlen würdest, wenn du deine Tochter ins Ausland schickst, damit sie für eine Familie arbeitet und die Sprache lernt, und …« Sie drehte sich von ihm weg zur Wand. Wen überzeugte sie schon? »Ach, was weiß ich? Mach doch, was du willst.«

Er überraschte sie, indem er ihr eine Haarsträhne hinters Ohr strich.

»Es ist nichts passiert, Jen.« Sein Atem wehte warm über ihre nackte Schulter. »Aber verrate mir, wie lange ich noch als Mönch leben muss.«

»Weiß ich nicht.« Sie wusste lediglich, dass ihr Leben gerade den Bach runterging. Und dass sie sehr unsanft auf dem Grund aufschlagen würde. Jeder auf der Welt war in Sophie verliebt gewesen. Sogar ihr Verlobter.

»Ich habe nach den Regeln gespielt. Aber wann hat das Leben sich je an die Regeln gehalten?«

»Dann nehme ich an, dass du deshalb Tash gevögelt hast. Und was ist mit Lydia? Willst du sie auch noch?« Sie redete immer noch mit der Wand und hasste es, wie steif und verbittert sie klang.

»Ich will einfach nur frei sein«, sagte er so leise, dass sie ihn kaum verstand. »Frei.«

»Du bist verdammt noch mal frei!«

Wieder schwieg er längere Zeit. »Bin ich nicht.«

Sie war diejenige, die ihn an die Vergangenheit kettete. Sie war der Ballast, den er loswerden musste. Gleich morgen früh würde sie gehen und nie wiederkommen. Sie musste ihn sein Leben weiterleben lassen. Er musste von der Vergangenheit befreit werden. Von Sophie. Von ihr. Und sie musste frei sein von diesen verfluchten Sophie-in-dem-roten-Kleid-Anbetern.

»Jen.« Er legte eine Hand an ihre Taille, worauf sie fast den Atem angehalten hätte, und drehte sie zu sich. Seine Augen leuchteten. »Ich könnte es nicht ertragen, wenn du mich verachtest. Ausgerechnet du.«

Sie schniefte und konnte die Tränen nicht zurückhalten.

»Hey, Süße, was ist los?« Seine Stimme klang so zärtlich, dass sie erst recht heulen musste. Und er hatte sie Süße genannt. Sie konnte es nicht leiden, wenn Sam sie so nannte. Aber sie liebte es, dass Ollie sie gerade so genannt hatte. »Was ist denn?«

»Ich … ich … ich weiß nicht. Ich schätze, ich komme dem hier schlicht zu nahe, dir, Freddie und allem hier.« Verärgert wischte sie sich die Tränen weg und entwand sich seiner verwirrenden Berührung. Es war mitten in der Nacht, dunkel und diese Situation so berstend vor Vertraulichkeit, dass auf einmal zig Möglichkeiten in der Luft zu hängen schienen. Nicht zu vergessen der Brief unterm Kopfkissen. Trotz all der Schrecken, die er enthielt, hatte er auch etwas komisch Befreiendes. Es gab nichts mehr, das ihr das Leben noch ins Gesicht schleudern konnte. »Ich war Sophies beste Freundin, nicht deine. Manchmal vergesse ich das.«

Er sah sie ernst an. »Aber die Dinge haben sich geändert, oder nicht?«

Ihr Herzschlag dröhnte in ihren Ohren, und langsam wurde sie sich bewusst, dass etwas im Raum war, aufregend und unaussprechlich.

»Ich kannte dich vorher nicht, nicht so, wie ich dich jetzt kenne. Du und ich, wir sind nicht die, die wir waren, Jen.«

In der Ferne draußen vor dem Fenster rumorte die Stadt, und dennoch fühlte es sich an, als wären Ollie und sie der Fixpunkt, der Mittelpunkt der Stadt, der lebendigste Teil von ihr, dessen Pulsieren alles andere in Schwingungen versetzte.

»Du und Sophie wart eine undurchdringliche kleine Welt, wenn ihr zusammen wart.« Nun brach seine Stimme. »Mich hätte nicht gewundert, hättest du dich nach ihrem Tod zurückgezogen. Das haben übrigens viele von ihren Freunden getan, sich einfach weggeschlichen, als hätten sie mich nie gekannt. Sie guckten mich an wie ein schlechtes Omen.«

»Viele Leute können damit nicht umgehen.«

»Nein, das ist es nicht. Es war Sophie, die sie in unsere Umlaufbahn zog, ihre Strahlkraft, ihr Hang zur Inszenierung …« Er verstummte und runzelte die Stirn. »Aber du, *du*«, sagte er dringlicher. »Seit sie nicht mehr da ist, wirst du größer und größer, heller und heller. Als wärst du in den Mittelpunkt gerückt. Entschuldige, ich kann es nicht erklären.« Er sank tiefer auf die Matratze und lehnte seine Stirn an ihre Schulter. »Ich rede total wirres Zeug.«

Nein, tat er nicht. Und das dunkle Gästezimmer war auf einmal voller Leben und Licht, ähnlich der Dunkelheit um ein großes Lagerfeuer in einer Sommernacht.

»Mir kommt es vor, als würde ich dich völlig neu kennenlernen. Ich habe das Gefühl …« Er zögerte und klang hilflos. »… dass mein Leben, Freddies Leben ohne dich darin furchtbar schrecklich wäre. Das ist alles.«

Er umarmte sie fest. Instinktiv tauchte sie die Hand in sein verziesteltes schwarzes Haar und löste sanft die kleinen Knötchen, wie sie es schon solange wollte. Das wurde ihr erst jetzt klar. Ollie nahm ihre andere Hand und sog an den Fingerspitzen, einer nach der anderen, und mit jedem Kuss fühlte Jenny eine Flutwelle, die sie zu ihm trieb.

»Ich weiß, was ich tun will und nicht sollte.«

»Nein«, krächzte Jenny heiser, auch wenn sie sich sehnlichst wünschte, dass er es täte.

Er strich von ihrem Kinn zu ihrem Ohr. »Du bist so wunderschön.«

Wunderschön? Wunderschön! Seine Worte flatterten wie Schmetterlinge um ihren Kopf. Und in diesem Moment, zum ersten Mal seit vielen Monaten, Jahren, fühlte sie sich tatsächlich schön. Ein langer, weicher Seufzer kam tief aus ihr, als würde sie endlich ausatmen, nachdem sie ewig den Atem angehalten hatte, ohne sich dessen bewusst zu sein.

»Ich habe angefangen, dich als meine Frau zu betrachten, nur ein kleines bisschen. So selten, wie ich dich mit Sam sehe, war es gar nicht schwer, mir das vorzumachen. Und ich kriege es einfach nicht in meinen Schädel, dass du demnächst heiratest.«

Heiraten. Das ergab nun wahrlich keinen Sinn mehr.

Ollie wischte ihr mit dem Daumen eine Träne von der Wange. »In einem anderen Leben könnten wir …«

»Nein, bitte nicht, Ollie.« Sophie war seit acht Monaten tot. Acht!

»Es tut mir leid. Wirklich, es tut mir leid, Jen. Ich bin total hinüber, ein echtes Wrack.«

Sein Mund wurde unausweichlich. Er schmeckte nach Zigaretten, altem Kaffee und Tränen. Sein Bart rieb sich wunderbar an ihrer Wange. Seine weichen Lippen bewegten sich über ihr Gesicht zu ihrem Hals, und ihn zu riechen und zu fühlen füllte Jennys Welt vollkommen aus.

»Nein, wir dürfen das nicht, Ollie«, brachte sie schließlich heraus und rang nach Atem.

Seine Lippen entfernten sich widerwillig von ihr. »Du hast recht. Das dürfen wir nicht.« Er fiel zurück auf das Kissen, starrte hinauf an die Decke und atmete schwer. Jenny sagte nichts. Ollie sagte nichts. Es gab nichts mehr zu sagen. Richtig und Falsch waren nicht aufzuschlüsseln. Langsam fielen seine Lider zu, und sein Atem verfiel in den ruhigen, trägen Takt des Übernächtigten. Der Jetlag. Jenny lag da, wach und mit pochendem Herzen. Unter ihr lag der Brief, neben ihr Ollie. Und sie war fiebrig vor Sehnsucht und Selbstekel. Nicht lange danach fiel erstes rosa Licht durch den Spalt in den Vorhängen. Der Morgen graute und mit ihm ein angsteinflößender neuer Tag.

43

Was zur Hölle ist hier los? Ich nehme mir eine winzige Pause, und in Nummer 33 geht alles kapeister! Offensichtlich hatte ich keine Ahnung, dass der arme kleine Freddie die Windpocken gekriegt hat, sonst wäre ich ja wohl kaum auf einen Wochenendausflug gegangen. Ich komme mir schrecklich lieblos vor, wie ein psychopathologischer Engel. Dabei bin ich doch bloß weg, weil ich nach meiner letzten einsamen Nacht in Ollies Turnschuh nach frischer Luft gierte. Auf dem höchsten Schornstein der Straße – der schiefe auf Nummer 15 – erwischte ich eine starke Windströmung, an die ich mich hängte, während sie schneller wurde, mich über Dächer und Strommasten wirbelte, bis ich auf den Baumwipfeln von Highgate Woods ausstieg. Was soll ich sagen? Das war nett. Ich war mehr Luft als anderes, ein bloßer Umriss, sozusagen ein Ballon ohne Gummihaut. Ich konnte ohne Angst in den freien Fall gehen, biegsam wie eine junge russische Turnerin, und mich dann eine Weile in einem Amselnest ausruhen, das aus Zweigen, Federn und einem Stück Snickers-Papier gewoben war. Ich brauche jetzt immer mehr Ruhe, werde wohl alt.

Es liegt nicht bloß an der Luftverschmutzung in London, und in diesem stickigen Sommer dürften die Abgaswerte einen neuen Gipfel erreichen. Nein, ich werde zweifellos schwächer, bin wie ein Fußabdruck auf einem Strand. In den schwindelerregenden ersten Tagen meines Nachlebens konnte ich durch die Zeit schneiden wie ein heißes Messer durch Butter. Aber jetzt fühlt sich alles zäh und träge an. Mir ist, als würde ich in dieser Sphäre überall kleben bleiben, ähnlich einem dieser Kleckse am Honigtopf, die man einfach nicht weggewischt bekommt.

Jedenfalls bin ich von meinem Wochenende in den Baumwipfeln zurück, und in meiner Abwesenheit ist einiges passiert. Freddie ist gesprenkelt, ja, aber aus dem Gröbsten raus. Mehr Sorgen mache ich mir wegen Ollie. Er ist still und starrt seit Stunden aus dem Fenster. Auch das Haus selbst fühlt sich anders an, obwohl ich nicht sagen kann, wie anders. Ist es um einen oder zwei Millimeter abgesackt? Neigt es sich ein winziges bisschen zur Seite? Ich weiß es nicht. Es fühlt sich eben nicht an wie früher, nicht wie die alte Nummer 33.

Ich sehe auch nach Jenny und stelle fest, dass sie in einer noch mieseren Verfassung ist. In der scheußlich sterilen Luxuswohnung in Camden gibt es spürbare Dissonanzen, die knacksen und zischen wie ein Reaktor bei einer Kernschmelze. Die Atmosphäre ist derart vergiftet, dass ich mich dem nicht länger als nötig aussetzen will. Wie gut, dass Sam mit seinen Eltern aufs Land gefahren ist. Nicht auszudenken, wie er reagieren würde, wenn er Jenny so sähe, flennend wie ein Kind im Bad. Da ich mir ernstlich Sorgen um sie mache, bleibe ich in der Nähe, hänge am Lederbommel ihrer Tasche und frage mich, wohin wir mit solch irrer Entschlossenheit marschieren. Und so finde ich mich hier wieder, im Starbucks in der Great Portland Street, wo ich an der Lüftung über der Kaffeemaschine klebe wie ein Stück Kaugummi.

Jenny weint nicht mehr, zieht aber ein dermaßen langes Gesicht, dass sie an Lyle Lovett erinnert. Ihre Augen sind noch gerötet und ihre Hände zittern, als sie auf die Uhr sieht. Sie knabbert an ihrem Finger, guckt wieder auf die Uhr. Ist sie versetzt worden? Sie trinkt ihren restlichen Kaffee aus und nimmt ihre Handtasche.

Also ist sie versetzt worden.

Dann schwingt die Glastür auf, und Jenny steigt Röte vom Schlüsselbein hinauf ins Gesicht. Die Frau hat ihr Haar zu einem Pferdeschwanz gebunden, wie ich es früher an Tagen machte, wenn es partout nicht sitzen wollte. Sie trägt ein Nude-Kleid und grellgelbe Ballerinas. »Jenny?«

»Dominique?«

O mein Gott! Dominique. Ich begebe mich auf die vordersten Plätze.

»Entschuldige, dass ich zu spät komme.« Dominique lächelt nervös und zieht sich schabend einen Stuhl heran.

»Ich hoffe, es ist okay, dass ich dir gemailt habe. Tash sagte …« Jenny verstummt wieder, als wüsste sie nicht, ob sie ihre Quelle preisgeben darf. Sie kann nicht aufhören, Dominique anzusehen. »Möchtest du einen Kaffee?«

»Nein, danke, ich habe gleich einen Termin.« Dominiques Mund ist angespannt und geschürzt, als würde er von innen mit einem Band stramm gezogen.

»Ich musste dich unbedingt treffen«, sagt Jenny schließlich. Sie hat ihre Hände auf ihrem Schoß und ringt sie unruhig. »Es gibt zu vieles …« Nun muss sie erst einmal ausatmen, sich sammeln. »Zwischen Sam und mir. So viele offene Fragen. Ich will nur wissen, was los ist, sonst nichts. Ich bin nicht auf der Suche nach Schuldigen.«

Dominique rückt auf ihrem Stuhl hin und her. Sie bereut jetzt schon, dass sie gekommen ist. »Also, um ehrlich zu sein, Jenny, dachte ich immer, dass Sam und ich wieder zusammenkommen.«

»Wieder zusammenkommen?«

»Deshalb wollte ich wissen, ob er eine neue Beziehung hat, und habe ihn ausfindig gemacht.« Sie sieht auf den Tisch. »Mir ist klar, dass das alles ziemlich durchgeballert klingen muss. Aber ich wollte dir keine Angst einjagen. Entschuldige.«

»Offenbar hast du ihn sehr gemocht.«

Dominique blickt auf. »Ich dachte sogar, dass wir heiraten würden.«

Jenny schließt die Augen, wappnet sich. Die Geschichte war größer, weit größer als sie geahnt hatte. »Wann wart ihr zusammen?«

»Im Sommer vor zwei Jahren«, antwortet Dominique mit der Gewissheit einer Frau, die seitdem die Stunden mitgezählt hat.

»Vor zwei Jahren?«, wiederholt Jenny flüsternd, hält sich den Mund zu und wird blass.

Vor zwei Jahren! Dann reden wir ungefähr über die Zeit, als er mich auch angebaggert hat, dieser kleine Drecksack.

»Haben wir uns überschnitten?«, fragt Dominique und senkt schuldbewusst den Blick. Wie es aussieht, war sie nicht komplett ahnungslos.

»Haben wir.« Jenny schüttelt ungläubig den Kopf. »Oh Mann.«

Ja, wir haben uns *alle* überschnitten.

Die beiden Frauen sehen einander über den dunklen Holztisch hinweg an, ich sie vom Lüfter aus. Ein gereizter Starbucks-Kellner räumt Jennys leere Tasse ab.

»Ich sollte lieber gehen.« Dominique umklammert ihre große rote Tasche und steht auf.

»Eine Frage noch.« Das Geklapper im Café scheint für einen Moment zu verstummen. »Warum dachtest du, dass ich Sophie heiße?«

Dominique zögert, weiß offensichtlich nicht, was die beste Antwort wäre. Wieder schürzt sie ihre Lippen.

Ich warte. Jenny wartet. Ihr linkes Knie hüpft auf und ab. »Hast du gewusst, dass es eine andere gab?«

»Hör zu«, sagt Dominique, die sich nun verteidigt. »Ich wusste bloß, dass er diese … diese Geschichte laufen hatte, irgendeine dämliche Schwärmerei für eine Frau, die aber nichts von ihm wollte. Und die hieß Sophie.«

»Sie wollte nichts von ihm?«, fragt Jenny ängstlich flüsternd. »Bist du sicher?«

»Ja, völlig sicher. Das war ja das Frustige an der ganzen Sache.« Dominique spricht jetzt schneller, schärfer, was typisch für eine verbitterte Ex ist. »Er sagte, dass ich ihn an sie erinnere. Dass ich wie sie wäre, nur … nur besser.« Kopfschüttelnd stößt sie ein hohles Lachen aus. »Ich dachte, wenn ich abwarte … Es ist nicht zu fassen, wie blöd ich mich anhören muss. Ich bin nicht so eine Frau, wie du sicher denkst, Jenny, ehrlich nicht. Er war nur einer von diesen Männern, du weißt schon, die dich zu jemandem machen, der man nicht ist. Verstehst du, was ich meine?«

Jenny nickt. Sie weiß genau, was Dominique meint. Und ich auch.

Dominique verlässt rasch das Café, sieht sich allerdings noch einmal um, als fragte sie sich, was sie getan hatte. Ich drücke mich flach an die Decke und wünsche mir sehnlichst, wieder menschlich zu sein, damit ich Jenny in die Arme nehmen, sie küssen und ihr sagen kann, dass alles gut wird und er sich bloß in einem Anfall von Irrsinn in mich verguckt hatte, sie hingegen immer die war, die er wirklich geliebt hat. Ich will ihr erklären, dass ich mich in meiner Eitelkeit geschmeichelt fühlte, jedoch nie etwas passiert ist, weil ich das niemals tun würde. Ich habe mich nicht völlig korrekt verhalten, nein, denn ich flirte gerne, bin eine erotische Fantastin, aber keine verräterische Freundin. Stattdessen muss ich hilflos zuschauen, wie meine liebe Freundin mitten im Starbucks zusammenbricht, ohne auf die Leute zu achten, die sie anstarren. Sie schluchzt laut, bis ein Kellner ihr ein Taschentuch bringt, sie fest beim Ellbogen nimmt und hinaus auf die belebte Straße schiebt.

44

Hast du den Verstand verloren?«, schrie Sam und trat gegen seine Reisetasche, die er auf den Boden fallen gelassen hatte. »Ich bin gerade von dem Planungstreffen für das Festzelt zurück. Wir können die Hochzeit unmöglich absagen.«

Jenny hielt sich an der Edelstahllehne eines Stuhls fest. Könnte sie doch bloß klar denken. Aber sie hatte so viel geweint, dass ihr Verstand wie ausgewaschen war. Sie konnte weder denken noch atmen, wusste einzig, sollte sie dieses Brautkleid anziehen, es das Unaufrichtigste wäre, was sie jemals getan hatte. »Es tut mir leid, Sam.«

Sein Gesicht erschlaffte und alterte merklich. Endlich begriff er, dass sie es ernst meinte. »Jenny, bitte.« Er wurde leiser, sodass er fast bedrohlich klang. »Ich versuche, dich vor dir selbst zu beschützen. Du bist wütend. Du bist verletzt. Das ist verständlich. Ich entschuldige mich. Ich werde mich für den Rest meines Lebens entschuldigen, weil du es verdienst, okay? Was immer nötig ist, ich tue es, Jenny, damit du einsiehst, dass es nichts war, absolut nichts.« Zornig wischte er den Brief vom Tisch. »Ich weiß nicht, wieso die alberne Kuh den aufbewahrt hat!«

»Vielleicht wollte sie ihn mir zeigen?« Den ganzen Abend hatte sie über die Male nachgedacht, bei denen Sophie versucht hatte, mit ihr über etwas zu reden: der Punkt auf der Liste, die Ollie vor Monaten fand.

»Ach, komm schon, sie hat ihn sicher aufgehoben, weil es ihr gefiel. Ich wette, sie hat sämtliche Liebesbriefe aufbewahrt, stimmt's?«

»Sam …« Dies war ein Ausweg. Es war ihr Ausweg, und sie würde den Stier bei den Hörnern packen und nicht wieder loslassen.

»Sie war nie glücklich, solange nicht sämtliche Männer im Raum sie anhimmelten. Das hat sie geliebt, verdammt!« Sein Gesicht war bleich vor unterdrückter Wut. »Erinnerst du dich, wie sie auf Partys war, wie sie getanzt hat? In diesen dämlichen Glitzerfummeln. Seht mich an! Seht mich an! Ebenso gut hätte sie sich das mit Lippenstift auf die Stirn malen können.«

Jennys erster Impuls war, Sophie zu verteidigen. Aber diesmal nicht. »Das ändert nichts.« Wie ruhig und überzeugt sie sich anhörte, erstaunte sie selbst. »Es ist zu spät, Sam.«

»Ich würde sagen, *das hier* ist zu spät, Jenny. Verdammt, kannst du dich bitte wieder einkriegen?« Er versuchte zu lächeln, was ihm nicht gelang. »Bitte, Jenny?«, fragte er verzweifelt. »Willst du das alles wegschmeißen? All das hier?« Er schwenkte die Arme, als wäre die Wohnung an sich schon etwas, das sie unmöglich aufgeben könnte.

Ich hasse diese Wohnung, dachte sie. Ich hasse die Hi-Tech-Kälte. Wenn ich meine eigene Wohnung habe, werde ich gestrickte Patchworkkissen haben und alte Holzoberflächen mit Teeflecken und ein Radio mit einem dicken fetten Drehknopf. »Du hast auch mit Dominique rumgemacht.« Sie blinzelte ihre Tränen weg. »Und ich war so verliebt in dich.«

Er stöhnte. »Ich habe wirklich, ehrlich versucht, sie abzuwimmeln, sie davon abzubringen, alten Kram aufzuwühlen. Ich habe sogar Tash gebeten, mit ihr zu reden, Jenny. Ich habe alles getan, was ich konnte, um dich zu schützen. Das musst du mir glauben.«

Sie wandte sich von ihm ab, denn es tat ihr nach wie vor weh, dass er sich in ihre Muswell-Hill-Welt geschlichen hatte, das Vertrauen einer ihrer neuen Freundinnen gewonnen und es zu seinem Vorteil genutzt hatte. Er benutzte jeden. »Dadurch wird es nur schlimmer.«

Er stützte den Kopf in die Hände. »Ich verstehe dich nicht.«

»Warum wolltest du ein Hochzeitsdatum festlegen, Sam? Du hast es immer wieder aufgeschoben, warum jetzt plötzlich? Das verstehe ich nicht.«

Er sah sie mit roten, gekränkten Augen an. »Weil ich dich liebe. Weil …«

»Warum?«

»Sophies Tod. Durch ihn hat sich meine Perspektive verändert. Ich hatte sie verloren …«, stammelte er, ehe ihm klar wurde, was er sagte.

Jenny wurde übel. »Du meinst, das war vorbei und du hattest nichts mehr, um das du spielen wolltest?«

»Nein, ich hatte das Gefühl, dass ich eine zweite Chance bekomme. Solange sie lebte, hatte ich dauernd Angst, dass sie dir was erzählt, unsere Beziehung kaputt macht. Meine eigene Blödheit hing wie ein Damoklesschwert über mir. Als sie starb …« Er schüttelte den Kopf.

»Da dachtest du, dass du noch mal davongekommen bist?«

Zunächst schwieg er. »Es tut mir leid.« Wieder schüttelte er den Kopf. »Ich konnte nichts dagegen tun, wie ich für die anderen empfand. Ich liebe dich.«

Die anderen! Wie viele gab es? Jenny konnte sich das nicht anhören. »Für mich ergibt nichts von dem mehr einen Sinn. Begreifst du das nicht?«, schrie sie. »Es hat schlicht keinen Sinn mehr!«

»Falls es das vorher hatte, kann es wieder so sein«, flehte er. »Wir sind uns nahe, waren es immer. Die guten Zeiten, denk an die guten Zeiten, Babe. Du, ich, Soph und Ollie, die Picknicks, die Partys, das wunderbare Wochenende auf dem Boot in Oxford. Weißt du noch?«

Jenes heiße Sommerwochenende. Das sanfte Schunkeln des Boots. Sie erinnerte sich genau, wie Ollie und Sophie auf dem Kajütendach saßen, wie Ollie Sophie Eiskrem von der Nasenspitze leckte, während Jenny sie vom Deck aus beobachtete und dachte, hätte sie Eiskrem an der Nase, würde Sam ihr mit einer Geste bedeuten, sie wegzuwischen oder ihr ein Papiertuch reichen. Und sie hatte auch gedacht, dass nur schöne Menschen wie Sophie so geliebt wurden wie Sophie geliebt wurde; dass unscheinbarere Frauen wie sie nicht zu viel erwarten durften. Jetzt ging ihr auf, dass Sam wahrscheinlich das ganze Wochenende lang Sophie im Bikini begafft hatte. »Sam, es ist vorbei.«

Er ballte die Fäuste, und eine schreckliche Sekunde lang fürchtete Jenny, er könnte sie schlagen. »Hier ist doch etwas im Busch. Das kommt dir alles sehr gelegen, nicht? Nicht wahr?«, fauchte er. »Wenn du mich wirklich liebtest, würdest du mir glauben.«

Jenny schloss die Augen. Er hatte recht. Sie wusste, dass er recht hatte. Ollies Kuss hatte alles verändert. Er hätte es auch dann, wenn Dominique und der Brief nie ans Licht gekommen wären. Er hatte sie auf eine Weise entflammt, wie sie es nicht für möglich gehalten hätte. So krank und beschämend ihre Gefühle sein mochten, es gab kein Zurück. Lieber würde sie für immer Single bleiben, als jemanden zu heiraten, bei dem sie das nicht fühlte. Es war das *Grrr,* von dem Sophie gesprochen hatte. Nun hatte Jenny es erlebt.

»Hör zu, Jenny, du hast die Wahl. Entweder sagst du mir jetzt wie eine Erwachsene, was das eigentliche Problem ist, und wir können vielleicht eine totale Katastrophe abwenden. Oder du wirst sehr bald sehen, wie deine Welt von innen implodiert.«

»Ich glaube nicht, dass ich dich noch liebe.« Ein letzter Stich. Sollte er bluten.

»Schlampe.«

»Es tut mir leid.« Sie begann wieder zu schluchzen, denn die Gewissheit, die sie eben noch empfand, bröckelte unter ihren Schuldgefühlen.

»Hier geht es um Ollie, oder? Angeblich war ich derjenige mit der geheimen Strategie, dabei warst du es die ganze Zeit. Du hast nur darauf gewartet, Sophies Platz einzunehmen.« Sam lachte hämisch. »Jenny, Jenny, glaubst du allen Ernstes, dass Ollie *dich* will?«

Sie rang nach Luft.

»Du arme Irre.«

Mit schlotternden Beinen floh sie aus der Küche, rannte ins Schlafzimmer und fing an zu packen. Sam versuchte nicht, sie aufzuhalten. Es war erschreckend, wie wenig sie packen musste. Ihr kleines Leben passte in kleines Gepäck. Anschließend ging sie zurück in die Küche, um sich zu verabschieden. Sam saß am Küchentisch, das Gesicht auf der Glasplatte, und weinte. Es war das erste Mal, dass Jenny ihn weinen sah.

»Sam, es tut mir leid.«

»Leck mich.«

An der Haustür zögerte sie kurz, ehe Jenny sie hinter sich zuzog und in die schmierige Camden-Sonne trat.

45

Als die Pendeluhr auf dem Kaminsims ihrer Eltern elf schlug, die Zeit, um die sie vor drei Wochen hätte heiraten sollen, bekam Jenny eine Gänsehaut. Die kriegte sie regelmäßig, wenn sie daran dachte. Und so wanderte der Kalender weiter, jedes Datum ein Echo des anderen Lebens, das beinahe ihres gewesen wäre. Stattdessen hatte sie jetzt eines, in dem ihr Taschenkalender voller durchgestrichener Einträge war. Sie wären inzwischen aus den Flitterwochen zurück. Hätte sie aufgehört, die Pille zu nehmen? Wäre sie womöglich schon schwanger gewesen?

Nein, das wollte sie nicht. Aber dies hier wollte sie ebenso wenig: bei ihren Eltern wohnen; ständig den Geruch der Hühnerfarm in der Nase; sechsunddreißig Jahre alt; mit Gürtelrose.

Die Gürtelrose war sozusagen ihr Büßerhemd. Sams Freunde und Verwandte hielten sie zweifellos für den Leibhaftigen. Ihre eigenen Freunde und Verwandten fanden, sie hätte nicht alle Tassen im Schrank. Einzig Liz hatte ihr mehrmals gemailt und ihr Liebe, Glück und »alles, was du sonst gerade brauchst« gewünscht und ihr versichert, dass jede von Jennys Entscheidungen die richtige war, weil sie sie getroffen hatte. Jenny war unendlich dankbar für diese einsame Stimme der Vernunft.

Ja, es war ihre Entscheidung, deshalb musste sie richtig sein, erinnerte sie sich selbst in den fiesesten Momenten – von denen es nachts zwischen drei und fünf jede Menge gab – oder an Tagen wie diesem, wenn sie ein Manuskript zu schnell bearbeitet hatte und die unausgefüllten Stunden dahinrollten wie der Stift auf dem furchtbar schiefen Schreibtisch ihrer Eltern. Sogar ihr Haar war hoffnungslos, staubtrocken und kraus. Sie hatte ihr Leben nicht im Griff und ihr Haar auch nicht.

»Willst du dich nicht langsam mal anziehen?« Ihre Mutter kam in ihr Zimmer. Sie klopfte nie. »Du fühlst dich besser, wenn du angezogen bist, Jennifer. Hier, Liebes, eine schöne Tasse Tee.«

»Danke, Mum.« Jenny kratzte sich unten an ihrem schuppigen Rücken. Jetzt begriff sie, was für Qualen der arme Freddie litt, als er Windpocken hatte.

»Nicht kratzen. Du willst doch nicht auch noch Narben.«

Paradoxerweise besaß ihre Mutter das Talent, Jenny besonders auf die Nerven zu fallen, wenn sie deren Beistand am meisten brauchte. Was hätte sie die letzten Wochen ohne ihre Mutter machen sollen? Dennoch erlebte sie Momente, in denen sie tatsächlich meinte, sie könnte ihre Mutter nicht ausstehen. Natürlich rief sie sich gleich zur Räson und wurde sich bewusst, dass sie selbst es war, die sie nicht leiden konnte. Sie projizierte lediglich ihren Selbsthass auf ihre Mutter, wie es egoistische, verunsicherte Teenager zu tun pflegen. Was wiederum zur Folge hatte, dass sie sich für ihre Undankbarkeit schämte und sich am liebsten wie ein flennendes Kleinkind an die Brust ihrer Mutter werfen wollte. Sie nahm ihren Tee, folgte ihrer fülligen Mutter ins Wohnzimmer und sank auf eines der dicken Bodenkissen neben dem John-Lewis-Potpourri – das wohl für immer zum Proustschen Parfüm dieser entsetzlichen Zeit wurde.

»Du solltest versuchen, ein bisschen munterer zu sein, Liebes«, sagte ihre Mutter freundlich. Sie hockte auf einer Sesselecke und war offensichtlich unsicher, wie sie mit dem Kummer ihrer Tochter umgehen sollte. »Ich weiß, dass es schwer ist. Aber wir alle müssen die Verantwortung für unsere Entscheidungen übernehmen. Wir dürfen uns nicht von ihnen auffressen lassen.«

Jenny vermutete, dass ihre Mutter eigentlich meinte, die meisten Frauen Mitte dreißig hätten die Unschuldsbeteuerungen ihres Verlobten lieber geglaubt, egal, wie viele Beweise dagegensprachen. In solchen Augenblicken war Jenny drauf und dran, von Ollie zu erzählen, damit ihre Mum sie besser verstand. Doch das tat sie nie. Wie wollte sie erklären, dass sie sich in den Mann ihrer toten Freundin verliebt hatte?

Ihr Verrat war so enorm, so ätzend, dass sie ihr eigenes Gesicht im Spiegel nicht ertrug, geschweige denn mit jemandem darüber sprechen konnte. Ja, sie konnte damit leben, dass sie Sam kurz vor der Hochzeit verlassen hatte. Ganz sicher würde er eine Frau kennenlernen, die ihn verdiente und mit der es ihm bestens ging. Aber sich in Ollie verlieben? Ganz gleich, was Sophie vor ihr verborgen hatte, was sie gefühlt oder getan haben mochte, sich in Ollie zu verlieben blieb unverzeihlich. Sophie war die Frau, die am ersten Abend an der Uni ihren Käse mit Jenny geteilt hatte, das einzige »It-Girl«, das sich jemals mit Jenny abgegeben hatte und sie zum Lachen brachte, bis Jenny sich fast in die Hosen machte.

Sophies Verrat lag mit ihr auf dem Highgate-Friedhof begraben. Jennys lebte noch. Der Kuss verfolgte sie. Manchmal wachte sie nachts panisch auf, saß kerzengerade zwischen den Kissen ihres alten Kinderzimmers, schwitzend, japsend und überzeugt, dass Sophie den Kuss gesehen hatte. Dass sie gar nicht tot war. Und in solchen Momenten war der Gedanke, dass Sophie lebte, alles andere als tröstlich.

Tagsüber war es leichter, ihre Gedanken zu zügeln. Sie sagte sich, dass der Kuss und die Tatsache, dass er sich so *richtig* angefühlt hatte, nichts als ein Trauersymptom war, eine unglückliche, fehlgeleitete Suche nach menschlichem Trost. Dann wieder holte sie eine überwältigende Sehnsucht nach Ollie ein, gegen die sie machtlos war. Er war jeden Morgen in ihren Gedanken, wenn sie aufwachte, seine Hand in ihrem Haar, diese dunklen, traurigen Augen, die fragend in ihre blickten. Und dieses Ziehen zwischen ihren Schenkeln.

Er hatte einige Male angerufen, seit sie nach Kent geflohen war. Sie rief ihn nicht zurück, weil sie fürchtete, dass er annahm, der Kuss hätte etwas mit ihrer Inszenierung der fliehenden Braut zu tun, was er natürlich hatte. Deshalb schickte sie ihm knappe SMS oder E-Mails und fuhr hin und wieder nach London, um Freddie zu sehen. Der war inzwischen beschäftigter, hatte seine Schule, seine Freunde, seinen Fußball und entkam allmählich dem schwarzen Krater des letzten Januars. Jenny verbündete sich mit Cecille, die Freddie nach den Treffen irgendwo in der Stadt abholte, damit Jenny direkt zum Zug konnte – und so eine Begegnung mit Ollie vermied. Nie fragte Jenny, wie es ihm ging.

Vermeidung war das Gebot der Stunde.

Zum Glück verschaffte ihr die Gästeliste für die Hochzeit einen klaren Überblick, wen sie sonst noch meiden musste: Leute, die Geschenke gekauft hatten, Zeugen des peinlichen Scheiterns ihrer romantischen Komödie. Während viele von ihnen – die, die auf der rechten, also Sams Seite der Kirche sitzen sollten – ihre Meinung mittels dröhnendem Schweigen kundtaten, drängten die auf Jennys Seite nach wie vor auf Erklärungen. Aber sie wollte sich nicht rechtfertigen müssen. Das konnte sie gar nicht.

»Gibt es irgendwelche praktischen Dinge, mit denen ich dir helfen kann, Liebes?«, fragte ihre Mutter und riss sie aus ihren Gedanken. »Habe ich dir schon gesagt, dass alle Hochzeitsgeschenke zurückgeschickt sind? Dad hat das erledigt.«

»Das ist super. Vielen Dank.«

»Was ist mit dem Brautkleid?«

»Sam hat es wahrscheinlich verbrannt und die Asche im Klo runtergespült.«

»Ach, sag das nicht! Ich hatte gehofft, dass Ollie es zurückgeben kann. Hast du ihn gefragt, was er …«

»Nein.«

Ihre Mutter sah sie streng an. »Nun, ich finde, das solltest du, Jennifer. Es war so großzügig von ihm. Und wir sind alle ein bisschen ratlos.«

»Ich weiß, entschuldige.« Selbstverständlich hatte keiner es geschafft, eine Hochzeitsversicherung abzuschließen, sodass die Rechnungen für das Festzelt, den Caterer und die Blaskapelle sämtlichst bezahlt werden mussten. »Ich zahle es euch alles zurück, Mum, versprochen.«

»Ja, ich weiß ja.« Die Stimme ihrer Mutter wurde weicher, und ihre Nasenspitze färbte sich rosa, was sie immer dann tat, wenn sie niesen oder weinen musste. »Ich will doch bloß, dass du wieder glücklich bist, sonst nichts.«

Jenny bog ihren Mund zu einem Lächeln.

Das ihre Mutter ihr nicht abnahm. »Ich finde wirklich, dass du ausgehen und Freundinnen treffen solltest, Jennifer. Ich weiß, dass du dich schämst und deine Wunden lecken willst, aber eine Freundin ist die beste Medizin überhaupt. Mary hat mir schon durch richtig schlimme Zeiten geholfen. Und Sally. Sally war eine Heilige, als es bei deinem Dad und mir kriselte.«

»Ich habe doch dich, Dad und Bobster.«

Kaum fiel sein Name, sprang der Hund auf und wedelte mit seinem müffelnden Schwanz vor ihrem Gesicht. »Dann geh ein bisschen mit Bobster spazieren. Es ist herrliches Wetter draußen, und du kämst mal vor die Tür. Außerdem würdest du einen alten Hund überglücklich machen.«

»Okay.« Sie täte alles, um dieses Gespräch hinter sich zu haben. Jenny trank ihren Tee aus und stand auf.

»Ach, und Jennifer?«

»Ja, Mum?«

»Du weißt, dass du so lange hier bleiben kannst, wie du willst, nicht? Lass dir so viel Zeit, wie du brauchst.«

»Danke, Mum. Aber ich ziehe spätestens Ende des Monats aus. Komm, Bobster. Gassi gehen.«

Vier Monate später war sie immer noch da und sah aus dem Fenster zu den bunten Weihnachtslichterketten am Postamt weiter weg, den Geruch von Hühnerkacke in der Nase. Sie war froh, dass ihre Eltern allein zum Krippenspiel in die Kirche gegangen waren. So konnte sie in Ruhe nachdenken und ihre baldige Flucht planen. Sie hatte ein einfaches Ticket nach New York und würde am sechsten Januar fliegen. Am Jahrestag von

Sophies Tod. Das schien irgendwie passend. Sophie war an dem Tag auf die andere Seite gegangen; Jenny würde den Atlantik überqueren.

Manch einer wäre in der Kirche auf die Knie gefallen und hätte Gott gefragt, was er tun soll. Jenny hatte im Gemüsegarten gekniet und Dolly Parton gefragt. Dolly, die Hohepriesterin des Herzschmerzes und der Liebesirrtümer, die Meisterin des Sich-Wiederaufrappelns und Weitermachens. Sie hatte Jenny gefragt. Und Dolly antwortete in ihrem Tennessee-Akzent: *Zieh weg, Süße. Fang von vorne an. Und pass auf, dass du keinen Dreck unter die Fingernägel kriegst.*

Wochenlang hatte sie WG-Anzeigen in New York gegoogelt und sich ausgemalt, wie sie mit ihrem Laptop in irgendwelchen Diners hockte und Macchiatos schlürfte. In New York würde man sie nicht für einen Freak halten, weil sie sechsunddreißig und Single war. Nein, dort in der Stadt des Neuerfindens war alles möglich. Sie könnte sogar Gelb tragen. Sie könnte regelmäßig mit Freddie skypen. Er könnte sie besuchen kommen. Sie könnte exzentrisch sein, die New Yorker alte Jungfer, die mit ihm in schräge Filme und Kunstausstellungen ging, ihm Erinnerungen an die Staten-Island-Fähre, an Coney Island und die Roller-Disco im Central Park schenkte. Vielleicht würde sie im Chelsea Hotel wohnen.

Sie blickte über das gefrorene Feld – dessen Frostschicht langsam in der Wintersonne schmolz – und fragte sich, ob Sophie ihr folgen würde.

Unmittelbar nach Sophies Tod hatte sie Angst gehabt, sie könnte sich nicht richtig erinnern, wie Sophie aussah. Jetzt traf das Gegenteil zu. Sophie war da, zu nahe. Dieses Hupenlachen hallte durch Jennys Kopf, wenn sie mit Bobster über stille Feldwege ging.

Manchmal wollte sie schwören, Sophies warmen Atem auf ihrer Hand zu fühlen. Oder sie schaute über ein Feld und glaubte, Sophie elfengleich tanzen zu sehen, barfuß, ihr dichtes, dunkles Haar um sie herum wehend, ihre Hände durch die Luft schwebend, überglücklich und wunderschön. Und Jenny wollte ihr alles vergeben, alles.

Etwas rieb an ihrem Knöchel. Sie blickte hinab und grinste. Bobster tat, was er stets perfekt beherrschte: Er holte sie aus der Vergangenheit zurück in die Gegenwart, indem er sie abschleckte und ihr dabei klebrige, nach Dosenwild stinkende Flecken auf die Sachen machte.

Sie kraulte ihn hinter den Ohren. »Ja, ja, ich weiß, Zeit für deinen Spaziergang.« Jenny zog sich ihren Anorak über – sie trug immerzu Anorak, Jeans, Fleecepulli uund Gummistiefel, was das morgendlichen Anziehen äußerst entspannt gestaltete, und linste aus dem Fenster, ob es regnete. Die Sonne hatte sich hinter einer riesigen, steingrauen Wolke versteckt und der Himmel darunter einen reispuddingartigen Gelbton angenommen. Weihnachtsbäume blinkten durch die Sprossenfenster einer neu gebauten Häusergruppe.

Hinter Jenny fiel die Haustür ins Schloss. Bobster jaulte. Er hatte sich mit der Pfote in seiner Leine verfangen. Jenny bückte sich, um ihn zu entwirren, und sofort drang kalte Feuchtigkeit an ihrem Knie durch die Jeans. »Alles klar, Houdini.«

Ein lautes Motorenheulen erschreckte sie beide. Jenny blickte auf und sah einen VW-Van rückwärts in die Einfahrt ihrer Eltern setzen, dann kreischend bremsen.

»Entschuldigung«, begann sie und wollte erklären, dass dies kein öffentlicher Parkplatz war, da stolperte sie vor Verblüffung nach hinten.

46

Riecht mal diese Luft!« Suze reckte ihren Haarmopp aus dem Wagenfenster und schnupperte. »Echt herrlich.«

Hinten im Van gab es Geknuffe, eine Reihe von Rufen, und kleine Hände pressten sich an die Scheiben. Der Wagen wackelte heftig.

»Flora, hör auf, Ludo zu hauen!«

»Er hat mir meine Rosinen weggenommen. Fieser Rosinenklauer, ich hasse dich!«

»Jetzt guck mal, was du gemacht hast!«

»Ludo! Ehrlich, du machst mich fertig.«

»Steig aus. Aua! Das ist mein Fuß.«

Sprachlos sah Jenny zu, wie Liz erschien, die ein Kind hinter sich herzog. Dann folgten Tash' Beine, eines nach dem anderen. Sie lächelte verlegen, als wäre sie unsicher, wie Jenny ihr Kommen aufnehmen würde, und war sichtlich froh, als Jenny ihr Lächeln erwiderte. Danach kam Lydia, eingehüllt in meterweise Cashmere und mit einer niedlichen Pudelmütze auf. Mehr Kinder, mehr Lärm. Jenny blinzelte, weil sie nicht glauben wollte, was hier geschah.

»Endlich haben wir dich gefunden.« Suze schlang einen Arm um Jennys Schultern und drückte sie.

Jenny fehlten die Worte. Zudem war sie völlig aus der Übung, was Sozialkontakte betraf. Das machte aber offenbar niemandem etwas aus, denn alle stürmten auf einmal auf sie zu und küssten sie. Es war entzückend und beängstigend zugleich, weil es so unerwartet kam.

Liz ergriff Jennys Hand und hielt sie fest. »Mann, ist das klasse, dich zu sehen, Jenny!«

»Mein Gott, ja, und dich!« Erst jetzt, da sie vor ihr stand, wurde Jenny bewusst, wie sehr ihr Liz gefehlt hatte. »Aber …« Lachend schüttelte sie den Kopf. »Wie in aller Welt habt ihr rausgekriegt, wo ich bin?« Alle redeten durcheinander.

»Na, Ollie hat die Adresse deiner Eltern in Sophies altem Adressbuch gefunden.«

»Wenn du nicht nach Muswell Hill kommst, kommt Muswell Hill eben zu dir.«

»Wir sind quasi das Freundinnenäquivalent des Japan-Knöterichs – unverwüstlich.«

»Riecht es auf dem Land überall nach Fürzen, Mummy?«

»Beeilung, ich muss dringend pinkeln«, sagte Lydia, die von einem Bein aufs andere hüpfte.

In diesem Moment bemerkte Jenny Lydias Bauch, dessen perfekte Wölbung sich wie ein Riesenei durch die Falten des beigen Cashmeres abzeichnete.

Lydia grinste und tätschelte ihre Kugel. »Im sechsten Monat! Eine glückliche Panne.«

»Du meine Güte! Gratuliere«, sagte Jenny. Es war ewig her, seit sie alle zuletzt gesehen hatte. »Kommt rein, kommt.«

In dem eher kleinen Haus ihrer Eltern beschäftigte sie die Kinder mit einem zerkratzten *Star-Wars*-Video und einer Dose Roses-Karamellriegel. Was sie mit den Müttern anfing, war dagegen schon schwieriger. »Wollt ihr etwas trinken?« Sie fühlte sich etwas unbeholfen und besucherentwöhnt, als sie die Hausbar inspizierte. Darin befanden sich leicht verklebte Flaschen mit Supermarkt-Whisky und hellen Likören. »Bedaure, kein Wein. Jemand einen Verdauungs-Sherry? Ich kann den oder Erdbeerlikör aus dem Duty-Free anbieten.«

»Sherry ist wunderbar!«, jubelten alle, verzogen jedoch ihre Gesichter, als sie den ersten Schluck nahmen.

Suze erhob ihr Glas. »Frohe Weihnachten, Jenny!«

»Frohe Weihnachten. Verrät mir jetzt bitte mal jemand, was ihr hier macht?«

»Dasselbe könnten wir dich fragen«, antwortete Liz mit Blick aus dem Fenster.

»Genauso gut hättest du nach Alaska auswandern können«, sagte Tash, die gleichfalls nach draußen sah und mit unverhohlenem Entsetzen auf den Ackerstreifen starrte.

Jenny grinste. Tatsächlich empfand sie keine Spur Feindseligkeit mehr gegen Tash, denn die Szene in deren Küche fühlte sich an wie vor dreitausend Jahren. Und Tash spürte es. Sie lächelte sehr viel entspannter. »Wahrscheinlich wäre da mehr los.«

»Gott, du hast echt Mut«, seufzte Lydia. »Tage vor deiner Hochzeit in die Freiheit zu fliehen.«

Wäre es doch bloß so gewesen, anstelle des traurigen, beschämenden Rückzugs, nachdem es sich anfühlte. Jenny sah auf den Fußboden. »Wohl kaum.«

»Was ist denn eigentlich passiert?«, fragte Suze und lehnte sich am Esstisch vor, sodass ihre Brüste auf dem polierten dunklen Holz auflagen.

»Suze, Jenny wird es uns sicher erzählen, wenn sie so weit ist«, sprang Liz ihr sogleich bei. »Du musst gar nichts sagen, Jenny. Wir sind nur schrecklich neugierig, wie du ja weißt.«

»Die ehrliche Antwort ist … nun …« Nein, sie konnte es nicht. Der wahre Grund wollte ihr schlicht nicht über die Lippen kommen.

»Egal«, sagte Liz rasch und befreite sie. »Erzähl es uns, wenn du meinst, dass du es willst, Jenny.«

Sie lächelte ihr dankbar zu. »Ernsthaft, seid ihr den ganzen Weg gefahren, um Hallo zu sagen? Ich bin überaus gerührt. Und ich habe es wahrlich nicht verdient.«

»Eigentlich gibt es noch was.« Suze setzte sich auf und schaltete auf Sitzungsmodus. Für einen Moment war es wieder so, als wäre Jenny in Suze' Küche.

»Oh. Stimmt was nicht?«, fragte sie.

»Na ja, die Ollie-Hilfe wurde mehr oder minder aufgelöst, nachdem du weg warst. Cecille hat ihren Job ganz gut gemacht, nehme ich an«, erklärte Suze spürbar widerwillig.

»Super.« Jenny war froh, das zu hören. Alles war okay.

»Aber ich fürchte, wir werden wieder gebraucht«, verkündete Suze.

Sofort merkte Jenny, dass sie blass wurde. »Oh nein. Geht es Freddie nicht gut?«

Liz legte ihre Hand auf Jennys. »Freddie geht es bestens.«

»Ollie?«

»Ollie geht es weniger gut«, antwortete Suze, die einen Blick mit Liz wechselte. »Trotz unserer Bemühungen.«

»Wir haben getan, was wir können, Jenny«, sagte Lydia, deren Augen einen bedenklichen Glanz annahmen. »Wir haben ihm einen Weihnachtsbaum bestellt, beim Schmücken geholfen, ihm eine Liste der in der dritten Klasse angesagten Spielsachen gegeben, ihm sein Weihnachtsessen geordert …«

»Die anderen Mütter haben ihm an die drei Millionen Früchtepasteten gebacken«, lachte Liz. »Wie du dir sicher denken kannst.«

Jenny schmunzelte. Ja, das konnte sie sich vorstellen.

»Er hatte so viele Angebote für Weihnachten«, seufzte Suze und griff nach dem Schokokonfekt. »Ich würde sagen, dass ihn so ziemlich jeder in der Straße zum Mittagessen, zum Tee oder irgendwas Weihnachtlichem eingeladen hat, seit Ferien sind. Ich habe ihnen sogar Kaminstrümpfe gekauft, für alle Fälle.«

»Oh nein! Sag nicht, dass er an Weihnachten allein ist. Wo ist Cecille?«

»Nach Frankreich gefahren.« Sie zog eine Braue hoch. »Und sie kommt nicht wieder. Sie hat einen neuen italienischen Freund, und dem folgt sie wie ein liebeskranker Welpe nach Mailand.«

Jenny empfand einen Anflug von Erleichterung. »Aber seine Mum …«

»Er hat gegenüber Brigid etwas erwähnt, dass er zu seiner Familie in den Norden fahren will. Das war letzte Woche, aber seitdem sieht man nichts, das auf eine Reise schließen lässt. Er ist nach wie vor zu Hause. Ich habe ein paar Mal bei ihm vorbeigesehen …«, sagte Suze.

»Mit anderen Worten, sie stalkt ihn«, übersetzte Liz ungerührt und wickelte eine Schokopraline aus der bunten Folie.

Suze beachtete sie nicht. »Und ich sehe auch keine Anzeichen für eine baldige Abreise, Jenny. Keine. Wir ertragen es nicht, ihn so elend zu sehen. Und niemand, schon gar nicht der arme Ollie und Freddie, sollte an Weihnachten alleine sein.«

»Erzählt ihr von dem Zwischenfall«, sagte Lydia und schniefte. »Entschuldigt.« Sie wedelte mit beiden Händen vor ihrem Gesicht. »Die Hormone.«

»Was für ein Zwischenfall?« Jenny fürchtete das Schlimmste. Auf einmal war ihr Ollie sehr nahe. Sie hatte ihn so gut verdrängt, wie sie irgend konnte, und jetzt war er wieder da. Sie konnte ihn fühlen, ihn schmecken. Die Erinnerungen erschienen wie eine Clementine, die man langsam schälte.

Suze räusperte sich. »Letzte Woche nahm er eine Einladung auf einen Drink an. Und er hat sich mächtig betrunken.«

»So betrunken, dass er im Chicken Cottage endete«, ergänzte Tash, »mit Schickimicki-Brigid.«

Schickimicki-Brigid! O Gott, noch eine. Das wollte Jenny nicht hören. Ihr war klar, dass es nur eine Frage der Zeit war, bis Ollie jemanden kennenlernte, nur wollte sie es nicht von anderen erfahren. Sie wollte sich die Scham ersparen, wenn es ihr nicht gelang, froh für ihn auszusehen.

Als hätte Liz ihre Gedanken gelesen, berührte sie Jennys Arm. »Da war nichts, Jenny. Nichts Komisches. Brigid ist sehr glücklich verheiratet.«

»Er war total abgefüllt und hat angefangen zu weinen.«

»Oh nein.« Jenny warf sich auf ihrem Stuhl nach hinten und begann, an ihren Fingernägeln zu kauen. »Es war abzusehen, dass Weihnachten ohne Soph ein Albtraum wird. Armer Ollie.«

»Es ist nicht bloß Sophie, die ihm fehlt«, sagte Liz sanft.

Angespannte Stille trat ein, einzig durchbrochen vom jaulenden Ruf Obi-Wan Kenobis. Jenny spürte, dass alle Augen auf sie gerichtet waren.

»Er vermisst *dich,* Jenny«, sagte Tash mit einer Offenheit, die Jenny noch nie an ihr erlebt hatte. »Das hat er Brigid erzählt. Du fehlst ihm sehr, Süße.«

Jennys Kehle wurde so eng, dass sie keine Luft mehr bekam.

»Ich denke, dass du so plötzlich verschwunden bist …« Suze bemühte sich, die richtigen Worte zu finden. »Nicht dass wir dir für irgendwas die Schuld geben wollen, aber die letzten Monate hat er richtig gelitten.« Sie zögerte. »Meinst du nicht …«

Jenny biss sich auf die Lippe. Sie konnte es unmöglich erklären. Niemals. Ihre Gefühle für Ollie waren ihr dunkles, schmutziges Geheimnis.

»Wir wissen, dass du deinen eigenen Mist durchmachst«, sagte Liz freundlich. »Und es muss furchtbar für dich sein. Sicher fühlst du dich, als wäre dir der Boden unter den Füßen weggerissen worden.«

»Mir geht es gut.«

»So siehst du nicht aus«, entgegnete Lydia hastig.

Dann kamen die Tränen. Sie ließen sich nicht aufhalten. Suze drückte Jenny sofort an ihren gewaltigen Busen. Kleine Kinderfinger schoben ihr den letzten Karamellriegel in die Hand. Andere tupften ihr die Wange mit einem Papiertuch.

»Lass es alles raus, Jen«, sagte Suze und klopfte ihr energisch auf den Rücken, als sollte sie ein Bäuerchen machen. »Lass alles raus.«

»O Gott, jetzt geht es bei mir auch wieder los«, heulte Lydia.

»Oh nein, Lydia legt los«, rief Liz. »Stellt die Flutsirenen an!«

Jenny grunzte vor Lachen, trotz ihrer Tränen. Als sie sich aus der Gruppenumklammerung befreite, um Luft zu holen, fühlte sie sich anders. Diese Freundinnen mochten ihr nie so lieb und teuer werden wie Sophie, aber sie waren doch echte Freundinnen. Und ihr war, als hätten sie ihr eine schwere Last von den Schultern genommen. Ja, Freundinnen waren die richtige Medizin; ausnahmsweise hatte ihre Mutter recht.

»Es schneit!«, brüllte Ludo. Die Kinder sprangen vom Boden auf und pressten ihre Nasen an das kalte Fenster, fasziniert vom Schnee, den der Wind in Wirbeln über das Feld blies. »Krank, Alter, voll krank.«

Jenny war nicht sicher, ob es an dem Schnee, den Umarmungen oder dem Umstand lag, dass Ludo sie unerträglich an Freddie erinnerte. Jedenfalls schrieb sie vierzig Minuten später, wider besseres Wissen, eine Nachricht für ihre Eltern auf den Telefonblock und nahm ihre Autoschlüssel vom Entenhaken an der Wand.

47

Ich bin seit fast einem Jahr tot. Seit ich gestorben bin, hat Freddie zwei Milchzähne verloren, ist von Größe 140 auf Größe 152 gesprungen und sechs Zentimeter gewachsen. Auf seinem Bauch hat er sechs Windpockennarben, wo er sich gekratzt hat. Er hat sich von Beyblade zum Kanuspiel auf der Wii weiterentwickelt. Außerdem schwärmt er für Ani, eine Schönheit aus Sri Lanka, die in die vierte Klasse geht. Er hat sechs praktische neue Schimpfwörter gelernt, mit denen er notfalls auf dem Spielplatz um sich werfen kann, und will jetzt *X Factor* sehen statt *Deadly 60* oder *Strictly*.

Ollie ist unterdes ergraut, hat sich einen Bart stehen lassen und ihn wieder abrasiert, vierzehn Pfund abgenommen und sich zweimal durch die gesamte *Mad-Men*-Box gearbeitet. Die tibetanischen Mönche hört er nicht mehr. Er befriedigt sich auch nicht mehr mit meinem Slip vor dem Gesicht. Beim Boiler ist die jährliche Wartung fällig, was er zweifellos vergessen wird. Die Batterien in den Rauchmeldern sind fast leer, und er wird nicht daran denken, sie auszuwechseln. Überraschenderweise sind Pingpong und meine Grünpflanze noch am Leben.

Mein Grab ist heute von einer knirschenden Schneeschicht bedeckt, dem ersten Weihnachtsschnee seit Jahrzehnten – was den Buchmachern mächtig das Fest verhageln dürfte. Gespenstisch rankt sich ein absurd grüner Efeu über meinen Grabstein. Im Laufe des Jahres hatten blaue Glockenblumen, Gänseblümchen und Narzissen neben ihm geblüht, waren Schichten von Herbstlaub darauf vertrocknet, in denen es von Käfern wimmelte, und hin und wieder war ein trächtiges Dachsweibchen aufgetaucht. Der Erdhügel, der meinen Sarg bedeckt, hat seinen morbiden, Frisch-aufgehäuftes-Gemüsebeet-Look verloren. Ihr seht, ich bin fast fertig eingerichtet.

Und trotzdem.

Ich bin immer noch hier, nicht? Ich liege nicht in einer feuchten Grube auf dem Friedhof, sondern eingerollt neben reihenweise Weihnachtskarten auf dem Kaminsims über dem knisternden Feuer, als wäre ich Pingpongs schläfrige Großmutter. Nein, ich bin gewiss nicht mehr, was ich mal war, sondern kleiner, schwächer und grau wie eine abgestandene Tasse Tee. Wie im Leben, so im Tod, anscheinend: Wir gehen alle nur in eine Richtung, und es gibt nichts, was irgendwer dagegen tun kann. Andererseits frage ich mich manchmal, ob ich verblasse, weil ich im Leben derer blasser werde, die ich liebe. Es sind nur noch wenige Spuren von mir übrig. Mein Parfüm ist nicht mehr zu riechen, keines meiner Schamhaare liegt mehr auf dem Badezimmerboden. Meine Stimme wurde vom Anrufbeantworter gelöscht. Es rutschen keine Kleiderkataloge mehr durch den Briefschlitz, und mein E-Mail-Account existiert nicht mehr. Mit den Verkehrsbetrieben wurde eine Einigung gefunden, meine Unfallentschädigung für Freddie aufzubewahren, damit er sie bekommt, wenn er älter ist. (Ich möchte, dass er sie sinnvoll anlegt, zum Beispiel für Wochenenden auf Musikfestivals, italienische Lederschuhe und spontane Ausflüge nach Paris mit schönen Mädchen. Ich wünsche mir, dass er das Leben feiert.) Derweil bin ich zu Erinnerungsfragmenten geworden, zu Fotos an der Wand, Filmmaterial auf der Videokamera, einem Echo in Freddies wunderschönen Zügen, seiner Vorliebe für Süßes, seinem glucksenden Lachen, der funkelnden Liebe in seinem Herzen. Und das ist okay. Ich sage mir, dass es okay ist. Es ist genug.

Weit weniger okay ist, dass es mir nicht gelungen ist, die Schicksale jener zu ändern, die ich zurücklasse. Mein erbärmlicher Mangel an übernatürlichen Kräften hat mich vollends untauglich als Kupplerin oder Hochzeitsvernichterin gemacht. Leider darf ich mir nicht zugutehalten, die Geschichte mit

Sam und Jenny beendet zu haben. Und ich konnte nichts dagegen tun, dass Ollie und Freddie ihr erstes Weihnachten allein verbringen – und das nächste wohl auch.

Es ist offensichtlich, dass in Nummer 33 eine Frau fehlt. Das Haus lechzt nach Östrogen oder wenigstens jemandem, dem der klebrige Belag auf den Klositzgelenken nicht am Dings vorbeigeht. Inzwischen ist es eher eine männliche Domäne, mehr Höhle als Heim. Im Badschrank finden sich weder Kosmetika noch weibliche Hygieneartikel. Und es finden sich auch nirgends im Haus geheime Vorräte an Toffee-Eiskrem – überhaupt viel zu wenig Süßes. Ich fürchte, dieses Haus wird keinen Plumpudding mehr sehen, denn Ollie und Freddie mögen viel lieber Schoko-Biscuit-Kuchen. Immerhin steht ein Weihnachtsbaum da, gleich neben den Schrammen, welche die Gummihandgriffe des Mountainbikes an der Wohnzimmerwand hinterlassen haben. Der Baum ist kleiner als der letztes Jahr – ich war schon immer ein Fan von gigantischen Disney-Bäumen – und wurde von Freddie und Suze' Kindern geschmückt, was auf eine schrille Mischung aus mehrfarbigem Lametta und bunten Plastikkugeln hinauslief. (Meine geschmackvollen Holzengel und Kiefernzapfen setzen in dem Karton auf dem Dachboden Staub an.) Papiergirlanden, die Freddie in der Schule gebastelt hat, hängen gefährlich nahe am Kaminfeuer. Der Kühlschrank ist voller Bier, Parmaschinken, Würstchen und knochenhartem Cheddar. Und ich muss wohl nicht erwähnen, dass im oberen Stock jede Menge freier Schrankplatz ist.

Mit einiger Anstrengung löse ich mich aus meinem warmen Nest neben den Weihnachtskarten auf dem Sims und fädele mich durch das Treppengeländer, um nach Freddie zu sehen. Mein wundervoller Sohn sitzt vorm Computer im Arbeitszimmer und spielt »Dom from Canberra« und gegen »Brad7 aus Milwaukee« in einem Mathespiel. Er juchzt vor Freude, wenn er gewinnt. Seine Pupillen weiten sich vor Vergnügen. Ich überlasse ihn seinem Spiel und gleite zurück nach unten, um

Ollie nahe zu sein. Er döst auf dem Sofa. Reste von Cashew-Salz haften auf seinem alten Pulli. (Wer kauft ihm zu Weihnachten einen neuen Cashmere-Pullover? Ich habe ihm immer einen Cashmere-Pulli zu Weihnachten gekauft.) Sein Mund ist ein wenig offen, und seine Augen bewegen sich hektisch unter den geschlossenen Lidern, als würde er träumen. Im stumm geschalteten Fernseher laufen die Nachrichten. Auf dem Couchtisch steht eine halb leere Flasche Nesselbier neben einem Stapel Studio-CDs, alten Zeitungen und einer von Freddies Socken. Ich schmiege mich an ihn, wärme mich an seinem Oberschenkel, an meinem Mann. Und in dem Augenblick spüre ich, dass jemand vor dem Haus ist: das Glitschen von Schnee unter Schuhsohlen, das Schmelzen von Schneeflocken auf einer heißen Wange.

Die Türklingel schrillt. Ein Energieschwall geht durchs Haus.

Ollie döst weiter. Wach auf! Wach auf, Liebling! Ich stoße in seine Seite, so kräftig ich kann, wobei ich ungefähr so viel Wumm aufbringe wie eine Daune, die gegen einen Schiffsbug schwebt. Er schläft weiter, regungslos wie eine Motte. Die Türklingel geht wieder. Der Schatten draußen tritt von einem Fuß auf den anderen. Und es ist ein vertrauter Schatten, der sich nun rückwärts bewegt, sich zurückzieht.

Nein, der Schatten bleibt stehen. Er dreht sich um, geht den Weg hinauf, diesmal schneller. Noch ein kurzes, scharfes Klingeln. Ollie öffnet ein blutunterlaufenes Auge. Er kratzt sich im Schritt. Sein Gehirn registriert, was seine Ohren ihm melden, und er stolpert in den Flur, auf die Tür zu, wobei er überall Cashew-Krümel verliert. Er öffnet die Haustür. Sein Gesicht leuchtet auf, als wären alle seine Wunschweihnachten auf einmal da.

»Hi«, sagt Jenny. Schneeflocken hängen in ihren oberen Wimpern wie winzige weiße Pompons.

Er stiert sie schweigend an und grinst dabei wie ein Irrer.

Sie lächelt unsicher. »Äh, darf ich reinkommen?«

Jetzt sind sie in der Diele, und die Luft zwischen ihnen knistert, funkt und tickt, als wären sie mitten in einem Dickicht von Strommasten. Jenny schüttelt sich den Schnee aus dem Haar. Eine Flocke landet auf Ollies Hals und schmilzt sofort.

»Du siehst verändert aus.«

Er reibt sich mit einer Hand übers Kinn. »Ich habe den Bin Laden abrasiert.«

»Aha.« Sie lacht und wird rot.

Nun sind sie im Wohnzimmer, das einzig vom Kaminfeuer und den Lichterketten erhellt wird. Jenny merkt nicht, dass ein langer Schwanz aus grünem Lametta an der Ferse ihres verschneiten Stiefels hängen bleibt.

»Du bist verschwunden«, sagt Ollie, der sie immer noch wirklich seltsam anguckt. Er pulsiert mit einer merkwürdigen, aufgestauten Energie, die ich kenne, aber nicht recht zuordnen kann.

Sie sieht nach unten. »Tut mir leid.«

Seine Augen bleiben auf ihr Gesicht gerichtet, und es scheint fast, dass er Angst hat, auch nur eine Sekunde wegzusehen. »Du hast mir gefehlt, Jen.«

Eine gleichermaßen schöne wie traurige Möglichkeit tut sich auf. Könnten sie? *Würden* sie? War ich …? O mein Gott, habe ich nicht mitgekriegt, was die ganze Zeit vor meiner Nase war? Ich denke maximal zwei Millisekunden über solch eine Verbindung nach und bin, zum ersten Mal seit ich starb, völlig euphorisch vor Hoffnung.

Jennys Lächeln fällt zuckend aus, als könnte es jeden Moment in ein Weinen übergehen. »Entschuldige, dass ich so eine beschissene Freundin bin.« Ich sehe, dass sie zurückweicht. »Die bin ich wirklich, Ol.«

Ich möchte in ihr Herz eindringen und ihr sagen, dass es okay ist. Von keiner Frau auf dem Planeten könnte ich mir sehnlicher wünschen, dass sie meinen Platz in Nummer 33 übernimmt. Du hast mir sogar geholfen, die Wohnzimmertapete auszusuchen! Du hast hier ein Vermächtnis. Ach, Jenny, bitte, kümmere dich um meine Männer! Nimm sie, halte sie fest und bring sie dazu, ab und zu Brokkoli zu essen.

»Ich gehe Anfang nächsten Jahres nach New York«, sagt sie, unfähig, ihm in die Augen zu sehen. »Ich wollte nicht abfliegen, ohne richtig Lebewohl gesagt zu haben.«

Ollie sieht kreuzunglücklich aus. »New York?«

»Ich brauche einen Neuanfang.«

Ach, Jenny, liebste Jenny! Bitte, vermassel das nicht, nicht diesmal. Alles steht auf dem Spiel. *Alles!*

»New York ist so weit weg.«

»Darum geht es ja gerade.«

»Du kannst überall neu anfangen, Jen.« Er nimmt ihre Hände in seine. »Bleib bei mir.«

Sie blickt auf ihre Hände in seinen. »Ich kann nicht«, flüstert sie und fängt an, wie Espenlaub zu zittern. »Du bist … Du bist Sophies Mann.«

Jenny, Jenny, ich bin tot wie ein toter Papagei! Mich gibt's nicht mehr! Ich muss etwas tun. Ich muss. Mit meiner letzten Reserve schwindender Energie wirble ich wie bekloppt um ihren Kopf und versuche, mich bemerkbar, fühlbar zu machen. Sie soll entweder mich sehen, zur Vernunft kommen oder sonst was, das nötig ist, damit sie ihre Chance erkennt. Die hier ist es.

Wie wir ja schon von meinen prima übernatürlichen Fähigkeiten wissen, geschieht genau nichts.

»Bitte, hör mir zu.« Jetzt sehe ich sie in seinen Augen: Seine Liebe zu ihr. Er gehört mir nicht mehr. Unsere Liebe wurde recycelt, und dagegen hätte das Umweltamt sicher nichts.

Sie weicht von ihm zurück. »Nicht, Ol.«

Ich wirble wieder wie irre, völlig außer mir. Die Zukunft glitscht mir davon, das letzte Sandkorn in meinen eiskalten Fingern.

Jenny tritt zurück und hält eine Hand an ihre Stirn. »Oh.«

»Alles in Ordnung?«

Sie sieht verwirrt aus. »Ja … Ja, ich glaube schon.« Sie schließt die Augen, ohne die Hand von ihrer Stirn zu nehmen.

Abgedreht. Habe ich das eben gemacht? Ich tue es noch mal, nur fester. Sie kneift die Augen zu. »Oh«, sagt sie und drückt energischer an ihren Kopf.

Ich habe das gemacht! Das kam echt von mir! Ich kann doch nicht nur mit Hamstern und Rauchmeldern kommunizieren!

»Komm, setz dich.« Besorgt greift er nach ihr, stützt sie mit beiden Händen. Sie hockt sich auf die Sofaarmlehne.

»Gib mir nur eine Minute, dann kannst du gehen, okay? Du kannst nach New York gehen oder wo immer du hinwillst. Nur hör mich vorher an, bitte.«

Jenny nickt. Noch gibt es Hoffnung. Erleichterung strömt aus mir, lang und licht, wie ein letzter Atemzug.

Ollies Brauen ziehen sich zusammen, und er spricht langsam und konzentriert. »Ich liebe Sophie im Grunde meines Herzens, Jenny. Ich vermisse sie jeden Tag.«

»Ich auch«, krächzt Jenny. Sie stützt eine Hand aufs Sofa, um nicht umzukippen, und drückt dabei versehentlich auf die Fernbedienung. Musik plärrt aus den Lautsprechern und füllt das Zimmer mit klirrendem Bluegrass-Sound.

»Aber sie ist weg, Jen. Und dich all diese Monate nicht zu haben, fühlte sich wie noch ein großer Verlust an. Ich habe dich vermisst, so sehr vermisst.« Seine Augen werden dunkler. »Freddie fragt dauernd nach dir.«

Sie schluckt. »Tut mir leid.«

Die Musik um sie herum wird lauter und leiser. Harmonika, Gitarre.

»Ich weiß, dass ich ein Totalschaden bin.« Er lächelt sie so zärtlich an, dass ich heulen möchte. »Und ich weiß, dass jede Frau, die ihre sieben Sinne beisammen hat, vor mir in die Berge fliehen würde, aber ich *liebe* dich, Jenny. Und ich liebe dich nicht bloß, weil Sophie dich geliebt hat und wollen würde, dass ich dich auch liebe, sondern weil ich das Gefühl habe, dass in deiner Nähe diese Welt kein völliger Mist ist. Mit dir gelange ich an einen anderen Ort als den, an dem ich bin. Ergibt das irgendeinen Sinn?«

Sie kaut auf ihrer Lippe und schüttelt den Kopf. »Du hast Tash gevögelt.«

»Ich wünschte, du wärst es gewesen.«

Jenny vergräbt ihr Gesicht in den Händen.

»Sophie würde wollen, dass wir zusammen sind, das weiß ich. Sie hatte viele Freundinnen, aber dich hat sie angebetet, Jenny. Sie hat dich richtig vergöttert. Du warst wie eine Schwester für sie.«

»Was es noch bizarrer macht.«

»Sophie mochte Bizarres. Wann hat sie sich je an die Regeln gehalten?«

Jenny lächelt und schluckt, weil sie nicht weinen will.

»Wir haben uns sehr geliebt, aber es war nicht perfekt, Jenny. Und das musste es auch nicht sein, weil nichts perfekt sein muss … eben nur genug.«

Endlich sieht sie ihn an, und da ist solch eine Sehnsucht in ihrem Blick, dass ich mich frage, ob sie vorspringt und ihn in den Arm beißt.

»Du darfst uns, Sophie und mich, nicht als etwas Unerreichbares sehen, unwiederholbar. Gott, es ist so schwer zu erklären!« Er schließt seine wundervollen Zigeuneraugen und presst seine Finger auf die geschlossenen Lider. »Es ist nur … Ich finde dich absolut wunderbar. Das ist alles. Bitte, sag etwas, Jenny.«

Jenny sagt nichts. Stattdessen sieht sie ihn an und lächelt, richtig echt, wie ein heller Sonnenstrahl.

»Komm her, du.« Er steht auf, zieht sie zu sich und schlingt seine Arme um ihre Taille. So hält er sie, sein Kinn auf ihre Schulter gelehnt, und langsam, zögerlich wie Teenager auf einer Schüler-Disco, fangen sie an, sich zur Musik zu bewegen. Jenny ist anfangs steif und unsicher, aber je länger der Song läuft, umso mehr entspannt sie sich und lässt sich einfach von Ollie führen. Da sind sie, tanzen im Lichterkettenschein im Wohnzimmer, treten sich gegenseitig auf die Zehen, und an Jennys Schuh klebt immer noch das grüne Lametta.

Das Lied endet.

Vor dem Fenster fällt der Schnee in kleinen Wirbeln. Es ist ein komischer Hintergrund, als wären die beiden eine einzelne, eigens modellierte Welt in einer Schneekugel. Sie sehen einander erstaunt an, können beide noch nicht recht begreifen, welche Gefühle in ihnen aufwallen.

Dann geschieht es.

Die Energie des Kusses schmettert mich unsanft gegen die Decke. Der traurige blaue Leib meines Mannes wird pink, als sie ihm Leben einhaucht und sanft die Reste von mir aus ihm saugt. Wie eine Süßigkeit, die sich Liebende im Kuss zuschieben. Sie küssen und küssen sich. Die Musik setzt wieder ein. Ollie lacht, und ein neues Lied beginnt.